U0839998

流浪的女儿

孙爱雪 /著

SPM
南方出版传媒
花城出版社
中国·广州

图书在版编目（C I P）数据

流浪的女儿 / 孙爱雪著. -- 广州 : 花城出版社, 2017.6
ISBN 978-7-5360-8356-1

Ⅰ. ①流… Ⅱ. ①孙… Ⅲ. ①散文集－中国－当代 Ⅳ. ①I267

中国版本图书馆CIP数据核字(2017)第111946号

出 版 人：詹秀敏
责任编辑：林贤治　陈诗泳
技术编辑：凌春梅
装帧设计：林露茜

书　　名　流浪的女儿
　　　　　LIULANG DE NÜER
出版发行　花城出版社
　　　　　(广州市环市东路水荫路 11 号)
经　　销　全国新华书店
印　　刷　广东天鑫源印刷有限责任公司
　　　　　(广州市海珠区工业大道南瑞宝路)
开　　本　889 毫米 × 1194 毫米　32 开
印　　张　12.75　1 插页
字　　数　280,000 字
版　　次　2017 年 6 月第 1 版　2017 年 6 月第 1 次印刷
定　　价　38.00 元

如发现印装质量问题，请直接与印刷厂联系调换。
购书热线：020－37604658　37602954
花城出版社网站：http://www.fcph.com.cn

目录

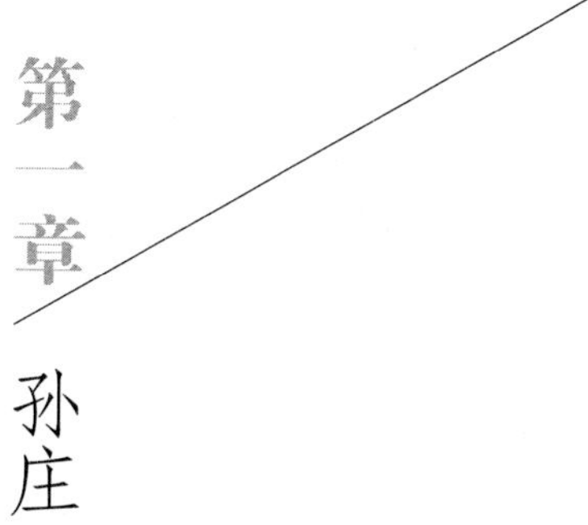

第一章 孙庄

一

我的父亲姓孙。

我的村庄叫孙庄。

我永远记得孙庄。

我二十四岁离开孙庄。

我二十三岁时，我的户口从赵庄公社魏楼大队孙庄村迁走。一个男人走到赵庄派出所，迁走我的户口。

孙庄那个叫孙建魁的家族从此在赵庄派出所的户籍册上消失。

我的父亲叫孙建魁，我是他唯一的孩子，女孩子。

因为是个女孩子，父亲被村人确定为绝户头。绝户头是贬义词，歧视加辱骂。

绝户头从来不愿意承认自己是绝户头。他们躲闪在人们鄙视的眼光里，内心不堪一击。他们长第三只眼睛和第二张脊背，用以抗拒绝户头的形象。抗拒的方式以“一世为人”作为他们对人对事的态度。

我的父亲倒没有表现出绝户头所应该表现出的低人一等的形象，也没有长出第三只眼睛和第二张脊背，以抵抗绝户头的形象。在他四十八岁那年，他比正常人少了两只耳朵。少了两只耳朵的父亲完全没有失聪人所具备的那种愚钝相。他听不到任何高分贝的声音，在他的世界里，孙庄所发生的事情都是公平的、公正的、正常的、合理的。凌辱、贫穷、苦难、离散，对于无声世界里的我父亲，似乎都无所谓了。

老师说中华人民共和国的领土在地图上像一只气宇轩昂的公鸡。我记忆里，孙庄在大地的版图也像一只公鸡。

村庄西南田地里散落着几户人家，往村外伸长脖子一般把房子建造在麦地边上，他们是鸡头。紧挨着他们的一片海子里长着茂密的芦苇，秋天的芦花鸡冠子一般摇曳着蓬松的花絮。村子内里纵横的道路、错落的住房、深邃的海子以及那些繁茂的树木，把一只饱满而丰盈的鸡身子丰沛起来，然后便是延伸到东边和西边的两条河，鸡腿一样伸展开美丽的趾尖，让河堤和波纹荡漾出粼粼的光彩，鸡尾巴翘起在小学校的蓝瓦上，那是村子里最富丽的建筑，一杆红旗高高飘扬，所有的希望都从那里散发出耀眼的光芒。

孙庄西边的村庄叫张老家，张老家北边是张土城，321省道在张土城村后的棉花地边上。站在张土城村后的棉花地里，看到一辆辆遮盖得严严实实的大货车缓慢地向西驶去，这样的货车是要出省，向不可预知的远方而去。

沿321省道往西走两公里是大刘集。大刘集是一个集市，与山东省交界。父亲带我去大刘集赶集，我们步行去大刘集。一条斜向西北的小路上长满荒草。我们不走321省道，从张老家庄里经过一个窄窄的小河便到大公路，斜穿过公路还是一条土路，路边的野草逶迤到路上，矮矮的豆地里种着芝麻。

每一回走到大刘集父亲都要说：到山东省了。

在我的意识里，大刘集是山东省。

孙庄西邻山东省。

有时父亲带我去朱集。

朱集在孙庄的西南，离孙庄十多公里。

父亲骑自行车去朱集。沿一条黄色的沙子路一直往西南走，路两边是半死不活的老杨树，树皮从树身上裂开，戗在半空中，有断裂的干枝杈耷拉在树身上，很多树没有树头，秃秃的几个枝杈斜伸到路上。

黄沙路边有一个个茶棚子，里面卖大碗茶，也卖西瓜。西瓜是切开的，二分钱一块。经过一个个茶棚子，到一个叫王沟的集市，继续往西南，是一处更荒蛮更偏狭的地方，房屋低矮，密集而狭小。街道上是黄泥土路，两边的门低低地压在屋檐下，门槛错乱，招牌模糊不清。早市上冷清，来往的人稀疏缓慢，冷风在街面上流窜。

到朱集，父亲说：到安徽省了。

我知道去安徽省的时候走最远的路，在我童年的概念里，世上最远的地方是安徽省。

从孙庄出发，一直往西南，不是去安徽便是去河南。两省的界限在我幼年时模糊不清。我并不知道世上有两省之分，也不知道世上除了山东河南安徽之外还有其他省。后来知道，孙庄就处在这样一个四省交界的位置上。

孙庄地处安徽之一隅，河南之边陲，山东之半围，江苏西北最偏远之处。落后与落后碰撞在一起，我们不觉得我们落后。贫穷和贫穷聚合在一起，我们也不觉得我们贫穷。偏僻和偏僻交汇在一起，我们觉得村口的官路最宽，赶集的时候，能并排跑开两辆大马车。异域和异域糅合在一起，我们听山东人、河南人与安徽人的口音和我们的口音一样。仔细区分又有一点点区别，山东人的口音重一些，河南人轻一点点，安徽人有一点点卷舌。杂乱和杂乱掺杂在一起，安徽的柳琴和河南的豫剧，山东的梆子和江苏的扬琴在我们村里经常唱起，江苏的白大妮和黑大妮会唱安徽的柳琴、河南的豫剧也会唱山东的梆子。扬琴却是唱得最出名的，唱到全国各地。

中国的村庄以家族式居住，孙庄也不例外。孙庄除了一家姓李的和姓许的，余下的姓孙。孙姓家族的祖上从何处搬来此地，已经无从查考了。祖先没有留下记载，而在我们的身上留下了烙印。伸出我们的十指，最小的小拇指上有一个弯曲的记号，那是先祖留下的标记，每一个孙姓子孙，小拇指都是伸不直的。据说凡是长这样的手指的人都是从山西大槐树下迁来，我们都有一个共同的家在山西老鸹窝。

我的父亲出生在这个村庄里的时候，村里人不变的家族情怀一直旺盛：群居并一致对外，外安之后是内扰。

二

浓密的树荫下孙庄露出古朴的景象。泥墙灰白，茅草灰白，没有上漆的木门灰白。灰白色的草房像褪色的树桩一样蹲在裸露出白色盐碱的地面上。茅草在冬天的风中一根根掉落，成为白色的粉末，在岁月中消失。

草房多向阳，两间或者三间，为正屋，正屋左边或右边盖一个更窄小低矮的灶屋。正屋的门洞狭长，敞开和关闭都无关要紧，门里穷光光，门外亮光光。风肆意地吹打薄薄的木门。阳光随意进入屋子里，在门里的地上贴上和门洞一样大小的一块金光。燕子随意进去，在屋梁的第二道梁上垒窝。

草房子有窗户，长方形的木窗深陷在厚实的黄泥里，远远看到有雕琢痕迹的窗格透出精细的木工手艺，原木的颜色，染上灰白的岁月风尘。

窗户边上有鸡窝，一只破烂箩筐用布条拴在窗格上。箩筐里一把光滑油亮的麦草散发出母鸡的体温，隐蔽在麦草里的白色的卵晶莹剔透地卧在里面。

正屋旁边的灶屋，有矮矮的门洞，敞开，露出里面的灶台。穷人家做不起门，富余的人家会用秫秸做一个篱笆门，打开时，拿起放在一边，人进去做饭吃饭，人离开时，拿起盖住门洞。

正屋的房子呈灰白色，村庄便是灰白色。在这些灰白色的草房子中孙姓人家的身影晃动在村庄里。没有院墙，我父亲从两间草房子里走出来。他出门往东去，东边是村庄的边沿，一条南北路在榆树林里，走出榆树林看到村外的田野。麦子稀稀拉拉，在天空下露出大片的地皮。地边有一条小河，河水潋滟，鱼群在水波里游。父亲从榆树林里走到村外自留地里，走回家，从家里走到村子里，在西队里游荡。他走来走去，一生都在村庄里走来走去。低矮的草房子淹没他的身影，脚底的土路在杂乱的草垛和腐朽的篱笆园子间延伸。他走过一片水塘，水塘里碧绿的水倒映着他盛年的脊梁。水里有鱼，鱼在他的身影间穿梭。他向更深的村里走去，走过一家姓许的，走过一家姓李的，姓许的和姓李的是住亲戚，住外祖母家，某种意义上姓许的和姓李的也是孙氏一脉的传承。他继续往村子里走，孙庄分西队和东队，西队和东队之间，没有界线，也没有标识。村子里人依据自己祖上传下来的居住位置分出东队和西队。

孙庄的人从老爷爷辈开始居住在一个地方，到爷爷辈还是居住在一个地方，一辈辈人延续在一个老院子里。人老得快，三十多岁灰头土脸，上身穿一粗布老蓝大襟褂子，下身是大裤裆裤子，三十岁和四十岁一样日复一日穷困潦倒食不果腹，为生计愁眉苦脸。五十岁步入老年行列，爷爷和孙子打照面也不打照面。人多短命，平均活六十多岁，七十多岁算长寿。没有计划生育，小孩生得多，死得也多。女人一生怀孕十几次，小孩成活率不到一半。生之旺盛和死之迅速平衡着村庄的人口。村庄没有扩大也没有外延，村子里面的人没有觉得村庄狭小，人们在敞开的屋子里和没有院墙的庭院里活动，像麻雀在屋檐下飞来飞去。一切都是自然的，一切都是缓慢生长的。村子的大小还是几百年前那样，村子里爷爷姓孙，儿子也姓孙，孙子的孙和爷爷的孙是一个孙字，孙庄人表达亲近的时候说：一笔写不出两个孙，三辈子以前是一个爷爷的。孙氏家族在孙庄延续着孙姓子孙。西队里家家姓孙，爷爷姓孙，儿子姓孙，娶来王家的女儿、赵家的女孩还有诸葛家的闺女，生下的小孩一律姓孙。东队里孙家的女儿嫁给姓许的，生了姓许的孩子。孙家的女孩住在孙庄，她和姓许的男子结了婚，她的孩子要姓许，在孙庄是外姓。李家的女儿亦然。女孩没有真正意义上的姓氏，嫁入谁家，姓氏是谁家的，比如孙庄的女孩，嫁到李家，再回娘家，喊老李来了。女孩不入家谱，不入出生地的祖坟。

村庄的姓氏结构自古流传。孙氏子孙记忆五辈以上的亲人，叫五服之内，也叫不出五服。凡在五服之内的亲人都是本家族人，红白事，拉帮结伙事，济弱救贫事，相帮相扶事，五服之内的人有义务出力出钱出人应付，五服之外，诸事几乎不相往来。各个家族划地为邻，一个家族居住一方领土，多以亲疏远近为居住地。家以屋宇和庭院为分界点，屋门之外，庭院之外为别家的或公共的。建房子砌院子砌到最边界，不让出毫分，也不多占毫分。后来有了私欲，学会侵占，多以土地为争战的导火索。

父亲和他的兄弟、堂兄弟一起居住在村庄的东边，我家的屋子在南边，大伯家在北边，堂叔家在西边，三家形成一个院子，相距不过三十米。门对门，共同使用一个院子。孙氏家族的遗训是兄弟间要相互帮扶，在一起享乐，也在一起吃苦。到我父亲这一辈，孙氏家族的子孙远了，五服之外，彼此没有深的纽带联系，显得生疏。五服之内也因为性情不同或穷困所迫，大家也开始变得冷漠和疏离。那年我父亲把朝阴的屋门堵上，在朝阳的一面开了一个门洞，把对着堂弟的屋门改到向阳的一面。和他堂弟的距离远了，和亲兄弟也不再面对面过日子。

我的父亲还在村子里游走。他走过枣树林，抚摸着每一棵枣树的树身，炸裂的树皮戗起乌黑的口子，像张开的嘴巴一样质问着他。他像抚摸祖宗的身体一样抚摸着枣树，那些质问的嘴巴在他眼睛里凝成血红的泪。他无从回答的哑然使枣树上的树叶纷纷坠落。他失魂落魄，他无地自容。他面对宗族的羞愧在一日日啃噬着他的心。他茫然地游走在枣树林，游走在祖宗留下的基业上。村东大片的土地荒芜，盐碱雪白，一株老梨树笔直地眺望着远处。他从梨树下走过，往东然后往西，走过西队里的蜿蜒小路，走过一家家冒着炊烟的草房，村子里鸡的勤劳，鸭的匆忙，牛的耕作，山羊的反刍和狗的警醒……每一分子都在生命的光亮中辛苦操劳，我的父亲他无所事事，他游荡在东队和西队里，越过西队那片空阔的场地，他沿着一条细细的小路走向青石板铺就的小桥，小桥的两端芦苇密布，小河在芦苇下涤荡，清澈的河水丝绢一样围绕着田地和村庄。水是绿的，也是蓝的，有芦苇的绿，有蓝天的蓝。芦苇把蓝天切割，一块一块在水里漂。我的父亲从青石板桥上走过，水鸟在他前面，清风在他左边，也在右边，背后是掩映在芦苇深处的村庄，依稀可见的草房子越来越低，火柴盒一样方方正正地安放在蔚蓝的天宇下。他继续往西，西边的田野广阔无边，田野尽头是另一个模糊的村庄。我的母亲躺在这片青草芬芳的土地上。这是父亲祖上的土地。大片肥沃的土地上长满荒草，荒草下埋葬着我的母亲和另一位英年早逝的女子。她们在这片寂静的土地里相依为伴。我的父亲去看我的母亲。我觉着我的父亲从没有离开我的母亲，他深深地眷恋着她，思念着她。从蓝天白云之上飘着的花朵上看到我的母亲微笑的脸。他仰望着远天把我的母亲记忆，他低头看到芳草青青仿佛看到我母亲在地下又苍老一年，他越来越苍凉的心田又多了一层忧伤的思念。

我的父亲从那块埋葬着我母亲的土地回到村里。这个他出生的村庄默默地坐落在太行堤河之北，拦河大堤高高在上，村庄在下沉，我的父亲在下沉。他在大堤之下，徒步行走，从这里出发，他去赵庄，一条羊肠小道曲折蜿蜒，刺槐树绵延不绝，我的父亲消失在高大的拦河大堤中。他在赵庄，在这个古老的小镇上，有他相知的友人，彼此一起读书。从赵庄出发往东十五公里是丰邑，古时有凤凰落在此地，大汉天子的祖上居住在这里。一条白色的宽阔土路直通丰邑，他在这条路上遗失了他的亲人，他找不到我的母亲，一路上他追着那些抬着我母亲的人，黑夜里，他们健步如飞，躺着我母亲的软床像云一样向丰邑医院驶去，没有走到医院我的母亲咽气了，父亲在这条路上遇到那些抬着母亲回来的人，他们的棉袄湿透，神情沮丧，哀哀地对我父亲说：回去吧，人不行了。

我的母亲死于难产。我的父亲从此失魂落魄。

我父亲踏过大片的土地，他往西走，十里开外，他左脚踏在山东的土地上，右脚踏在江苏的土地上。他看到两省之间的泥土一样乌黑油亮，柳树在春天发出嫩黄的细芽，他摘了带回家，蒸柳芽，烧柳芽稀饭。吃着山东的柳芽和江苏的柳芽，他品尝到两省柳芽的味道一样的苦涩。

三

孙庄娴静地端坐在平原上。

平原是一望无际的平坦。道路、河流、土地在同一地平线上。

高耸的树和隆起的房屋组成村庄，在地平线上标记出植物和生物居住的痕迹。村庄以重叠的屋子遮挡开阔的视线，把平原切割，分割成一块块绿的田野，红的土壤，清澈的溪流。

村庄安祥，宁静，悠远。一个村子和另一个村子相距不过二三公里，隔着一块棉花地或者一条麦垄间的小路。村庄内里布局凌乱，这凌乱意味深长，原始的、野性的气息在曲折幽深中层层涌出，形状各异的庭院屋舍简陋朴实。零散的村庄大大小小无法描述，一个村庄有一个村庄的形状，一个村庄有一个村庄的布局。这些布局和形状自然形成，沟渠水井，矮墙屋舍，树木野草，无不带着原始的姿态呈现在天幕下。

孙庄是平原上无数村庄中的一个，以地平线为基点，土地、道路和河岸在地平线上，高出地平线的是树和房屋，猪舍羊圈，矮墙篱笆。地平线上的屋舍棚圈、土墙篱笆像平整的土地上乱扔的土坷垃，这里扔一个，那里扔一个，随随便便蹲在地上，或直或方或圆，或大或小，或奇特或平常，都在各自的宁静里缄默不语。

孙庄的形状，不方、不圆、不长、不宽。找不到一个恰当的图形表达这个庄体，唯独用一只大公鸡形容它最为贴切。有些村庄以路为标准，勾勒出村庄的形状，比如有些村庄里有一条笔直的大道，人们挨着村道居住，村庄是长方形的。也有村庄庄里有十字路口，人们在路两边建设家园，村庄便方方正正的。孙庄没有一条正儿八经的路，每一条路都曲里拐弯。西队有一条南北路，亦通不到村外，在村子南边截止，往西去，然后往南、出村。东队的路多斜着走，西南东北方向走，或者东南西北走，也有一条南北东西路，直来直去，走三五人家，走到人家门口，没有了路，拐弯，走向斜路。也有两三家门前的路，走二十米，是水塘，沿半圆形水塘往外走，走到出村的大路上，大路斜向西南，去小孙庄和李集。

道路不直不顺，村庄不方不正。村庄里的房屋一定是方方正正，造房子打地基的时候，要请地理先生用罗盘和指南针定准方位，放了鞭炮才能砌墙。正房朝阳，猪圈朝阳，鸡窝朝阳、羊棚朝阳。低矮简陋的朝阳，高大富丽的也朝阳。正屋的门窗朝阳，篱笆围起的院子朝阳，篱笆门朝阳，一株老槐树也朝阳。村里房屋坐北朝南，人们面南而立，靠在墙上晒太阳，抽烟，打瞌睡。

孙庄村后有一条东西的路，西通张老家，东连王堤口、许庄。村东半条环村路，绕了整个东队经半个西队，往西南而去。路窄的地方，容一人通过，宽的路，跑开马车。长的路连接十几户人家，短的只是自家门前的一寸方地，一条细细窄窄的路，从两家的墙角挤进去，到自家门前，到家了，路也走完了。长路短路，宽路窄路，经年老路，没有人记得这些路怎么形成，路在村庄里，发着幽幽的青光，被熟悉的脚抚摸，也被千篇一律的日月抚摸。

村里有一条海子。所谓海子是一条窄窄的深深的沟。海子是建造屋宇挖地而成，像一道幽暗的目光，深不见底，睁开再没有闭上，横亘在村子里，夏天被雨水覆没，冬天裸露出胶泥。

水塘在村子里荡漾着树的影子，东队四个水塘，村北一个，村里两个，村南一个。村北水塘长方形，水塘边有一株高大的棠梨树，另外便是杨树、榆树和槐树。杨树是疙瘩杨，半截身上都是粗粝的疙瘩，一块块疤瘌一样鼓胀着。慢慢树顶枯萎了，树枝戗着干树皮，耷拉着，掉到水塘里，刮风下雨的时候，有人在水塘里抢树枝。

村南的水塘在路边，挨着村子，我们叫皮坑。不知道为什么叫皮坑。夏天女人去皮坑里洗澡，传说皮坑里有水鬼，掐人大腿上，青一块紫一块的。皮坑里常年有水，水是流动的，和绕村的小河连通，小河里的芦苇也长到皮坑里，清幽的芦苇荡漾在河水里，云洁白，天蔚蓝，夜晚的星星水晶一样透明，落在水里，钻石一样发光。我们在皮坑里洗澡也在皮坑里畏惧水鬼。皮坑对我们的诱惑一直很大，在皮坑里，水底是柔软的，细沙铺地，不陷脚，只有柔软。水清得能看到水底芦苇的根，有鱼在脚面上滑去，用手去抓，什么都抓不到。

村里两个水塘，一个在大路边，一个在小路边。大路边的水塘四四方方，水塘里有荷花。我记忆里有荷花开在水塘。可是这样的记忆显得十分虚弱，似乎是很久很久以前，在梦里，在我未来此世之前。但我清楚地记得这个水塘里淹死过一个孩子，是我同学的弟弟，她家两个女孩只有这一个男孩，夏天上大水，小孩被水卷走。她家在水塘边上。那天村子里笼罩着阴郁的气息，她家没有院墙的院子正对着水塘，出来进去的人脸色阴沉。我看到我的同学哭得很伤心，她的柔弱的母亲昏死过去，后来病了，一家人在悲痛之中，经年不振。这个水塘似乎不吉利，水塘之南，紧靠水塘之上，有一对夫妻，村子里都是茅草屋时，他家建造了瓦沿边的瓦屋，两间瓦屋在水塘上很招眼，还有一个小院，也精致安逸。只是这对夫妻很多年没有孩子。大人们议论他们说：是两个好人，一辈子没有解怀。小时候听到这样的议论，不知道没有解怀是什么意思。后来恍然明白没有解怀是从来没有生育过小孩。善良的村人说话是含蓄和婉转的，是识文写字的人也想不到的语言。后来他们要了一个亲戚家的女孩，叫荷花，女孩长得美艳，荷花一样漂亮，女孩后来给两位老人养老送终。

从我家往东，走过榆树林间的小路，往南，到一个三岔路口，有一水塘在三岔路口。东边是队里老牛屋，北边是路，路北两户人家，是亲兄弟，孙氏家族的几代孙，我不清楚，我知道我们是同族。水塘西边是小路，路边垂柳依依。路西是云家。水塘之南，紧靠水塘是一个叫小皮的人家。小皮的父亲是酒鬼，醉酒后，和小皮的母亲打架。村里人露出不齿和同情的眼光。

水塘是两个水塘也是一个。水大的时候，水漫过中间的土堤，成为一个水塘，水少的时候，土堤浮出，成为两个水塘。水塘边是柳树，土堤上也是。柳树侧身斜向水塘，而柳条又是垂柳，长长的，春天开满金黄的柳花，在水面摇着晃着，更多时候安静地下垂着条条柳丝。夏天，云的父亲把水牛牵到水塘里洗澡，老水牛蹲在水里，露出头和脊背。我们去洗澡，站在土堤上，从上往下跳。没有太阳，水温有点凉，我们一个猛子一个猛子地往水里跳。嘴唇冻得发紫，身上起了鸡皮疙瘩，脚和手都泡得发白。

村里有三口井，西队一口井，东队两口井。西队的井在毛七家门口，高高的青石台砌在井口，井边石缝里青葱的小草绿绿的，像眼睛。西队的人吃西队井里的水。东队村北的井在小皮家院子门口，人来人往不断。村南的井在大队书记家门口，井边住着一个孤老太太。井前面有一个叫合作的人和他媳妇闹离婚多年，他媳妇死也不和他离，村子里人都偏向他媳妇，背后骂合作是陈世美。

东队一个菜园，西队一个菜园。菜园里有毛驴拉的井，哗啦啦的铁链子带出井里的水，链子上的水浪花一样白，流到木质的水槽里，一汪青玉一样颜色的水，从水渠里流到菜园里，流到蔬菜的根部不见水的踪影。水渠里一道道水走过留下的痕迹，细沙铺成，水波一样层叠着。菜园子里有看园子的老头，围着菜园子溜达，没有人敢靠近菜园子。

孙庄多淤土地，一块块挖开，红色的胶泥一样黏。村东村南和村北都有东队的土地，一片开阔的土地通到外村，北边和段四魏楼隔一条河，东边和王堤口隔一条干沟，南面和张河隔着一条太行堤河废弃的土堤。土堤高耸，土堤之南，地势低洼，望得见张河的村庄，望得见苍苍茫茫的太行堤河。土堤之下，土地平整，水渠、阡陌纵横交错。

村里有一个卫生室，在东队。先是在大队卫生室，后搬回家中行医。医生叫后库，一脸多愁的皱纹，笑起来腮边都是括号一样的纹线。多年后有了另一个行医的人，叫文庆。文庆从部队回来，娶一个年轻貌美的女子，结婚一天，那女子回娘家，再不回来。文庆长一张微笑的脸，开口露出白色的牙齿，有点羞涩还有点过分厚道。文庆一直没有娶上媳妇，四十多岁还是孤身一人。我们小孩子都在背后猜测他为什么不娶媳妇？那个女子为什么只跟了他一夜就不回来呢？

孙庄最高辈分是基字辈，下面是建、敦、厚、裔、世、克、诚。我父亲是建字辈。建字辈在村子里属长辈，基字辈已不多。和我父亲同辈的多是老人，在我们一脉上，居住在东队村后。村南和西队，晚辈居多。我父亲出门到西队和村前，人见了，多喊：二老爷。我遇见比我大两三倍的媳妇、老太太，也喊我：小姑姑，小姑奶奶，老姑奶奶。老姑奶奶小三辈。

少年的我，在这些沉重称呼里，无法呼吸，也言不由衷。

四

四面皆水的孙庄环绕在碧波荡漾之上。笔直的树木和错落的屋瓦倒映在粼粼的水纹之中，纵横的田畴和交织的阡陌，在水波簇拥中变幻着四季的颜色。淹没到泥土深处的村庄，因了水纹的映衬，拙朴中多出几分灵秀，荒蛮中有了些许清逸。

小河以其粗犷和秀逸呈现出天然的姿态，或宽如小湖，在田野间展开一面开阔的水面，或细如溪流，在田地里涓涓地流淌着不绝如缕的歌吟。宽的地方和窄的地方各自舒展着妙不可言的自然形态，那种不规则的宽阔，那种曲曲折折的细流，那种百转千回的顾盼之水，在村庄之外流淌着。

夏天多雨，村庄里的水沿着村路流淌进小河里。田地里的水沿着植物的根茎流淌进小河里。小河里的水是村庄里的水和田地里的水汇聚而成。小河涨满了泥土一样颜色的水，有点浑浊，是那种黄乎乎的浑浊，是沿路冲刷而来的泥土搅浑了河水。几日之后，河水澄清为一面碧绿的镜子，泥土下沉了，河水开始清澈。

村后的河面宽阔。春秋天人们在河边挖土脱砖坯，河边的空地上，整齐的砖坯垒砌在一起，不知道是谁家的砖坯，红色的泥块方方正正，我们在里面奔跑，相互寻找着对方。那些砖坯的间隙有缝，我们偷窥着对方的身影，有时把砖坯碰倒，我们偷偷跑掉，谁也不说是谁碰倒的砖坯。

在开阔的河对岸，有一个砖窑。砖窑高耸入云，相对于平原它是令人惊恐的。我们在河边遥望着高高在上的窑，心生畏怯，无数次有攀登上去的意愿，无数次被大人的恐吓震慑住：千万不能到窑上去，窑上有吊死鬼，耷拉着一丈长的红舌头，专门拉小孩子。这样的恐吓阻住了我们的脚步，我们不敢走近窑，更不敢攀爬上去，只能远远地在水边遥望那个神秘的窑洞，对窑洞里住着红舌头的女鬼深信不疑。

当河边的砖坯送进窑洞被烧成红色的砖运出来时，我想那个女鬼在窑洞里是不是会被烧死？

村东边的小河是一条细流，我们叫干沟，它深而陡，隔开我们村的土地和王堤口的土地。过了干沟便是王堤口的菜园，菜园里有一口深井，井边那头毛驴耐心地移动着缓慢的脚步。黑色的链条哗啦啦地响着，银白色的水从链条上抽出来，流淌在木质的水槽里，流进菜园。干沟里没有水的时候，我们越过干沟到菜园子里喝水，趴在水槽上，咕嘟嘟喝一气，毛驴靠近了，停下来，等我们喝过水，再继续走。

村南的小河和村东的小河一样只是一条夏天的蓄水池，到村子西南却成为一片广阔的汪洋，一直到另外的村庄都是一片无际的水。雨水多的时候，庄稼和道路全部成为水的世界。我到大队里的代销店买东西要经过那片水域，挽起裤子，蹚水而去。这片水域和村西的水域连成一体，浩浩荡荡，沉陷在地平线下。最壮观的是这些水域里长着茂密的芦苇，从水里到岸上，把村庄遮掩得严严密密。

芦苇是根生植物，它们的根在水里泡着，在泥土里埋着。每一个春天都生发出比原来更多的新的芦苇，芦苇蔓延在河水里，往岸边的土里延伸。土地在低洼处，被雨水浸泡成河流，成为芦苇的温床，更多的芦苇生长出来。

红褐色的泥土上清澈的小河倒映着芦苇的身影，风拂过河面上，我看到水在芦苇之下漾开奇妙的涟漪。有蜻蜓飞过，蝴蝶落下，水车在河面轻轻地点过。岸边的草开着紫色的小花，蒲公英梦想一样摇曳着迷人的絮羽。我的父亲在芦苇地里挑选粗壮的芦苇，拿回去做竹竿。他也摘芦苇的叶子，铺在锅里，蒸馍用。父亲会用芦秆做成芦笛，教我吹出歌声。

这些绕村的小河相互连通，和村子里的沟坎，和村外的沟渠、小河，和不远处的太行堤河都是相连的。我是说，我们的小河不是无源头的小河，它和发源于浮岗集流入南阳湖的太行堤河紧密相连，它在太行堤河的侧旁流淌着岁月的从容。旱了，太行堤河里的水向小河里流来，涝了，小河里的水向太行堤河里流去。

古老的太行堤河耸立在村庄的东南，和村庄有一块地之隔。我们去堤河上挖野菜，捡蘑菇。遇到乱死岗子上早夭的婴孩，大人说堤河上“很紧”，是扔死孩子的地方，小孩子不能去。我打很小就感觉到那里的荒凉，要么是光秃秃的一片白色的盐碱地，要么是山一样陡峭又突兀的大堤，要么便是茂密的灌木和黑森森的槐树林。我的父亲喜欢从堤岗上的小路去赶集，我拽着他的衣角从堤岗上走过，看到碧青的河水也看到小孩子的绣花鞋。小孩子绝对不能到太行堤河里洗澡的，只有大人才敢去。

村西和村北陡峭的小河深陷在酱黄色的淤土里。波光粼粼的水面像一道柔软的月光交叠着夜晚的神秘。如此安详的小河两岸总是流淌着浓郁的豆香和阵阵悦耳的虫鸣，雨后清新的气息散发出的是泥土的芬芳，带着一丝淡淡的水草的腥气，仿佛小河的呼吸，弥漫出植物渗入的味道。落叶小舟一样在河面漂浮，水鸭静静地卧在水波之上，云彩在水底若隐若现，柳丝的长辫抚弄着水湄的青草，青蛙没有长大之前黑色的花纹一样镶嵌在镜面一样的河水里。

是我们扰乱了小河的幽静。十几个，有时二十几个，或者更多，有时也更少。小男孩和小女孩像小蝌蚪一样亲近着这条古朴的小河。我们从长着白色绒毛的豆地间的小路逶迤而去，在浅浅的小河边把上衣脱下扔在豆地里。女孩子穿着裤头，男孩则赤身。十二岁之前男孩夏天一律光腚，贫穷村庄习惯于这样的风气，没有人觉着不雅或有什么忌讳。他们晃动着赤黑的身体在村庄里窜来窜去，滑泥鳅一样哧溜一下滑到河水里。小女孩们小心翼翼地在河边试着水温和深浅，慢慢向河心走去。

在一处宽阔的水面，水深清凉，那是大男孩占领的区域，小男孩和小女孩不敢去，大人吓唬我们那里面有水鬼，有马鳖，还有水蛇。我们只能在远离开阔水面的河沟里洗澡，一道浅浅的水湾绕在豆地间，对岸的红薯秧垂下来，红薯快熟的时候，男孩子爬上岸去扒红薯，把白灵灵的红薯泡在水里，边吃边浮在河面上拍打水花。小惠和七羽从河坡上往下打滑溜，像青蛙一样一下跳到河心，有一次七羽的屁股划破了，血流到河里，我们都吓坏了。

夏天的雨水把两岸的泥土冲刷进小河里，小河改变着河水的深度，也改变着河面的宽度。河水浸泡着两岸，那些柔软的泥土滑进小河里，从豆地里流进小河里，雨水涨满小河。夏天的河面和豆地平行，随着雨水的充足，河面向庄稼地里扩展，有低洼处的豆子泡在水里，露出豆叶青绿的顶芽。三五天水退去，太阳晒热豆地里的水，豆子不是被淹死，而是被烫死。

我家有两分地在河边，我不知道那块地为什么一直种豆子。去河边的时候从豆地里经过，紫色的豆花和白色的豆花一片粲然。父亲一个人蹲在地头的小河里。太阳的热，灼烧着大地，豆子软软的叶片抵抗着太阳的火舌。因为雨水充足，豆子从不怕太阳的暴晒。这时候，人抵不过植物，无论躲到哪里都呼吸困难，热汗淌满油亮的脊背。水牛走进水里，猪躺到稀泥里。井边的水洼里，一层新鲜的绿苔绒毯一样柔软。

我父亲在河水里蹲着，只露出半个头。不远处的河面上漂浮着一个个黑色的变形的头颅，那是村子里的男人，植物一样长在了水里。

白天的光亮渐渐减弱后，暗暗的夜要来了。一身水的男人一个一个从河水里站出来。他们光着脊梁，肩上搭一条辨不出颜色的毛巾，一走一晃地从豆地往村子里走去。

夜晚的小河是一道柔媚的月光，轻轻地绕在村庄的周围。水是白色的，像银子一样闪闪发光。水温不热不冷，和肌肤的温度一样，浸泡在里面，一天又一天，白天和黑夜。

天完全黑下来后，小河是女人们的。从枣树下的阴影里，女人们沿着豆地边的小路向小河走去。幽暗的豆地向远处绵延而去，地边的小路窄窄的，只能容下一个人在上面行走。所有的人都排队一样走在地边，小孩子踩在大人的脚上，不是挨骂就是被巴掌击中。有时去早了，有男人还在河水里没有上来，女人们站在豆地里轰他，小路被堵死，他只能沿着小河向远处游去，从豆地那边落荒而逃。

夜晚的河水退去白天的浮躁，水面的温热和深水处的清凉滋润着我们的肌肤。浸满黏稠汗液的身体在河水里玉一样柔软了。粗糙的女人身体在河水里也是软的，她们像水一样的肌肤变得温润，轻柔的话语在小河里飘荡。

这是洗涤坚硬和劳累的小河。这是把男人和女人还原为最初的人的小河。是人的自然之处，也是自然的人在自然的洗涤中回归自然的情景。

上天给人热浪，也给人雨水。它有惩罚也有宽容，人像动物一样总会找到一种自我救赎的办法。于是有了蓄水的小河。是的，那时候的小河是蓄水的。田地里的雨水，村庄里的雨水，统统流到小河。小河在村庄周围，四通八达，连着村子里的海子，连着鱼塘，连着那些不规则的水塘。当雨水溢满村庄所有的低洼处，那些水便会顺着小路向小河淌去。

我小时候闻到的水的味道是腥味的水。活的鱼和黄浊的泥在水里汪着，急水是奔跑的，缓水是行走的，当水汇拢在小河里，它们安静地躺在岸的怀里，慢慢沉静，慢慢清澈，小鱼找到住所，泥浆沉于水底。于是我照见河水里我的模样，小辫子和瘦弱的身体扁扁地沉到水里，鱼群来了，蝌蚪来了，我的影子散开。我坐在河边照镜子，把脚丫浸泡到河水里，望着向东流去的河水想东边是最美的，河流的方向是令人神往的地方。如果小河能够带走我的身影，我还会回到小村找到我的家吗?

如果我回不来，我的父亲会死的。

想到这里我站起来，带着我落到小河里的身影飞快地跑回家，看到父亲在家，并且站在父亲面前，让父亲看到我回来了，我才安心。

从村庄出发，出去要经过小河，雨后的河水在青石板桥上流淌。路口的青石板桥少，有桥的路要蹚水过河，没有桥的路口更要蹚水过河。下地要过河，赶集要过河，往东去西去和北去都绕不过小河。往南去有一条大河，大河上有大桥，所有的人从桥上过河，那条宽阔的河叫太行堤河，有名字的河都是有深度的河，轻易蹚不过的那条河。

父亲出村往西去，他去赶集。我要跟他去赶集，山东省的大刘集。

父亲不带我，他说：你在家等着，我一会儿回来。

我跟他到村外，走到小河边，父亲脱下鞋，挽起裤子蹚水过河。到河心，他回头看我，我还站在河边一动不动。他回来，抱起我，一起过河。

父亲领我去赶集。走到张老家，我不想去了。我知道张老家的庄子长，长到无边无际，半天都走不出那个庄子。庄子里有狗，有在路口拿着石子土坷垃砸人的小孩，有不怀好意的挑衅路人的疯子，指着每一个过路的人喊：给我一分钱。

我想回家。我停下脚步，拉拉父亲的手蹲在地下。

父亲拽起我继续走。

我干脆坐在地下。

父亲抱起我往前走。

我在他身上往下滑，我要回家。

父亲领着我往回走。玉米在路边静息一般站立，远方吹来的空气中有莫名的恐惧。我有一种被搁置，甚至被抛弃的感觉。我拉紧父亲的手，越走越慢。

到河边，父亲把我抱过小河。他说：回家吧，我一会儿就回来。

父亲转身走进小河。我站在河边看河水湿了他的裤子，看他一步一步蹚过小河。我站在岸边突然大哭：我不，我要跟你去。

父亲听不到我的哭声。他蹚过小河，一直往西走去。

我把鞋脱下，提起裤子，小脚丫沾到了河水。河水温热，河底的路平平的，水流从小腿间滑过。一种爽爽的柔软在脚面浮着，我一步一步往深处走去。河水湿了我的裤子，湿了我的褂子，一直浸到我的嘴边。

我不敢走了。我大声地哭。

我不知道我为什么要哭，我不知道哭意味着什么。

我遇到危险时哭，挨了欺侮时哭，疼痛时哭，遇到不愿意做的事情也会哭。哭已经不是代表伤心，它是一种呼喊、倾诉和发泄。有时是软弱和胆怯，有时是为掩饰软弱和胆怯，或者为软弱和胆怯壮胆。

河边没有一个人。天空高远，四野空寂，风在芦苇之上吹来吹去。

我倒退着回去。退到岸边我已经不再哭泣，干巴巴的泪痕在脸上。抹抹泪，我回家。

湿淋淋的衣服没有被风吹干，我已经又站在小河边。我一遍遍向对岸望去，那条通往张老家的小路寂然无声，路上只有寂寞的风没有行走的人，更没有父亲的身影出现在我视线之内。

我在小河边游荡。到豆地里逮豆虫，河水漫到豆地里，有黄焉焉的豆子被水淹死，稀软的泥陷住脚，拔出脚，鞋子留在稀泥里。把手伸过去，从稀泥里拽出鞋子，到河水里洗洗鞋上的泥，把脚丫也在河水里洗洗，湿的脚穿上湿的鞋，或者干脆不穿鞋，一手提着一只鞋，满地找豆虫。

也在浅水处逮蝌蚪。有小鱼吸引我，故意在我面前摇头摆尾，我伸手去捉时，摇一下尾巴不见了。一会儿一个一模一样的鱼带着挑逗的神情游过来，我还是会去抓，还是抓了一手空。

蝌蚪好捉的。最快的办法是站在水里，把水泼到岸边，蝌蚪一只只也被泼到岸上。它们在地下扭着，笨拙地摇晃着，很好捉。

把逮住的蝌蚪放进岸边的小坑里，小坑里泼了水，小蝌蚪在里面欢快地游。小蝌蚪住在河边的小坑里就像住在一个小房子里，隔壁的大房子和小房子有什么区别呢？都是在水里，在水里的泥浆里。

我的湿的衣服上是泥浆，胳膊腿上脸上是泥点子。小坑里黑乎乎的蝌蚪有几百只，它们黑蚂蚁一样在一起，彼此擦着身子，拥挤着，磕碰着，却还在不停地游动着。我看着它们，光滑乌黑的小蝌蚪真是神奇的小虫儿，它光光的身体凭什么去游泳？它大大的肚子软软的，水一样柔软，用力一捏会爆炸，小眼睛亮亮的，仿佛会思想的鱼，却没有鱼的机灵和智慧。我知道青蛙的前身是小蝌蚪，小蝌蚪长大后才能离开水，没有水，它会死。

这样想的时候，我会把小坑划开条缝隙，让小河和小坑连通起来。小蝌蚪获得释放一般沿着那条细细的小径游到小河，也会从小河里游到小坑里。

父亲回来的时候，我去找我的鞋子，鞋子整齐地摆放在路边的太阳下晒着。父亲蹚水过河，他看看我，看看地下玩过的地方，没有说话，拿出一个烧饼给我。

五

在大部队左侧，泥墙的屋子敞开两扇木门，终日敞开着，冬天的冷风从对面的大路上直接灌进屋子里。门内一面高的柜台，墙一般堵在屋子中间。靠一头，有一个人能进去的过道，用木板小门挡住，能自由开合。里面靠墙摆一张货架，货架里货物叫洋烟洋火洋布洋油洋线，新事物都带着一个洋字。柜台里也没有更多货物，无外乎针头线脑油盐酱醋铅笔本子之类，食品类不多，洋糖是有的，颜色最鲜艳，用塑料糖纸包着，印着五颜六色的图案，一分钱两块，吃完了要把糖纸保存起来，折叠成小小的星星，珍藏着。早先有没有饼干我不记得了，我知道那时去代销店买一根麻花是十分奢侈的事情。

在代销店当营业员的人叫后平。我不知道为什么让这样一个人高马大粗声粗气的雄壮男人当营业员，小时候很怕他，看到他赤红肥胖的脸上那双凶煞的眼睛觉着此人不善，去买东西时他张开的嘴里的语言不是说出来的，是吼出来的。我总是把一分钱举起，从柜台的边沿推到里面，怯怯地说：买糖。他不搭理我，扭身在柜台里拿两块糖，扔在柜台上。冬天，他也敞开怀，腰里扎着绳子，露出半截胸口上红通通的肌肉。

堂姐吸烟，吸一种叫火炬的香烟。火炬烟八分钱一包，我姐给我一角钱，派我去买烟。她说：剩两分钱买一端子（一种量器）洋油（煤油）。两分钱一端子洋油正好装一墨水瓶。有时她说：剩两分钱买块糖吃吧。我上学后她会说：剩两分钱，买块橡皮用。两分钱有时候是我的路费，有时候不是，她说：买盒洋火(火柴)来，我抽烟没火了。

我乐意去代销店。握着钱风吹树叶一样在大路上翻飞。我熟悉村子里每一条路，每一条通到村子各处的路。就像蜜蜂知道哪里有花蜜一样，我带着触角出发。一个小孩可以随便在路上，孤身一人，在空阔的大路上行走，在四周是田野的路上边走边看蝴蝶起落。我家和我姐家在村子最东北角，去大队部要穿过村子，穿过皮坑，穿过皮坑那边的几块田地，经过小孙庄，经过小孙庄西边的两块田地，一个向西南的地方。夏天，出村到皮坑要蹚水过路，皮坑里的水溢出来，在路上和庄稼地里。看不到路，看不到路和路边的沟的分界点，地里的豆苗若隐若现在水里。我赤脚，穿着短裤，蹚水过路。水大的时候，路上的水一直漫延到小孙庄，小孙庄里面是水，庄外是水，路上的水漫过田地，在看不到边界的地方汪着。水深的地方是小孙庄西边的小河。水从河里漫上路，路上没有桥，有水走水路，水干走旱路。夏天多走水路，下地和去买东西，赤脚从水里蹚过去，穿鞋也是提着。

在这没有边界的水路上，我从来没有走到小河里去，也没有走到路边的深水坑里去。我知道路在哪里，水里的路在哪里我也知道。没有人看着我，牵着我的手走，我独自在路上。在有水的路上，在看不见水路的路上，知道哪里是路。

有时天黑了，点灯的时候没有洋油。父亲摸瞎烧火做饭。孙庄人的晚饭在天黑之后，叫喝汤。做饭叫烧汤。父亲的汤烧得晚。我玩儿后回家，看不到父亲，我到屋里找火柴点灯，灯跳一下，留下灯芯上一簇黑点，熄灭了。我端起灯摇晃一下，知道没有油了。在墙壁上的一个洞里，或者在箱子底下，我摸索一个钢镚。如果有，我会端着灯上路。大多时候没有。恰巧这时摸到一个两分或者一分的硬币，我喜出望外，兴冲冲地进入村庄的阴影里，从最西北角这间低矮的茅草房出发，往西南方向的代销店奔去。

黑夜无边。村庄里星星点点的灯光像半阴天明灭的星光一样模糊不清。凭感觉走在路上。出村是皮坑。皮坑里芦苇林立，风吹芦苇，窸窸窣窣。皮坑里有水鬼的传说还是让我战战兢兢。而我走在芦苇地边还是觉着芦苇亲切，不太相信水鬼会出来伤人。野地里有坟茔隆起，在庄稼地里起伏，移动的树跟着我，我会觉着身后有一个人紧紧追我。父亲告诉我不要害怕，身后是你自己的影子。我想着父亲说的话，自己给自己壮胆。

代销店里灰暗的灯光下后平躺在床上。门是敞开的，我进去，喊：有人吗？打洋油。我的声音怯怯的，小得像猫叫。后平肯定没有听到，或许他醉了，正沉醉着。我喊了几声，他忽地起来，瓮声瓮气地吼：打多少洋油。一端子。我把两分钱放在我刚好伸手能够到的柜台上，往里推推。

有一回，我只有一分钱，怯怯地放在柜台上说：打一分钱的洋油。一分钱半端子，也能点亮夜晚的灯。

后平带着不耐烦的表情，站在一口缸一样的容器边舀洋油。把煤油灯的灯芯拿出来，溜子放在墨水瓶口，一种微黄的液体缓缓地流进墨水瓶里，瞬间散发出略重于墨汁一样别致的气味。倒完洋油，后平把墨水瓶一放，毫无善意的脸上一脸凶相。我端着墨水瓶，墨水瓶沉甸甸的，在星光下我看到墨水瓶满满的，一分钱也给舀满满的。我知道了一种特殊的关照，在无声无息中。

那时候起记住的温暖，一直记得。对那个粗嗓门的男人有了好感。他那凶狠的样子或许只是样子，内心却是温和的向善的。

大队部分代销店开后搬到孙庄。在村子东边，靠近路边的一个小屋子里，代销店更狭小地存在着。土墙屋，比两间小些，比一间大点，屋檐低低的，高个子进去要低头。搬到孙庄之后，代销店似乎成了后平家自己开的，在大队时，是属于公家的代销店。后平不在时，后平的女儿在代销店里卖东西。

后平的女儿叫毛蓝，头发细如牛毛，金黄，飞扬，像一蓬乱草，怎么梳都是那样。是一种特殊的头发，像种族遗传一样不可更改。毛蓝遗传了她爸爸的基因，胖而大的脸，厚眼皮，小眼。大鼻子大嘴。脸色赤红，人高马大。村子里没有这样的人，她是唯一一个，像烈性马一样的人。毛蓝人憨实，心眼也憨实。她对我极好，故意多给我洋油、盐、酱油、糖块。夜晚我去代销店买东西，站在柜台外面玩，她拿糖给我吃。

天黑了父亲还不回家，我出门去接父亲。去接父亲，就是漫无目的地走，就是没有着落地乱转。

走过榆树林，走到枣树林里，经过桑树林，走到棠梨树下，过去一条小沟就是代销店。黑暗中我爬到棠梨树上，在棠梨树上坐累了就去代销店，代销店里亮着灯光，毛蓝在里面。晚上毛蓝在里面的时候少，都是后平在里面，看到是后平在里面，我缩回头，退回来，看到是毛蓝的身影，才进去。

代销店里灯是煤油灯，照亮一小片，我远远看到从门里斜射出来的灯光，打在地下，浅黄，含糊不清。灯影里能看到毛蓝的身影还是她爸爸的身影，都是那样一副宽大的身影，把灯光都遮住，从背影里，我还是能看出是谁的身影。看到是毛蓝，我哧溜一下滑到树下，走进代销店里。看到是后平的身影，不免失望。望着那个身影摇来晃去，想着毛蓝怎么不在代销店呢?

代销店在村口路边很多年，低低的屋檐下，冬天的雪水化到路上，冰柱在屋檐下，毛蓝伸手够到冰柱，拿在手里，往嘴里送。她笑着，张大嘴吃冰，说着：冰棍，冰棍，好吃。

六

孙庄有三口井。西队一口，东队两口。

西队人吃西队井里水，东队人吃东队井里水。东队村前的人吃村前那口井里水，村后人吃村后那口井里水。

三口井一样深，一样水清甘甜。冬天热气从井里升出来，能看到袅袅的气体云雾一样飘溢井口之上。打出来的水，温热，像暖在地下火里的。放学回家手冰凉，父亲会说：用井温水洗洗手。把手伸进水，冻僵的手立刻融化，触摸到水的温和与柔软，似握住了一把暖和的空气，也似捂住一抹暖阳在手里。夏天的水，打出来，清凉透亮，是真正的凉，是酷热的夏天任何地方都找不到的凉爽。把手伸进去，触摸到玉石一般，柔软，沁凉。午间天热，或者黄昏闷热，从田里回来的人，打一桶水，坐在院子枣树下，洗脸，洗脖子，洗胳膊、腿、脚，把身体上裸露出来的地方洗一遍，汗液消失，浑身凉飕飕的，汗腺张开之后又关闭的皮肤滑润洁净。女人会端一盆水，到屋子里，关上门，擦洗身体。浸透水的毛巾拧下水往身上擦，水贴近身体，凉意袭人。肩、胸、脊背、小腹、大腿，每一处都浸润到井水的清凉。闭上眼，有一点点小小的非分之想，恍然间一个不可言传的小幸福传遍全身，芳草的清香，花开的颤抖，在黄昏的月下朦朦胧胧。

东队村后的井在小皮家门前空地上。我家吃村后井的水。打水用土陶罐子，也担，也提。一只罐子，提着。罐子土红色，也有土黄色，烧制简单，没有上釉，粗糙、易碎。罐子沿上有鼻，鼻上拴麻绳，饭前或清早，家家都要去井里打水。打水是一件大事，生活条件好的人家买起木水桶，做一个扁担，去担水。条件差的，家里人口又多，用土陶罐子担水。最穷的是提着土罐子提水。

从我家到井边经过一个碾盘，上一个高岗，往东，看到青石围拢的井台。

井四周很远地方的泥土是潮湿的，仿佛地下充足的水浸润到地面上。地潮而不黏，始终是那种清凉的泥土展开在眼前。井台高出地面，青石颜色，是那种素雅淡蓝的青，泛着清浅的白。穿布鞋踏在磨得光滑的青石板上，脚下不滑。井台周围的泥土，潮湿而结实，雨天，在井台上也不留泥土的湿痕。打水的人，从井里打出的水，一滴不舍得洒，井台上没有水迹，干干净净。而石缝里，却长出旺旺的小草芽，小草芽一直那么齐刷刷的，一簇簇，在石缝里露出绿绿的细叶，鲜嫩坚韧。梅雨季节雨水多，井台石缝里面，长出青苔，最浓的翠绿，毛茸茸的一层，绒布一样围在石缝里面，仿佛给井台边沿的石壁绣了一圈花边。井台之上，还是干干净净，没有灰尘泥浆，草叶乱石。

我一直记得那些井边石缝里的小草芽和梅雨季节的青苔。清凌凌的样子，绿得沉醉、迷人。天晴之后，太阳从树叶的边沿照到那些青苔上，毛茸茸的青苔怠倦了一般，醉意朦胧，颜色略淡了，厚的苔痕稀薄了，琐屑一样贴着石壁，似尘世的丢弃之物，又似老井一年一度褪下的岁月之衣。斜阳下看着，有一种怀旧的心痛，痛到恨不能梅雨纷纷无绝期。

清早打水的人多，人们从村子里一个个柴扉小门里出来，或肩挑或手提空的容器，慢悠悠地走在天清气朗的村道上。到井边，随意站着，把挑子竖起来，扁担和人相依靠立，也把扁担搁到两只水桶上，人坐在上面，等空闲时过去打水。人多，不排队，一个个等。井边只能一个打水的，把井绳系在水桶上，弯腰下到井里，黑黝黝的井底一泓幽深的水，水清洌，站在井上往下看水，墨玉一般的颜色，看得见明晃晃的水在深处漾着，有液体特有的那种不固定的微微的晃动。把水桶放在水里，水桶浮着，打水的人要把井绳沉下去，让水桶歪下，慢慢灌进去水，再提起，往深处沉几下，水满了，拔上来。有性急者，水桶下到井里，一阵猛烈摇晃，水摇晃进水桶，然后再顿几下，水满了提上来。井边一直有一根粗粗的大井绳，是和井在一起，谁去了谁用。

一口井用很多年，没有人说得清是什么时候谁打的井。井是公家的，一个村庄的，东队是东队的，西队是西队的，村前是村前的，村后是村后的，这是固定的，一代代人这样习惯下来。某种意义上说是属于这一方圆人群的，然而又不是这样的。外人来了，一样打井里水用，西队井里没有水了，东队的水也会是西队的水，村前井里没水了，村后井里的水村前的人一样用。井是公共资源，又是地域意义上的某些人的。

隔几年，村里的井会淘一次。淘井的时候村里人都去井边，小孩子看热闹，男人干活，妇女辨认井里淘出来的东西。井上支一个高大的架子，往上拉井里淘出来的污泥瓦块。井边到处都是污泥黑水，里面有水桶、罐子、碎了的瓷片，也有模糊不清的鞋子，小孩的虎头帽，绣花线在污泥里辨不出颜色。女人们仔细辨认着是不是自家的水桶，男人们拉着绳索，喝着烈酒，轮番下井。

我记得一次淘井我在那些污泥里寻找过我家的土罐子，污泥小山一样堆积在井的东边，水桶变了形状，土罐子碎了。我想找到我家的土罐子，从污泥里扒出来，洗刷干净了还能打水。我找了很久，从中午到下午，看着那些污泥越堆越高，水桶都被认领走了，变形的水桶也带回了家。我只想等我家的土罐子淘出来。我父亲说，井绳断了，土罐子掉井里了。往井里掉过东西的人都在等。我也在等。我觉着等土罐子淘出来很渺茫，是根本不可能的。可是那时候，村里人都等在井边，等奇迹发生。大约每一个人都往井里掉过东西，一枚纽扣，一颗糖豆，一支发卡，一根皮筋，还有橡皮、铅笔、小刀，大人们的针、剪子、玉烟袋嘴、铜钢笔、手表等等都有可能成为井下之物，甚至一根青丝，半壁身影，一声旧年月里深深的叹息，一滴向晚时分的清泪，一缕愁肠，万丈相思，也都有可能在深深的井底。女子的眼眸，多半留在了井底，妇人的哀叹，毫不逊色那些深井之深。老男人噙着烟丝，浓密的胡须在水井里荡漾……

这是一个庄严的仪式，从古井里淘岁月的沉淀。那些心怀理想的人终究要失望而去，等待充满迷人的美丽，怀揣婴孩的女人把衣服掀起来，在露天的树旁给孩子喂奶。穿着描花布鞋的孩子抓起污泥做老鸹窠，他不停地把那些污泥培成墙，培成他心目中的窠，那些稀软的污泥一次次培起一次次滑下，他不厌其烦，一遍遍把污泥捧起。

我在这些人中做一样的事情，我记住我家也有东西掉井里了，我在场，理所当然。直至人们都散去，我还看着那些堆积的污泥发呆。我似乎觉着我家的土罐子没有掉到井里。那些没有等到东西的人，都会觉着自己的东西没有掉到井里。

井淘完，井下除了水，还是水。人们说井眼淘出来了，新的水蹿上来。

七

东队有一个碾盘。不知道为什么西队没有碾盘，西队人用碾盘碾东西时，要到东队来。

碾盘在小皮家西边，往南有一条大路，路边是玉祥家，玉祥家后面是一片空地，广场一样平整、干净、开阔。碾盘往西有路，往西北和正北也有路。云家在碾盘正北边，那时云家还没有院墙，我们穿过云家的院子到达碾盘。

碾盘是碾盘的名字，碾盘也是这片开阔地的名字。村子里开大会，队长会吆喝：到碾盘上开会。东队上工前分配工作，也在碾盘处安排活儿。小孩出门到碾盘处，一家家都三五六个，蜜蜂苍蝇一样一团团聚在一起。女孩子玩拾石子、手拉手、配豆腐、碰缸碰盆、背瓦屋。男孩玩斗拐、打揦子、摔跤。男孩女孩也一起玩，拔河、拔旗子、占揦窑、摸瞎、地雷爆炸等游戏。

碾盘底座用青石擎起，上面是圆的平面，青石做成，石板颜色清纯，光滑透亮，边沿斧痕深处有洼陷的棱沿，磨得早已经没有棱角。青石板上卧着粗壮的石磙，石磙比一般轧场的石磙粗大，像一头蜷缩起来沉默寡言的老牛在不动声色地望着碾盘上碾过的岁月痕迹。石磙上卡着木制的滚窝子。小孩子爬上碾盘，骑在石磙上，两脚蹬着滚窝子踏来踏去，滚窝子发出咕噜噜咕噜噜的声音，像古老的村庄发出的绝望喘息。

小时候不记得村里人用碾盘碾了多少谷子，不知道除了碾谷子还能碾多少种粮食。我记忆最深刻的是过年的时候碾萝卜。这是一个盛大的节日，每一家都端了萝卜去碾，从一进腊月开始，一筐一筐的萝卜聚在碾盘宽敞的场地上，黄的红的萝卜洗得干干净净，胡萝卜通红透亮，红萝卜艳红饱满，在露天的空地上晾着，等前面的碾好碾后面的。滚窝子套在毛驴身上，毛驴漫不经心地走着，一个人在碾盘边看着那些萝卜在石磙下碎裂，溅开，溢出红色的黄色的汁水。碾盘上一片鲜艳，染红青石板，地下有淡淡的汁水，天冷汁水冻僵，在地下，在青石板上留下一道红色的冰痕。跟在毛驴身后碾萝卜的多是女人，拿着高粱做的刷把，边走边往里面扫碾碎的萝卜。毛驴听话，走得不紧不慢，人也不紧不慢跟在后面。有时毛驴心情不好，或者人的心情不好，对着毛驴发了牢骚，毛驴走得急走得不稳，脚步不那么均匀悠闲，人在后面也走得急走得不那么均匀。扭着身子的人，手忙脚乱的，快速地走快速地扫。毛驴和人不能靠近了，在同一个圆形碾盘上相互拉开距离，必须默契才能配合好。有时毛驴不老实，蹄子不停地踢起来，人在前面和后面一样被毛驴骚扰，扭头训斥毛驴，毛驴突突地甩嘴，抗议不满。大多时候毛驴是乖顺的，悠着走，神态安详，步伐匀称，人也悠着走，神态安详，步伐匀称。

小孩聚在碾盘周围，跑来跑去，从大人的身子底下钻过去，从一筐筐萝卜中间钻过去，也撞在毛驴的身上，大人训斥着，跑开。饿了会趁大人不备偷一根萝卜，咯吱咯吱地嚼着。胡萝卜味甜，红萝卜脆如翡翠，汁水在唇齿间流溢。腊月的天色低沉，暗淡的天上一丝薄薄的日光似有若无，阴冷挥之不去。顶着围巾穿着单薄衣衫的女人在冬天的冷光下剪纸一样清瘦，戴着旧帽子穿着大棉鞋的孩子和冷风一起奔跑。年快到了，女人的脸上有一种沧桑的期待，紧张又茫然，偶尔有为各种打算暴露出天使一样的快乐，一时忘记了日子的艰辛。孩子不管天气寒冷，欢快的脸上是快要穿新衣服和吃最好食品的愿望。

有月亮的夜晚碾盘上是孩子们的天堂。天不黑月亮白灵灵地悬在东边树顶之上，小孩像刺猬一样不声不响地聚了一大群。从一个个炊烟袅袅的低矮灶屋里握着油饼出来，从扒拉儿口的饭桌上拍打着身上的饭粒出来，从母亲训斥声音里放下正烧火的风箱逃出来，从姐姐纺棉的长线下钻出来，从哥哥写字的案板边奔出来，从爷爷一圈圈的烟圈下的布袋边闪出来，嘴里嚼着饼，手里拿着半截葱，断了底的布鞋跑掉，弯腰捡起鞋子提溜着，直往碾盘跑去。

我坐在碾盘的石碾上。很久很久坐在上面。这是结实的依靠。我知道父亲不在家。父亲不在家，碾盘是我的去处。阳光晒了一天的碾盘温热，我靠在那热的温度上，身体里暖暖的。我似乎感觉到石头做的石碾是柔软的，温情的。它的结实，它的忠诚，它不可动摇地对我的好，使我在夜幕降临之时从来不感到孤单。没有月亮也不觉得黑夜的黑。

月亮圆与不圆都没有关系，我们要在这里，要随性地玩儿。大孩子很会哄骗小孩子，给他们画城，给他们站岗，还给他们拿着脱下的衣服，看脱下的鞋子，给他们到很远的地方找游戏的工具，比如：一根粗的木棍，一块结实的砖头，有时也贡献出围巾给他们，捂住眼睛或者绑住腿。

那年有一个从西藏回来的大男孩子，住在城里，老家在村子里。他的脸瘦而白，皮肤细腻，没有被风吹过，没有乡下孩子那种粗粝的肤色，手也白，细细的，弱弱的。眉清目秀的样子，笑时露出雪白的牙齿，有一点羞涩，脸上薄薄的皮肤都跟着害羞。月亮升起来，黄润的光，软玉一样照在碾盘上，那片空场地一片白色的皎洁。在那个大男孩的带领下，所有的孩子都参加拔旗子。他把我们分成两队，一队守住南面，一队守住北面，红色的小旗插在地下。小孩子不懂规则，讲了一遍又一遍，还是乱跑。他生气了，坐在地下说：不玩了，这没法玩。他鼓着脸，低着头。我们都围过去，大点的女孩拉他的胳膊，揪他的头发丝，也有伸手在胳肢窝挠他，他扑哧笑出声。我看到他洁白的牙齿整齐如一排白色的杏仁，娇小玲珑，在月下十分好看，大声对着他说：你笑了，你笑得真好看，你的牙齿，比月亮还白。他羞红了脸，闭上嘴，把牙齿藏起来。女孩子们哄起来，簇拥着在月下奔跑。

不久他走了，再也没有回过村子里。很多年后我记得他的洁白的牙齿，像杏仁一样洁白的牙齿，比月光还白。

在碾盘放电影略显狭窄了，可是没有比这里更好的放电影的地方了。全村人都知道电影在碾盘处放映，许庄、王堤口、张河、蒋河、土城、朗庄……周围三乡五里都知道孙庄放电影的地方在碾盘处，他们直奔这里而来，在村外的路上，听到电影发出声音的地方。放电影的时候，碾盘上坐满人，孩子骑在高高的石磙上，看人头攒动，看每一个路口角落都站满了四面八方来看电影的人。冬天他会用他的体温把石磙暖热，趴在石磙上睡着，他也不愿意下来。

石碾上没有冷清过，无论清晨正午还是黄昏，石碾上都有人在。甩瓦屋是必不可少的。在深的河底挖来胶泥，在石碾上甩，甩得啪啪响，随着响声，一个比一个声音高亢，内心的情绪变得饱涨，像歌唱者大声地唱了一曲：

瓦屋楼，响不响？

响！

啪一声，一个蒸好的胶泥瓦屋楼甩在石碾上，随着响动，瓦屋底甩开一个大洞，另一家要拿胶泥把洞口补上。以此赢得胶泥。

少年人的感情无处宣泄，用力甩瓦屋，是一种力量的宣泄。石碾上粘满泥，一层层贴在青石板上，擦不掉，等下雨的时候雨水冲刷干净。玩过甩瓦屋，一方把另一方的胶泥赢完了，双方停住交战。有时候输的那方也会早早停住，剩下的胶泥要捏小狗，捏弹弓子。赢了胶泥的，在碾盘上大摆龙门阵，他会做成汽车，火车，小鸡小狗小兔子，也有手枪步枪地雷炸弹，一个个摆在石碾上，奇形怪状，也奇丑无比。太阳照在那些胶泥上，晒干晒硬，揣在怀里，拿回家，放在奶奶的鞋筐里，珍宝一样藏在碎布片下，母亲发现了，会给扔出去：又弄一堆泥蛋子，有啥好玩呢！

我去石碾只是去找人，有人在石碾，我不和影子玩。我和人玩。没有人在，我等人来。我坐在石磙上等人。不出一分钟，某一个方向的路口晃动出一个头，路口的树叶一样飘来。两个人，我们玩对脚板、踢毽子。三个人我们玩配豆腐。四个人我们玩碰缸碰盆。五个人我们玩地雷爆炸。十几个人我们玩砸沙包，藏猫猫，我们公正地分配人员，手攥手抽七，也石头剪子布。

石碾像一个张开宽阔胸怀的老人蹲在村子的这片空地上，它的伫立标志性地把我们的心性笼络在一起。我们不用相邀，神秘的气息在少年的眼前飘荡。不由自主，脚步向这里迈过来。

八

碾盘是公家的，磨是私人的。家境稍好一些的人家里都有一个石磨，磨谷子、麦子、玉米、红薯片。

石碾是把谷物从皮壳里碾压出来，磨是把粮食磨成面粉，两者工作的原理不同，生产出来的效率也不一样。都是石头和石头摩擦，石碾是直接把东西放在青石板上碾压，磨是要把粮食经过磨眼漏到磨盘里，在两片磨盘间碾磨碎，碾磨成细小的颗粒，直至成为粉状物，盛起，经过筛子筛出面粉，余下的继续在磨盘上碾磨。

孙庄没有生产面粉的机器，那种优雅的小型面粉机还没有在村庄盛行，人们所有食用的面类食品都要经过石磨碾磨，最差的办法是用石碓碓碎，更慢。也就是说村庄里人们还在沿用着石器时代的工具生活，而最早发明火药的中国却在使用着所有的洋东西，洋火（火柴）洋油（煤油）洋布（除家织布之外俱是）洋烟洋车子（自行车），所有先进的事物都被冠以洋字，顾名思义这些东西最先是从外面学来的。

石磨在家庭里占据着重要地位，是家里一件大工具。磨有磨房，专门为这个笨重的工具修建一座房子，可想它的重要。以至于后来有了粉碎粮食的机器，不叫面粉机，叫磨坊，有了磨坊之后，石磨才真正在人们的体力劳动里消失。

我家的磨房在院子西边，叔家住的西屋南面。是一间屋子，石磨在屋子中间，石磨周围，有走开一个人的空间。我看到父亲在推磨。他抱着一根棍，在磨房里走，一圈一圈，不停地走。磨不停地转，磨上面黄的颗粒状物质往磨眼里漏。碎玉米粒在磨盘上面减少，它们像倒塌的沙丘一样越来越少，慢慢滑向未知的地方。石磨之上，茫然的磨眼还在张着大口，吞噬着空气。磨的周围，圆形的有些粗糙的磨盘和磨盘中间那点细微的缝隙间，细细的粮食由颗粒成为面粉成为更小的颗粒，它们不停地往下漏，漏成一道道雨丝，在磨盘周围均匀地落下。我喜欢出神地看磨盘转动，看那些微小的颗粒一点点减少，一点点落下来。在磨盘周围，整齐、均匀、白亮或者黄亮，有淡淡的雾蒙蒙的小纷扬。父亲头上会落一些面粉的细丝，也那样雾腾腾的，一层，浅浅的一层，在发丝上，看上去那样多，一点儿也不清洁。父亲身上也有，肩上，后背上。父亲拿着扫把扫起面粉，盛在簸箕里，经筛子筛了，余下的颗粒再倒到磨盘上，继续推磨。

父亲抱着磨棍，一圈圈走。他身子前倾，几乎趴在磨棍上，事实是他推着磨棍走，仿佛是他挂在磨棍上走。他前倾身子，上半截身子探出去很远，远看不像一个人在推磨，像一件衣服搭在磨棍上。我不知道父亲走了多久，他一直走，我蹲在地下，看那些颗粒在磨盘之上缓慢地漏着，消失，之后在两个磨盘中间碾磨出细碎的线一样的丝线，那些丝线流下来，在磨盘周围形成一道圆，雪一样白，红薯干是白的，麦子是白的，有时是黄色的，谷粒、豆粒、玉米粒是黄色。有时是红色的，高粱和红小豆，一种残血一般的红。有时是绿色，磨绿豆的时候，面粉绿绿的，好柔软的颜色，我觉着绿豆是甜的，但吃的时候涩，而且硬。金黄的玉米和豆子都会散发出芬芳的气息，磨房里有生豆子的味道，也会有玉米的甜腻气息，可是，尽管它们的气息美好，做熟了一口也不喜欢吃。生豆子的气息在煮熟之后还是很浓烈，我无法下咽，而玉米面看上去醇香而且甜，当我吃到嘴里，是刺嘴的坚硬，那些粗粝的颗粒摩擦着舌根、牙齿、腮，我觉着咽不下，卡在喉咙处，无数玉米粒的刺在刺伤我的喉咙。我只吃一样食品：小麦的面粉。无论是拌大块的疙瘩小块的疙瘩或者是那种金鱼一样的拨疙瘩，我都喜欢吃，更不要说蒸出雪白的发面馒头或者是用葱花炕了油饼，鸡蛋夹了烙饼，都是我狼吞虎咽的食物。我是说，把麦子的面粉做成什么我都喜欢吃。麦子面天性柔软和滑润，细腻温软的秉性在我体内滋养我，和我的嘴巴舌尖喉咙接触时散发的是温玉一样的舒适。

把麦子磨成面和把玉米磨成面是一样的程序，只是麦子筛出麦皮，叫麦麸，玉米筛不出皮，玉米面和玉米皮不容易分离，一起漏在玉米面里了。麦子皮极其容易脱落，且不容易碎，筛的时候，麦子皮顺利筛出来，麦子面里基本都是面粉。

不等五月割麦子，麦子叶子还青着，父亲要早早把自留田里的麦子割一些回来，晒在院子里，等麦子干，等麦粒脱落。麦子秆黄的时候，他用棍子把麦粒敲下来，用簸箕簸了，端到磨上，磨些面粉给我吃。他说：臭妮几天不肯吃饭了，麦子接不下来。

我出神地看父亲磨面粉，那几步的路程父亲走了大半生。他的大半生，在推磨，这个沉重的磨，是魔，是生命的魔，磨尽了他的骨血。像那些石磨上的粮食一样，父亲把自己塞进磨眼，在磨盘之间，血肉模糊。

后来这个磨拴过我，用铁链子把我拴在磨盘上。是母亲下葬的时候，不过三岁的孩子会被亲人带走，要用铁链子用铜锁拴住孩子。我不记得是谁拴了我，我知道这压在父亲身上的磨盘又一次把我拴在上面。

有了机器磨面粉之后，磨渐渐从生活中消失。父亲会背着半口袋麦子到磨坊打面，是的，我们叫打面。有地方还在叫去推磨，沿袭着老叫法。我的父亲去打面，每一次他都会说：又占一次磨头。机器里面有铁箩，箩上要留下面粉，面粉经过机器要损耗，父亲心疼那些损耗。他说：够臭妞喝两顿疙瘩汤的。

第二章

家族

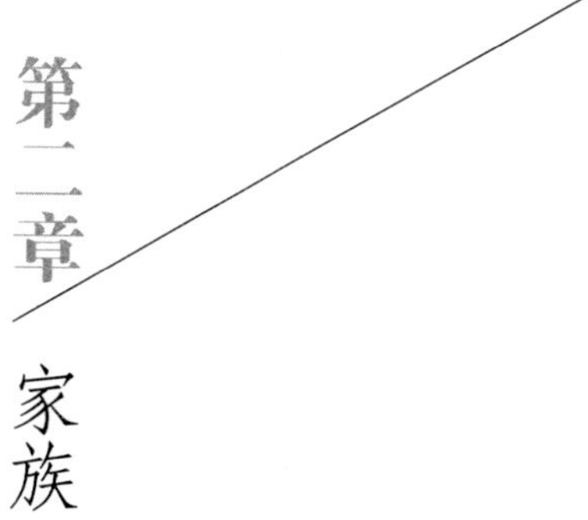

一

无尽的旷野上，烈烈的风从草尖上掠过，低矮的植物俯倒在地下。

我回家，双脚从植物的根茎旁走过，野果子黑亮，成熟之后流出紫黑色的汁液。野果子小巧玲珑，一串五粒。我摘下一串，取其中一粒塞进嘴里。我用牙齿轻轻地摩擦野果子的皮，野果子的皮软软的，有韧性。我咬破野果子的皮，紫黑色的汁水充溢我的舌尖、牙齿和腮。无边的甜，含着淡淡的酸，灌满我的胸膛。

这是一种土名叫黑茨豆（学名龙葵）的植物，在家门口的空地上，在村子东边的榆树林枣树林，在野地沟渠边，随处可见黑茨豆膨胀开繁盛的枝茎。蓬松的叶脉下，一簇簇果实由青变黑。青的时候摘来玩，放在用蓖麻秆做的吹筒上，扬起脸吹小青豆。小青豆在吹筒上升起，一寸或半寸，若即若离。

野果子在飞翔，似我的脚离开地面。没有翅膀，小小的飞翔，小小的悬空，我感觉到脱离地面的快乐与惊悚。

此时，世界一片安宁，微风息止，天色明澈，斜阳照在榆树林里。

黑茨豆黑的时候，村庄里的孩子满村满地寻找野果子。从一家家屋后空地到园子里，从侧边的门洞钻进菜地里，在南瓜秧宽大的叶脉下发现一株黑茨豆子棵，翻找糖果一样翻遍它的枝枝叶叶，每一个空隙都不放过，好像黑茨豆把它成熟的果实藏在最严实的口袋里，翻来覆去地找啊找，没有一粒。大失所望之后鼓足勇气继续寻找，那份饥饿中的贪婪，要把土地翻开。

出门我看到一排枣树，枣树旁无序的榆树落着沧桑的老皮。你知道的，枣树结枣子，榆树开榆钱花。果实好吃，花也好吃。

堂屋门一米之外是一株槐树，一米半之外还是一株槐树。两株槐树并排站立，一样高大，一样粗壮，一样满身裂开的皱纹。春天槐树花开，一树的花，弥补了冬天的饥饿，吃不完的，摘下来晒槐花干。

堂屋西北角有一株长枣树，树身细而高，乌黑苍茫，直直地挺立着。

厨房的西南角有一株圆枣树，树矮而壮，半侧着身子往东北方向生长，大多的枝杈都伸到了院子里。仰脸望去，枣树枝层叠交映，枝杈上叶脉稠密，缝隙间可见马蜂的窝巢搭建得精致。在浓绿的枣树叶下，灰褐色的马蜂窝紧紧地咬住树枝，呈倒立状。

马蜂的屋门是朝下的，它们有飞翔的翅，无论门面朝向哪一个方向，它们都来去自如。

春天，屋后一片片银子菜冒出来。银子菜是救命的菜，银子菜也是要命的菜。我的姐姐，喜欢吃银子菜的姐姐，烫死在银子菜淤出锅沿的时刻。

我回家了，姐姐，你在家等我吗？

我没有见过姐姐。也有说是哥哥的，哥哥姐姐都不重要了，重要的是我之前——有一个，我的亲人，烫死在银子菜淤出锅沿时。

我心里还有了对她的疼和亲，烙下了深深的烙印。

我回家，我不会忘记喊醒沉睡的姐姐：姐姐，我回家来了。

家的另一个定义是亲人。亲人的定义是血亲。唯独血亲是割舍不去的情。

我回家寻找我的亲人。

我看到父亲在家，母亲在家。他们在院子里坐着，阳光照在父亲身上，照在母亲身上，照在他们银白的发丝上。

我的父亲和母亲，一对沉默寡言的人，在旷日持久的光阴里他们如何爱着对方？彼此如何传递生命的讯息？我的母亲腿残，我的父亲耳聋。他们的语言和肢体不需要沟通，他们是人类边缘区域的异类，被排斥和驱逐并虐待。他们亦识趣地躲开尖锐的目光和锋利的言辞，流落到人迹稀少的偏远区域。

回到老屋，我喊父亲，父亲不应。我喊母亲，母亲不应。你们是在五百年前相约离开这里，一起回到尘土里去安眠的吗？为什么留下我，孤独地在这个冷酷的世上寻找亲人？风餐露宿，流落人间。

我想父亲，我想母亲。

我想他们在家等我归来。我想母亲牵着我的左手，父亲牵着我的右手，在光阴里慢慢走。我背着行李出门的时候，父亲送我。我疲惫归家的时候，母亲迎我。我哭泣的时候，父亲抱我。我恋爱的时候，母亲叮嘱我。有一天我跟着亲爱的人离开他们的时候，父亲握着我的手，把我交给那个爱我一生的男人，母亲则躲在远处眼含泪水深情地注视，欣慰又不舍。

不是，他们不是这样。他们两个人都是半个人。我只有半个母亲，半个父亲。有时候我想：有半个母亲，半个父亲，我也有父母啊。可是，后来，我三岁时，半个母亲也去了。残破的老屋里，一无所有的家里，剩下半个父亲和一个嗷嗷待哺的小婴儿。

我的家是父亲。不是我在家等父亲，便是父亲在家等我。

我蹲在槐树下等父亲。槐树根裸露出来，我坐在槐树根上，倚在槐树上，夜影一重一重掩上来，我望着榆树林里的小路，聆听着村外的脚步。我想着父亲走在路上，正急匆匆地往家赶。他背着口袋，口袋里装着面。有自行车的时候，骑自行车，我一直想有一辆汽车在他后面，汽车鸣笛，一直鸣笛，他听不见，司机下来，一脸火气。父亲莫名其妙地看着司机，把车子靠边。

父亲在槐树下等我。他抽自己卷的烟叶，用一小块白纸，折一个印，把烟丝撒上，捻住一头，卷起来，用唾沫湿一下，粘住，把捻住的那一头掐去，燃烧，一口一口地抽。天黑了，我的父亲在树下抽烟等我。世界安静，树叶落地，星光辉映，他的心宁静悠远，从不责备这个贪玩的小孩。锅里的饭热了又热，屋子里灯燃亮又吹灭，她还不回来？疯哪里去玩了？

我回来，父亲，我找不到两株槐树，一株也找不到。老枣树一百多年了，还在苍老的时间里，我看到老枣树，看到我的家，看到我的老父亲。

我的父亲没有进过学堂，但他识字。听大伯母说，奶奶看到父亲睡的被窝里有一丝光亮，她掀开被子一看，父亲就着小小的油灯蒙在被子里看书。

没有人知道他怎样认识的字。他已经在读书了。

父亲会打算盘，这是在村子里最高学问的象征。他会打狮子滚绣球，九九归一等。父亲能算出村子粪池旁的那堆粪有多少斤，知道堆在场里的粮食有多重，这些使父亲高大神秘起来。

父亲懂《易经》，深悟其中玄机。村里有一人和父亲一同从师学习，父亲出师，那人一直不得要领。我最后见到那人，已七十多岁，他说起父亲，满脸佩服，他说：你父亲学什么，一看就会，不用老师教的，我是学了一辈子都没有学成。

这点我信。我看到过父亲批卦，他稍一沉吟，笔下就哗哗地写下一片。《易经》博大精深，其卦千变万化，一半是书中学习，一半是自己领悟。能达到登峰造极的人，世上不多。父亲在那些迷魂阵般的卜卦里走了多远，没有人知道。他从未以此为职业，换回一分一文钱。

父亲会纺织。在潍坊织布厂，没有人看懂的图纸，他懂。没有人敢用的铁缯，他敢用。没有人会织的布，他会。条绒布、斜纹布、蜂窝围巾，见过的没有见过的，只要能想象到的，他都会。

他会剪旗袍上的花。任何花样都会。那些裁缝找到他，问他要花样。

他会看天象。他说明天要下雨，果真下雨。他说夜里有雾，雾就起来了。他独自在屋子里冥想，自言自语。

后来他制作了一个东西，代替他的脑子记事。他把那个用硬纸板制作的东西挂在墙上，上面画着图案，写着字。大概是一个可以转动的历书，他用手操作，他说，只要他每天动一下，他就可以知道我哪天回来。那些年我年幼，不关注他的事情，不知道那东西是什么，现在觉着太可惜了。一切想知道的，都不可能了。

世上的事情没有他不好奇的，大到发明创造，小到缝缝补补，从日常俗务到学问研究，他见一样学一样，学一样会一样。我初中读英语，他竟然拿着我的书写出ABC，写出英语短语，那年他已是快七十岁的老人了。

父亲的颓废应该从他婚姻的失败开始。父亲的第一个夫人在郎庄，是姑姑村上的。她嫁给父亲那年，年轻貌美。她和父亲在一起生活了一年，便上吊死了。我不知道她为什么上吊。没有一个足以让一个女子死亡的理由让我听说。我隐约记得大伯母和姑姑说起过什么。她们抱怨父亲的脾气，责备女子的绝情。她们一定还掩盖着什么，或者有一些不可告人的秘密，在那个女子死后被隐藏。

受伤的是我父亲。很多年他没有娶。父亲没有再娶，不仅仅只是怀念那个跟了他一年的女子，我想，有许多我想象不到的原因，使他一直独自流浪。

父亲因耳后长一蝼蛄疮，自己治愈之后付出耳聋的代价。已到中年，父亲和母亲组成了一个家。父亲比母亲大，母亲腿有残疾，一条胳膊也残，母亲只是半个人。

父亲和母亲的婚姻，我无法记录。他们在怎样的无奈之下走到一起，也是冥冥中的命运之手把他们连在一起吧？这样两个边缘之人走在了一起，多像两条即将干枯的小河，聚合在无雨的季节，彼此相互支撑，相互在寒冷的人间寻找到一点温暖的火焰。

父亲和母亲，两个在黑暗中摸索着生活的人。他们孕育了三个孩子，只有我活下来。我想念他们，而我从来听不到他们的声音。

他们留下我，是要我看看这个旋转的地球，将来会发生怎样的变革。我的眼睛即他们的眼睛，我的耳朵即他们的耳朵，我的心跳即他们的心跳。我看到的，即他们也看到的，我听到的，即他们听到的，我感受到的他们也感受得到。

二

父亲有一个哥哥两个姐姐。

奶奶的娘家在张庙，姓李。家有良田、堂楼、牛马等。

奶奶嫁到门当户对的孙家做媳妇，孙家有良田、牛马等。孙家的屋宇不及李家的堂楼。

有一年奶奶派爷爷到娘家蹭些银两。爷爷沿太行堤河一路向东，经过赵庄，到张庙。我无法想象奶奶娘家到底有多富裕，那时候爷爷从张庙带回了一块烟土，包裹在身后的口袋里。临来曾外祖母嘱咐爷爷一路上要小心，不要让人看见。

爷爷走到赵庄，肚子饿了，在路边包子铺吃包子。卖包子的人和吃包子的人彼此似曾相识，挤眉弄眼定下暗记。他们问爷爷口袋里装了什么。爷爷说是走亲戚给的烟土。这个说啥烟土，拿出来看看，那个说我们都没有见过，让我们见识见识吧。爷爷厚道，没有防人之心，爽快地拿出烟饼给人看。吃完包子，爷爷背着口袋上路。至家，爷爷把口袋交给奶奶，奶奶知道母亲自会给她过日子的用度。打开口袋，奶奶看到只有一块河塘里的污泥，烟饼被换成了污泥块。那块烟土，价值多少？我不得而知，但我知道那样的烟饼叫烟土，大烟做成的饼，曾外祖母拿给奶奶一家过日子的烟饼，可想价值不菲。

爷爷在赵庄被人暗算了。

爷爷奶奶靠娘家接济养大两男两女。

大约从爷爷开始荒废了田土。以我的揣测，从爷爷开始，孙家已经败落。良田荒废，牛马病死，祖上的房屋倒塌。我记得在我家屋子西边的磨房原本是高大宽敞的，石磨，和一头毛驴，隐约在岁月深处显现。后来那磨房漏雨，墙壁坍塌，毛驴也不知所终。

大伯父叫孙建亮，亦忠厚本分。在小孙庄西边的窑厂看窑。

孙庄西南有一个小孙庄。为了区别两个孙庄在称呼上的重复，我们的孙庄叫大孙庄，他们的孙庄叫小孙庄。大孙庄的人大多姓孙，小孙庄里人不姓孙，姓李，和我们的孙姓家族不沾边。

小孙庄有十几户人家，和大孙庄、李集、陈楼、段四、魏楼隶属一个大队。大队部安置在小孙庄西边的一片开阔地里。大队部有养猪场、窑场、卫生室、代销店。窑厂在小孙庄的田地里。荒野间一口大窑隆起，一排排砖坯排列整齐，晾晒着，等待着装窑烧砖。

砖坯是把廉价的黄泥经模子制造而成，没有烧制之前叫砖坯子，一行行摆放在大片空旷的地面上，没有围墙，没有防护的铁网，砖坯摆成花格的墙，整齐、透明又通风。一道道立着，错落有致，砖面光滑，方方正正，深紫色的胶泥和土红色的淤泥缠在一起，使砖坯沉郁丰满，像艺术品一样充满原始的浪漫气息。

大伯父夜里睡在窑厂。坐落在野地里的窑厂随着夜色的临近慢慢变得模糊，那口乌黑的大窑消失在黑暗之后，一行行砖坯在模糊中隐约可见。远处的庄稼一片黑蒙蒙，再远处的村庄完全看不见，黑色的夜把窑厂把村庄沉陷在万籁俱寂之中。

大伯父在窑厂的庵子里躺下。他累了，躺下便闭上眼。隐约中一个黑色的庞然大物向他扑来，那庞然大物巨大雄壮，撕咬他的被子衣服和耳朵。他以为是梦中，挣扎着惊醒，他真的看到有一个黑色的庞然大物在他身上，舔他的脸，并且用力在他身上做出动作。他妈呀一声欲逃出这个庞然大物的侵犯，他已逃不掉，他的两腿发软，浑身哆嗦。直到这个庞然大物独自离去，他已经昏厥过去。

第二天人们发现他时，他缩在最后一行砖坯底下瑟瑟发抖。

后来人们发现大队部里一头公猪跑了，跑到窑厂，吓到了大伯父。

大伯父受到惊吓后变得神经错乱，他总是看到一个黑色的庞然大物向他走来。他逃跑，直到跑到一个严实的地方躲藏起来，还要把脸捂上。一年之后，大伯父在恐惧中上吊身亡。

从孙庄往东，经过赵庄，走十八公里到丰邑，从丰邑往东北大约也是十八公里，到一个叫师寨的小镇。我的姑妈住在师寨，姑妈家姓师。我没有见过嫁到师寨的姑妈。我也不知道姑妈怎么去世的，我听说姑妈四十多岁便去世了。姑妈三个儿子，三个都考上大学。

我记得师寨这个小镇。小时候我去姑妈家，父亲带着我，春暖花开，一路上蜜蜂飞舞，遇到养蜂的人，在路边摆满蜂箱，带着白色遮脸帽的女人在收蜂蜜，那些蜜蜂围绕她，她身上沾满了蜂蜜，她的衣服一定很甜。

我住在姑妈家。我住在姑妈家的时候姑妈还在。我记得姑妈家院子外面有一个树林，树林全部都是梧桐树，大的小的，粗的搂不过来，小的直上云霄。春天梧桐树枝繁叶茂，开满紫色的花，一串一串的，半边天都是花的海洋。春深了，梧桐花落满地，把林子铺上紫色的安静。

我住在姑妈家，我父亲在姑妈家织布。我们一住很多天，仿佛是另一个家。我会在梦中重新回到那片梧桐树下，一边捡起梧桐花一边看到疯了的姑妈。我不知道我是不是听说姑妈是疯了。我怎么说姑妈是疯子呢？我听谁说的呢？一定有人给我说过。我不记得谁说过了。但我不敢肯定姑妈是疯子。我似乎还知道姑妈是疯死的。

这些事实都是不可知了。我想去证明这个事实。后来我决定不去了。姑妈已经过世很多年，很多年，我无法计算的很多年。我再求证她怎么过世的还有什么意义？我知道她怎么过世的又如何？姑妈的离世，不过是那个时代一个短命人必然的命运。

我想说的是，我父亲的哥哥早逝，五十多岁。我父亲的姐姐也是早逝，四十多岁。我还想说的是，在我的记忆里，我对少年时代的疯子印象深刻。这并不是因为我的大伯神经错乱了，我姑妈似乎也疯了。我想肯定地告诉你，在村子里，在孙庄，在上学经过的王堤口、高庄、许庄，或者是周围的村庄：张河、蒋河、李集、陈楼、张土成、张老家……几乎是在每一个村庄里，我都看到过疯子，每一个村庄里不是一个两个三个疯子，有多少，我不知道，我不会一次遇到很多的疯子，疯子大多关在家里，也奔跑到路边——只要不是那种脱光了衣服乱跑的疯子，家人是允许他们出去站站的。我遇到的疯子大多是那些安静的疯子，用恐惧的失神的眼睛打量着我的疯子。我不甚怕疯子，只是大人和小伙伴在一起相互嘀咕：那边有疯子，不要过去。而我对疯子是好奇的，总是要靠近了看看他的样子，看后心里难过好一阵子。

那种衣衫褴褛，神情呆滞，头发纷乱的女人，或者是衣衫褴褛，神情呆滞，头发蓬乱的男人。他们衣不遮体，她们鞋不裹脚。他们一脸乌七八糟的傻笑，她们一脸污泥泪痕的怒视。他们在地下睡着，她们在草堆里坐着，把脚伸进草里。他们在羊圈里吃羊的奶，她们在鸡圈里捏起鸡的食物填到嘴里。他们过河淹死，她们在井底打捞出腐臭的身体。他们在大街上流浪被狗咬伤，她们在红薯地里被人扒光衣裳。他们不知道生，不知道死。她们生不如死，死了干干净净。

我对疯子印象深刻源于村子里疯子多到随时可见。疯子是一种正常的存在。大人们谈话的内容常常会说：刘祥家媳妇犯羊羔疯了，麻婆拿银针扎几下，吐几口白沫，眼看哆嗦着要不行，麻婆赶紧咒骂，赶走了阴气，才好。羊羔疯成为除了伤风之外的另一种常见病。

姑妈的疯或许是我臆想出来的。因为我怎么都记不起来谁告诉我这个事情。姑妈的离世是事实，三个孩子在困苦中长大是事实。我还想说的是那些梧桐树。那些梧桐树是姑妈留下的家产，是兄弟三个的。兄弟三个长大，梧桐树也长大，兄弟三个成才，梧桐树也成材。我似乎听说兄弟三个因为梧桐树有了矛盾。

然而我一直记着梧桐树下满地紫色的梧桐花，一地紫色的安静。那是姑妈安静的脸，在地下歉疚而深情地凝望着他们。

郎庄在江苏和安徽接壤的边界上，隔着一条路一块田地，路东是江苏的地盘，路西是安徽的地盘。我的另一个姑妈在郎庄，姓慧。郎庄的姑妈长一张白皙饱满的大四方脸，到我记事时，姑妈已经年老体弱。一双小巧的脚支撑着她臃肿的身体，白白的脸照旧白皙饱满，只是那饱满的脸上遍布纵横的皱纹。然而我在她衰老的五官上还是依稀看到她年轻时的风韵。我相信姑妈是一个美人，眼睛眉毛里隐藏着妩媚，鼻子恰好的圆润，嘴唇薄薄的，常常用来传递情绪。

郎庄慧家也是一大家，后来败落了。姑妈家不贫也不富，而姑妈的优雅仿佛在过一种大家太太的日月。她的生活细致考究，衣着穿戴整齐可体。姑妈育有一子，十几岁夭折，后再无子嗣。要一养女，收留一侄女和一侄子。养女嫁山东一农户人家，侄女嫁给一个教师。侄子读书成才，后忘恩负义，不再回郎庄。

姑妈的侄子家是地主成分，他正在上学，成分高的考学受到限制，为了前途，他过继到姑妈名下。在那个时代，没有子嗣，过继兄弟家的孩子也是人之常情，多了去了。姑妈对他疼爱有加，供他读书上学。后来姑妈年老，他没有尽一份子嗣责任。姑妈无子，老来凄惶。要的养女和养大的侄子侄女都不是亲生，没有血亲的亲情。

大伯父早亡，大伯母带大两个女儿，后抱养一个男孩。我父亲无子，唯独我一个女儿。孙氏家族四个孩子，三家无后，一家有后的，姑妈还早早走了。命乎？惨乎？人间大苦乎？

父亲的亲人越来越少，延续孙家的香火血脉断了。外姓是不算的，师家不算，要来的堂哥也不算。大伯父和我父亲没有亲生的儿子，他们两家绝了后，父亲是绝户头，大伯父也是绝户头。

三

母亲独坐在西窗下，望斜阳泛出橘红色的金光。如镜面一样光滑明亮的光芒慢慢下沉，成为一抹淡淡的幽暗，夜影上浮，朦朦胧胧中，星光闪烁，夜色暗淡，母亲枯坐的身影一日日深陷在无边的黑暗里。

她坐着，朝对霞光，晚对斜阳。看日光从东往西，一点一点移去。从瓦檐下，到红砖墙上，朝霞把红砖黛瓦映照得绚烂凝重，方正的砖石叠压着日光的痕迹，黛青色的小瓦上排列着谁的眼泪？在秋风吹动瓦眼里的蒿草时，母亲的眼角，有泪珠悄然滚落。

一个美貌的大家闺秀，命运赋予她绝美的姿色的同时赋予她绝望的灵魂，那副残疾的躯体，就像美神维纳斯，没有双臂。我的母亲残了一条腿和一条臂。她养在深闺，养在富家，她的幼年，有奶娘娇惯，亲娘疼爱。她的少年，于花圃游园之中嗅花香袅袅，看蝴蝶翩翩飞舞。那时她是天真的，她的天空低落但充满纯真的快乐。那时，她尚不知她的身体和别人的身体有多少不同，也不知道她的人生将会有多少的苦难和磨折。她在父母的娇惯里任性，在独自的王国里做自己的王。

赵庄西北有一个叫吴庄的村庄，母亲出生在那里。母亲的家族在吴庄是书香门第，有肥沃的土地，有耕作的骡马，有显赫的堂楼。母亲约1934年出生在这样一个家庭。她的少年时代是幸福的，没有任何干扰，即使身残，她也会因为良好的家庭而幸福地生活。青年时懂得了身体的缺陷，忧郁开始在她脸上呈现，时局动荡之后，深深的忧戚挥之不去了。

我无法想象母亲在那样的动乱年代怎样心惊胆战地经历内心的挣扎。解放初期，她正青春年华，对于她这样一个家庭的身残女子，会是怎样更加残酷的时局？只会读书的舅舅吓破胆，共产党解放大军到来的消息像对他下了死亡判决书一样，他惊吓而死。母亲一个弱女子会怎样呢？谁又能对她怎样呢？她活了下来，身体成为她活着的理由，也成了她苦难的开始。没有了优厚的物质生活，没有亲人的呵护，母亲独自承受一个人的风雨飘摇的日子。

我不知道父亲和母亲怎样走到一起。母亲选择父亲，一定是把自己的一生交给这个男人，要他承诺包容她，养活她，疼爱她。他是一个健全的人，他有健康的身体，足够了。她不计较他的容貌、年龄和脾气，也不计较他曾经有过一段婚姻。

父亲呢？父亲怎么选择了母亲？

一次失败的婚姻，他成了不归的游子。父母给他成了一次家，完成了做父母的责任。父母再也没有能力给他成第二次家。民国年间的时势也使他有家不能归，军阀混战，响马流窜，在这个四省交界之处，兵匪难辨。他在潍坊织布，年关回家过年，路遇国民党的兵，钱财全被搜身抢走。在那样的动乱年代，我的父亲和我的母亲走到一起。这是个缺乏温情的年月，两个人在一起，相互依靠。

母亲的娘家已经无嫁妆陪嫁给母亲，母亲带来一只乌黑油亮的木箱。这是母亲全部的陪嫁，是母亲唯一的骄傲。母亲是能行走的，她走得不好看，但她坚持以站立的姿势行走到孙庄——这个生疏、贫困的村庄。母亲把那条不能自由伸缩的胳膊伸进嫁衣里，用那条健康的手臂把浓密的长发盘起，她白皙的脸上充满对生命的渴望，她从优厚的家庭走到贫穷的家庭，她没有一丝畏惧。对残缺的身体，她已经坦然，贫的家，她欣然接受。贫的家中那个不修边幅、邋遢的男人，她不厌烦，她嫁给他，心甘情愿，至死不渝。

我相信父亲一辈子都在记忆着母亲的深情。这样一个倔强的女子，从来不叫苦，从来不嫌弃他。跟着他，跟着一无所有的他。在老屋里，父亲找不来吃的东西，母亲等父亲，母亲盼着父亲带来食物，递给她，看她狼吞虎咽地吃下去。

父亲给我说过一件事。下雪了，茫茫大雪铺天盖地，一天又一天地下，大雪封堵了所有的路口，村庄在大雪中成为一个白色的凸起物，辨不出屋宇，辨不出沟壑，全世界唯有冰雪。父亲出门找食物去了，母亲在家等父亲。她饥肠辘辘，饿得两眼发昏。肚子里有孕育的孩子，她无法忍受，到院子里雪地里去找吃的。白色的雪是唯一的颜色，哪里有食物啊，老鼠饿死雪地里，野猫在墙头上呜呜地叫，声音细弱。我的母亲坐在雪地里，她扒开雪层，在冻僵的地下寻找秋天埋在地下的萝卜。她记得秋天把萝卜埋在地下。她记得地下埋过萝卜啊。萝卜在哪里呢？一定会有的，一定还有没有扒出来遗忘在地下的萝卜。母亲在雪地里找萝卜，透明的萝卜在她眼前飞，那红色的萝卜，从地下长出来，母亲绝望的眼底露出希望的光芒。

父亲踏雪回来，一身雪花一身寒冷。他从地下搀扶起母亲，他几乎是抱着把母亲扶到屋子里。母亲全身冰凉，几乎冻成冰人。母亲眼含泪花，冰水在她脸颊上，她微微一笑说：我记得秋天把萝卜埋在那里的，还没有吃完，我找找，说不定能找到。父亲捂着母亲失去知觉的手。父亲知道母亲在自己欺骗自己。哪里还有萝卜啊，萝卜在入冬时已经找了三遍，早已经找不到了。饥饿的母亲饿了就去找萝卜，萝卜抚慰了母亲饥饿的胃，母亲在寻找中等到回家的父亲。父亲总是能找到食物，一把谷子，半块饼子，几根手指粗的红薯。母亲把谷子放在石碓里砸碎，用箩筛出面，烧稀饭，煮几片红薯。母亲饥寒的身子开始温热，她活着，睁大眼睛看着青青的天无边无际。她不畏惧生活困苦，她活着，只要活着，只要有一口气能够活着，她就睁大眼睛活着。最重要的是她身边一直有一个人陪伴着她，给她找来食物，给她活着的给养。

多年后父亲深情地告诉我：我回来，看到她坐在雪地里找萝卜。她饿得在地下扒坑。父亲深深地陷入沉重的回忆里。他总是觉着愧对母亲。他一直说母亲跟着他没有过一天好日子。

我不记得母亲。不记得母亲的样子。不记得母亲的脾气。更不记得母亲如何疼爱她的孩子。但是我确信母亲从来没有抱怨过父亲，没有嫌弃过父亲。我肯定我的母亲信赖这个穷其一生都在爱护她的男人。她在生存的底线上挣扎，她相信她的男人不会饿着她，会给她吃的，会给她所有他能够找到的食物，这样足够了。她没有权利要求他干净，要求他衣帽整齐，风度翩翩。他们在生存线上徘徊，有什么资格要求生活得体面？他们没有多余的体力——特别是要用食物换取的体力，他们很多天不洗脸，不洗衣服，打水要到村里唯一的一口井上，要消耗掉身上的力气。母亲知道肚子里的食物不经使用，一使用，那些食物立刻没有了，饿得百爪挠心，像利剑一样在身体里上下穿透。而且唯一的一个土盆被母亲摔碎，父亲没有言语，蹲下把碎片一块一块拾起来，放到屋后的墙根下，垫在雨水冲出的豁口上。母亲知道那是家里一件贵重家什，秋天打了谷子，两斤谷子换一个土盆。母亲摔碎了土盆，他们很多天不洗脸，不洗衣服。父亲说天晴了，他出门打袜子，挣了钱再买一个。母亲知道父亲心里记着土盆。母亲也不言语，只是恼火自己不小心。

母亲怀孕了。她吃不饱肚子，更大的饥饿在身体里啃噬着她。年轻时善耕种的父亲把村子东边的那块田种上小麦。深秋，父亲挖开泥土，母亲跟在父亲身后，把一块一块板结的泥土敲碎。母亲不会做农活，她拿着镢头，敲打泥块。母亲像敲打一座山一样敲打泥土。硬板一样的土块，在母亲微弱的力量下慢慢散开，土地那样平整，细心的母亲不放过任何一个大块的泥土，种子有限，要让每一粒种子都遇到柔软的泥土，麦子才会出苗多，出苗一致。

初夏麦子收获了，父亲在麦地里割麦子，母亲会做好饭，用篮子挎着，送到地头。父亲坐在地头吃饭，母亲在麦地里拾麦子。她艰难地弯下腰，对着一穗麦子微笑。金黄的麦子，是岁月珍贵的馈赠。母亲拾起麦子，捆扎在一起，放到平板车上，父亲把麦子拉到麦场，垛成一片金色的海洋。回去的时候，父亲拉着母亲，母亲坐在平板车上，脸上洋溢着欢喜。母亲在车子里和村里人打招呼，说割麦子了，去地里帮忙拾麦子了。母亲是一个不健全的人，母亲做着健全人做的每一件事。母亲的行动缓慢，那条扭曲的手臂帮不了她，还是她的累赘，她要带着那条扭曲的手臂在田地里弯下腰，用那条灵活的手臂捡起麦穗。落雨的时候，她会把成捆的麦子夹在那条伤残的手臂下，一个臂下带回一捆麦子，放到板车上。

有了麦子，母亲就有了粮食。她把麦子收回家一些，用石碓碏碎，在箩里箩出好面。雪白的面粉在母亲面前飞，红色的麦皮剩下，在箩里滤出。母亲用面粉烧了好面疙瘩，父亲一碗，母亲一碗。收获的滋味，在母亲嘴边溢出甜美的湿润。母亲和父亲捧着碗，相互望着，一口一口沿着碗边喝好面疙瘩。好面疙瘩烧得稠稠的，黏黏糊糊，喝到嘴里，感觉到食物贴近唇齿的愉悦，感觉到好面疙瘩滑过舌尖润泽喉咙的舒适。美好的食物，美好的滋味，从唇边到舌尖到喉咙到食管到胃，走到哪里都是滑润舒适的感觉。母亲沉浸在食物的滋养里，她看父亲，她感激着这个疼爱她的男人。他用他的体力，用他一天一天的劳动，换来了他们的食物，换来了他们度日的粮食。

母亲的肚子一天天变大，小孩在她身体里动了，推她，踢她，撞她。她按着肚子，触摸着小孩带给她的希望。有孩子了，她的生命多了另外的意义。孩子给了她欣慰，她的生命有了延续，她亦有了重生般的欢悦。

四

母亲要生了。她在床上躺着，她喊父亲，喊他去请接生婆。

村里女人在家生孩子。隔壁容氏是接生婆，矮个子，四方大脸，小小的莲花脚。容氏提着包袱挪过来，她一步挪四寸，从隔壁到母亲的床前，她把挂在正南方的太阳走偏了，她看看天色，看看母亲痛苦不堪的脸，她说：女人都要经这一回，受着点吧。母亲抓住她的手，凄厉地喊：救我，我不能活了，我要死了。

母亲躺在床上，鲜血湿透破布片。容氏按着母亲的肚子，矮小的她双手有力，母亲叫着喊着，她无动于衷。她吩咐父亲烧水，烧一锅开水。接生孩子对于容氏来说是一件平常的事，她摸过母亲的肚子，知道孩子几时能生出来，知道能不能顺利生出。她接生过不顺产的小孩，她累，产妇累，小孩还常常出意外。

父亲烧好开水，她解开包袱，取出里面的盆、剪刀和听筒。她端了盆到锅里舀开水，烫了剪刀和手，滚热的水，她把剪刀放进去，把手放进去。剪刀沉下去，她的手也没入水里。她的手是一副钢手，不怕烫，她面不改色，照旧把手停在水里。这是消毒，把剪刀和手消毒。在村庄，消毒都是用开水，医生打针的针头，也是拧下来在开水里烫一下。容氏烫两遍剪刀，烫两遍手。

母亲生下一个女孩，容氏在盆里给孩子洗了，包在一个布片里，放在母亲身边。母亲疲倦的脸上露出笑容，看着这个健康的孩子，母亲心里所有的阴翳散去，她的孩子是健全的，她再无担心。

父亲给母亲煮了鸡蛋，熬了小米稀饭，买了一斤红糖，放进小米稀饭里。这是乡下坐月子吃得最好的食物了。那年家里养了鸡，小鸡在村子里觅食，东边地里有青草，也有虫子。小鸡吃青草和虫子，也吃路边撒落的谷子。小鸡勤快，每天都下蛋，有母亲吃的鸡蛋，还有余下的鸡蛋，父亲把鸡蛋拿到赵庄集上，卖掉，换回油盐和一包红糖。母亲喝红糖水，身上暖暖的，奶水也充足，小孩天生会吃奶，生下来张嘴就吃。是一个生命力极强的小孩。

母亲把孩子搂在怀里，她的头抵着婴儿的头，肌肉贴在她的脸上，她睡了。她沉沉地睡去。有了孩子，她的天地更宽，她的心更温和，对父亲的依赖更强。

母亲能做饭能缝补能打扫能带孩子。身残的母亲什么都能干。她干得不那么姿势优美，她干得不那么干脆，她干得不那么快，母亲不停地干着她力所能及的一切。孩子在她怀里慢慢长大，会笑了，会摇头了，会抓猫儿爪了，会喊娘了，会自己站在案板前转圈儿了。行动不便的母亲用一条伤残的手臂和一只伤残的手看护着她的孩子，她的心肝宝贝。她不曾离开孩子，不曾一刻不小心。这个从她心尖坠落的小肉蛋蛋，她每天含在嘴里怕化了，捧在手里怕摔了，她十分的爱，给了她十二分，她还觉得不够。她醒着的时候，她看着她，她睡着的时候，她也看着她。她的心思全部在她身上，她是她的生命。

初夏，村东那片薄地收了麦子，每年收了麦子都是莫大的欢喜。父亲把麦子磨了面，背回家。母亲带着孩子在家等父亲带回麦子面。父亲回来了。他们一起说：有了好面，喝一顿面筋汤吧，再烙几个烙饼。

初夏，雨后的园子里长满翠绿的银子菜，一株株鲜嫩油亮。父亲在园子里掐了银子菜，洗干净了放在碗里。母亲把面搅在盆里，她打了面筋，白色的面筋汤乳液一样细腻。母亲觉着这样过日子也是幸福的。父亲手巧，啥都会干。会炒菜会烙馍，还会纺棉织布。母亲烧火，把面筋汤烧到锅里，这边父亲烙馍。鏊子支在地下，火光从鏊子下面燃出来，屋子里烟雾袅袅，父亲在案板上烙馍，母亲在鏊子下一边烧火一边翻鏊子上的馍。他们的孩子——刚刚会自己沿着案板走路的孩子在一边玩。他们忙着，两个人一个忙着烙馍，一个忙着烧火翻馍。

烧好的面筋汤在锅里。锅底有火的余烬，一定是锅底的余火，在自己燃烧。

那个刚刚会沿着案板走路的孩子，沿着案板走到锅沿上。

锅底的火烧着，温度越来越高。锅里的面筋汤在锅里滚开了。那种黏稠的，糨糊一样的面筋汤冒起淡绿色的泡沫，无数的泡沫在锅盖之下涌动着，气流湍急，越顶越有力。面筋汤从锅盖下冒出来，流到锅沿上，流到锅台上，流到趴在锅沿边上小孩的身上……

孩子的哭声惊动父亲和母亲，他们同时看到身上流满面筋汤的孩子。他们扔下手里的东西，奔到小孩身边。小孩烫伤了。剧烈的哭喊惊动初夏的阳光，太阳也不忍看孩子痛苦地哭叫。霎时间天光暗淡，乌云笼罩，一场大雨倾盆而下。

小孩身上的皮溃烂了，一块块血肉模糊。母亲不敢抱孩子，不敢碰那些受伤的皮肉。

父亲用香油给孩子涂抹受伤的地方。香油在溃烂的地方汪着，那些腐烂的肉鲜红，剧烈的疼变成了麻木，孩子哭哑的嗓子再也喊不出声音，她瞪着稚嫩的眼睛看着这个残酷的世界，她不知道她做错了什么，不知道身体被火烧灼疼是怎样难以忍受的滋味。她不再玩耍，不再吃娘的奶，不吃一口饭，也不喝一口水。她一天天消瘦，一天天憔悴，一天天失去孩子活泼的神气。母亲被吓住了，她一动不敢动地看着躺在床上的孩子，看她的脸色变得暗淡，看她的眼睛不再水汪汪，看她干得长满气泡的嘴张口喊不出一句话。母亲每一天都在收紧那颗提起的心。她看着这个欢蹦乱跳的孩子不能站起来，不能说话，不能哭笑不能吃任何东西。她看着，心急如焚，她束手无策，泪水挂满脸颊，她吃不下睡不着，她觉着这个孩子会把她的命一起带走。她要死了，要和这个孩子一起倒下。

父亲去王堤口中药房买药，熬制医治烫伤的药。他把那些黑色的药膏子抹在孩子的身上，那些溃烂的皮肉在闷热的夏天更深地往里溃烂，脓血不断地流出来，蚊子叮下去，留下繁衍的种子，母亲坐在身边，不停地驱赶蚊虫。没有蚊帐，也没有真正医治烫伤的药。父亲带着孩子去赵庄医院看了，给了涂抹的药膏，打了消炎针，但这些简单的医疗怎么抵得住严重的烫伤的溃烂，加之环境恶劣，蚊蝇猖狂，没有清洁擦洗，没有真正的消毒，感染不言而喻。小孩开始发热，开始昏迷不醒，父亲一次次奔波在医院和家里，他用尽了他所有的力气挽救孩子。

那个时代，生命是弱的，是贱的，是轻易就消失掉的。不是一个孩子两个孩子，许多村庄的孩子都会因这样那样一点点小小的不慎失去生命。这是司空见惯的，是寻常如死一只小鸡一样。村庄东南的堤岗上和村子南边的那片阴森森的树林里，经常看见扔掉的孩子，裹着一点布片，横尸在地。远远看到露着的一只脚或者一个黑黝黝的头颅。有时狗会把小孩的胳膊衔到谁家门口，早上开门看到，吓人一大跳。

父亲和母亲的第一个孩子就这样因烫伤而夭折了。像村庄所有未成年孩子一样被扔掉。扔掉的小孩用杈子挎着，走到乱死岗上，不声不响地放下，不声不响地回来。人们说这小孩不是小孩，不该成人，花多钱，长更大些，也是诳死鬼，来诳父母的。所以要父母们不要伤心，他来世上是来讨债的，他的债讨完，他便该走了。

父亲和母亲不相信这些宽慰人心的鬼话。谁失去亲人谁知道失去的滋味。他们永远怀念他们的孩子，那个走了的孩子，是他们心底永远的痛。

五

我是父亲和母亲的第二个孩子。

我命硬。或许我命大，我活到现在还安然无恙。我活着是要表明：我的父亲和母亲生育的孩子都是正常的孩子，都是健康的孩子，都是聪明的孩子，都是善良的孩子，都是能够在这个世界上独立生活的孩子。尽管生活条件苛刻，生活环境恶劣，周围有善也有恶，有清水也有染缸，但是，他们的孩子并不被环境所污染。并不被恶的势力所拖住，他们的孩子都是良善的孩子，都会在浑浊之中出淤泥而不染，在染缸边上不被染黑。这是他们的孩子，他们自立自强的孩子。如果他们的孩子都活下来，都会是这样。我是，他们也是。

现在我要写的是父亲和母亲的第三个孩子。这个要了母亲性命的孩子。

我三岁的时候，母亲又怀孕了。十个月不到，母亲孕育成熟一个即将出生的孩子。还是容氏给母亲接生，她挎着包袱，包袱里裹着盆和剪刀。她从隔壁的房间里走出来，轻移她的三寸小脚。她一脸从容，从来不慌张，对每一个产妇她都充满信心，以她的经验，没有她拾不起来的小孩，小孩出生是瓜熟蒂落，自然而然，她只是做些辅助工作。但是没有经验的接生婆，手脚不利索，人家是不请的，容氏是村里公认的最会接生的接生婆。西队一个接生婆，请的人少。容氏接生不图钱不图东西，只图好名。生孩子的人家，煮几个鸡蛋给她，算是谢礼。容氏在本家接生，鸡蛋也不吃一个的。接生的事，是最大的事，是最公道人心的事。容氏受到所有人的信赖。

毋容置疑，我是容氏接生出来的孩子。我正常出生，和我一样被容氏接生出世的孩子都在正常长大。

父亲和母亲的第三个孩子怎么会是不正常的孩子呢？母亲难受了一天，容氏陪在母亲身边。容氏不止一次陪在产妇身边一天一夜，两天两夜的都有。村庄里生育都是这样，从疼开始的生育，没有终结，只要孩子不出来。没有人提出去医院，似乎没有人知道去医院。大家都在等孩子自己来到这个世上。

一个生命从母亲的子宫来到这个世上经历怎样的艰辛和

怎样命悬一线的危险？村庄里的人，不知道，似乎从来想象不到，也不想知道。他们和她们唯一的作为是等待命运的审判。

容氏是这样有把握，她相信每一个孩子都是命中应该来到这个世上的，每一个女人的命也都是结实的。生育，不就是从一个人身体里拉出来一个身体嘛。经她的手拉出来，拽出来的孩子寻常极了。她会在女人的肚子上反复按压，也会把不正的胎位转正，她能隔着肚皮把孩子的头按压到出生的产道。这是她的经验，是她亲身经历无数次接生体察出的经验。她觉着没有小孩不能来到这个世上。即使是那些胎死腹中的孩子，她也能赶出来。她能胜任这个事，她真的胜任了这个事。在她手中，生的孩子多，死伤的孩子毕竟是少数。这也是正常。没有人责怪她，没有人抱怨她，也没有人不信任她。除了她，没有人能胜任这个事。

母亲和容氏在一天一夜的煎熬中等待。容氏的脸越来越难看，经历了无数险恶之后，这一次她害怕了。母亲呼唤的声音越来越弱，这些任凭命运撕扯的女人在这样的鬼门关从来不知道还有可以救治的医院。她唯独呼天抢地，唯独等待命运把她扼杀。她所有的力气都已用完，她所有的血都淌完。她的肚子已经不再起伏，她的湿淋淋的头发已经冰凉。她不再抓紧容氏的手，不再呼叫：我要死了，不能活了。

容氏在无数次等待中总会看到曙光，这一次，她畏惧了，她一次次摇晃昏迷的母亲：醒醒，你醒醒。母亲睁开眼，看她一眼，又闭上。她要死了，真的要死了。惊天动地都会面不改色的容氏喊我父亲，她告诉我父亲：要不行了，赶快喊人，去城里。

容氏是果断的，赵庄医院都不用去，直接去县城。她接生不了的，赵庄医院也治不了。父亲去喊人，容氏也去喊人，容氏喊她的儿子，一个个都起来，抬出软床，把母亲抬到床上，一干男人在夜色里直奔丰邑。

父亲吓住了。他的魂魄不在身体里，思维不在脑子里，眼前一片空白，神思混乱。他胡乱地奔跑，跟在那些人身后。夜色迷离，看不见前面的路，看不见脚下的沟坎，他走一步跌倒，爬起来再走。他不知道方向，不知道往哪里走。他整个人都蒙了。这个世界完全变了，他伸开手，要抓住什么，可是，黑沉沉的夜色中，他什么都抓不到，一片乌黑的虚无使他的心扑空。

天色微明时父亲走到丰邑西关，他一直往前走，他知道是往正东的大道，一直走啊，跑啊，要追上前面的那些人。他不知道跌了多少跤，他看不到那些人的影子，他只能往前跑，一个劲往前跑。

他被一个人拉住。是他的侄子，他拉住他，喊他，他停下，一身汗水，浑身冰凉，透过眼帘上的汗水，他看到那群从村庄出发的人，他们都面无表情，默默地站在路上。父亲的侄子告诉他：婶，不行了。

父亲看到那些人，看到那个软床，他一下子都知道了。他疯狂的奔跑已经是最后的发泄，他知道那些飞逝而去的人已经没有多少希望，只是需要那样的动作那样的行为，去抢救一个垂危的人。四十里路，去时的母亲大约已奄奄一息，她在家耽搁得太久了，她的血流尽，她的力用完，她的生命窒息，她肚子里的生命窒息。两条命，在那个偏僻的村庄里因为没有生命的通道，窒息而死。是的，他们是窒息而死。在这个叫孙庄的村庄，在这个叫孙庄的村庄里一个风雨飘摇的老屋里，窒息而死。一条命和另一条命一起停止呼吸。生命在眼前，在活着的人眼前，痛苦地抽搐着，号叫着，伸张开十指，鼓胀开眼帘，嘴巴在发声，眼睛在怒视，脚手在挥舞，这样哀嚎的生命，一个个活着的人，瞪大眼睛，站着看着，忍耐着等待，等待着忍耐，束手无策，不能救治，不能帮助，不能从死亡的边沿拉住她！这是孙庄里一个暗夜里的产妇，两个活生生的人。两个活生生的人的生命。旁边有更多活着的人，站着看着，游走着。木头一样站着，树桩一样看着。

在屋子里，我的母亲正在生育。她撕心裂肺的号叫鬼一样凄厉。一天一夜，又一天。一个又一个人经过这里，站在这里，知道这件事，相互传说、惋惜、叹息、哀叹，他们在村子里传播开。彼此默默对望，彼此心里充满担忧。但是他们不知道怎么办，在他们的意识里没有去医院抢救人的思维。迟钝的人，贫困的人，如此愚顽。是的，一切都没有错，一切都是人之常情，一切都在情理之中。村人表现出了所有的善良意志。一直到一个人已经奄奄一息，还没有一个人知道解决这件事最明智的办法。容氏不知道，我父亲不知道，家族里明理的人不知道。都不知道。最后是容氏知道。容氏知道的时候，晚了。她终于不能凭借她的经验力挽狂澜，她终于知道怎么办。她终于突破最后的防线，去吧，赶快去县医院吧。这是村里人最后的主意。要在最后的时候决断。

没有人不知道生命的重要。母亲死后，全村笼罩在阴翳之中。两个生命的断送，使所有的人都肝胆俱裂，心惊胆寒。

全村人，甚至周边村庄的人都来看我父亲，都送来悲悯的安慰。巨大的苦难使村庄浸泡在泪水之中，没有人不洒下同情的泪水，没有人不对着我和我父亲心怀可怜。至于生育之空白，仍旧在继续，死亡，明目张胆地吞噬着村庄里的女人。一年之后，我的一个伯母，和母亲一样难产而死。

六

母亲躺在地下，一张破凉席上放着母亲冰凉的尸体，脸上盖一张黄纸。粗糙的黄纸遮挡住母亲的眼睛，她睡着了一般一动不动。母亲秀美的脸上端庄的鼻子微微耸立着，黄纸上凸显出鼻子的轮廓，若隐若现着那个精致的鼻子。母亲的嘴微张着，似乎在黄纸下轻轻喘息。她的手并拢在身体一侧，双腿也伸直，她完美地躺在地下，她从来没有如此地健全如此地正常，如此地安静又如此地安详。母亲沉入到无限的宁静里，那里有碧绿的草地，和煦的阳光，精美的落地小餐桌上摆满各样果实点心，烧鸡烤鹅和硕大的鲤鱼。母亲席地坐在餐桌边，尽情地享用。不远处，她的孩子穿着白色的礼服，嬉戏着喊叫着，跳着跑着，如天鹅一样幸福快乐。

村里人来辞灵，在母亲入土的前一天。女人在院子外面的路上开始哭，用毛巾捂住眼睛捂住半边脸，哭着走到灵堂下。灵堂下，一边站着一个女人，是年轻的侄媳妇，女人蹲在灵堂下哭，侄媳妇要拉起痛哭的女人。女人哭完，在灵堂下磕头，侄媳妇拿着丧棍，外姓的，要磕头叩谢。孙庄没有外姓，来哭的女人都姓孙，两个侄媳妇不用磕头叩谢。女人们来了一拨又一拨，悲痛在女人们沉重的哭声中更加惨烈。

我不记得我是怎么面对母亲的死亡。我听到村里人说：在母亲没有入殓之前，躺在地下时，我跑到母亲身边，扒开母亲的衣裳，寻找奶吃。

死亡对于一个两岁多的孩子意味着什么？她当母亲是睡着了，像活着时的无数个夜晚一样睡着。母亲任凭孩子在她身上揉搓，撕扯，任凭她怎样抓住她身体上的器官，啃咬她，喝她的血，她都不会呵斥她。醒着的时候，温柔地看着她，睡着的时候，在睡梦里用温爱的目光抚摸孩子。这一次，孩子在安睡的母亲身上，寻找乳汁，寻找那朵如花开放的乳房。这具冰凉的身体，再也不会温热，再也不会盛开那朵柔软的花，再也流淌不出甘甜的乳汁。母爱在孩子的记忆里是那朵水莲花一样的乳房，她不停地掀开衣服，寻找那朵花。她的小手还是那样准确，那样准确地找到母亲的乳房，她的小嘴还是那样贪婪，那样贪婪地吮吸僵硬的乳头。这朵瞬间枯萎的水莲花再也昂不起湿润的花瓣，再也绽放不出甜润的汁水。孩子哭了，在母亲的身体上放声大哭。她不知道这是和母亲的永别，不知道母亲已经在另一个世界陈列为另外的灵魂。

出殡那天，村里的女人们轮番抱着我。她们对这个孤苦的孩子倾注了最深切的同情。村里人都来了，善良的老人不停地擦着眼角的泪水。她们没有忘记要让母亲留下我，找来一条铁链子，把我拴到院子西边的磨盘上。

村子里有一条自古流传下来的风俗，家里死了人，要把不过三岁的小孩拴到磨盘上，要用铁链子。这样，死去的人便带不走弱小的小孩。铁链子和磨盘是牢靠的，任凭死者怎样牵挂小孩，怎样想尽办法要带走她的孩子，她也拽不断铁链子和磨盘。

母亲没有带走我。母亲带着她的没有出世的孩子走了。

天黑之后，所有的人都离去。

父亲抱着我枯坐在老屋里。这是一个漫长的深夜，这是一个黑得不见底的黑夜。他搂紧怀里的孩子，失神的眼睛望到世界的末日。他万念俱灰，他的活着等同于死去，他失去了妻子失去了两个孩子，他活着还有什么意义？这漫长的黑夜，看不见天空中还有什么值得留恋的光芒。没有一颗星星闪烁，没有一丝光明照亮夜空，怀里这个饥饿的小孩找不到母亲，她哭累了，睡着了，鼻涕眼泪抹在他身上。她的小嘴张着，像小鸟一样需要食物。他会饿死她，他会眼睁睁地看着她死，像看着他的妻子和两个孩子死一样。全家人都会死，都会死在他的眼前。他空无一物的眼睛里除了黑暗便是死亡，他呼吸的气息里，除了死亡的气息还是死亡的气息。他嗅到从来没有过的死亡的气息，那么深地，那么迫切地逼迫他不断地呼吸到这种令他窒息的气息。他充满恐惧的思维无数次停顿之后开始咆哮，他的头脑轰鸣，全身轰鸣，每一次轰鸣之后，他要把头抵到墙壁上，猛烈地撞墙，把头撞得咚咚响，疼痛使他清醒，他有了知觉，感觉到怀里的小孩在梦中喊他：大，我饿。她喊出的每一句都是饿，他听到，他的麻木的心脏怦然跳动。他死了，这个小孩怎么办？这个时常饥饿的小孩找谁索要食物。她的不断扩张的胃，唯一的需求是食物。他要给她找到食物，就像他要给他的妻子找到食物一样。他存在的意义是在世上跋山涉水不停地找到食物。像虫蚁，像飞鸟，从植物的缝隙中，从天空的云彩中采得食物。他再一次搂紧怀里的小女儿。这个温热的小孩，她的身体是柔软的，她的呼吸是均匀的，她的睡眠是香甜的，饿着，她也紧紧地抱住他，把脸埋进他的身体里。他的不算魁伟不够宽阔的身体，此刻，在深的夜，在黑得不见一丝光芒的夜里，他是她唯一的依靠。他是她紧紧抓住的唯一一根稻草，这根欲断的稻草倘若消失了，她将真的一无所有，没有一个亲人了。

父亲斗争了一夜，他苦苦思索了一夜。第二天他两眼发黑，浑身酸疼，喉咙干涩。他说不出一句话，也迈不动脚步。他要倒下，没有一丝力气站起来。他怀里的小孩跑出去了，她蹒跚着，从院子里凌乱的麦草间跑出去。她嗅着食物的气息往前奔跑，她知道别人的家此刻有饭吃，有食物填塞空空的肚子。求生是动物性的，是本能，是不可抑制的强大力量。求生的欲望在她小小的身体里膨胀。她不顾一切地跑出去，她看到红端着碗，碗里有雪白的米。她像动物一样的眼睛放射出需求的哀怜，红给她米吃，给她手里的馍吃。红比她大一岁。红要和她一起玩。红的吃的也是她的吃的。红的母亲看见了，拉住红，到一边去。她有了对大人的畏怯，知道了大人的不友好。

父亲倒下了。他不能养育这个小孩。他没有力气，没有食物喂饱她。最糟糕的是他的精神崩溃了。他看不到希望，没有任何希望点燃他活下去的光芒。他自暴自弃，失望、颓废、得过且过。他觉着一切都毫无意义。他绝望了，不设想人生还有奔头。只是此刻这个小小的小孩是个棘手的问题，他要妥善安置好她，然后一个人无牵无挂，浪迹天涯，流浪也好，无家可归也好。他了无牵挂，一个人过一天少一天，混混沌沌了此余生。他有了把小孩送人的想法。在所有的人家中，在任何一家都比跟着他好过，他不能给她温饱，不能给她家的美满，一个老男人，如何养活这个小小的小孩？在人家家里，有疼有爱，比跟他强一百倍。这样打定主意，父亲找人问到小孙庄一户人家，把我送出去。

我穿上了人家买的新衣服，抱到了人家家。那家有个儿子和我同岁，除了要养大我做女儿，不知道有没有别的企图。后来我长大后听到传言，企图是有的，在我十几岁时还多次托人去我家说媒。我父亲已经不再理会他们，而我已经是一个有思想的人了。

父亲万念俱灰之后把我送人。我的堂姐——父亲的亲侄女站出来，她是当时的小小乡长，说话有权威。她一不做二不休，到那家，抢夺一般把我要回来。她说：有我一口吃的，就有你一口饭。她对父亲说：这是你的亲人，你唯一的亲人，你还有什么人？！

父亲默不作声，任凭侄女责怪。

他后悔了，孩子送人的那一刻他便后悔了。他抱紧回来的小孩，老泪纵横。

七

我一直对五保这个词有抵触。

如果五保前面再加一个小，是小五保。

后来有人喊我小五保。我觉着是奇耻大辱。

那时候，在孙庄，没有人喊我小五保。上学时没有人喊，毕业后做工了没有人喊。人们都知道，我吃五保是理所当然，再正常不过。

流沙一样的岁月中，我会听到有人在背后嘀咕：那个女的，是小五保。是的，我听到了小五保这个称呼。它刺激了我最敏感的那根神经，我的头立刻大了，心里充满厌恶。我要找一个无人看见的地方钻进去。我似乎没有脸在人们面前站着，我周身都是肮脏的、被人蔑视的、丑陋的某种东西。又仿佛是我家上辈子做了见不得人的事被揭发出来。任人指责、评论、明着笑，暗着也笑。那样肆无忌惮。

我知道我一直处于人与人之间的最底层。这个事实在那里，一直在那里。寻常日子相安无事，小小的小孩还能在天真烂漫的掩饰里若无其事。只要不被提起，不被揭发出来。我亦能心安理得地吃饭睡觉，毫无心虚之意。亦能和小伙伴一起玩，一起争执。如果在某一时刻，被彰显出来这个事实，我如果正笑着，这笑会僵在脸上，没心没肺的小孩也会突然心情低沉。就像有一根刺，时不时会刺痛一下我。有意的无意的，于我都是不安、胆怯和自卑。疑虑如云，突然间笼罩在我面前。我的天空，阳光霎时冰凉，光明顿失。我觉着了天空的低暗，人们的脸模糊不清，那些笑充满冷酷。

一个不同于一般的小孩，早早生长出怀疑的神色和探究人们眼神的心思。警觉的触角也必须时时伸出，试探着外界温度的冷热。

这是我的童年。母亲离去之后，我的周围发生了变化，我清澈的眼睛惊奇地望着这个含混不清的世界，每一个眼含热泪的人都对我充满悲悯的同情，爱抚我，喃喃地说着心疼的话，给我衣服、鞋子和食物。我家堆满了旧衣服，地铺上，囤上，绳子上，都是。地下是鞋子，大大小小，破破烂烂。案板上馍筐里放着各家的馍馍，也有菜。

孙庄的父老乡亲是慈悲的。女人一句句说着：咋过呢，还有这小小孩。她们为我和父亲哀愁着，叹息着。男人们沉默着。他们把我母亲送到泥土里，回来，默默地站着看着一言不发的父亲。

父亲始终一言不发。他们走了。

所有的人都可以袖手旁观，我姐不可以。我姐前前后后思量一夜，她决定给我和父亲申请五保。我姐是干部，她懂政策，她知道国家有政策，对于孤寡老人，国家给养。五保申请报了上去，很快批下来。全村没有异议。人人都觉着这样父女俩有活路了。

我至今没有仔细想过五保的意义。我躲避着个词，这个称谓。不让它在心底存留一秒。自始至终我不承认自己这个身份。我拒绝我的五保身份。虽然我享受了二十二年的所谓五保待遇。我始终认为我不是。不是那个令人尴尬的身份。

1970年的村庄是以生产队为集体的一个大家庭。每一个队的五保由生产队分配粮食，吃全队的平均，不透支也不分红。生产队分东西的时候，所有东西都有一份。无外乎粮食和蔬菜。粮食是一样的少，村里每一个人都少，我和父亲自然不会多。蔬菜是地里结什么社员吃什么，夏天有茄子辣椒和笋瓜，秋天有冬瓜和南瓜，冬天有萝卜。生产队有吃的，大家都有一份。生产队没有吃的，大家都没有。村里人以挣工分多少决定年底的分红和透支。劳力多，挣的工分多，能够分到钱。工分少的，要往外拿钱。我家不分也不拿。这样我家就分不到一分钱。

那时候，只要队里不给，就什么都没有。柴没有，棉没有，油盐火柴没有。家家都是这样。田野里，沟坎里的草丝都被捡拾走。冬天的大地干干净净，不见一根乱飞的草叶。风是干巴巴地刮，树叶也裹不走一片的。你看不到地里、路上或者某个空地上有余下的东西，哪怕一把柴草。

自留地是命根子。每家多出的用度是自留地里长出的东西，豆子、棉花、蔬菜，也种植一点小麦。然后是家里养的猪、羊和鸡。穷人家是养不起的，人吃的不够，哪里有东西养猪羊。养羊好一点，能割草给羊吃。养鸡也能赚点钱，鸡在地里挠虫子，吃青草，剩点饭渣给鸡吃，鸡饿不死的，还能下蛋。

秋后队里分给我家一些玉米。玉米打成玉米面，拍玉米饼子吃。初冬的时候队里刨红薯，刨好用大秤一堆一堆分好堆，队长写阄，握在手里，一家一家抓阄分红薯。抓好阄，队长记本子上，一个个喊名字分红薯，一人一堆，或者一人两堆。队长在前面走，后面跟一群人等着喊名字。我父亲跟着，我也跟着。喊到我父亲的名字，我跑过去，队长指着地下的红薯点堆：一二三四。四堆，到这里。下一个孙厚志，五口人，十堆。队长大步流星，走得飞快，数得也飞快。一群人像鸟一样跟在队长身后。夜影爬上来，分好红薯的往家运，拉车子，推车子，用担子挑。这时候父亲把自行车改成了平板车，把外带也扒去，直接用钢圈拉。父亲拉红薯回家，我在地里看着。初冬的风瑟瑟的冷，我穿着小棉袄，扣子掉了，风往身子里钻。我把左边的大襟裹进右边去，蹲在红薯边，看红薯，看着一地人像蚂蚁在动。

年底，生产队里剥牛。挑拣那些年老体弱的老牛拉出来剥。牛屋两排，有一个大土院子，院墙矮矮的，院子里栽着拴牛的橛子。满院子都是人，男人女人，大人小孩，都去牛屋看剥牛，等分牛肉。小孩在人堆里钻来钻去。满地都是血，溅得到处都是。老黄牛被一群男人拴住腿，拽倒在地下。我不记得是怎样捅死的牛，小孩子看不到，都是大人的腿，围住牛，剥皮，开膛。父亲也分了牛肉，分了一点面，一点油。过年，都有份，都能吃上饺子。

初夏打了麦子，队里也分麦子，一人五六十斤，东队西队都差不多，五十斤或者六十斤。父亲用口袋装着背回来。一年的麦子，在这个时候分，要吃一年，根本不够吃。过了初夏，秋后分的都是粗粮了。

分了麦子，父亲背到磨上，碾磨出面粉，搅疙瘩给我喝。队里还分麦茬。割完麦子，按人口分麦茬，一人两行或者一行，还是要抓阄。分到高的矮的抱怨也无济于事。抓阄，好的差的，按时运摊派。麦茬是一年的柴，拾麦茬的时候，一根一根用铲子把根都铲出来。

生产队里除了留作种子的粮食不分，凡能分的都分给社员。以最公平最无私的办法过着穷日子。没有谁说什么。没有人有怨言。队里过的就这样，家里也就只能这样过。家家日子都不好过，吃不够，穿不够，用不够，烧不够。队里就这些，都给大家了。不够的那部分，各家自己想办法。

我和父亲吃五保，所吃的便是这队里分给的这些。没有柴烧时，村里人怂恿父亲去队里麦草垛拿，我父亲从来不去拿。没有就自己想办法，把屋梁烧了也不拿队里的。没有吃的时候，父亲出去游走，带着我，给人家打洋袜子、编苇席。

三年或者五年，过年的时候大队里会送来一件棉衣，是那种老蓝色的棉衣。说是救济的。救济的少，他勉强争取来一件。给了，我父亲便穿。我父亲穿那件老棉袄，穿很多年。隔几年给一个老棉裤。厚厚的，暖和。村里人都说：年年有救济，要到大队里去要。他们比画给我父亲，我父亲似懂似不懂，呵呵地笑，从来没有去要过。

我上学的时候，学校减免学费。我上一年级，学费书本费一块二角钱，减免二角钱的学费。二年级一块五角钱，减免五角。学校每年都少给我要一点，都知道我苦，多少减免一些。

那时候，事实就是这样。所谓五保和真正意义上的五保相差甚远。我想说的是，他们这样喊我，我不承认，我拒绝，不是说给予的物质不够多，是这个称呼带着侮辱的意思。我感觉到了耻辱。其实我没有必要这样想，事实是我就是这样想的。我不要这样的称呼。我宁愿人们说我是生产队里养大的。是队里给的吃的。是的，队里给的吃的。给了我和我父亲二十多年。而且是我们东队给的，是孙庄东队，给我和父亲吃的。后来，土地分开后，1982年，土地分到东队后组八十二人身上，是这八十二人给我和父亲吃的。这时候已经够吃，粮食多了，每年给我和父亲一千斤麦子。

我所要写出的是这个事实，是孙庄的父老乡亲之于我的恩情。与五保无关。孙庄人不喊我五保，喊我姑姑，姑奶奶。

在他们的意识里，队里给我和父亲饭吃，是名正言顺的——以五保的名义分给红薯、玉米、蔬菜和牛肉，麦茬、豆油、细粉等。至于真正的五保——包吃包住包穿包病包葬，那是政策上的定义，事实是那时候农村的生活达不到这样的水平。孙庄的生活是什么样，我和我父亲就享受什么样的待遇。我父亲没有过非分之想，不够的那些，他有办法。

我是在这样的定义下生活，又是在这样的事实里过着。尽管用五保的定义保障着我和我父亲的生活，事实是最穷困的。那些少得可怜的五六十斤麦子一个月就能吃完。从初夏到秋后还有多久？父亲会把那几十斤麦子分好几次磨面粉，磨多了，会多吃，会早早断了好面。磨少了，不够占磨底的。父亲每一次去推磨都说：不够占磨底的。磨底大约要占了半斤或者三四两面。这多心疼。多磨一次就多占一次磨底。大多的日子是胡乱吃，七拼八凑，囫囵度日。

我对五保这个词抵触还和那时候的一个大队书记有关。一个胖胖的人，五官周正，眼睛里散发蔑视人的光芒。他是那样高高在上，那样拒人千里之外。他带着不屑一顾的表情对待村里的最底层。我知道他是那样的人。他不理人的样子，是最高权力的象征。

我家的屋不能住了，要倒塌，我找过他。我父亲住院了，没有钱看病，我找过他。他的拒绝和敷衍，他的高高在上的表情和不屑一顾的厌烦，我今生不会忘记。我必须记住他。在我心里，他是权力的魔鬼，操纵着我和我父亲在更难过的日子里挣扎。

关于五保，我想说我不叫五保，不叫。这种含有污蔑性的称呼一直压迫着我。我一辈子都没有释然。背着这样沉重的灵魂桎梏，我向谁索要心灵的平衡？命运的阴影如影随形。可怕的苦难背后，有挥之不去的深入骨髓的耻辱。它像影子一样如影随形，梦魇一样纠葛在深夜的惊恐中。五保是一种社会制度，是国家给予没有生活能力的人的一种生命保护。但是在民间，演绎成为一种歧视，一种对弱势力量的侮辱。现在国家给生活困难的家庭实施低保待遇，享受到低保的人却是那些掌权者和掌权者的亲属朋友。真正生活困难的家庭，却享受不到国家的低保政策。命运的不公一直存在，从古至今，弱者一直弱，强者一直强，弱肉强食，自然规律？庞大的人类，有思想、有理智、能克制的人类，在欺压、迫害和自私自利中，人性变得面目全非。

不公平从降生的这一刻开始注定一个人的卑微和强大，这是命运铭刻在你身上的影子，先于沉重的负重施加在你身上，或匍匐于地永不得翻身，被人耻笑、侮辱、轻贱；或穷且益坚，用毕生的努力改变命运的歧视。一个人不能选择怎样出生，但是能够选择怎样活着。我自幼年知道人活着要争气，活出人的样子，绝对不能卑躬屈膝，任人践踏。

八

屋后一片闲地，闲地上有枣树、榆树、苦楝树。

枣树在西北角，靠近地界，是一株长枣树。枣树旁边是一排小榆树，篱笆一样隔开我家和叔家的地。

地北端长一株苦楝树，在堂姐家的土墙根。堂姐家的女儿红把钥匙忘在家里，她从苦楝树上爬过去拿钥匙，我站在树下托她的脚。

地中间也是榆树，手腕粗的、脚脖粗的，歪着的，斜着的，断枝扭曲着耷拉下来。

春天第一朵花是榆树的花。光秃秃的榆树上黑色的花蕾黑玛瑙一样透亮，一粒粒排列整齐，像春天的发卡，别在早春的枝头。那些黑色的花蕾里露出绿色的铜钱，一串串，一簇簇。

父亲在榆树枝上摘榆钱花。

父亲用榆钱花蒸咸窝窝。

大的小的榆树都开花。一朵花蕾开一次花，一棵树，一年只开一遍花。等不到榆钱花老，青嫩嫩的花片刚冒出来便被一双手速速地摘去。榆钱花落入柳条编的小菜篮，落入黑砂盆，掺上玉米面，蒸出黄色的窝窝，窝窝里可见榆钱花。有榆钱花陪衬，生涩难咽的玉米面窝窝多了几分绵软。有时是红薯面掺榆钱花，红薯面质软，呈乌黑色，属于最次食物。红薯面既无营养又没韧度，蒸窝窝是勉强做成。父亲把榆钱花掺进去，味道大变，小窝窝软软的，黏黏的，吃嘴里像粘糕。

我喜欢吃红薯面做的榆钱窝窝。

从榆钱花开始的春天，是饥饿的春天，也是有了补给的春天。摘完榆钱花，榆树的叶长出来，嫩的榆树叶青菜一样柔和，散发出一股让人兴奋的异常芬芳。父亲用红薯面掺榆树的叶蒸窝窝，有点涩，比净红薯面好吃。

当春天的榆树和冬天的榆树一样时，屋后的榆树赤条条地站在春天的风中，春风唤来的花没有了，树叶也没有了，赤条条的树身，赤条条的枝头，一只瘦弱的麻雀站在枝头，傻愣愣地瞧着这个异样的春天。榆树的花吃完了，榆树的叶长出来一点吃一点，每天还有无数的眼睛等在榆树的枝头。

大早上父亲起来走到屋后，他在屋后的榆树旁等新的榆树叶长出来。他慢腾腾地在屋后走，从一株小树走到一株大树，在那排一米多高的篱笆一样的榆树边站住，他看到小榆树的枝桠上冒出一簇嫩芽。春风在他背后，吹醒沉睡的小树。小树芽焕发出青绿的树皮。我的父亲伸手摘下了小树上的榆树叶，握在手心里，然后转身离去。

在父亲转身离去的时刻，身后一个和他一样不高的老头迅猛地窜过来，挥拳打在他的脊背上。

父亲像被蛇咬一样回身，他毫不犹豫地回过去一拳。

他们都知道对方是谁。他们不管对方是谁，只要侵犯了，就要打。

他们扭打在一起。身体的推进撞断了小榆树，小老头大声地吼叫着，谩骂着。父亲吼叫着，谩骂着，连根拔下那些小榆树，对着那个小老头鞭子一样甩去。小老头狼一样冲上去，拳打脚踢。

小榆树倒下一片。没有倒下的，被父亲一个一个拔下来，在膝盖上折断，扔向小老头的脸。

小老头眯缝着眼，仇恨在他的小眼睛里翻滚。他再一次蹦起来，把拳头伸向父亲离去的脊背。

父亲转身，一把拽住他，像抓住小鸡一样把他提起来，向南墙扔。在那个小老头的头即将撞到南墙上时，父亲松了手，把他丢在地下。

父亲背着手向村外走去。

这是我看到的唯一一个打过我父亲的人。我憎恨这个打我父亲的人。十几年我没有和他说过一句话。我每天从他屋门口经过，上学和下学都看到他，看到他，我心里充满仇恨，也充满恐惧和担忧。

我应该喊他叔。父亲的叔伯兄弟。

九

一天，有人指着一个臃肿的老太太说：这是你大娘。

苏北人称大伯母为大娘。

我们称大伯母为大娘，就像长嫂为母，长兄为父一样，有一种深情。大娘有着比娘更厚重更权威的意义。

在冗长而贫瘠的生存环境里，大娘的含义并非真实意义上的大娘，它被现实扭曲为路边问路人张口即来的问话一样随意，有几分尊重，但无实质意义上的浓浓亲情。

我不关心大娘打哪里来，来做什么。

她与我有什么相干呢?

我瞥一眼，远远地跑走。

瞥一眼，我分明看清楚了她。

她是一个头发干硬花白的老人，宽大略长的脸，浮肿、刻板，脸上没有任何与我亲近的表情。她的眼睛是遥远的，我看不到她眼睛里的光芒。我看到她的手指筷子一样长，她的胳膊腿也极其粗壮修长。脊背很宽，属于那种人高马大型的女人。

在她步入老年之后，这样高大的身躯除了笨重之外便是难以负荷的沉重了。

她一直坐着。动动胳膊，动动手。她不停地说话，她的声音有点沙哑。她说话的时候，露出嘴里白得发灰的牙齿，牙齿有一点外龇，嘴唇也随之噘起来。

大伯母说话的声音不高，缓慢而轻柔，带着低低的哑音。我喜欢听她说话的声音。她却没有拉住我的手，问我什么。她说出的话，都是我不喜欢听的。她说：聋子不过日子，是败家子，又懒又脏。是说我父亲，她的小叔子。带着恨铁不成钢的恨意。

且不管她说父亲不过日子，是败家子，又懒又脏。光听她喊父亲聋子，我已经开始讨厌她。我最忌恨的是谁在我面前说到聋子。

我会从心底冒出一万个巴掌，每一个巴掌都以最快的速度结实地落到那个人脸上。

幼小的我无法反击。羞辱狂烈地撞击着我。

我四五岁便开始抵抗这种声音。它的刺耳，使我蒙受巨大的耻辱，无论任何人，在我面前说到这个词语，我永远不会和这样的人亲近，并且不会尊重她。

我从来没有叫过她一声大娘，或者大伯母。

但是，她却是除了母亲之外我最亲近的人。这是我的家族关系，是一个人身边的环境。

十岁之前我没有见过大伯母，也没有见过大伯。

大伯之于我是零记忆，大伯母之于我是零温暖。

就像我不知道女人之爱一样，我不知道应该有一个类似女人的人爱我。或者可以这样说：我不知道除了父亲爱我之外，这个世界上还能有第二个人爱我。

大伯母两个女儿，我喊大姐二姐。大姐四个女儿一个儿子，二姐四个儿子一个女儿。大伯母一直给二姐带孩子。

首羡是一个集镇。这个集镇像首都一样繁华。在首羡上班相当于在首都上班。村子里人语言里流露出的羡慕的光彩，仿佛在首羡上班的二姐是世上最发达的一个人，无所不能。村人不厌其烦地对我说：你二姐在首羡上班，你去找她，让她给你安排工作。

我不知道怎么样去找二姐，也不知道二姐记得不记得我。

我一直没有去找二姐。二姐似乎很多年都不记得我。后来我明确地知道二姐记得我，并且把我记在心上。这样，我也没有要求二姐给我找工作，我感到我也有点“贵口难开”。我暗自抱怨过二姐：二姐这么能耐，从来不想着给我安排个工作。

村人这样嘱咐我是有他们的缘由的，二姐的弟弟，我的堂哥，就是二姐给安排在化肥厂上班的。由此我想到，二姐和我不亲。

二姐在首羡供销社上班，站柜台，撕布。这样的工作在二十世纪七十年代是最荣耀的工作。二姐之所以能站柜台是我父亲教会她打算盘的。村人让我去找二姐安排工作不无道理的。其实二姐没有无所不能的权利，是人们放大了上班一族的光环。但是那时候能够上班拿工资，吃国家的计划粮，是最优越的生活。

大伯母跟二姐在首羡。带孩子，享福。人们认为这样的生活是最幸福的生活。

大伯母幸福不幸福没有人知道。二姐无所不能是全村人有目共睹的。一是把母亲接去享福。二是弟弟跟她在首羡读书，高考落榜后立即安排在化肥厂上班。三是外甥女景芝能够连续三年在首羡复习高考，虽然最终没有考上大学。

不知道是大伯母享够了福还是二姐的孩子都大了。大伯母突然回来了。大伯母回来的时候先住在儿子家，大约是给儿子带孩子。

我见到最多的是大伯母在大姐家。大姐住在我们村，在我家后面。

大伯母坐在大姐家厨房里烧火，她坐在一个高板凳上，腰背挺直，伸长胳膊拉风箱。大姐家的厨房是一个深幽暗淡老屋子，最里面支一口大锅，常年煮一锅红薯。大伯母像钉子钉住一般在厨房里一坐一天。遇到人，她会说：我起不来。起来，走不动。她太高了，直到老年都不弯腰。她结实地坐着，坐了很多年。后来，不知道因为什么，她重新住到二姐家。

我想说，大伯母和我不亲。她除了指责父亲，从来没有疼过我，也没有尊重过我的父亲。

我结婚的时候，大伯母没有回来。大伯母几乎不算是我的大伯母，甚至普通意义上的伯母都算不上。

婚后我去看过一次大伯母，带着我儿子。她住在二姐家，和二姐的儿子住在一起。我没有见到二姐。大伯母高大的身躯直到老年都没有弯曲。她还是那样笔直地坐着，一身沉赘的肉和一副结实的身架使人看了感到沉重。她和我说一些不着边际的话，说一些无关痛痒的话，说一些毫无亲情的话。她对我的生活仍然是漠不关心，对我儿子也没有表现出过分的亲热。

2003年的羊肉汤已经不稀罕。我在那里喝了一碗羊肉汤回来，从此再也没有见过她，直到她死。埋葬她的时候，我去了，我把她送到地里，我一滴眼泪也没有掉。

我们真的不亲。

我的父亲是兄弟两个，大伯从我记事起便没有了实际的意义。但我还是觉着有什么牵连住我们了。人生下来，总有家族，有支系延续着和睦或不和睦、亲近或不亲近的人间亲情。

十

我家住在最南边，我姐家居中，我哥家住北边。

我家屋后有一片空地，有时用秫秸夹成篱笆园子。园子里有枣树、榆树、槐树和一株楝树。楝树在我姐家的矮墙边，我和我姐的女儿红经常从楝树上爬过矮墙进她家中。

我家有两间土屋，土屋的墙往里掉着土，形成一圈深的窝，似乎那墙要从腰间断下来。我从记事时起墙的下半截就往里凹陷进去，那土屋摇摇欲坠。我和父亲居住在里面，我不知道危险，父亲年年爬到屋顶上补漏的地方。

我姐家的三间堂屋，是半截砖半截土，下面是砖，中间是土，屋顶是瓦，叫腰子墙。这样的房子在孙庄是最好的。我姐家还有两间东屋，也是腰子墙，屋顶排满蓝色的小瓦。西边和南边砌起墙头，围起一个大大的院子。不言而喻，我姐家是富裕的，吃穿用度不愁。

父亲和我姐似乎有一种说不清的状况。父亲似乎耻于向我姐——他的侄女索要食物或者衣物，我姐也以不甚大方的态度对待这对父女。我们彼此关联，也彼此不关联。大多的时候是各过各的。我姐终究是父亲的亲侄女，相距又太近，如果远了，不过问是理所当然，没有苛责，现在，她住在最近的地方，照顾了叔的事情，还要落下不是。因为她照顾得不够周到，因为她的物质生活要比叔的好得多。她没有胸怀让叔和叔的孩子和她一样享有富裕的生活。

在幼年的比较中，我心存微微的抱怨，这抱怨毫无道理。甚至有小小的憎恨，这憎恨也毫无道理。最不可理喻的是我觉着很多耻辱也由于我姐家的孩子让我倍感侮辱。贫穷压倒一切。我姐的儿子比我大三岁，他在我出入他家的时候要翻找我的口袋，寻找我偷窃他家东西的证据。他声色俱厉，威吓我，恐吓我。我瑟瑟如弱猫一般任他翻遍所有的口袋。他少了东西，还会逼供我，逼我承认是我拿了他的东西。这一点，我印象最深。在他极其严厉的逼供中，小小的我知道偷东西的可怕，他家随处丢弃的纸张、书本、铅笔、小刀，对于孩子都是极其有诱惑力的东西，我家没有，但是我从来不伸手拿一张纸片，甚至不敢看他的多得不可计数的小人书。后来，我给他家烧火，在晚上煮红薯，一大锅红薯，要烧两个多时辰，他命令我去烧，烧一次，借给我一本小人书看。

我姐的大女儿也是极其严厉的。眼睛带着蔑视一切的样子，嘴巴噘着，高高在上，鼻子翘着，睫毛翻着，目空一切。她讨厌我，我看得出她带着讨厌我的样子驱逐我。她在家，我不在她家。我怕她的样子，怕她蔑视一切的样子。她的傲慢和目空一切使我很小便知道看人眼色，怯怯地，畏惧地偷偷看她，然后，猫一样无声无息地消失。

那时候，她和我说的话不多，她不屑和我说话。她几乎没有和我说过话。我仰视她，畏惧她，有时十分羡慕她。她的高雅气质，她长长的头发轻松地扎在脑后，她举止行动的风度，最令我向往的是她有一个收音机，收音机里播放着《第二次握手》，她一边洗衣服一边听收音机。有时候还会唱流行歌，她跟着哼唱。十分享受。

有一年秋天，父亲在靠近我姐家墙边用秫秸夹了一个厕所。我姐的儿子拦住我，训斥我：这里不能当厕所。谁让你家的厕所在这里的？我怕他，不敢和他对抗。但是我感觉到了莫大的侮辱。受人欺负的压抑和内心的抗拒开始滋生。我恨他，从那一刻开始恨他。这样的恨，是暗暗的存在，是不可逆转的深藏在内心的压抑。被侮辱之后，永远的反抗。多年之后，这些已经像儿时的很多片段一样消失了，而当时的耻辱感，还在记忆里，而记忆又怎样把当初的恨抹去？是岁月把恨抹去。也基于这样的恨，形成了我性格的倔强，形成了对这个世界的另外的一种体会。屈辱感使我不忘耻辱，使我永远记得要坚强，并且从来不会在他面前屈服。我从内心抗拒着他，仇恨着他。

小孩之间的相互交往在平等的基础上没伤害，在不平等的时候，已经不存在亲疏远近，也不存在辈分之分。他们没有当我是他们的小姨，在亲戚关系上，他们没有一点儿对我的尊重，而且是用小孩惯常的伎俩欺负我。我从小便怀有深仇大恨，感觉到外界对我的欺压。没有人站在我这边，我的孤单，我的孤单个体，被准确无误地欺负着。

在我姐家是这样，在外面也是。是很小的时候的事。在村子里，一个叫小皮的男孩，见了我就欺负我，他总是要把我打哭，无事生非地找茬欺负我。我哭着跑回家，一脸泪水。我要把一脸泪水留给父亲看，在父亲怀里委屈。父亲抱住我，给我擦泪。村子所有男孩的名字我都忘记了，我不会忘记叫小皮的男孩。他无缘无故地打哭我，以打哭我为他高兴的资本。他不敢打别的女孩，他只敢打我。无疑这又是一个仇恨的种子。我恨这个一脸鼻涕的男孩，恨他龇牙咧嘴的坏笑，恨他在我面前伸来伸去的拳头。我总是哭着回家，哭着找我父亲。

村里男孩女孩在小河里洗澡，大男孩大女孩下到河里，我们小女孩小男孩不敢下，就在水边趴着，踢水。我们都知道河里有马鳖，都害怕马鳖钻到身体里。我在河边的浅水里踢水。小皮在我后面大叫：看，看她身上钻了一个马鳖。我呼啦一下站起来，哇哇大叫，小孩都站在我身后看，没有一个敢出声的，小皮还在喊：看，大马鳖，这是大马鳖。

我扭着身子看不到，没有人说没有。我吓哭，一路狂奔着回家，回家找我父亲。

这是一个被捉弄的小孩。这个玩笑一直在记忆里。我飞快地往家里跑，仿佛那只马鳖就在身后。

没有人知道儿时被愚弄的心情，那种偏差，那种挫败的心理，那种永远抬不起头的恐惧，成为我恨之入骨的源泉。成为恨这个世界的理由。恨之后便是反抗。那时候不知道反抗，唯独恐惧。小小小孩的恐惧。

我姐把这个棘手的小孩交给叔后，她不能时刻照管他们。他们过他们的生活。我记得父亲走一步带着我一步，领着我的手，牵住我，像一根线，从来不敢丢开。他从一个村子到另一个村子，白天走，天黑了还在走。每走到一个村子，小孩在后面喊：聋子来了，聋子来了……聋子的小孩，聋子的小孩……

那时候，父亲的耳朵已经聋了。听到这样的喊声，奇耻大辱在我心里顿然升起。他们公然侮辱我们，用这种热烈的呼喊换取他们的快乐。我感受到可耻的侮辱。我憎恨这些呼唤的小孩。我要把他们砸成稀巴烂。还有那些狗，那些狗跟在我们身后，汪汪汪汪地咬。小时候，我恨狗。我恨那些养狗的人家。他们的狗，一步窜到我面前，对着我猛然要下口，我停住，慢慢后退，后退。那些狗，凶猛地对着我吠叫。

我恨那些欺负我的人和狗。他们以这种欺负助长他们的威风，显示他们的强大。而我永远地把恨的种子埋在少年时代。

后来我发现，我所恨的人是我身边的人，因为有了关联，便有了恨的因由。在生命的过程中，伤害你的人，往往是那些离你近的人。我想说的是我姐家的孩子，因为我们离得最近，有交往，有帮助，也就有了不正常的孩子在一起的顽劣。

现在写下这些已经没有恨。但是这些恨已经造成我性格的孤僻和自卑，从小便在一种扭曲的环境里畏惧着长大，偏偏还是少不更事，任人欺负而无力反抗，没有任何还击的资本。思想还没有成长，只埋下憎恨的种子和记忆里可耻的侮辱。

我一直寻找复仇的办法。我一直想象怎样去报复。对那些我恨的人，我要让他们向我屈服。怀着这样的心态，我不断地努力，后来，我发现我只剩下唯一的方法：书写。唯独书写能够发泄内心的愤慨。唯独书写才能找到内心憎恨的释放点。今天我写下他们，他们或许早已不记得有这些事，他们肯定不承认有这样的事。我不是诬陷他们，绝对不是。我凭借记忆的链条，一环一环拉出来，摆放在我面前。我想理清这些记忆是不是成就我人格的关键词，最后这也是我不得不书写的理由。更是我雪耻的动力。

现在说这些话都过分了。这些含着憎恨和雪耻的字眼，那么刺眼和夸张。儿时的嬉戏，不必那么认真。此刻我清醒的思维告诉我——我太过于当真了。

我反复书写这个事情，这些关于欺负、侮辱、憎恨和雪耻的事情，是因为心念太重。的确是这样，在那时，在我儿时，给我的打击和记忆留下了永不磨灭的印象。我无法忘记。我时刻回忆到这一幕。激起我满腔热血，直往脑门顶。每一次都使我热血沸腾。我过不去这个坎。我写完这些文字也过不去。我会一辈子在这些记忆里激愤。可想少年的事件对一个人的影响有多大。可想我在少年时是随时随地地受到凌辱，那些小孩，那些狗，那个叫小皮的男孩，还有我姐的儿子，他们在我儿时，摧残着我的自尊，我的恨不是没有原因，我的恨是因为苦难的降临，把我推至万劫不复的苦海里。

十一

现在，我姐留给我一个僵死的惨白形象。

我最后一次见她是在殡仪馆。躺在鲜花中的她是一副空壳，枯瘦如柴。她的眉毛、鼻子、嘴巴还是活着时候的样子。人死了，这些面部的形状不会改变。我还能认出她。她有十几年的时间是在病中度过。她总是有气无力，蹲着，坐着，站不起来。她六十几岁便死了，死于淋巴癌。我没有去看她。她死后家人给我通知。

我记事起她一直身体虚弱，不太能干活，她不停地生育小孩。脸色苍白，四肢修长，脖子上的皮稀松地下垂。第四个孩子叫香，第五个孩子叫喜。那年她大约四十岁了，头发白了许多，脸黄黄的，说话有气无力，还不停地抽烟。

她坐在那座门朝东的屋子旁抽烟，门口是一条丁字路口，出门朝东是通往枣树林的路，往南是我家，往北是我哥家。枣树林南边是榆树林，北边是厚山家的园子。我姐家的猪圈在厚山家园子边上。我姐家的老母猪下小猪仔了，我姐边抽烟边看着小猪仔。小猪仔从猪栏里窜到园子里。我姐嘴里叼着烟，贪婪地抽完最后一口，把烟蒂在身后的墙砖上摁灭，扔掉。她去赶猪仔。

我姐和厚山的母亲还是发生了口角。我姐张开胳膊，摊开手，无辜又气愤地说：看看，你们看看，小猪都卖完了，她还对着门骂。

厚山的母亲早年守寡，一个人养大三个儿子一个女儿，有心机有魄力。园子被糟蹋不是一回了，猪圈也砌在地界上，虽然没有过界，滴檐水的间隙都没有留，是太会算计了。这个又不能明说，讲理也讲不出。看到园子里有新糟蹋的痕迹，她破口大骂。骂猪不通人性，骂猪不吃人粮食，骂猪还是骂人？谁心里不明白？

我姐不畏惧。她不停地摊手，不停地露出无辜的表情。厚山的母亲说：不是你家的猪，你招啥腔？猜屈骂不屈，不是就不怕骂！

“你们听听，她对着我家的门骂还是她的理。”

一回，我姐家的狗吃了桂花家的鸡。没有人能证明狗吃了鸡。我姐不承认。桂花的父亲一怒之下，追赶上狗，提起狗腿活活把狗摔死，然后开膛破肚，取出小鸡。

小孩子围在现场看剥狗。血淋淋的小鸡从狗肚子里剥出来。所有的人都认为我姐没有理。我姐说：狗吃鸡，是常理。

人们笑我姐不讲理。证据确凿了，还护着狗。

我姐家院子西边是长在家的地。关系也不好，阴死阳活的。和长在是一个老爷爷的，和厚山也不出五服，桂花那边也是一个家族，远了一点。

我们是窝里斗。每家都在斗。兄弟翻脸，姐妹疏远。

要让一窝窝小孩子吃上饭，要让日子不断炊烟，柴草要争，地界要争，树要争，树叶也要争。

有一年我姐家在东边那块有坟墓的地里栽薄荷。挖好一行行沟，把薄荷栽到沟里。我姐支使我去栽薄荷。说薄荷是药材，能卖钱。

天阴阴的，我们蹲在地里栽薄荷。薄荷的味道青幽幽的，一地都是薄荷的味道。栽完薄荷，手上身上都是薄荷味，走到哪里都闻到薄荷的气息。

薄荷栽上不长，几个月过去还是那么小。

那块地是盐碱地，白亮亮的，栽薄荷也不长。后来那些薄荷也没收，枯死在地里。我姐想着那些薄荷长大能当药材卖钱。

我姐烟瘾大，派我去大队代销店买烟。给我一角钱，买八分钱一包的火炬烟。剩两分钱，有时候买一盒洋火，不买洋火的时候，她说：剩下的钱，你买糖吃。一分钱买两块糖，我不舍得买，常买两分钱的洋油，晚上点灯用。

有一年分枣，是我父亲分的。所有的枣都下好，父亲把枣分成两堆，我家一堆，我嫂家一堆，没有我姐家的。

我姐不敢要。

我嫂说我父亲是公平的。

按道理我姐是嫁出去的人，孙庄没有她的枣树。我姐习惯了视孙庄所有的物质都是她的，从小习惯下来的，嫁人后没有离开孙庄，孙庄的树、土地、房屋等，怎么可以不是她的？她不答应，心里有占有欲。

分枣没有我姐的份，我嫂抓住理，在村子里到处说她的理。

十二

我姐带我去许庄吃大席。

许庄是我姐真正的家。

我姐的丈夫是家里老大。当过海军。我姐家屋里挂着他的照片，穿着白色的海军装。照片上没有笑容。平常见了人，先微微一笑，再说话。说话声音很低，也温和。父亲喊我臭妮，他也喊我臭妮。我和他二女儿红相差一岁，在一起玩，他喊红和喊我臭妮，一样的口吻。有一年从赵庄我们一起步行回家，在路上我问他：有专门教写作文的大学吗？他说：有，长大了可以专门学文科。我觉着我喜欢读书有希望了，偏门也不可怕了。

他是我信赖的人。

后来知道我写作，他说：把你家的情况写出来，就是一本好书。

我记住了他这句话。现在还记得。

我姐领我去许庄，是他的家。我认得他的父母，他的兄弟和姐妹。他母亲是一个清瘦干净明亮的老人，白白的肤色，一脸细密的皱纹，眼睛鼻子嘴巴都长得十分紧凑又得体。他的姐姐和妹妹和他母亲的面貌一样。一个姐姐在我们村上，一个在陈楼，一个在大吴庄。他弟弟也有几分神似他母亲，比他母亲的面貌要开阔些。他的一个弟弟在王沟派出所当所长。那时候，派出所所长是高级官员。传说他弟弟清廉又耿直，是个好官。好官总是不长寿，他弟弟英年早逝了。他弟弟死的那年轰动了半个丰邑。我第一次听说心肌梗死。在早上上班的路上，死在出村的堤岗上。

他弟弟的孩子结婚、妹妹出嫁。我姐必带我去吃大席。目的就是去吃。不光吃，还要带回来。在路上，我姐低声对我说：看到桌子上上馍你就往口袋子里装，知道不！装回家，你好吃。

吃大席先上菜，一碗一碗用托盘端上来，上来一个抢一个，小孩都下手抓。桌子上的菜抢得精光，菜汤也喝光了。旁边有大人在说：把菜水喝了，菜水里有油。你看那上面油多厚。小孩听话，大人说喝菜水，都抢碗里的菜水。

在开始上馍之前，大老执先喊话：我警告大家，谁都不许装馍。

大老执脸绷着，眼瞪着，煞有介事。

馍端上桌，一只只手伸过去，一把抓两个三个，尽可能多抓。右手抓，递给左手，左手在桌子底下，偷偷地塞到口袋里。

装馍的大多是小孩。小孩没有廉耻，不怕人看到。

我姐坐在我旁边，用胳膊肘捣我，暗示我装馍。

大老执就在我前面，一眼就看到我。我怕他看到，伸几次手，拿了馍放在面前的桌子上，不敢装口袋里。

我姐看了几次桌上的馍，看一次还在，再看还在，眼看大席快结束了，我没有装一个馍。她不甘心，趁人不注意，拿馍塞我口袋里。就在大老执眼皮底下，我姐不管，这个馍必须带走。

大老执看到了我装馍。大老执看到了很多小孩装馍。看到看不到，大老执都不会从口袋里翻出来。监视和管理是他的责任，真少了馍，他睁一只眼闭一只眼，不当真。都是穷，都是吃不上饭。谁吃不是吃。东家浪费点，正常。

装馍回家时心里充满成就感，像获胜的战利品。到家掏给父亲，父亲收起来，头一天不给我吃，第二天肚子里的大席消化完了，再吃装回来的馍。

大席上的馍是白面馍，纯白面的，一点儿黑面黄面不掺。

有一回装馍回来，不想吃晚饭睡了。吃罢大席，棒子面馍吃不下去，黑窝窝头也吃不下去。都说吃一顿大席饱三天，但我半夜醒了，肚子咕咕叫。我对父亲说想吃大席上的白面馍。父亲起来，掰一小块给我，只一小块。

我在被窝里吃，吃着掉着渣。父亲告诉我，用手接着，馍渣掉被窝里硌人。

我睡得迷迷糊糊，只往嘴里塞馍，馍渣掉了，没去接。

父亲伸手去接，接一会儿，让我张大口，把馍渣倒进我嘴里。

十三

我姐家屋檐下放两口缸。一口缸里腌咸菜，一口缸里盛洋油。两口缸一个在屋门西边，一个在东边。

村庄里没有谁家有一缸洋油。我姐家有。

咸菜家家都腌制，红萝卜，萝卜疙瘩，腌一缸一缸的。咸菜缸上倒盖一个用坏的旧铁锅，下雨不淋水。咸菜缸不能久封闭，有一股呛鼻的酸味。盖住几天，要打开盖晒晒。夏天雨水多，说淋雨水就淋了。淋了雨的咸菜不经腌，生蛆腐烂。

咸菜是一年的菜。一年到头，一天三顿。调咸菜，炒咸菜，一手拿一个咸菜疙瘩，一手拿窝窝头，一顿饭就下去了。咸菜叫“就头”，是引诱，引诱难以下咽的食物进入肠胃，是食物的引子。唯那一丁点儿别样的味道，是饭食的点缀。

一缸咸菜一年吃不完下年接着吃。缸是那种半人高的大缸，敦实地立在院子里。几乎家家都有。我家没有。

我家没有咸菜。没有菜吃的时候，父亲去我姐家捞咸菜。他不讲话，直接到缸里捞咸菜。咸菜捞出来洗洗，切成手指粗的条，捏着吃。一顿饭一根。父亲一根，我一根。父亲烧稠稠的糊涂，糊涂即是稀饭，又有别于稀饭，像粥，又不是粥的做法。只是把水烧开，多搅些面，比一般意义上的稀饭稠些。也是村庄文化的独特叫法。土里土气的名字，总不及城里人说喝稀饭文明。

糊涂里多加入熬头，比如小米大米，绿豆黄豆花生等。

那时候没有大米花生，有豆子，父亲抓一把黄豆，放水里淘一下，飘出几片碎豆叶豆梗，滤出去，倒锅里煮。豆子难熬，要细火慢煮，煮好搅面，是黄色的玉米面。在锅里慢慢熬，熬煮中豆粒一粒粒浮游到锅边上。父亲舀碗的时候，用勺子把锅边的豆子舀给我。有时糊涂稀稀的，豆粒不在锅边，整个锅里都是。父亲也有办法把豆子舀给我，他拿勺子在锅里轻轻地并快速地转几下，游兵散勇般的豆粒一下子被他呼唤过来，全都在勺子下升腾，父亲的手极快地按下勺子，一下子打捞上来。那些豆子听他口令一般，几乎一粒不剩地都舀在我碗里。父亲更多时候把糊涂烧得稠稠的，在碗里一块一块的，一口喝一个窝，捧着碗，转着圈喝，有一粒豆子喝进嘴里，快乐地咀嚼着，幸福无限。豆子是引头，提味，把胃口吊起来。

喝一口糊涂，咬一口咸菜。咸菜咬得多少，和碗里糊涂搭配，糊涂多，少咬一点咸菜，糊涂少多咬一点。咬住一丝咸菜，舌尖上有一丁点儿意思即可。一顿饭，一条咸菜，基本上是喝完糊涂也吃完咸菜。

春天，青黄不接。咸菜也到了最后的时期，经过一冬天，缸里的咸菜不多了。有时候父亲不去捞咸菜，我去。我趴上缸口，把手伸到缸底才能够到咸菜。咸菜水稠稠的，漂着一层白色的盐。我捞到咸菜，捏一捏咸菜，感觉一下硬不硬，捏到软的，丢下，再捞。软的咸菜已经腐烂了，像熟透的瓜，一层一层脱落。再后来，腐烂的咸菜也捞走，好歹有点咸味。我姐说，咸菜都捞完了。

剩下的咸菜水，炒菜的时候，舀上一点，菜里不用放盐。咸菜捞完之后，咸菜缸还在，咸菜缸旁边的洋油缸无精打采地立着。

洋油是稀缺物。我去代销店打两分钱的洋油。两分钱一端子，刚刚好一墨水瓶。夜里吃饭照一会儿明，睡觉照一会儿。后来我夜里写字，洋油用得多了，一墨水瓶用不了几天。有时夜里点灯，没有油了。父亲到我姐家洋油缸里舀洋油，灌一墨水瓶，用几天。洋油缸大大的，一直用不完。我姐家那么多洋油，是用不完的。我从来不想我姐家怎么那么多洋油，仿佛她家就应该洋油多，咸菜多，还有白糖和高级的床。而我家就应该没有床没有咸菜洋油和白糖。

洋油多，后来也用完了。一天夜里去灌洋油，洋油缸里没有洋油了，缸里落着树叶，树枝，还有一只死老鼠。黑夜里灌洋油，什么都看不到，灌了一墨水瓶树叶子和洋油渣渣。第二天看缸里，灰色的死老鼠成了黑色的死老鼠，不知道死了多久，泡发了。

没有洋油的时候，父亲把吃饭的碗倒扣在案板上，倒上几滴豆油，从棉袄里或者被子里撕开一个小口，拽出一缕棉絮，捻成粗线，粘上豆油，放在碗底上，做灯芯。划根洋火，点着，屋子里灯亮了，外面的黑夜越发幽深。

十四

红的糖瓶在我姐家堂屋当门的八仙桌子上。八仙桌上面的墙上挂着毛主席像，墙下的桌子放着毛主席像，墙上的像是纸张的，桌子上的像是陶瓷的，雪白的瓷，晶莹闪光，瓷像上的毛主席直视前方，威仪凛然。八仙桌上还放着卫的糖瓶子，瓶子里装着半瓶子白糖，白糖里放着一把勺子。

红踮着脚尖够不到糖瓶子。我姐伸手把糖瓶子拿下来，递给红。红打开糖瓶子，抓住汤勺柄，一勺一勺吃糖。雪白的白糖，像瓷一样白，像瓷一样明亮。糖在红的嘴里咯嘣嘣响。我听见红嘴里牙齿间咬碎糖的声音。

我站在三十多年后的一天下午还是能听到红咬碎糖的声音。那时候我站在我姐家堂屋里某一个不碍事的地方。我睁大眼睛看红用那种长柄的不锈钢汤勺舀糖，长柄汤勺，不锈钢，白糖，白糖瓶子，这些在寻常人家见不到的东西，在红怀里抱着——有时红会抱着糖瓶子到院子里吃糖。她天生的嫩白的皮肤红润光滑，没有一颗雀斑，而且眼睛明亮嘴唇细腻。她是那样健康，幸福、娇气、愉悦的模样陶醉在独自的快乐之中。

我如此近距离地看红一勺一勺地吃糖。她在我视线之内，她和我有什么关系呢？她独自吃糖。她在唯一的世界里，津津有味地吃糖。我们毫无关系。我们毫不相干。

我却那样神奇地感觉到糖的碎裂，糖碎裂的时候发出的声音，然后是糖融化在舌尖上，唇齿间。糖的甜，在我的味蕾上发出强烈的反应。它破空而来，冲破我的封闭的想象的防线，在我的唇齿间荡漾。像荒芜的大地长满青草，我陶醉在红一样的甜蜜中。

那是看见的糖，雪白雪白半瓶子，隔着透明的玻璃瓶，糖的光亮，熠熠生辉。红的神色那样自如，她吃糖竟然像我吃红薯面窝窝一样开口合口都那样自如，糖的味道是不是会和红薯面窝窝一样？我知道不是。糖是糖，红薯面窝窝是红薯面窝窝。我是说，红吃糖像吃饭一样随便。我是说红家有那么多糖，瓶子里永远是半瓶，永远吃不完的半瓶。

红吃糖吃得最泼辣的一次是吃得满嘴满脸满身都是。鼻子上是糖粒，腮边是，额头上是，脖子里是，褂袖子里是，棉鞋上是。雪白的糖粒，水晶一样闪闪发光。红拍着手上的糖粒去洗手。汤勺掉在地下，汤勺上的糖掉在地下。红把糖倒在案板上，一把一把抓着吃。抓着吃不过瘾，或者抓着吃麻烦，红把糖全部倒出来，低下头，用嘴咬着吃，像喝水一样往嘴里吸，后来动作慢下来，用舌头舔。

我姐一点也不责怪红。红的爸爸过来，扶起歪倒的糖瓶子，拍打着红身上的糖，抱着红去洗手洗脸，还换了新的衣服。

那些糖像雪花一样在空中飞。

在泥土的地下，糖慢慢融化。我闻到泥土里糖的气息，红的褂袖子里，糖豆粒一样滚下来。

红继续每天那样吃糖。干吃，白嘴吃。吃饭也吃，一勺一勺放进汤碗里。米饭碗里，糊涂碗里，疙瘩汤碗里，甚至菜碗里。

我不知道红家为什么有那么多糖。我不知道我家为什么没有一粒糖。

在我幼年的意识里，这些都是理所当然的，都是本来应该这样的。就像天必须有阴晴，有黑夜白天，有寒冷炎热，有饥饿贫寒。

一回红在厨房里吃饭，要在米饭里放糖。我姐对站在一边的我说：去把桌子上的糖瓶子拿来。

我知道自己没有听错，飞一般跑向堂屋。在那张放着毛主席像的桌子边，我像红一样踮起脚尖抱住糖瓶，我抱住冰凉的糖瓶，我怀着仰慕一样的心情抱住糖瓶，我那样小心，那样紧张，那样隆重地抱住糖瓶子。在我转身离开的一瞬间，糖瓶子从我怀里毫无防备地掉到地下，糖瓶子和糖四散开去。

我不知道怎么发生了这样的事情。我不知道怎么收场。

那个美丽的糖瓶子里那些雪白的糖，在地下，刺亮我的眼。

我不知道怎么办。我的脸吓紫了。

我扭身大步跑开。

很多天我不去我姐家，看到红也躲开。

十五

我哥是那种软弱的人。大伯母没有儿子，要了这个儿子，这个儿子并不是那种刚强的男子汉，是木讷的，老实的，又软弱无能的。

我不记得我哥小时候的事情。我对他没有怨恨。他一直跟二姐在首羡读书，读到高中，没有考上大学，二姐给他找了一个在化肥厂上班的工作。

我哥结婚后，有了小孩，从那时候，我和他有了接触，有了记忆深刻的事情。这时候我已经稍长大些，十几岁，能干活，能看小孩。

我嫂第一个孩子是女孩，第二个还是女孩。我哥是抱养来的，在孙庄这个以姓氏为核心的大家族里，他受到排挤，偏偏又生女孩。我哥并不觉得怎样，他是那种一副认命的样子，任欺侮的样子，任压迫的样子。他的软弱使他对被藐视不放在心上。他感觉不到压力，对周围的事情无动于衷。我嫂精于心计，有胆识有智谋，她不甘心被人轻视。她要挺直脊梁做人。她拼命干活，想尽办法再生小孩。在村庄，没有儿子就没有话语权，没有站立的地儿。没有人把你放在眼里，连蚂蚁都不如。蚂蚁还要躲一躲，顾忌一下被蜇住了，对于我哥，村里没有人顾忌他。

没有人帮助我嫂。在孙庄，她是孤立的。和她一个娘家的有两家，两家也时常不和她交往。本家族欺辱她，处处设置障碍，故意刁难她。她如在四面楚歌中。我嫂不顾一切，按自己的想法做事。大约她太精于心计，得不到宽容，也可能是她被孤立得太久了，人人都想再一次把她往更深处推。她和我姐也不和，时常争吵。关于房屋，我嫂住的房屋我姐说是给她儿子盖的，让我嫂还回房子。我姐一直拿房屋说事，压制她。我嫂说谁家结婚没有房屋？我哥的婚事，大伯母没有操持，是我姐操持的。这里面是说不清的。大伯母没有钱，我姐后来大约不甘心了。还是我嫂做了让我姐不满的事情？我姐和我嫂不和，一直闹矛盾，一直说不清。外人不知道内幕，只看到吵架。

我嫂处在深水中，时常呛水。那时候我听她的话，觉着都是他们的错，是我姐的错，村里人的错，家族人的错。我没有怪过她，一律听她的话，听她说的，都是对的。而且时时帮助她。刚刚能抱起小孩时开始给她带小孩。时常到地里给她干活。她的活我当是自己的活。我父亲也给她干活。夏天打麦子，我父亲上到麦草垛上给她垛麦草。我们天天给她干活。干完活，我父亲回家做饭，我还给她帮忙烧火做饭，她做好饭吃饭，我回家吃饭。她使唤我理所当然，无可厚非一般。

那时候我父亲身体还好，我也有力气。我姐有活也喊我父亲，喊我。因为干活，两家相互说对方的坏话。我相信我嫂的，相信她的话。她说谁是坏人，我相信那人是坏人。她说我姐不好，我相信她说的不好。我是那样信服她。这个信服，有我自己的弱点，我太听话了，实在是一个乖得过分的孩子。

还有一个原因，家族里最有权威的后营的母亲告诉我：你要听你嫂的话，她是正根，虽然你哥是要来的，但他是正根，以后你要靠她。老许（我姐）靠不住，她是亲戚，不是正根。

我不懂这些话的深意，但我听了这些话，至于靠她什么，我不懂，我觉着她的话是真理，是人人必须奉行的真理。

这里面有着世俗的一面。她所说的依靠我嫂，意思是我家没有男孩，以后我出嫁后，所来往的人唯有我哥。因为是最亲的，按次序排列他最亲近。虽然他是抱养来的，但是他的位置在。

我确信了这条真理。那么小小的年纪，我介入了这样的人世纷繁。

我加倍地投靠到我嫂的麾下。所有能干的活都干，割麦、拾棉花、栽红薯、拉粪、拉播种机、锄草、洗衣服、烧火……看小孩不必说，她生了四个孩子，三个女儿，豆芽一样。我学做服装，给她的小孩做。那时候，小孩也是可爱的，一个一个喊我小姑姑，喊的和亲姑姑一样。我们在干活上已经不分彼此，她有活，我必不可少地去干，我父亲也去，像干自己的活一样。

这样继续了几年。我稍大，住到她家。女孩子，有了自我保护意识。我感觉到了这点，她也意识到我不能再和父亲一起住在老屋里，老屋不安全，门都没有，女孩，大了。她要尽嫂子的义务，这是有目共睹的，因为这个小女孩跟着她南地北地干活、看孩子，全村人都知道。

冬天，我、小三和二平睡在她家堂屋西间，南墙是羊，北墙是一张小床，小床前是一口大缸。夏天，我和大侄女二侄女一起睡在堂屋里的小床上。我睡在外面，床帮边上，一翻身就是地下。小床和我哥我嫂睡的里间隔着一道秫秸夹的槅扇。秫秸缝透过来里间的灯光，也透过里间的争吵。我哥和我嫂在里间打架，我听到撕扯，吓得不敢出声。我哥从来不是一个顶天立地的男子汉，他没有强壮男人的一面。有一回他们打架，我哥恼了，说什么都不行。他认了死理，十条牛也拉不回来。他在床上呼呼喘气。我嫂子软了，跪在地下，求他。透过秫秸缝，我看到她弯曲的洁白脊梁，听到她饮泣的哭声。

为了要男孩，我嫂的尊严彻底丧失。有一次我听到木讷的我哥说：你不知道，比拉一天平板车都累。他嘴里塞着玉米面馍，唇边沾着馍渣，鼻子上涂着灰一般暗淡的日光，眼睛看着地下，声音含糊。我嫂翻眼看看他，继续喝自己的糊涂。在吃饭时，我看到我嫂给我哥煮了两个鸡蛋，避着孩子的眼，给我哥吃。我嫂怀孕了，老三又是女孩，生下来送到亲戚家去养。送到我嫂的姐姐家，在新杨集。我嫂的姐姐是一个比我嫂温顺的女人，笑眯眯的，和我嫂长的模样一样，个子比我嫂矮一些，性情比我嫂坦然，不如我嫂刚毅。她不带小三，她的二女儿二平带小三。二平有性格，把小三带得像自己的孩子。二平才十二岁，是个大孩子，也是个小妈妈。喂奶粉，换尿布，洗衣服，都是二平。后来小三回家，三岁了，到处跑。她不在家，非要去新杨集，找二平，哭叫连天，嗓子都哑了。我嫂没有办法，把二平叫来，在她家带小三。

我和二平小三睡在堂屋西间的门板搭的小床上。夜里二平把小三小便，我点亮灯，灯在我床边的缸上，缸上放一木板，木板上放一个煤油灯，用墨水瓶做的灯在我床边散发出煤油的气息。我划亮火柴点着灯，二平从被窝里拉出小三喊她：小三，醒醒，醒醒，尿尿。

冬天，二平披着袄坐在床上，把小三尿尿。床前放着尿盆。小三迷迷瞪瞪地小便，哗啦啦的响声之后，二平把小三拖回被窝，她们睡下，我伸出缩在被窝里的头，把灯吹灭。窗口下的那头羊，昂着头，看到这一幕，它一声不响。小三一夜小便两到三次。她能吃能喝能睡，健康得像小猪。

我上初一那年，在许庄上，一路上有六里路，要早起上学。每天不知道天到什么时候，常常起得早，走到学校天还不亮。我嫂每天夜里喊我起床，屋子里乌黑，喊我早了。她喊我，我便起来。我起来要给小三拿窝窝头。小三醒得早，她饿了。我嫂一遍遍喊我，我困得死，强睁开眼看看天，不知道天到什么时候，黑蒙蒙的，有一丝微光在窗口上。她喊我起床。我不想起。喊一遍不想起，再喊。外面黑乎乎的，又冷。可我不得不起，我怕她。我穿上盖在被子里的棉袄，穿上棉裤。就着窗口的微光，我摸索着下床。我起来，开门要走的时候，我嫂喊我：馍筐里的窝窝，给小三拿一个。我摸索到馍筐里，摸到一个窝窝。窝窝冰凉，硬硬的，在黑夜里更黑。这时，我也饿了，也想吃一个窝窝。我摸到两个窝窝，不敢拿一个吃。我只拿出一个，给小三。小三在被窝里醒着，等我递给她窝窝。

我去上学了，黑夜里的路在黑夜的田野里，路上没有一个人，我和云一起去。蹲在云家门前喊醒云，等云起来，揉着眼上路。我们都不知道天到几点，村庄里没有钟点，我们不会看星星。云的母亲每天都说：鸡还没叫，去得早，天冷啊。我们不管，起来了就去上学。

我一路上都想着小三在被窝里啃窝窝，窝窝多香，多好吃啊，我怎么不拿一个呢？我怎么不敢呢？真的想吃，饿，肚子时刻饿。饿得觉着胃要和脊梁骨贴到一起。一路上都懊悔。可是我就是不敢。我怕我嫂。我怕这是偷。我知道偷可耻。到我上初三时，寝室里偷馍吃时常发生，每夜骂声不绝。那时的学生不是因为思想前卫而恬不知耻，那时的学生是人性之本能。偷者和骂者皆然。

十六

我嫂终于生了小男孩。我嫂扬眉吐气了。她阴郁的脸上放射光彩，笑口常开。我侄子小名叫四，是我嫂的宝贝。她几乎不喊我带孩子，她自己带。初夏带麦地里去，秋天带棉花地里去，初冬带红薯地里去，春天在堂屋门口做鞋，小四坐在她鞋筐里，玩线团，玩鞋底。

周一到周六，我上学，星期天我嫂喊我下地干活。我哥在化肥厂上班，下班也干活。出羊圈，出猪圈。把羊圈猪圈里的粪拉到地里去。我嫂拉车，我和我侄女一边一个给她推车子。有时候她用绳子一头拴在车把上，另一头套在我肩膀上，让我在前面拉稍子。村里人看到，说闲话："拉粪！小姑姑。""上劲，小姑姑！"他们和她们不招呼我嫂，招呼我，别有用意。看不惯，愤愤不平。只是不好言说。我嫂脸色不好看，回到家告诉我：妹妹，你看到没有，多坏。看到你给我干活都难受。以后，你别干了。

我说：谁爱难受谁难受，管他们干嘛。

我照样给我嫂干活。我铁了心和她好。我记住她是正根，我要靠她，依靠她。我也知道，我没有母亲，没有兄弟姐妹，她是我的亲嫂，我侄女侄子，都是亲侄女亲侄子。我哥也是亲哥，他老实，不会说话。但他心里从来没有外待我，我知道的。我一直记得是我哥给我家拉电灯。村子里都拉了电灯，我家还点煤油灯。我哥说，我给你把电灯拉上，拉一个灯泡，两间屋都亮。是我哥拉上的线，电线从我家枣树西边经过，我哥上到枣树上接线，又搬梯子站到屋山上，从墙上的洞口把线拉进来。电灯亮了，黑黝黝的屋子里空荡荡的，灯光照到墙边，照到地下那些破烂的家什上。灯光是新的，我哥是真心对我好的。我哥太老实了，他老实得没有任何主见，即使心里有，张口也说不出来。结结巴巴就算了，吞吞吐吐就完事了。我嫂气他不争气，人前人后受蔑视。

我嫂四面楚歌。我嫂和我姐不和。我姐住在她家前面。左边和右边是远点的亲弟兄俩，和我哥和我是三服上的叔伯兄弟。右边是哥，左边是弟。亲弟兄，也打架，也不和。我嫂在他们两家中间，和右边关系处的是血仇，和左边处得时好时坏。好的时候不如坏的时候多。再往左边一个是娘家的，也是时好时坏，好的时候不如坏的时候多。后来干脆不相往来。我嫂后面是一个水塘，水塘后面是路，路北也是一个娘家的，女的白白胖胖，外号叫发馍，男的黑黑瘦瘦，外号叫窝窝头。和我嫂的关系也是时好时坏，好的时候不如坏的时候多。

我嫂说：孙庄没有一个好人，除了叔以外。妹妹早早找个好人家跟人家过去，脱离这个鬼地方。我不语。我知道孙庄的人都对她不好。我不知道为什么都对她不好。我觉着村里人对我都好，除了那些小孩。大人都好，都同情我，见了我都说：这是个苦孩子，比黄连都苦。我听出这是好话，不是坏话。我还看到她们脸上愁苦的样子，因为我的苦，她们也跟着难过。我嫂心强，心性高，她天不怕地不怕，哪里怕孙庄的人。她打小也没有母亲，不过她有姐姐，有哥哥。两个哥哥，一个杀猪，一个剥羊。她姐姐性情温软，她和她哥哥一样性硬。她不怕那些围攻。东边战争完了，和西边战。前面战罢，战后面。我不知道怎么有那么多纷争。

放学后，我看到侄女在哭，我哥温温地蹲在地下，我嫂眼睛血红，要迸出火花。满脸是愤怒。我害怕了，不敢问，伸头看看回家的路。我嫂家女孩多，左边右边都是两个三个男孩。特别是左边那家，男孩大。我侄女受气多。我嫂不甘心，要骂。骂多了，便打。大人出来，动起手。动手我嫂更吃亏。吃亏也不怕，头发撕得一簇一簇的，在脚底下踩到泥土里。我嫂的头每一回都被按住，我哥在一旁不敢上。三个孩子哭成一团。大侄女抓着骂着喊着。后来动静大了，庄里的人过来拉开。人们把我嫂推回家，我嫂骂，那边便喊话：再骂还揍你，就揍你骂人。还因为地边打架，因为树叶打架，因为猪羊鸡狗猫，先骂架后打架。和一个娘家的不和大约是因为说了什么话，知根知底，说话说漏嘴，传来传去，就传到耳朵眼里，就相互都说出各自的坏说，有一说成二，有五说成六，多了，就骂，先隐藏着骂，后来挑明了骂，只是骂，这样的仗打不起来。骂也不骂难听的，只是相互诽谤，说出格的事和对不起人的事，谁比谁更不会做人之类的。

我嫂常说做人难，跟一个没有用的男人更难。我哥唯唯诺诺，吭哧不出什么话。我一直没有想通我嫂为什么和所有的人都处不好关系。后来和我也不好了。我在她家干活的时候，带小孩的时候，还算可以。我嫂没有给我脸色，也没有为难我。后来我不知道是我长大了，有了敏感的心，还是我嫂变了对我的态度。在小时候，除了那次她吃饭我看着，我想吃，她不给我吃，我觉着她异样可怕。那时候，我小，只是怕她，还没有觉着什么。后来我怕干活，躲避过她，她总是能逮住我，拉我去干活。也没有觉着她不好。就是怕她。我上初中后，有了灯课，冬天晚上上完灯课从许庄走六七里路回到家，点亮灯，看看锅里父亲给我留着汤，还热乎着，我舀一碗，喝了去我嫂家睡。

从我家到我嫂家，有一条直往北的小路，经过我姐家门口。我姐家关门了，村子里所有人家都关门了。村子里，在许庄上中学的女生只有我和云，另外几个是男生，住在村子南面。整个村子都是一片宁静，冷风吹着路边垛着的秫秸，秫秸叶子哧哧啦啦地响，我姐家的猪圈在秫秸那边，一窝小猪在圈里卧着，老母猪听到我走过时，哼唧一声。

走到我嫂家门口，我推她家的门，门是木板门，两扇。推左边一扇，紧紧的，推右边一扇，也是紧紧的。我的心立刻凉了。我从门缝往院子里看，看我嫂睡觉的那个房间的窗口，没有一丝灯明。

我站着站着，意识到我嫂是不想给我留门。我经不起这样的别有用心。我那时候已经学会脆弱——自尊脆弱。我感觉到冷遇之伤。泪珠要掉下来。黑的夜无声无息，没有时间记录，只有黑夜无声无息。冷风吹来吹去。

我站到不能再站。情绪发泄完毕，泪珠抹掉。我张口喊，张了又张，小声地喊：嫂——像怕惊着了夜的静。

我嫂没有听见，夜风掠走了我的声音。

我再大些声喊：嫂——拉长了声音。像口哨一样，我的声音顺着门缝飘进院子里。

我嫂还是没有听见。

我再大些声：嫂——！

我嫂听见了。她没有答应，点亮了灯。

她披着袄，穿着秋裤弯着腰出来开门。开完门，弯着腰跑回屋。

冬天，天冷。下雪了。下一场又一场，地冻着，树冻着，秫秸上的雪冻着。我嫂给我留门，也不给我留门。每夜，我推门的手怯懦着，不情愿地举起，轻轻地推。我要试探她，试探她留给我的门。我要小心地自问：留门了吗？我的手在受刑罚。捉摸不定的一道门，把我困在深的夜。

我不知道我嫂是何意。我觉着我心里难过，很难过，难过得控制不住，总是要落泪。泪水在我脸上滑落，落到风里。黑夜里没有人知道。

那年，我十三岁，心里有了难的念头，这样的念头一出来，就想哭。是人为制造的冷落，这样的冷落，足以打垮所有的自尊。

我嫂在拒绝我。她不愿意让我睡在她家。她故意不给我留门。我明白了这一点。我突然觉着我要拿一个主意。我决定不回她家去睡了。她这样做的目的也是让我自己走开。她不能明着赶走我，于我，她不怕，她怕舆论。

夜里我不去我嫂家睡。我跟云睡、跟毛蓝睡、跟凤梅睡。村里的女孩对我好，她们的母亲同情我，她们也同情我。大人不管小孩，我去谁家睡，白天说好，夜里她们留门给我。云和姐姐一个床，姐姐在赵庄上高中，周一到周五住在赵庄，云的姐姐住赵庄的时候我住在云家，她姐姐周六回家住时，我去凤梅家睡，也去毛蓝家睡。

我嫂没有喊我，也没有问我住哪里。

我们之间有了芥蒂。我还是小孩，不久就不伤心了。我嫂还喊我干活。我还去给她干。我怕她。我逃不开她。她是我的依靠。我在孙庄的依靠，在将来。我不知道将来是什么意思。依靠又是什么意思。我听话，我听那些好心人的话。没有人告诉我怎么做人做事，告诉了我一句，我听一辈子。

我和我嫂一直相处着，直到我离开孙庄。后来回去，因为一些事情，也是贫穷惹的祸，我们终于成了陌路人。

十七

姨姥姥家在张小楼。母亲去世后，父亲经常带我去张小楼。经过张河，王半截楼，曹庙，经过一片幽深神秘的柳树林，到姨姥姥家。

父亲把我留下，他走了。

姨姥姥面目温和而慈善，白皙的脸瘦小干净，一双眼睛扑朔迷离，深藏着困苦岁月里挥之不去的爱意。特别是她的声音，软软的，细细的，柔柔的，每一声都像是天籁的呼喊，像微风一样轻轻地拂过我心间。许多年后的梦里，我听到她呼喊我的声音，还是那样温和柔细，惊醒我思念的梦境。不知不觉，泪湿双颊。

姨姥姥家一排六间坐北朝南的瓦房，对应瓦房的是院子南面的两间厨房和一间过道，土墙蓝瓦，屋顶上耸立着一杆高高的烟筒。院子西边是羊圈，大绵羊长一身蓬松的绒毛，天热的时候把羊腿绑上，按在地下剪羊毛。院子外面的路边养着一只肥大的膘猪，用围栏围住。姨姥姥每一次端着猪食去喂猪的时候，整个人趴在围栏上才能把一盆热乎乎的猪食倒进食槽里。

厨房里一口带着烟筒的大锅支在屋子正中，烟囱像一根粗壮的柱子通向屋顶。姨姥姥坐在锅灶下烧火，左边是木质的风箱，一拉一推发出呱嗒呱嗒的声响，随着风箱的声响，锅膛里的火冲出来，映照在姨姥姥的脸上，她带着一脸的祥和，一脸的宽厚，一脸的平静，永无休止地坐在那里烧火，火光映红她的脸膛，她似乎变得妩媚动人了。风箱不停地响着节奏缓慢的曲子，炊烟在屋顶上袅袅升上蓝天。锅里的饭熟了，姨姥姥站起来，烟雾蒸腾在厨房里，姨姥姥像一团轻盈的烟雾一样在锅前移来移去，她手脚麻利而轻快，看上去总是那样轻手轻脚，总是那样不费力气，一切的慌乱和匆忙，一切的喧嚣和吵嚷，都止于她沉静的脚步和委婉的话语间了。那么多人的饭桌，那么多人的吃喝拉撒，姨姥姥似乎是慢条斯理地就做得井井有条。

三姨会贴一种很大的锅饼，家里人多，和了一盆的面，三姨在锅前把面一块一块扯开，在手里反复地旋转，直转得那锅饼像小孩的脸那么大了才贴在锅沿上。三姨贴的锅饼大而薄，面和得柔软筋道。姨姥姥会烧火，大火细火分寸掌握得极好。锅饼出锅，一只只像烙饼一样薄而圆，一面柔韧，一面焦酥，吃在嘴里香而细软。

我和五姨睡在堂屋东边的大床上。床是老式木床，床帮上雕飞鸟鱼虫的那种老木床，床前有脚踏板。舅舅是一个巧人，会木工，懂建筑，一家人又都是勤劳善做的本分人，家境算是殷实人家。五姨便有许多我羡慕的衣服，我们俩个头差不多，姨姥姥拿五姨的衣服给我穿。我喜欢五姨的一双波利斯袜子，袜子在床前柜子上的一个筐子里。波利斯袜子透明清凉，是我从来没有穿过的。那双袜子在床前诱惑着我，我偷偷地穿在了脚上。我从来不敢在别人不允许的情况下用别人的东西。我很害怕，怕五姨发现，怕姨姥姥问我。一天两天，没有人问我袜子的事。好像这件事从来没有发生，我不安的心释然了。在这个家里，没有谁把我当外人，五姨的鞋子，内衣，都给我穿。

姨姥姥一家人喊我孙大。姨姥姥每喊我一声，我觉着那声音是亲得让人掉眼泪的称呼。她的声音从隔着绸缎帘子一样柔软的地方发出来——孙大，睡去吧。我应着，走过宽宽的庭院走进堂屋里间。木床上铺着枣红色条纹粗布单子，草绿色豆腐块粗布被子，折叠得整整齐齐。我钻进去，粗布被子浆过的面粉的气味在鼻息间氤氲，被子边硬硬的，摩擦间略略地疼。家织布的气息在我记忆里留下深深的烙印，每次临睡前，仿佛那硬硬的被子角还会摩擦我的腮。

姨姥姥在村后池塘边上种了一片西瓜，西瓜地头搭一庵子，庵子里铺一张床。我和五姨在庵子里看瓜。我们睡在那张小床上，透过庵子三角形的小门看到西瓜地里的绿花条的大西瓜，瓜秧爬满了地，苍绿色的瓜秧在太阳下泛着点点白光，一个个安静的西瓜悄无声息地长大了，这儿一个那儿一个，像乖巧的孩子一样蹲在瓜地里。西瓜熟了，姨姥爷在瓜地里摘瓜，他会把最早结的那枚瓜拿到庵子里切开给我们吃，他说是旱地里的头茬瓜，长得慢，最甜。瓜地边种了南瓜，南瓜结得金黄硕大，黄昏，姨姥姥扛着大南瓜回家，朦胧的夜色笼罩了她的身躯，她走进村子里，和夜色融合在一起。她晚上烧南瓜稀饭，掏出南瓜籽，一粒粒洗干净，在太阳下晒干，用油爆了给我们当零食吃。

住久了，有一天突然想父亲了。我独自走出姨姥姥家，在村后的路上等父亲来接我。村后的路边是粗壮的柳树，柳树皮爆裂开深深的皱褶。我用手摸着柳树的皮，把手指伸进柳树的皱褶里，从一棵树转到另一棵树，我离村庄越来越远了，我没有看到父亲的身影。我眼里含着泪，遥望路的尽头，看不到父亲的身影，觉着父亲不要我了，他把我放在这里，再也不来接我了，我心里空落落的，想哭。

姨姥姥来找我。她拉着我的手问我：孙大，想家了？我低着头，泪水哗哗地流下来。姨姥姥领我回家。她拉着我的手，像拉着越飞越远的风筝，她温润的声音在我耳边：孙大，咱回家，回家。她的手软软的，细细的手指握紧我的手指。白晃晃的阳光照在她的背上，她的背有点驼。

父亲终于来接我了，骑着他的生锈的自行车。姨姥姥为我和父亲做了饭，我们吃过饭再走。走的时候，姨姥姥拿出一串布鞋，一只一只拴在一起，挂在父亲的车把上。

我坐在自行车的前车杠上，布鞋挂在车把上。一路上土路颠簸，车前的布鞋晃晃悠悠。晃晃悠悠我们到家了，回到我们一无所有的家。父亲把那串布鞋拿下来，放在屋子里，一屋子灿烂的阳光照在那串布鞋上。那串布鞋有冬天的棉鞋，秋天的单鞋；有大的，有小的；有新的，有旧的。

那些布鞋穿了好几年，有鞋穿的岁月里，小脚丫没有受磨难。

第三章 物质生活

一

木质结构的织布机散发出笨重的温厚气息。坚固的边框棱角分明，维持住整个机器的四平八稳。机座的一面是宽约二十厘米的木板，粗粝的木板在经年的磨损中变得光滑明亮。

春天漫长的午后，父亲坐在木板上织布，梭子每一次从右手传递到左手上，其间脚下的踏板要快速地踏换一下，手中的板把用力扳紧刚刚织上去的那根线。梭子在穿梭，一来一回，脚下的踏板随之转换，父亲的脚和手同时在织布机上运行，白色的布，在用一根又一根线地织出，父亲胸前的圆木轴上的布，一寸一寸卷起。

织布是一件缓慢的手工作业。在漫长的岁月里，人们为了一块裹住身体的布，终日坐在纺车前纺棉，之后是坐在织布机上织布。它的繁杂，它的琐碎，是一件把一生都编织进去的事情。在旷日持久的纺棉织布中一辈辈人老去，老去的还有一架架木质的纺车、织布机以及那些颜色暗淡的土屋。

村庄弥漫在尘土飞扬的气息、茅草腐朽的气息和棉絮温软的气息里。村里小媳妇走亲戚带着棉絮，从娘家回来时要如数带回纺成线的棉穗子，婆婆用秤称一称棉穗子的重量，不够斤两的要挨打挨骂，娘家母亲怕女儿受气，要贴补一些损耗的棉絮，去讨婆婆的欢心。

女孩子们天生是纺棉仙子，把白天的分分秒秒纺成千丝万缕的线，把夜晚的黑暗纺成浑圆饱满的棉穗子。从锭子上摘下棉穗子，仿佛从心间摘下一颗星子，闪烁着希望的光芒。一张粗厚的布，是一家人的温暖和体面，是裹住贫瘠生活里的美好画卷，是走出门庭之后的莫大荣耀。衣着，是一家人出门在外的脸面，是遮羞的树叶，是抵御风寒的墙。包裹住瘦削的身体，围挡住那些外来的寒冷侵袭虚弱的肉身。在物资缺乏的时代，布来自泥土。从种植中获取食物，也获取布。这种从泥土里的棉花中的再制造要经过一个漫长的过程，显得更加金贵。

少年时村里常响起粗犷的吆喝声：弹棉了——弹棉了——那是走乡串户的弹棉人又来了。家里有棉花的人家会把棉花拿出来给他，他在包裹棉花的布单上拴一个牌子，然后给主人一个牌子，隔几日再来时，便会对照牌子去取弹好的棉花。弹棉花不要钱，弹棉人赚取棉花脱粒下来的种子。这样的交易完全靠信任，自古遗留下来的良好的信誉和真诚。人家信任你，把棉花交给你了，你就要完整地给人家做出来，一丝不能马虎。

弹好的棉絮像白色的云一样柔细，一层一层地卷在一起。有那么一包棉絮是幸福的事，纺棉织布，絮棉被、棉袄、棉裤，做棉鞋棉帽，生活灿烂得像秋天的阳光，柔和的岁月温暖如春。可是，我家没有棉花，村里大多数人家没有棉花。织一机子布是一件盘算了很多年而未果的事。硬硬的棉被盖了几辈子都不记得了，老爷爷老奶奶死后兄弟姐妹还要为一张棉被失了和气。后来有了不成文的继承权：棉衣归女儿继承，棉被归儿子继承。女儿是嫁出去的人，只能继承一件棉衣拿回她家，儿子是子孙的延续，要留子孙窝，代代相传祖上的阴德。

村庄的夜寂静得如遥远的原始森林。村里人睡下了，树木、屋宇、天上的月亮都睡了。父亲在屋子里一豆幽谧的灯光下搓着棉剂子。屋子的门用草苫子挡着，风在门外游荡。他说到春上能织一机子布。他在赶时间纺棉。屋子北墙上放着他的纺车，纺车上的棉穗子细细密密地缠满白色的线。那些线带着柔和的光芒照亮小屋黑色的墙壁。旁边的箩筐里，一只只饱满的棉穗子静静地等待着春天的到来，它们像一只只白色大鹅蛋，春天来的时候，会孵化出羽毛丰满的小天鹅，飞向蓝天。父亲充满了制造的快乐。他说话的时候，张大嘴，笑意从嘴角流出来。他瘦削的脸上密布的皱纹里是一道道希望的网线，像那些手中的丝线，把幸福放大到最长的长度。

从棉花到棉线是一个缓慢的过程，先把云一样的棉絮一块一块撕开，铺在案板上，卷在梃子上，做成棉剂子。再从棉剂子里一根一根纺出线，缠绕在两头尖的锭子上。那种两头尖的锭子，在纺车的作用下不停地旋转。随着嗡嗡……嗡嗡的声响，父亲的胳膊每抬高一次都是要把纺出的线缠到锭子上。他的胳膊大幅度地抬起，放下，另一只手拧着纺车，前进，然后倒退，再前进。那种天然的纺花情景现在看来是一种舞姿，充满了美和快乐，充满了娴静和安宁。但是作为一种劳动的形式，每天一个样子地旋转，每天一个姿势地坐着，从一天到一个月，到一年，我的父亲，以及村里大多的女人，大半生都在纺棉织布，胳膊疼了，腰直不起来了，那是怎样的一种忍耐和坚持，今天的我是体会不到的。父亲就那样坐着，在纺车飞快的旋转中一包柔软的棉絮变为一箩筐结实的棉穗子。那些线没有人丈量过它的长度，但是它们肯定有一定的方法计算出数目的，比如用秤称，一斤棉絮能纺出多少棉线，然后换算出一斤棉线能织多少布。大抵用多少线织多少布，心里就有了底。

纺出线接着便是用拐子拐线。把线从棉穗子上拐到拐子上。然后再倒回到纺车上，做成一桄一桄的线，拿去浆，浆过之后可以染颜料，有枣红色和大红色；有天蓝色和墨蓝色；有草绿色和浅绿色；有橙黄色和淡黄色。枣红条纹的花单子，天蓝色配草绿色的豆腐块被面，还有我们穿的外罩，搭配上浅绿大红，织出细密的花色布，充满了色彩的明艳。

小孩子喜欢大人织花布，能寻到掉落的线头，捡起来，扎毽子。用一枚，或者用两枚字钱，两枚是最好踢的毽子，如果是三枚那是最阔绰的了，沉甸甸的毽子在空中飞，我们都羡慕那个用三枚字钱扎毽子的人。字钱是真正的康熙、乾隆间的字钱，沉甸甸的，一根根黄红蓝绿的线扎进去，我们比谁的毽子好看，踢起来像一朵春天的小花。扎毽子的线十分难寻，我们在织布机下等待长辈们遗落的花色好看的线，有时候会偷偷地爬到织布机上，拽下一根织布机上面搭着的线头，然后做贼一般溜掉。我们在一起比毽子扎了多少，把字钱对齐，看一看还剩下多少空隙，比不过别人的自然很气馁。

父亲没有钱买颜料，他织白色的布。我看他在西墙根下经线，一只只拐子放在墙根下，墙上有穿线的鼻子，父亲来回地走着，手中牵着他的线。这些细细的线，在他手里翻来覆去地倒腾，从纺车到拐子上，再到纺车上，再经过墙壁，后来便是要缠到织布机的大轴上，经过一种叫缯的东西，把那些线布织成纬线。然后便是在机子上一遍遍絮上经线，经过缯的来回阻隔，经纬线缠绕在一起，形成布。那些丝丝缕缕的线，经纬线交合后，我们能拿在手里，能披在身上，成为平面的、有厚度和温情的布匹。把我们洁白的皮肤、长满器官的身体包裹在布里，风光无限地走出大门走向人群。先人最早用树叶遮体，布的发明无疑是一个飞跃性的文明进步。直到今天我们穿着衣着华丽的服饰，无不是来自从织布开始的原始文明。

父亲的棉布织出来了，他卸下布，洁白、干净、柔软，它平铺在屋子里，也能横竖地挂在墙上。一块布，以其整体的效果表达着棉花的内容，棉花的音容已经了无痕迹，棉线在并排排列的秩序里已经被紧紧地压实，构造成密不透风的一张布。

父亲织布时一丝不苟，织布是一项要求严格的技术，错一根线，织出的布便带着残次，肉眼轻易能看到。家织布对于他是小活儿，他年轻的时候在潍坊织布厂做技术员，指导最先进的铁缯织布机。他的老表是某纺织大学毕业的，父亲从他那里带回了纺织书籍，自己研究并掌握了纺织技术。他识图并一看便懂，早年间的条绒布，蜂窝围脖，太平洋毯子，他轻易就会。那年他从潍坊回家，在路上遭到抢劫，上衣和钱财均被抢去。我眼前总是出现父亲身穿长袍，一路风尘仆仆地赶路的样子，路长天黑，猛然窜上两个蒙面人，掠了父亲的钱财，恫吓了年轻的父亲，至今我们家乡还有山东出响马的传说。

回家后父亲不再去织布。他在家织过一次布，是他一生中最后一次织布。那些布成为他留给我的最后的记忆。

二

酷热的风从村子上空的树顶吹落下来，凝滞的空气和热浪混合在一起，村庄在一种稠闷的气流里寂然无声。蝉在夜幕降临之后停住了鸣叫，麻雀敞开翅膀站在屋檐下呼吸着夏天黏稠的空气。大青狗伸开四肢，把滚热的腹部贴在地下，干硬的土地冒出一股燥热的气浪。大青狗的舌头在黄昏降临之后才缩回嘴里。

唯一喜欢夏夜的动物是蚊子，夜影爬上屋门旁的大槐树，无数蚊子先是一起聚集在院子的上空——那片还闪烁着一丝微弱的亮光的地方，它们在一起，像一个秘密的狂欢节，没有谁能够数得清蚊子有多少，它们恣意地飞翔，亲切地问候，真诚地交流。彼此擦着肩，挤着媚眼，翅膀和翅膀扇动出会意的频率。它们唱歌，跳舞，它们在极乐的盛宴上露出嗜血的本色。

晚饭时分，我端着饭碗从院子里走过，蚊子在我头顶，跟着我，碰着我的眉毛，第三十三次叮咬我头顶的发丝。此刻，它们的目标还在空中，下降是天黑之后的事情。我像穿过枪林弹雨一般越过蚊子布置的天罗地网，我觉着它们是一个庞大的层层密布的方阵，攻破一层还会有另一层在你前面。晚饭在蚊子的包围里吃完。天色稍有明亮的时候，蚊子尚且不敢叮咬人，只是和你打个照面或者试探性地落在你头上。天黑之后，是它们下手喋血的时刻，随时随地，毫不客气地，一针见血地，上去就是一口，这一口足以喂饱它的肠胃，足以在你的皮肤上留下大大的一个包，足以在你的身体里种下奇异的毒素，然后是毒素扩散，奇痒难忍。我肯定蚊子是有嗅觉的，它能够嗅到人体的气味，尾随你，进入你的肉体之美味。

村子东边的树林里有松树，松枝绿得发黑，松叶黑黝黝的，每一株树都锈迹斑斑，默不作声地在那里凝然挺立千万年。松树散发出一种特殊的气味，能驱蚊子。父亲会在天黑之前剪回来一些松枝，在屋子门里的空地上燃着。新鲜的松枝燃烧出白色的烟雾，烟雾里带着一种沉香的味道在老屋里蔓延，一直飘到院子外面的大槐树下。霎时，蚊子消失得无影无踪，连一只痴呆的蚊子也没有了。它们的嗅觉灵敏着呢。

夜稍深，一丝浅浅的凉意降临。趁着这一丝凉意和蚊子逃窜之后的清净，我躺在大槐树下的草苫子上入睡，父亲在我旁边走来走去的脚步像钟表一样响着。他在添着松枝。夜深之后，蚊子休息了，父亲喊我进屋去睡。我迷迷瞪瞪地从槐树下睡到屋子里，不知道夜到多深。

父亲躺下之后，松枝燃完了，蚊子猛兽一样涌来，它们要吞噬我，熟睡之后，我浑然不觉。第二天，我一脸蚊子咬下的红包，身上也是。早饭时，我不停地抓挠。血迹从红包的顶端露出来，凝固成一个个红色的血疤。第二夜，蚊子继续叮咬，新疤旧疤遍布我全身。我不言语，拼命地抓挠，旧包上的疤痕还没有掉，蚊子又在那结痂的地方种下毒素，我忍耐不住，毫不犹豫地伸手挠下疤痕，更多的血流出来，更大块的疤留下。如此反复，整个夏天我身上是一块块血疤，脸上也是。

没有钱，父亲买不起蚊帐。一生足智多谋的父亲想出了做一顶蚊帐的办法。他想到那些布。那些布做了两床被里被面，夏天不盖被子，拆洗后，作床单铺在身子下面或者盖在身体上面。天很热，那些布大多闲着没有盖。父亲用那些被里被面缝制蚊帐。拆东补西是父亲对付贫困生活的办法，被子改蚊帐是其一。那些宽大的被里被面并不正好是蚊帐的长度和宽度，没有什么事是父亲做不到的。我不记得他是怎样恰到好处地把那些被里被面改制成蚊帐的，我记得我家吊起了一顶蚊帐，和纱做的蚊帐相差甚远。但它确实是一顶蚊帐，是能够阻挡蚊子再来叮咬我的墙。

夜晚我躺进蚊帐里，像躺在一个严实的小屋子里。透过粗厚的棉布，我看到蚊帐外影影绰绰的灯光。蚊子被挡在了墙外，风也被挡在墙外。粗布厚厚的质地密不透气，蚊帐里显得比外面多了一些沉闷。我欣欣然，在蚊帐里翻身，把蚊帐的边沿塞在单子下面。父亲的蚊帐没有出口，是一个整体的墙。我从蚊帐的下面钻进去，再钻出去，厚厚的蚊帐边沿摩擦着我的头，我睡下，入梦。我闻到一股夏日甜瓜熟透的气息，父亲会在夜色里透过蚊帐的边沿递给我一块甜瓜，他掀开蚊帐，喊醒我，摸摸我额头上的汗，喊我吃了甜瓜再睡。

睡在父亲用被里被面改做的蚊帐里，没有蚊子的叮咬，也没有了夜风的吹拂。第二天早上我醒来，钻出蚊帐，会看到身上一道道白色的汗碱，湿湿的头发一绺一绺地耷拉在额前脑后，水洗过一般。

清晨的空气变得凉爽，小风从东边的榆树林吹来，吊在大槐树下的蚊帐轻轻地摆动，我身上的汗液也在风的吹拂里消散。

三

粗粝的棉布带着厚实的温暖呈现在父亲的眼前。他满脸喜悦，眉眼里跳动着抑制不住的狂喜。他捧住棉布，看着，所有的打算都在眼前。

初冬，微寒轻轻擦过屋檐下的鸟窝。麻雀一趟趟衔来越冬的干草和羽毛，燕子走了，榆树叶掉了一地，片片残损的小黄叶在脚下飞来飞去，像一只只顽皮的小蝴蝶。庭院上空的一片蓝天比原来更高更蓝了，偶尔掠过的鸽子剪影一样向西飞去。父亲望天的时候，天上的太阳光不再刺疼他的眼睛，他低下头，也不再眼冒金花。他看到他织的布，他要用那些布，和这个秋天收来的棉花，给小女儿准备过冬的衣物。

那是一些纯白的布。女孩儿不喜欢素淡的衣服，而白色的棉裤棉袄，哪里穿得上身。老父亲深知小女儿的刁钻顽皮。怕她不穿，要染上颜色她才穿。他对人说不要染色。

父亲到赵庄集上，在百货公司楼下的柜台里买了水红颜料和纯蓝颜料。他耳朵失聪，不知道他怎么和那时候特跩的售货员交流。他买来了颜料，在铁锅里浸染那些布。我看到他倾斜着身子在锅里翻那些厚厚的布。颜料大概是要用热水，或是煮，我不记得了。记得他翻动棉布的样子，很吃力，那些棉布浸了水，很沉，铁锅的容量似乎不够翻动那些布的，颜料水迸出了锅外，父亲一手蓝色的颜料，脸上也是。他把那些布晾晒到绳子上，一蓝一红，分外鲜亮。

蓝色的布和红色的布在院子里的绳子上挂着，像一面彩色的墙。我在下面钻来钻去。父亲说不要钻，颜料沾身上了。我不听他的话，还是会钻进去，再钻出来。那样孤独地自己和自己玩儿。父亲的彩色的布，给了我空间，仅仅是一面布呈现出的墙，我也是玩得乐不可支。那些布慢慢干了，硬硬的，像一个立起来的容器，我在里面嗅着颜料的气味，看红色的墙和蓝色的墙把我包围。贫苦的生活并不可怕，可怕的是失去了童心的快乐。我脸上沾了颜料的色泽，头发染成了粉红色。父亲并不责怪我，看着我玩，看着我忽然一天又长大，到他腰间了，到他胸口了。他看着日光西斜，明天要到他肩膀之上了。

他知道小孩儿长得快，一天一个样儿地长，一个时辰一个时辰地长大。小孩儿像青菜，葱绿的小苗说长大便长大。那块粉红色的布要做一件穿几年的棉袄，裁剪的时候要大些，再大些，他当然不知道下一次给女儿做棉袄的布料在哪里，就像那些年下落不明的生活，他不知道明天是否还有食物喂饱他的女儿。

絮棉絮的时候，他用手摸摸着这儿，摸摸着那儿，要一样薄厚，要一样整齐均匀。可是，他总觉得还不够，脊背上太薄了会冷，他在脊背上填一块棉絮。还有，女儿的小手总是冰凉，她写字的时候手指像石子，那么，袖子上再添些棉絮。不行，她的肠胃不好，容易受凉，前面的门襟上还是要厚一些，再厚一些。

老父亲就那样趴在那块布上，思量着怎样不让小女儿冻着，一块一块棉絮贴上去，就像他心头的疼爱，贴上一块，又一块，怎么都贴不完。

冬天来了，下雪了。直到下雪父亲才让我穿上那件红色的棉袄。他说新袄暖和，不能穿那么早，先穿旧的，要等下雪了才能穿新的。

我盼着下雪，时常仰起脸看灰蒙蒙的天空。童年的冬天总是会下雪的。我每天早上醒来就去看院子里有没有落雪。落雪的夜寂静无声，打开门，会看到院子厚厚的积雪封堵了屋门。

下雪了。黄昏时雪悄悄地落下来，一片一片落在院子里柴禾垛上，转身间，柴禾垛像白色的蘑菇般蹲在院子里。我要穿我的粉红色的新棉袄了。

我穿着粉红色的棉袄和蓝色的棉裤走在雪地里。我是雪地里唯一的风景。白色的雪，映照我蓝色的棉裤和红色的棉袄。每一个色彩都是那样纯粹和惊艳。我去上学，走在路上，同学们惊奇地看我，到学校里，唯一的一位女老师远远地向我走来：谁给你做的衣服？真好看。

女同学围住我，羡慕的眼光从我身上飘过。

那年冬天的雪一场接一场。每一场大雪飘飘的时候我都会像一只蝴蝶从雪地里跑过。幸福便像蝴蝶身上那对翅膀，在我身上轻盈地上下翻动。

四

一口土坯垒砌的锅灶在屋子的东墙边，土黄色的锅沿掉着泥土的碎末，锅口上黑色的灰厚厚一层，它们堆积着，透露出经年日久之后烟熏火燎的痕迹。

父亲在灶下烧火。烟雾自锅口冒出来，一条条升起，向屋门口飞去，有些也在屋子里游荡。阴雨天，柴禾潮湿，父亲点燃了一次又一次，柴在锅底冒出浓浓的白烟，潮湿的柴禾只冒烟，不起火苗。父亲还是不停地往灶下添柴，柴禾烤干了，火苗才旺起来。湿的柴便在火的旁边等火烤干再燃，灶口冒出源源不断的白色的烟。白烟一股股升腾着，在屋子里散不出去。

那口锅在屋子里多少年？我不记得了。屋子里的墙，下半部是土黄色的，上半部是黑色。中间有一道明显的分界点。我不知道烟雾是以怎样的行走方式贴近这些墙的，为何会那样整齐地留下分界点。我想或许烟雾是根据上升的最低限度而留下的分界点吧。屋子里墙的颜色变得分外分明，一进屋，第一眼看到的便是上半部那黑黝黝的墙，那是一般人家不常见的一面墙，时常掉着黑色的灰末。当身体摩擦到墙，摩擦处便是一块明显的灰。这块不规则的，长形的，韧带一样撕拉出的魔鬼的手指一样的黑色的灰，随处招摇。或许我不知道——身后脊背，或者肩膀、胳膊肘，抑或额头发丝，已经沾满了飘浮的灰尘的印迹。我还在人群里走来走去，还在教室里、学校里走来走去，嘲笑的眼神、声音，窃窃的私笑，已经从我身上经过。当我意识到我像小丑一样跳来跳去，羞辱灌满我的胸膛。土墙的灰，像记号一样被我随身携带，同时携带的还有你家境的窘迫，生活的困苦，穷到极致的可怜——

于是，对于屋子里的墙，我有一种敌对的仇视。正是这面墙，每每伤及我的自尊心。没有人告诉我这面墙有多么难看，我从来没有在意一面墙对我会有这么至深的伤害。我每天贴着墙睡觉，从屋子里墙边经过。屋子的墙，许多年，默默地站着，是与我相依相靠的亲人，我在它的身边取暖，依靠在它身上做梦。墙，站成了我的家，挡住尘世的风和雨。在两面墙的夹角，是一个小床，床上有我的衣服、被子和书。两面墙，包裹住我小小的身体。这个小小的角落，是我的安身立命之地，无数个漫长的黑夜，我缩在这个小小的角落里，像刺猬一样把自己的身体蜷缩成团，冬天的寒风在屋外呼啸而过，我靠墙而睡，梦中的风雨寒冷在墙外流窜，屋内沉静的墙岿然不动，它像一条厚实的手臂，紧紧地搂住我梦中的胆怯。

幼时不知道家境贫寒意味着什么，无论怎么破落穷困的家，会像小狗一样爱着喜欢着。在外面玩够了溜溜达达地便回家了，一路走还一路摘着野草野花别在耳朵上。回家的目的是吃饭和睡觉，另外的时间几乎全部在和村里的孩子一起到外面疯。吃完饭一刻不停地游荡，走出屋门，走到村道上，树林里，村后小河里。村里小孩子多，家家四五个，七八个不稀罕。大家不由自主地聚集在村中央的碾盘上，碾盘是村里的公共用具，有一片开阔的场地，碾盘东边有一口水井，是村子里唯一的一口井，来往担水的人不断。木质的扁担上挂着木桶或者陶罐子。碾盘是孩子们的玩场，早去的占住碾盘最宽敞的地方，晚去的便站在下面，或者在地下坐着。从家到碾盘上，是我没有读书之前的两个基本点，没有小河边的柳树或者没有秋天的蚂蚱对于我都不算什么，然而没有碾盘和家，我将会无处可去。

家是四面墙围起的一个避风港湾，屋子的门可有可无，很多年没有屋门，锅灶里每天大口吐着阵阵浓烟，烟雾从门洞里卷着好看的花团向天空飞去，倒流回屋子的烟雾便在我头顶盘旋，我闻得到鼻息间干柴燃烧时的焦煳气息，我还能看到树叶像铁片一样在火里卷起来。那些不愿意到天空游荡的烟雾留在了家里，贴在墙壁上。墙壁上幻化出各种各样的图案，幼年的我常常躺在床上凝望那些图案，阳光照进来，映红那些黑色的斑痕，我会给那些大小不一、颜色深浅有别的斑痕取上名字，假以人物、事件和故事情节。它们成为我的玩伴，和我在一起过家家，分享我的孤独和漫长的童年岁月。

稍大些，黑色的墙给了我仇视和厌恶。我学会了比较，知道看别人的家，再看自己的家。并且拿我家的状况和别人家比较。于是，我看到了我家黑色的墙是一面令人厌恶的墙，它是难看的，丑陋的，不能见人的。同时，我身上每每携带着墙体上的灰走到外面，受人嘲笑。敏感和自卑不是与生俱来，却是伴随着成长在某一瞬间长大并领悟到人与人是有区别的。

我在云家看到云家的墙干净明亮，在慧家看到慧家的墙干净明亮，香秀家也是。唯独我家的墙，黑黝黝的，掉着黑色的灰末。在我心里，我们原本平起平坐的地位，无形中我矮了半截。再和慧一起踢毽子、砸沙包、甩纸炮时，怎么都赢不了她。我的气场败下来，好胜的慧更加表现出一种高高在上的表情。后来她的学习成绩一直比我好，她考上了大学，我成为一个文字写作者。这其中的因果，似乎和那面墙有着某种关系。

五

父亲决定建一座东屋。

我不知道父亲是出于我长大了，堂屋里空间太小了，还是觉着应该把锅灶转移出去，不能再在一个屋子里烟熏火燎了。

他决定在院子东边造一座屋。造屋需要土，土在村外的土地里。

我家的自留地二分，还是三分？我记不清了。在村子东头，有一块窄窄的自留地，每年栽种棉花、蔬菜和红薯。自留地种植了很多年，地表面的土都是种出的熟土，熟土一旦挖走，庄稼便长不旺。

父亲不舍得取土造屋。他想了另外的办法。秋天收了棉柴，把棉柴的枝杈剪去，用棉柴一根根排列成墙，外面用泥涂抹上。屋子的四角和门框用粗壮的木棍顶住，用绳子把木棍和那些棉柴连接在一起。

我家的西边住着一户老木匠，父亲在老木匠家里借了锯，从枣树身上，梨树身上，锯下粗壮的木棍，栽在地下，支撑屋子的框架。然后把棉柴一根一根也埋到地下，中间用木片夹住。棉柴粗壮坚实，竹竿一样笔直，它们是实木结构的，足以支撑一间茅草屋的重量。在棉柴的外围，刷一层泥粉，将棉柴间隙的小缝隙完全涂抹上了。

棉柴架起的墙薄若木板，阻隔住光线、飞鸟、雨滴、灰尘，而风的呼啸似乎更近了，能穿透墙的阻隔，把屋子连根拔起。在大风大雨的时候，小木屋仿佛在风雨里飘摇，像一只船，被雨水和风托起运走。小木屋还是结实的，没有十级大风是不会刮走的。小木屋的南面是荣军家高高的堂屋后墙，正好挡了南面刮来的大风。东面是榆树林，那些稠密的树，也遮挡风的来袭。西面是院子，是村庄里一户户住得紧密的人家，西面的风吹不到小木屋里。只有北风，在呼呼地击打着屋子的北墙，仿佛要穿透泥土或者要折损那些棉柴。

小木屋的屋顶用枣树枝搭起。父亲爬上枣树，锯下一些粗大的枣树枝，搭在屋山的两边。树枝的上面是棉柴，棉柴先用绳子编织在一起，然后覆盖在上面，用绳子束紧。屋子的最上面是金黄透亮的麦草，在地下，把散乱的麦草一扎一扎地捋顺。我看到父亲用双手反复地一把把麦草抚平摊匀，双膝压住麦草，捋好一扎放在地下，再捋一扎，横放一个竖放一个，那些加了些许水的麦草十分乖顺，整整齐齐地码在一起，像一片片瓦，横一片竖一片压在一起。运到屋顶还是原样不动，苫在屋上，一层层压好，堪比烧制的瓷瓦。

苫草的时候，父亲站在屋顶上，把捆扎好的麦草用绳子拉上去，一层一层压住茬，排列在屋顶上。那些麦草，齐刷刷地向着屋檐低下来，一根麦草延续着下一根麦草，雨水也便会顺着层叠的麦草流下来。在雨天，湿漉漉的麦草上长出一层黑色醭，麦草变得苍灰、脆弱，慢慢地一截一截断裂，风一吹，枯朽的麦草纷纷扬扬。

新盖起的屋顶散发着新鲜麦草的木香气，屋顶上的草厚厚的，柔顺松软，所有的麦草在一起，是个体的存在，又是一个庞大的整体，共同履行着遮风挡雨的责任。雨天烧火的时候，屋子里的蒸汽会在那松软的麦草上面蒸腾，白色的烟雾，欲去欲留，盘旋着，游弋着。

一座金黄色的小木屋建造好了，外墙是一层灰黄色的泥，刷得平平整整，间或有细细的麦草的糠皮冒出尖尖的小细茬，屋檐斜伸出来，低低地，垂下透明的麦秸秆，露水在清晨的微光中噙在上面，眼睛一样晶莹。下雨的时候，雨水顺着麦秸秆滑下来，在屋檐下流成洁白的雨帘。新的屋子看上去是那样干净、敞亮，父亲在东墙砌了一张锅，锅上面砌起一根四四方方的烟筒。夏天他在村后小河边造了许多砖坯，晒干运回来，用砖坯砌成了烟筒，烟筒通到屋外，锅灶下的烟雾就会从烟筒里冒出去，不再熏屋子了。

锅碗瓢勺搬进去，案板搬进去，风箱搬进去，父亲在新屋子里烧火做饭，蓝色的烟顺着烟筒冒出去，袅袅炊烟，直上蓝天。小屋子里，父亲在案板上切菜，擀面条。小小空间里，父亲的身材显得那样高大，他一言不发，带着面粉的手，握着勺子，在给我盛饭，把锅里唯一的一枚鸡蛋盛给我，把碗端到案板上，筷子放好，小板凳摆在案板前，然后站在新屋子门前的路口等我回家吃饭。

六

草木结构的房屋经不起风吹日晒，某一年秋后，埋进泥土下的棉柴开始腐烂，北面的墙根向南倾斜过去。大概四个角的木棍也动了，整个屋子都向南歪过去。

在小木屋没有歪倒之前，父亲打算在院子西边再建一座屋。这一次父亲决定用泥砌墙。他从地里拉来土，撒上麦草糠，用双脚在泥水里和泥。泥要和成黏的硬的，用铁叉挑起来像一块砖。父亲在地下啪啪地甩着泥块，短柄的铁叉挑起泥，搭在地下的地基上。墙渐渐地高，砌一截，要停下来，晒干，再砌上面的。

父亲一个人拉土建房子，我并不懂其中的艰辛。他是怎样从地里把那些土拉回来，从水井里挑来水，和成泥浆，砌成墙的，我已经没有印象了。现在想来，那时候他是用三轮的推车把土推来？还是用板车把土拉来？或者是用箩筐担来的？记忆里，家里没有板车，有一个三个轱辘的小推车，在屋子放着，笨重陈旧，父亲是不是用那个三轮推车推土呢？那样的推车，一次能推多少土？那些时候，父亲每天对着一间屋子的工地踌躇满志，他一定要建造一座足够坚固的，经久耐用的屋子。

父亲的屋子建造了多久？今天的我什么都不记得了。西屋在院子西南角的枣树下建到一半，屋顶还没有封上时，夏天的一场雨水，东边的小木屋歪倒了。锅碗瓢盆在小木屋里，风箱案板在小木屋里，油和盐也在里面。父亲在雨水里看着歪倒的小木屋，看着西边没有建成的西屋，心里是淡淡的忧伤。这样的遭遇在村庄里不算什么，每一年夏天都会有几场大雨，每一场大雨里倒塌几间屋子，几段矮墙有什么稀奇的呢。还有那些经年的老树，猪圈羊棚鸡窝都会在雨水里倒塌或者漏雨。正经的大屋漏雨也不算什么的。我家的老屋每年夏天都要补修一下的，父亲爬到屋顶上，苫些新的茅草，预防下雨漏坏墙。屋不漏，墙不倒，这是父亲常说的一句话。小木屋无疑是要倒塌的，他早早想到了，他是要赶在夏天到来之前把西屋建成的。终究还是没有等到西屋建好，小木屋就塌倒在雨水里。

从残断的木棍和棉柴下扒出那张锅，那些碗筷铲子，父亲把它们转移到还没有建成的西屋里，风箱和案板还没有坏，锅盖碎了，勺子断了把，盐巴里灌满了泥水，油洒了一地。父亲一一把它们捡起来，转移到西屋里。

父亲在没有竣工的西屋里给我做饭。在靠墙的一边简单地支了一个锅，寻了柴，引火做饭。残缺不全的生活随时随地发生窘迫，父亲习惯了这些窘迫，无论怎样他都能安身立命。他唯一要做的事情是让小女儿每天吃上饭，下学回家的小孩子嘴张得像饿燕，看不到食物，她会哇哇大哭，再大些，她会指手画脚地嚷嚷：上学晚了，晚了，要迟到了。急了，她还会跺脚，把地跺得咚咚响。老父亲听不见，他懂小女儿的性子，每每向他发火，怪他饭做得不好吃，又做晚了。一生气，就不吃饭去上学。他便会赶紧刷锅做饭，做最快的饭：煎面糊，把面和成糊，摊在热锅上，一翻一正便熟了。娇惯坏了的小女儿说不吃转身就走，他赶忙撂下手里的铲子去追，满手的面，锅底还着着火。追上小女儿，轻轻地哀求：吃一口吧，孩子，不吃饭，一会儿要饿肚子。小女儿觉着他过分，挥挥手让他快点回去。

那时候，我要那样的孩子气，对于我的父亲也是幸福的。因为有了这个小孩儿，他的生活有了起色，前面的路有了光明。每日里一重一重的牵挂是他唯一的心思，他有了一次又一次的打算，有了困顿生活中千奇百怪的想法。他要造屋，他要把堂屋里收拾干净，要把住屋和灶屋分开。已经年迈的老父亲为了他的小女儿，他把日子过得像细细的流水，静静地流着，流出潺潺的音乐，流出水花的喜悦，也流出岁月的辛劳和甜蜜。他不停地打算，大的打算是造屋，小的打算是下一顿饭吃什么，然后在一晌午的时间里，他和泥挑墙，干得大汗淋漓，还要不时地看天，看看日头走到了哪里，时间是否到了该做饭的时候。

我们在没有建好的屋子做了很多天的饭。露天的屋子，麻雀在上面飞来飞去，枣树上的大红枣在头顶晃来晃去，偶尔有红枣掉下来，树叶也掉下来。云彩从枣树上游过去，大雁排着队飞向南方。父亲说，第三层墙快要干了，再垒上屋山，屋子就能苫草了。父亲对新屋充满了期待，他要赶在冬天到来之前住上新屋，秋天凉爽的清风一遍遍吹来，天干燥了，屋墙也干得快了。

初冬，父亲又一次建成了一座新屋，这无疑也是一件显赫的事，六七十年代，村子里随处都是破败的老屋，屋顶漏着天，土墙摇摇欲倒，屋顶薄薄的麦草随风飞扬，随时把一家人袒露在青天白云下。

父亲看着新屋，脸上的皱纹舒展开。看看那个倒塌的小木屋，似乎是刹那间，一座小屋说倒塌便倒塌了。

天冷了，新苫的茅草上结了冰，袅袅炊烟从新屋的茅草下蒸腾起来。冰一块一块融化，水从麦草上沿着屋檐滴落下来。

七

从家往东走，穿过一片树叶婆娑的榆树林，经过两行老枣树和一片开阔的场院，过去一条南北的路，便是我家的自留地。

自留地的东边栽着两墩黄花菜，西边也栽着两墩黄花菜。黄花菜是地界，也摘下黄花菜的花，当菜吃。自留地的东头有两株小榆树。自留地的西头有一株槐树。隔着一条小沟，是大路。我打小便从那个小沟上跳来跳去。很小的时候，越过那条沟，总是胆怯，十分费力才跨过去。很多年后，我一抬腿就到了沟那边。

自留地里种棉花、豆子、芝麻和红薯，也栽过韭菜，辣椒和茄子。冬天是一片青青的小麦。小麦地里长了播娘蒿，春天冒出细绒一样纤细稠密的叶子，顶端开黄色的小花。我和父亲在麦地里拔草。老父亲不善于拔草，干一会儿，他便蹲在地头吸烟，脊背靠在小槐树上，手在嘴边，贪婪地吸自己用烤烟卷做的烟。我扭身看看他，摆手喊他：快来薅草啊，你看草多着呢。他说：歇歇，吸根烟。我不满地把手里的草扔到人家地里，他看到，站起来，从人家地里拣出，放到地垄上。

秋天的自留地五谷丰登，芝麻在豆子的上面咧开嘴，豆子在红薯的旁边炸开花，冬瓜爬上篱笆，把一只只胖娃娃样儿的冬瓜卡在篱笆上，绿豆结满黑色的豆角，毛茸茸的绿豆角墨染的锅底一般黑。豆地里会有一盘甜瓜秧，沿着瓜秧寻到一枚金黄的大甜瓜，满地都是甜瓜的香味。父亲在地那边割豆子，我在棉花的枝杈上摘棉花，小小的手，轻轻地把棉花从张开的壳里取出来，柔软的花，云彩一样握在手里，暖暖的，柔柔的，好像天上的云握在我手里。

父亲坐在豆地里吸烟的时候，我便到那片掉着叶子的芝麻秆上掰芝麻。芝麻要选那些顶端变成土黄色的，芝麻青的时候不能吃，不香，有点苦。把那些芝麻皮微微泛黄的芝麻掰下来，放在地下，嚼芝麻的香。芝麻深藏在紧闭的壳里，像两扇关紧的小门。先把它们的两扇门打开，门里还有两道墙，墙缝里才是芝麻的藏身地。在两道浅浅的小凹槽里，芝麻整齐地排列着。小小的芝麻藏身到最严密的地方，像有一道道密封的暗门，曲径通幽，寻到芝麻的隐身之处并非轻易。芝麻粒的顶端已经由白色变为栗色，吃到嘴里，香喷喷的。吃芝麻有个小窍门，要把芝麻放到嘴边，指甲盖掐住芝麻的皮，在嘴边轻轻一弹，芝麻粒便全部弹到嘴里了。

那年的红薯和冬瓜结得奇异，逶迤的秧蔓在篱笆上缠绕，割断秧蔓露出拱出大包的红薯的包块。父亲说一看就知道红薯很大，土堆裂开了花。他还说，整个秋天他看着红薯一直往土外面挤，拿铁锨培了几次土，那土一直培不住裸露的红薯。红薯刨出了，有十几斤重，圆圆的大红薯，上面一道道沟壑，红色的皮都爆裂了。父亲担着大红薯回家，人见了说：恁大的红薯，够吃好几顿的。父亲说：红薯忒大了，把地都累坏了。还不知道明年的麦子能不能长好。父亲还说：把红薯秧架起来，红薯才结得大。那年父亲在地边夹了篱笆，冬瓜秧和红薯秧都爬上篱笆。篱笆上的阳光饱满，日照时间长，冬瓜早早地结了果，也长得快，一个个像气吹起来一样，父亲每天早上去看，每天都用手拶一下冬瓜长了多少，还会用手掌量一下粗度，收获冬瓜的时候，父亲用手捧不住冬瓜了，他是把冬瓜抱在怀里带回家的。

冬瓜要在入冬后下咸豆子。豆子和冬瓜腌制在一起，是一冬天的蔬菜。

父亲一天去三次自留地。自留地里有蔬菜和食物。清晨他要把黄花菜摘来，午间去割一次韭菜，黄昏来临，他看看地边的辣椒红了没有。他在自留地里转悠，每一株草都记得他的身影，每一棵苗都记得他的走路步伐。他记得每一棵蔬菜上哪一朵花先败的，哪一个果实最后才能熟。他弯腰看看黄瓜的花蕾，记住明天的早上哪一根黄瓜该摘。低头看看茄子下的土蚕是不是又来偷袭，还有那些麻雀，一群群飞来，衔走了芝麻粒，黄豆的荚也被老鼠偷食。他巡视着他的田地，记不清是二分还是三分的土地，是饥馑岁月珍贵的补充，生产队里分的粮食不够吃，蔬菜也是寥寥无几，他只有凭这几分自留地度过一年的青黄不接。

我放学后看到父亲不在家，会飞一样跑到自留地里去找父亲。我看到他在自留地挖地或是锄草，他的脚踏在铁锹上，把泥土深深地翻过来，那些僵硬的泥土和泥土上的枯草便翻到下面，新鲜的、红润的湿土暴露出来，我跑到湿土里，脱下鞋，把脚丫埋到土地里。父亲拉起我，拍拍我脚丫上的泥，把鞋给我穿上，牵着我的手回家。

父亲也会在自留地种一片花生。花生开黄色的小花，花败后花生开始结果。父亲便会刨出一些白灵灵的花生，煮给我吃。煮熟的花生撒上盐，是最美味的食物。暗夜里，父亲看着我吃花生，看我一脸馋相，他说：明天还给你煮花生。我剥一粒给父亲吃，他说：我的牙吃不动。吃完花生我去睡，朦胧夜色中，我看到父亲在我吃过的花生皮里找我吃过的花生秕子。我爬起来，从他手里夺过去，摔在地下。他说：我吃不动花生，尝尝秕子咸不。

后来再吃花生，我眼前总出现父亲在朦胧的灯影里寻找花生秕子的情景。我再也无法咽下父亲给我煮的花生。

自留地是我父亲的命，是我的命。有一年村里一户人家建房子，把自留地的西边一半换给了人家，人家把东边的给我家。父亲年迈了，不能种地，地里长满荒草，人家的那一半，栽着杨树，另一半荒在那里。后来父亲病逝，我离开家，自留地真正的荒了。去看它的人，也没有了。

我想父亲，也想我家的自留地。

几次梦中，我回到自留地，风吹一地金黄的麦子，麦子发出窸窸窣窣的细语，仿佛我的父亲在麦地呼唤我。我还梦到我家地头的小槐树，笔直地挺立，一年年青翠茂盛。那条地头的小沟不见了，我从宽敞的场院一直走到自留地里，在金黄的麦田里我穿着白色的衣裙走来走去，我看到我的父亲从麦地的一头向我走来，我像白色的鸽子一样向他飞去，他张开了双臂迎接我。

八

有黑夜，也便有了照亮黑夜的灯光。

村里每家都有自制的煤油灯。一盏、两盏或者三盏。煤油灯用墨水瓶、小药瓶等做成。也有人家用从商店里买来的煤油灯，那种带灯罩的灯，更明亮，更好看，不怕风吹，无论端到哪里，都稳稳当当，而那种没有灯罩的自制灯，灯光微弱，稍稍一移动，火苗有熄灭的危险，每一次把灯从一个地方转移到另一个地方时，要一手端灯，一手捂住灯的光。不慎熄灭了，再划一根火柴点亮。火柴也是有限的，烧火做饭要用火柴，一日三餐，经久的日月里，什么都不经使唤。

我常看见我姐隔一段时间用一块布擦拭她家的灯罩，洁白的灯罩薄若蝉的翅，似乎轻轻一触便会碎的。她的小心翼翼和她庄严的神情，无不带着优越的意味。

我家的煤油灯是父亲用旧墨水瓶做成。用一截小铁皮卷成穿灯芯的筒，瓶口之上是一个圆形的小铁皮盖，钻出一个小洞口，把卷好的灯芯筒从洞口穿过，恰好放在墨水瓶口上。灯做好，灯芯至关重要，一般用十股的棉线穿进去。自制的煤油灯不能自动调试灯芯，每当灯光不明亮了，用针拨一拨，把灯芯里烧焦的线灰挑出去，灯光忽然明亮，灯上的烟雾似乎也浅一些。而那种带玻璃罩的灯，有自动拧开灯芯的轴，灯不亮了，拧一下即可。

布是紧缺的，火柴是紧缺的，煤油是紧缺的。生活必需品没有一样不紧缺。紧缺的商品带着那个时代的特殊叫法：布，叫洋布，肥皂叫洋胰子，碱叫洋碱，火柴叫洋火，煤油叫洋油。煤油灯便叫洋油灯。洋是方言里对外来物品的代名词，带着一种崇拜般的嘲弄和难以接受的拒绝味道，最终又不得不接受它并使用它，比如人穿得前卫便说成穿得洋气。这种被迫的接受一是由于真的很好，二是的确使用不起。就像有人穿得起洋气的衣服，看上去很好看，羡慕又没有胆量去穿，最不好意思说出口的是穿不起，所以就说人家穿得洋气。洋油洋火的使用虽不及穿衣服那般招摇，是生活的必备，真正用度起来也是一笔大花费，夜里不舍得点灯是村里人家的常态。深夜纺棉的老人，灯光小了再小，几乎是暗夜里表演一种习惯性动作，有无灯光的照耀都似乎与她无关了。

老人们在夜晚讲书，大多是就着月光和星光，在夜色里听一种来自久远地方的声音，或鬼怪妖魔，或侠义忠贞，或抛妻杀子忘恩负义，或嫌贫爱富及至后来皇榜高中，或寒窑苦等，讲书人沙哑的声音在没有灯光的夜里传播得更清晰更瘆人。我听完书后沿着村里小道回家，一路上感觉到身后尾随着屈死的女鬼，看到前面有一树影恍惚，心里害怕得不敢走。至家，屋子里是一个黑洞，不及屋外有星光闪烁。摸着门框进屋，进去伸开手，用指尖触摸黑夜的硬度。指尖所触摸到的，是一片虚空，在虚空的地方，方可前行。

大队代销店里卖洋油洋火。洋油八分钱一端子，洋火二分钱一盒，在鸡蛋三分钱一个的时代，洋油洋火的价格属于不菲。一端子洋油刚好是一墨水瓶。一墨水瓶洋油节省着能使用十天半月，家里油灯里没有洋油是常有的事，没有洋油而且没有钱也是常有的事。

白天上完课，老师会布置作业。春夏秋冬，我的作业几乎全部是白天写好。我总担心夜里煤油灯里没有油，我和父亲正吃着饭灯灭了，或者锅里还烧着饭，火苗跳一下，再跳一下，灭了。这样的情景于我是司空见惯。我并不抱怨父亲，父亲也不去买洋油。他在锅灶下烧火，不时从锅底抽出一根燃着的柴，照一照锅里的饭熟了没熟。而我像兔子一样跳上跳下，掀开锅，看到滚开的锅，对着父亲深深地点头。他便停住了烧火。

没有洋油点灯的夜晚，父亲会用一只碗，碗口倒过来，扣在案板上，在碗底倒上一点豆油，找出一点棉絮，捻成条，蘸了豆油，搭在碗底边上，点着。黑夜里，一豆灯光明亮了我和老父亲。父亲的脸上漾着微微的笑意，细密的皱纹在脸颊上雪白的胡须里隐藏，他的脸颊瘦瘦的，他的胡须一截一截从那些松弛的皮肤里长出来，贴在我脸颊，柔软里带着痒痒的小刺，摩擦着我。

我一直感觉到父亲在我身边，如那一豆不息的灯光，照亮我一生的孤寂。

九

借助屋子的南墙和西墙，父亲把地铺打在南墙和西墙的夹角间。这里是一个隐蔽的空间，易于铺设柴草，节省木料。

地铺刚打起时约四五十厘米高，棉柴和棉柴间，豆秸和豆秸间，以及棉柴和豆秸之间都是有空隙的，一段时间的瓷实之后，地铺高约三十厘米。

地铺旁边没有床头柜。家里没有一件可以放灯的柜子或者高些的凳子。睡觉之时，灯放在哪儿呢？

家里唯一一件像样的家具是母亲陪嫁的一个木箱。木箱在地铺的另一头，压住柴草不至于下滑出去。黑黝黝的木箱紧紧地关闭着，像所有岁月里的苦乐悲戚都紧紧地锁在箱子里。我写字的时候，趴在箱子上，父亲看着我看着箱子。油灯在箱子的一角，好闻的洋油味在我鼻息间弥漫。我总觉着父亲对那个木箱怀有深深的眷恋。木箱子在屋子里挪来挪去，父亲很不情愿让油灯放在木箱子上。只有他在，看着油灯，油灯才能放在木箱子上。否则，让黑夜黑着，也不可在地铺之旁点灯。他警告我不可以睡着点着灯，更不可以把灯放在地铺上。

父亲总会想出出人意料的办法。他想出很多离谱的，一般人不为的办法。为了安全地放置油灯，他在墙上掏一个洞。

在靠近地铺的床头，父亲用切菜的刀，一点一点砍墙。

僵硬的墙，面无表情，像一堵石墙一样伫立了几十年，黄色的土，变为白色的石块一样硬的泥。墙的表皮是灰黑色的，身体衣物的摩擦，墙体已经光滑，白色的泥，石板一样坚固。

父亲在墙上画出大致的一个框，沿着那个画好的线，一点一点砍下墙壁上的泥土。当泥土作为墙的形式站立时，它们已经不是泥土，是另一种特别坚固的物质。有岁月的痕迹、阳光的温度和我的体温。墙壁在一块一块掉落着不可分割的泥块，菜刀发出碰触硬物时的砰砰声。我听到那些沉闷的声音，落在地下，地下是一堆碎了的墙。父亲一辈子都在倒腾生活，把泥土堆砌起来，推开，再堆砌，再推开，还有他把横梁截去一半当柴禾，他截取横梁的时候一定记得做屋梁时是怎样选择那根最粗的最结实的木料当横梁。就像此刻，他把墙壁掘开，在他砌墙的时候，他是怎样把泥块踩结实，一截一截晒干然后再砌另一截墙。他顾不了那么多，总之在墙壁上掏一个洞是不会妨碍整个屋子的。

在我的床头，一个长方形的洞掏成。恰好放进那个墨水瓶煤油灯，上面还有一截灯光燃烧的多余空间。洞，占用了墙壁的空间，洞不通外面的世界，风和小鸟不会钻进来。

把油灯放进墙壁上，父亲欣然看着灯在洞里，他很为他的杰作得意。因而他可以不用再担心小女儿在夜里看书睡着，在他离开或者看不到灯的时候，他也不用担心灯的火蔓延到地铺上。墙壁上的洞，恰好的位置恰好的光明，足以照亮他的小女儿无数的黑暗的夜。

我习惯倚墙看书。寒冷的冬天无处可去，被窝是唯一可以躲避严寒的地方。少年时喜欢读小人书，借得一本小人书，喜欢地跳起来。二年级的时候，小孙庄的一位男同学有一本《鸡毛信》画书，是彩色的，比一般的画书大。说好了星期六借给我拿回家去看，星期六放学后他变卦了，偷偷地把书装在书包里带走。我不干，追他到学校门口，在学校门口和他打架。冬天，我穿着茅窝子，他也穿着茅窝子，我们撕扯到一起，脚下站不稳摔倒地下，我把他按在地下，硬是从他书包里掏出书，带回来。我一直记得那个同学，高瘦，白净，细小的眼睛带着不安的神情。

我买的第一本小人书叫《跟踪追击》，两角八分钱。我跟父亲去赵庄，刚到集市上，我向父亲要钱，父亲给我三角钱，我转身便跑，从人群的缝隙挤出来，跑到新华书店里，买那本小人书。我有了第一本画书，激动得心要跳出来。在地铺上，就着那盏微弱的灯光，那本小人书翻看了一百遍。依靠在墙上，身后的光从墙壁上投射过来，和现在的壁灯一样所有的光亮都照在了书上。我读语文课文，从一年级到三年级的语文课文，每一篇都背得滚瓜烂熟。那些优美的句子在黑夜里就像流水一样从灯光前流过，我读得绘声绘色如痴如醉，我喜欢那些文字排列的顺序，喜欢想象灯光映照下的彼时彼景。沉静的夜寒风呼啸，室内的灯光静静地流泻，我自小便对文字有着独特的钟爱，特别是在那些漫长的深夜，我毫无睡意，对每一个字都如排版一样刻印在脑子里。

煤油灯的光微红微黄，光晕清淡，悠悠地照亮一小片地方。光焰的上方，会有一缕黑色的烟，一直在光焰之上上升着。在煤油灯前看书久了，鼻息间会有黑色的灰，墙壁的上方，会有一道烟熏的黑色图案，贴着墙壁，像一道浓眉，直直地吊在墙壁上。像灯光的形状，又像一尾黑狸猫的尾巴。那尾灯光的痕迹，在墙壁上浮着，久了，便掉落一层灰。墙壁照旧是黑的，有时早上起床匆忙，会把那一尾灰带走，在肩上背上扛着，被同学们笑话。也会沾手臂上，又涂抹到脸上，洗不干净，带着上学去了。

墙壁上的光和墙壁上的灰，温暖了我少年时的那些不眠长夜，也温暖了长夜里无数个扑朔迷离的梦。

十

月光下的小路是一袭白色的轻纱，铺在村庄里蜿蜒的小巷里。巷道深处的小路幽深安静，玩到深夜的小伙伴们鱼一样从巷道里滑过那些洁白的月光，经过碾盘旁边的场地，分散到四下归家的路。

我沿场院北边的路口经过小强家的院子，从小强家的矮墙上翻过去就到我家。

矮墙的一边是猪圈，两头猪躺在猪圈里呼呼大睡，月光照见它们的胡须，一撅一撅的。猪圈的西边是一道篱笆，有时我也从篱笆间过去。春天，小强家新夹了篱笆，我只能从矮墙上翻过去了。

我家院子里洒满了月光，那些月光像水一样在我脚下游荡，我看到屋子的门，月光沿着门槛进到屋子了，屋子里一片洁净的光亮。父亲沉沉地睡去。我知道天色晚了，慌慌张张地沿着月光踏进屋里，然后向里间拐去。我游魂一样不记得白天屋子里放置了什么，一头撞在一个硬硬的物体上，只觉着鬓角生生地疼，用手一摸，黏黏的。流血了。

我沿着那道明亮的月光退回来，到灶屋锅台上去摸火柴，锅台上热热的温度还在深夜里延续着，我摸到了锅盖，摸到了烟筒，摸到了锅台下放置火柴的小洞，然而我没有摸到哗哗响的火柴。

我从灶屋里出来，站在院子里的月光下，我看到了手上的血，黑乎乎一片。额角似乎肿起来。我不敢去碰，任血流出来之后，从下面擦去。

我看到屋子门边的月光向东倾泻过去，像一道睡下的门，有着长方形的边沿。屋子地下的坑洼在月光里看得真切，除去那片月光，屋子里，是一片深深的幽黑。我向那片幽黑走去。我低下头，用手指向前探路，我像瞎子一样步步小心，再也不敢鲁莽地一头撞过去了。我的手触摸到一根坚实的木头，木头横在屋子里面，斜伸开，撑在地下。我不知道这个木头什么时候横在屋子里的。我想是父亲，肯定是父亲放在这里的。它撞了我的头，此刻，头上的伤口还在流血，嚯嚯地疼，在额头，整个脸颊似乎都疼了。明天我会指手画脚地问父亲，为什么把一根木头放在屋子，这个木头撞了我，撞破了我的头，必须搬出去。我怨着父亲，摸黑继续往里面走。

黑色的墙和黑色的夜在屋子里蹲着，一言不发。仿佛我的进入和屋子里的一切都无关系。夜色依然黑，墙壁依然冷漠地耸立。我抚摸着墙壁走向地铺。我不知道额头上撞了多大的口子，会不会留下疤痕。枕着黑色的夜，我怎么都睡不着，疼痛在额头，沿着额头到耳际，到脖颈，到身体的每一处。我真是懊悔极了，怎么那么不小心呢？

那夜，我一直做梦，梦见月光洒满屋子每一个角落，梦见大地一片阳光明媚。

我睡得很沉，太阳照到屋子里，照到我脸上。我睁开眼，看到父亲在给我擦伤。

我哭了。

我指着那个木头大哭。呜呜地哭了很久。

父亲明白我的意思。他说，这个木头是顶屋梁的，屋梁歪了，怕屋子倒塌。

少不更事的我还不知道屋子倒塌意味着什么。我真的并不知道危险的来临有多么险恶。跟着我的父亲，天塌下来，也是他用身体保护着我，有父亲在，屋子怎么会塌呢？

我眼含泪水起身去拍打那个木头，用脚去跺，发着心里的怨恨。

两间原本狭窄的屋子里多了一道在地下的梁，空间显得更小了。我每天在这道梁边绕来绕去，它伸着腿，侧身在屋顶和地下，经过它旁边，要么脚下小心，不至于让它绊倒，要么弯腰从它身下钻过去。我每天小心地和这道梁相处着，哀求它别再碰伤我。这是一道多出的梁，没有谁家的房子在地下加一道梁，我时常觉得它碍事，恨不能把它一脚踢开。风平浪静的晴暖日子，屋子怎么会倒塌呢？看上去好好的屋子。可是父亲说屋子会倒塌，必须用这个梁顶着上面的那个梁。真是少见的怪事。

很多时候，我不上心屋子倒塌的事。有时也会想：屋子什么时候要是真的倒塌了，会不会砸到我们？屋子塌了，我们到哪里去住呢？有了这样的想法，我便会在下雨的时候拉着父亲出去。我告诉他屋子会淋塌。他说不会，有地下的梁顶着呢。还会说：屋不漏，墙不倒。墙不倒，屋子就不会塌。

我和父亲像商量还吃不吃晚饭一样商量是不是出去躲避雨水带来的灾难。我真的不知道摇摇欲倒的屋子意味着怎样的危险。而父亲，用他一生的胆量试探着命运的叵测，在他心里，是否有过胆怯的时刻呢？他听不到风声雨声，不知道风声雨声带着多么险恶的声响来侵袭我们的老屋，他看得见如线的雨珠降落下来，心里也会一阵一阵抽紧吧？

当又一个阳光明媚的早晨到来，父亲一脸的光辉，他轻轻地走在雨后的院子里，望望老屋前面，望望老屋后面，折身回屋，用手摸一摸屋子里的梁，心放回心的位置。

日月就这样糊弄着我的父亲，我的父亲也是这样糊弄着日月。

十一

幼年，我和父亲睡在一张地铺上。我枕着父亲的臂弯做梦，在父亲的怀里哭闹和嬉笑，吃生硬的馍，喝热热的水。父亲给我穿裤子和褂子，系上棉裤袢子上细细的带子。冷的冬天，棉裤冰凉，父亲会把棉裤拿到火上烤热，捂在怀里，抱到我跟前，喊我：快点起，棉裤热了。我站在地铺上，一脚伸进去，扑在父亲怀里，让他抱我。父亲抱着我，把棉鞋棉袜拿到做饭的灶屋里火塘口，先烤我的脚丫，再烤棉袜，把棉袜穿在脚丫上，再把包裹得严实的脚丫塞进大棉鞋里，系上鞋带，父亲才把我放到地下，让我跺跺脚，暖和暖和身体。然后会有一块热乎乎，软绵绵，香喷喷的红薯从锅灶底下扒出来。父亲把红薯剥下皮，金黄的瓤像蜜一样甜地流在我面前。疼我的父亲一口不舍得吃，眯缝着眼睛看我一口一口地抿着吃，细细地品味食物在舌尖上的香甜。父亲的眉毛和胡须都白了，他的苍老和他的慈爱一样厚重，他无言地望着这个小小的小孩，满屋子都是他对这个小女孩放大的疼爱。

四岁？还是五岁？在我朦胧的敏感的意识里有了性别的区别。父亲是一个男人，女孩儿是不能和男人睡在一个床上的。我不要和那个男人睡在一起。我觉着让人看到我和那个男人睡在一起是丢人的。

我开始不让父亲给我穿衣服。我睡在离父亲很远的一侧，后来睡到另一头。我也不要父亲在临睡的时候再给我说书。至于变皮影，更不愿意看。

父亲似乎也意识到这个小小的小女孩有了自己的想法，她在渐渐长大。

夏天到来，我开始跟村子里的小伙伴一起睡到树林里。毛蓝家屋前有一片枝叶稠密的树林，那里是女孩子们聚在一起乘凉的地方，一到夏天，周围的女孩子都到那里去乘凉。小霞、凤梅、大臭和二臭，毛蓝和景兰……四岁的，五岁的，大点的不过七八岁。天黑之前，大个子毛蓝会把地下的树枝树叶鸟粪打扫干净。晚饭后我们都从家里出来，带着凉席或草苫子，铺在地下，我们躺在上面，天晚了会在身上盖一张被单。每天睡到半夜，父亲会把我抱走，天明醒来，我还是躺在他身边。我只是贪玩，只是更喜欢外面的热闹。

一个夏天我们都在那片树林纳凉。树林离我家很近，走过老木匠家屋后的小路便到了。可是童年的我觉着那条路很长，拉着麦秸苫子，很久才走到。有时候父亲去送我，扛着苫子，抱着我。有一夜半夜醒了，看看四处，还剩下大个子的毛蓝和小个子的红霞，我有点怕，爬起来，飞一样向家里跑去。

直到初秋，树顶的叶子悄悄地落了，我们还在那里乘凉。父亲做了薄被子，卷在麦秸苫子里给我带过去，他说：铺一半，盖一半，夜凉了。

从那年冬天我开始跟毛蓝睡。毛蓝大大咧咧，一副粗大结实的身板自幼年起便有别于女孩子的模样，像个半大小子。宽大的脸上厚厚的嘴唇和厚厚的眼皮带着太过憨实的淳朴，说话瓮声瓮气，胳膊和腿又长又粗，最为特异的是毛蓝长了一头浓密的金黄头发，村庄里没有人长这样的头发，家人喊他毛蓝，外人也喊。

我嫂喊我去她家睡。我嫂喊我去她家睡有两方面的缘由，一是在家族成员的排列上她是最亲近的人，为我尽些人之常情的事是她所要的脸面。二是我已经能够给她做些力所能及的活儿，比如烧火，看小孩。而我不喜欢她，更讨厌给她干活。很小很小的时候感觉到她的残忍。有一年，吃早饭的时候，我很饿，站在她身边，看她一口一口吃团子。她问我：你吃吗？我说：不吃。她不再问我，自己在那里吃。那时候，她递给我一个团子，我会接过来。我的饥饿是强大的，我的讨要是胆怯的，我不敢轻易就说：吃。小小年纪，我学会虚伪。我用虚伪掩饰自尊。那不属于我的食物，人家不给你，你要，是会被鄙视的。人家给，给得不真心，你要了，吃到肚子里。人家也看不起。我就那么站着，看着她吃，流露出饥饿的模样。

那一刻，是刻骨铭心的。一辈子不会忘记的。

后来父亲用那两把椅子和一个木箱子，在屋子的北墙给我搭了一个小床。我拥有了自己的第一张床。过完那年冬天，到春天，我六岁了，比同龄人高，看上去有七八岁。六岁那年，我去学校里报名上学了，老师收下我。我怎么还能跟着父亲睡呢。我嫂到我家找我，她看看我的小床，一言不发地走了。

六岁那年的学上到半学期不上了，父亲经常出去，一出去就是十天半个月，他带着我，到处跑，周边的地方，有湖里，有黄口，有单县，他用自行车带着我，一直往西走，说是要把我的肠胃炎治好。

我跟村子里云睡。云长一张娃娃脸，耳朵上扎两个辫子。云一个姐姐一个弟弟，姐姐出嫁后，云自己睡一个大床。云家的大床在堂屋东间，床上铺一张粗布红条单子。草绿色粗布被子叠得方方正正。床前有脚踏板。云穿一双黑色的布鞋，布鞋的底边刷得雪白。云把布鞋放在脚踏板上，干净的鞋，干净的床铺。云一家人都忠厚老实，家境也不是多富裕，家里各处却收拾得井井有条。

差不多十岁左右，或者更大些，那些年，是四处流浪着睡，香玲家，秀萍家，凤梅家，蓉梅家，香莲家，每一家睡一阵子。在那个年代，在那样流浪的岁月里，有一处栖身之地，是我最大的愿望。我时常为夜里到哪里去而惴惴不安，我小心地看人家的脸色，听人家话音里的意思，生怕人家露出厌烦的神色，哪怕有一丁点儿，我也会受到伤害，不肯再去人家家。

我太敏感，当我那样战战兢兢地望着人家脸色的时候，习惯了像犬一样观察，一点点风吹草动，于我都是暴风骤雨般的惊吓。这样的谨小慎微在旷日持久的压抑中开始有了一种渴望解脱的想法，拥有一张自己的床是多么迫切的事，拥有自由也是一件多么困难的事情啊。

十二

十月，西北风贴着屋子后墙呼呼地吹。冬天的寒冷早早到来。

父亲打下地铺。光睡地铺不行的，地铺上要铺褥子，夜里冷得很，要盖被子。幼年的我，丝毫不懂生活的窘迫，也不知道冷热所需要的用度。而父亲，一个老男人，一个无奈的老男人，亦无处可觅越冬的铺盖。一条盖了很多年的被子，也铺了很多年的褥子，棉絮是黑灰的，又沉又硬，从破烂的布里露出愁眉苦脸的拉拉扯扯的破旧棉絮，在地铺上蜷缩着，一副毫无温度的穷酸相。

村里和父亲相知要好的人，心地善良的人，看不过去，怂恿父亲去向大队要救济。他们在纸上写了字：去向大队要，上级有救济的，你去要。共产党，毛主席给的。父亲看得懂字的意思，张嘴呵呵笑，似懂似不懂的表情。更多的人向他打手势，也是这个意思。父亲只是笑，不说话。

我姐自然是看不下去，也向大队书记讨要，也告诉父亲去向大队要。我姐说父亲拧，太执拗，怎么不去呢？上级每年都发放救济，你家摊不到，谁家摊到呢？就是发给你的，你去拿啊！我们又不能去拿，看看桂花的爹娘，每年都去要，有被子，有棉衣，有粮油，叔就是犟，看看谁可怜你！

父亲似乎一辈子都不做那样的事情。有便有，没有便没有。苦苦地挨着日月。他似乎已经被命运剥离了太多的生存资本，心底还有最后的一丝尊严，不愿意再被践踏吧。他从来没有去向谁要过什么，更不会乞讨。他就那样饿着或者冻着。人们的说教一遍遍过去，父亲还是如此在冬天的风中裹着唯一的一条旧的烂的破被子睡。

腊月，年关近了。大雪一场接一场飘下。空的屋子灌满冷的空气。墙是凉的，地铺是凉的，棉袄是凉的。夜里，父亲把能盖到身上的衣服全部盖到身上。身体的热，暖不热凉的墙和凉的地铺。父亲会把晚饭时烧火的灰扒到一个土盆里，拿到被子里，烘床。这样的方法在村庄里常见，只是父亲烘的床不是床，是地铺。

土盆里的灰，带着火星，一闪一闪的火星在灰白的草木灰里闪着星星点点的火光。父亲把那个土盆拿到地铺上，掀开被子，放进去，然后盖上。柴草燃后的余热在灰土里散发出来，冷风吹着僵硬的夜，乌黑的天空下一座孤屋里灯光幽暗。父亲抱着怀里瞌睡的小女儿，他用体温暖热她的身体，用他的手暖热她的脚和手，把她的脸贴紧在他的胸口，一件敞开衣襟的棉袄，裹住她的头和脸。天黑之后，她要睡觉，她搂住他肌肉松弛的脖子，把手伸进他的身体里最热的地方——腰间和脊背里。女儿是只撒娇惯的小叭叭狗，他会给她唱儿歌：

小叭狗，上南山，
掠荆条，编竹篮，
筛大米，做干饭，
你一碗，我一碗，
急得叭狗团团转，
叭狗叭狗你别急，
剩下锅巴是你的。

儿歌唱了一遍又一遍，小叭狗睡着了，进入了没有寒冷，没有饥饿的梦乡。

村里的夜没有钟点，天黑是夜的开始，天明是夜的结束。夜有多深，没有时刻的记录。落雪的夜，雪光照亮夜的黑。父亲抱着我睡了多久，他不知道，我也不知道。他把火盆往里面挪了一次又一次，被窝里慢慢有些温热的迹象，硬的凉的被子烘出暖意，他会把我的衣服脱下，把我放进去，那火盆烘热的地方，是一个和父亲身体一样暖和的地方，有火的热度，有柴草拥着的暖意。

我醒来，天色大亮，不见父亲的身影。我闻到棉被里有一股焦煳的味道，有一股柴草燃烧之后土灰的味道。熟悉的味道，在幼年的早晨和雪花一起飘落。是那些土灰挤走了严寒，暖热了我的小小的身体。我没有冻着，在那薄薄的破旧的被子里蜷着长大。有一次被子烘着了，一片黄黄的焦煳，用手一摸，布的碎片，一片一片掉下来。烂的被子，又有一块洞。还有一回，烘着了地铺，地铺上的麦草着了，父亲的棉袄，烧了一个洞。父亲闻到了棉花烧着的煳味，刚刚引燃，还没有起火，地铺上的柴草，啪啪地燃出声音。是棉被上的袄袖子掉到火盆里了，先烧着棉袄，引燃地铺上的草。

地铺怎么烧着的呢？父亲说。

眼看要起大火，他吓坏了，先从被子里抱起我，然后端出灰土盆，扔出去。慌慌地舀水扑灭了火。

记忆里的冬天最长最久，一天一天看着雪花飘落，看着屋檐下的冰凌拉长了一截又一截，有一天突然全部碎断下来。雪融化着，冰凌继续在屋檐下挂着。一场雪没有化完，又一场雪无声地落下来。那些雪花，从来不声不响地、不和任何人商量一下就落下来，就像那时候的苦，不声不响地就在身边。地下是看不见土路的，只看到一层冰，冰上一层雪。一层覆盖着一层，终日都是在冰冻之中。

父亲不出门，天是被雪照亮的，太阳在阴阴的云彩后面，看不到光亮，不下雪的时候，是白光光的天，一片被雪映照的亮，而不是太阳照亮的亮。父亲在地铺上，把被子披在身上，围着被子坐了一天又一天。他没有保暖的棉衣，只有被子里被火烘热的暖，暖着他的身体。我会跑出去，抓院子里的雪，用木棍打屋檐下的冰凌，把手冻得发红冰凉，跑到屋子了，把冰凉的手伸进父亲的手里。

至今，冬天满天雪花的样子还会让我不寒而栗。

十三

乌黑的油漆隐蔽了日月经过的痕迹，木箱沉厚如故。坚硬的木质历经岁月的磨损完好如初。边角、底面、纵横，如初始一般微丝未动。木箱的内里透露出黄色木质的细密和坚固，是一种细腻的黄，底色光亮洁白，其间淡淡的纹理似有若无。打开箱子，扑面一股清爽的古木气息。又似一种泡在水里的、白灵灵的木头做出的箱子。它的清爽和洁净，从箱底、箱盖和四面的木质上透露出来，是那种滑腻又柔和的木质，仿佛不是木质的材料，而像是一种光洁的布，抑或是一种纹理厚重的纸张。摊开在我记忆里，温软如旧。

那时候我不懂得木质的结构，亦不知道爱惜这只木箱。打开木箱的一刻，那股幽深的香气从岁月的底部缕缕升起，眼前呈现出一片沉厚的洁白。我总觉着那箱子深藏着隐匿在久远岁月深处的悲喜苦乐，呈现在我面前，表达着一个旧时代女人前世今生的欢颜和悲戚。

木箱的外部一层油漆乌沉沉，似一层看不见底色的雾一般的岁月笼罩在上面。墨一样的颜色把木箱包围在哀苦和低落的天幕下，那颜色，已经不再浮在上面，而是侵入到木质的内里，和木箱成为一体，蓄满岁月的陈迹。我抚摸着木箱，感觉到它的沉寂带着冷漠的沧桑，一言不发。

木箱是母亲的陪嫁。唯一的母亲遗留下的气息。

我是她血脉里一滴殷红的血水，在她苦难的命运之后延续着她的音容、身段和秉性。我觉着我是她留下来的不息的呼唤和对悲苦命运不止的控诉。她一条腿残一条胳膊残，至今我不知道她为什么会是残疾之身。在她那样的贵族家庭里，她该是怎样的高贵和优雅？她有一张美丽的、精致的脸庞，那是她唯一的资本，代表着她的贵族身份。我会联想到我的外婆，她会是戏曲里高高在上的贵夫人，一身华贵的服饰裹住她肌肤白皙的身体。凤冠霞帔，丫鬟仆人，络绎不绝。她深居简出，深深庭院，掩埋她一生的荣华富贵。她陪嫁给我的母亲一只木箱，木箱里有绫罗绸缎？有金钗银盏？有一段凄迷的爱情故事？有无法诉说的残破的梦？那是一个大家小姐最后的希望，马车，还是毛驴？载着我的母亲，载着那只木箱，离开雕龙画凤的高墙大院，穿过阡陌纵横的平原小道，驶入寻常百姓家，生死存亡一并碾过母亲柔弱的身体——

木箱在一座烟熏火燎的老屋里黯然沉寂，紧锁的箱口像紧闭的嘴巴，从此沉默如天。它如此缄默，如此低落又如此苍老。纹丝不透的箱口仿佛密封着千年幽怨，一切华丽和富足，一切神伤和辛酸，一切命中注定的败落，都紧闭其中。

木箱在我的床头，我的头抵在木箱上。我听到木箱里空旷的回音，木箱里已一无所有。剩下一箱子富丽的气息，在木箱里残存着旧时代华贵的踪迹。木箱在地铺上的草渐渐稀少之后滑落到地下，我趴在木箱上写字，它的平整是无与伦比的，与四方的板凳，与案板，与家里任何地方比，它都显得不屑与之相比，任岁月摧残，它坚固中透出威严，落难之后卓尔不群，总是显得那样令人敬畏，不敢逼视。

春阳的指尖轻抚过屋门口的露地时，北墙上苍黄的墙面热乎乎的。父亲会把木箱端出来，放在地下，打开木箱，把木箱的内里摊晒在薄若丝绸的春阳里。那些衣物，零碎的针头线脑，一一晒出来。木箱露出浅黄色的、梦一样轻盈的原木色泽，春阳留恋其间，轻抚细吻，每一处都照耀得辉煌透明，像是一汪红润的水，擦拭着岁月的灰尘。

木箱在老屋里东挪西搬，从南墙搬到北墙，从西南角搬到西北角。木箱里放过我的衣服、围巾和发卡。放过我的沙包、毽子和铅笔。木箱是屋子里唯一一件高档家具，它精细的做工多年后一如原初，棱角分明，经年搬来抬去，丝毫无损。我猜测它是贵重的木质做成，沉实但不粗厚，薄薄的箱板毫无飘浮之感，开启间，感觉到比一般的木质箱子多出几许坚硬的压力。趴在上面写字的时候，我听到箱子呼吸的声音，轻轻地，似低低的饮泣。那一层墨色的油漆，笼罩了它的悲戚，覆盖了它寂然无声的败落之后的窘迫和黯淡。

父亲常常望着木箱，神色忧戚。他对我说：木箱是你娘陪嫁来的。

我并不理解父亲凝望木箱时的心情。他是否也怀恋木箱曾经有过的盛景？或者，他对离去的妻子有了深深的怀念？

父亲不止一次对我说：木箱是你娘陪嫁来的。

那时候，木箱于我，仅仅是一只木箱。它还不是母亲的气息，不是我怀念母亲留下来的唯一的记忆。

我的心痛，源自我的年幼无知。不可原谅的年幼无知。我漠视了木箱之于父亲的意义，之于我的意义。在那样物质匮乏的年代，一只木箱，一只母亲陪嫁的木箱，何其珍贵，我并不知其珍贵，没有用心爱护过它，后来也没有收藏起来，以致不知它最后流落到什么地方。

现在，我必用最痛彻心扉的文字去惩罚自己，救赎自己。

十四

屋子的西北角有一张囤，寂静的白昼和黑夜悄无声息地从它旁边经过，它蹲在地下，张大口，深而宽的内里盛满白昼的寂静和夜晚的黑暗，盛满空气和浮尘。

囤是用柳条编制的。柳条编成囤后干硬结实，一根一根灰褐色的柳条编制在一起，稠密而细致，柳条的缝隙，透风且不漏粮食。

囤是父亲编制的。是家里一件最庞大的家用器具，它占了两间屋子四分之一的空间。囤是圆的，边沿暴露着柳条的筋脉，凸起着，盘旋着，交错着，像囤的骨头，支撑囤的坚固。屋子西北角放下一张囤，一间屋子几乎没有多少空间了。囤停靠在墙角，以其庞大露出不可藐视的神情。它的柳条边沿硬硬的，我用手抚过去，硌疼我的手心。每一次触摸，我都要小心，唯恐它某一处露出的刺针扎了我的手。

囤的作用是盛红薯干。唯独红薯干，那种窸窸窣窣的红薯干，晒干之后放进去，它们在囤里过冬，经春，直到小麦收获食物才算衔接上。

深秋的风阴冷潮湿，父亲在风里刮红薯片子，一种长方形的刮子，木板上钉着镰刀，拿红薯在上面不停地来回摩擦，一片片红薯片从下面漏到地下。刚刮出的红薯片流着白色的汁水，粘在手上成为一块块不规则的黑色斑块。父亲把刮出的红薯片拉到村后的麦田里去晒，湿漉漉的红薯片粘连在一起，父亲一把把撒开红薯片，还是有挤压在一起的，我负责把那些粘连的、挤压在一起的翻开。我蹲在地下，用小手揭开一片片红薯片，摆放在地里。红薯片冰凉，从我的指尖躺在稀落的麦地里。

摊晒开红薯片就等太阳把它们晒干了。那时候的雨水特别多，我常常深夜被父亲喊醒，他拽着我，拿着口袋去麦地拾红薯片。我迷迷瞪瞪地被父亲牵着手，一路磕磕绊绊，眼睛根本看不见前面的路，事实是也不从路上走，直接从最近的地里穿过去。我被牵着手，迷糊着往前走。

一路上，雨滴稀稀落落地砸在我头上，我醒了。我清楚我们晒的红薯片就要被淋湿了。在空旷的麦地，我蹲在地下，小手像耙子，一把一把抓住红薯片，塞到口袋里。寂静的夜黑沉无边，我眼前只有闪着白色幽暗之光的红薯片，它们在麦地里，密密麻麻、迷迷蒙蒙，在我眼前影影绰绰，我看得见它们模糊的样子，只管大把地抓，也把泥土抓住，也把麦叶子抓住，塞进口袋里。

我和父亲背着湿淋淋的口袋回家时，雨声大了。

有时候深夜下雨，父亲听不到雨声，我在睡梦里酣睡。我们的红薯片会被雨水淋透。秋天多连阴雨，三四天之后，红薯片浸泡在雨水里，会烂，会霉，会成为黑色的，不能食用的食物。那样的红薯片，不值钱，人也不能吃，只能喂猪。

晒干的红薯片一口袋一口袋倒进囤里，我听到那种硬片碰撞的甜蜜声音。它们的窃窃私语，神秘、朦胧，充满收获的欢悦。父亲最心满意足的是把囤装满。那是怎样庞大的一个囤啊，它的内里，简直像一个窑，底小，腰粗，口大。往外鼓胀的肚子能装多少红薯片，它仿佛永远是饥饿的，是怎么都填不满的肚子。父亲编制它的时候用意是明显的，要多多地盛放粮食，要多多地储存过日月的食物。而那个饥馑的年月，那张囤，从来没有盛满过。

我见过别人家那种细窄的小囤，在屋子的一角，早早装满了，上面用席片兜住。像我家那种大囤，很少见。

在小麦玉米极其匮乏的年代，红薯片是主食，是一家人一年的用度。盛红薯片的囤在父亲的注目里，预示着一年的生活富足和日月安好。若囤里的红薯片少了，父亲忧戚的脸便会阴暗下来。

红薯片不仅仅是吃的，还是一年里花销开支的指望。在没有钱买油，买盐，买火柴时，父亲会用口袋装一袋红薯片，扛到集市上，卖一元两元钱，买油盐火柴。八岁那年我去卖红薯片，把一口袋红薯片背到赵庄，站在粮食市的街头，等人来买。过来看的人，问多少钱一斤，我说一角。那人摇摇头，说红薯片污了。我说好好的。那人挑拣出来几片，让我看。在卷起来的红薯片的内里，有一点绿色的醭。是没有干透的缘故。又过来一个人，也一样地摇摇头走了。

后来只得减价。我要九分。有个人给八分。我不卖。继续等。又有人来买。我疑惑他们看我是小孩，有掠夺的意思吧。

我咬住牙不卖。给八分就是不卖。

我悄悄地把那些带醭的藏下面。每一个看红薯片的都往下翻看。快罢集时，人稀少了。我看到和我一样的红薯干都卖八分。我有点心动。

一个看过的人，又转回来。他说：卖吧，一会儿没人了。八分一斤，到那边不叫你拿行钱。

行钱是公家过称的钱。一口袋大约拿出二三分钱行钱。

我点头答应。心里还亏着。

春上，父亲常常站在囤外往囤里看。囤里的红薯片越来越少了，已经伸手够不到了囤里的红薯片了。春天是青黄不接的时候，囤里的红薯片轻易不能再卖了。红薯片却是不得不一口袋一口袋里拿出来，背到磨坊，磨成面粉，度日月。

红薯片往往到麦前吃个精光。空空的囤闲置在那里。麦子不装囤里，分两口袋麦子，是不会装进去的。玉米也不装囤里，玉米也分不多，装口袋里便可。没有食物装的时候，囤空着。父亲会在囤沿上搭些冬天的衣物，那些衣物不知不觉滑到囤里。父亲忘记了那些穿不着的衣物，它们和冬天一起隐藏了岁月的另一面。

有一年冬天，囤里装半囤红薯干，有一只鸡钻进囤里下蛋。黑黝黝的囤掩饰了鸡的羞涩，它在囤里抚育下一代。一只鸡藏匿在深深的囤里，从外面看不到它的身影，鸡找到了一个得天独厚的安全小窝，依偎在那些温厚的红薯干上下蛋，鸡心里一定踏实得很吧。

鸡下完蛋，悄悄地走了。它把蛋留在囤里，独自离开。

父亲喜出望外。他捡起那枚热乎乎的鸡蛋，洁白的鸡蛋玲珑剔透，像一枚生长果，是上天恩赐给他的小女儿的。父亲给我炖鸡蛋膏子，在黑乎乎的红薯面面条里打荷包蛋，在烙饼里裹上鸡蛋、油盐和葱花，做鸡蛋饼，也烧鸡蛋汤、鸡蛋茶。

那只鸡一天下一个蛋，一连下三天蛋，休息一天。父亲记住鸡下蛋的规律，鸡早上去下蛋时，父亲躲开，让鸡安心地进去。等鸡下完蛋，他才进屋去。

偷偷摸摸的鸡和悄悄离开的父亲每天像捉迷藏一样在生活

的窘迫中苦中取乐，父亲充满期待的心是快乐的，为那一枚鸡蛋。鸡的心思是找一个秘密的地方，安全地下蛋，不被惊扰。

夏天，囤空了。我和云会爬进囤里，在里面化妆。我们用红纸剪成圆圆的纸片，沾了唾液，贴在两腮上和眉心上。她给我贴上，我给她贴上。也贴在指尖盖上，染出红色的印痕，洋洋得意，又不敢出来见人。

某一年夏天阴雨连绵。没有柴禾烧火的父亲开始打囤的主意。他先是拆下囤边沿的柳条，把灶下的火引着。第一次拆囤的时候父亲大概是想反正红薯片每年都盛不满囤，拆去一圈，小一点没有关系吧。

所有的事情是不能开始的，一开始便一发不可收拾。找不到柴烧的父亲拆了第一圈囤，就有了拆第二圈囤的念头，一点一点把囤拆下去。拆一次觉不着，又拆一次，看看囤还有那么大一截呢，接着再拆，再拆——没有柴烧的日子太多了，囤一截一截矮下去。囤口烧完，烧上半截，接着囤的肚子，囤的下半截，到秋后，囤还剩下一个小小的囤底。

我姐看到父亲拆囤，嚷嚷着父亲不过日子了，家什都毁掉，一切都毁掉，什么都毁掉。我姐气嘟嘟地走了。

父亲听不见我姐的话。父亲看到了我姐的神色，和她指指点点的手势。

父亲一言不发，蹲在门旁，一口一口若无其事地抽纸卷的烟。

十五

秋天，气温渐渐转凉。一捆捆高粱秆扎齐了上头，站在院子里和院子东边的路口。秋阳漫不经心地照耀在这些高粱秆上，高粱秆晒干外面的一层软皮，露出里面光滑明亮的硬皮。这层明亮的外皮竹子一样坚硬，有金黄色，也有淡黄色；有枣红色，也有大红色。阳光下，高粱秆明艳挺拔，是做槅扇的材料。

父亲在水沟里泡了苘，沤许多天，捞出来捻绳子。父亲坐在大槐树下，手里拿着捻子，不停地转动，一截一截绳子缠绕在捻子上。新苘捻出的绳子是白色的，带着星星点点的灰褐色。一把把柔软的苘，在捻子的转动中变为坚韧的绳索，叫苘绳。

把苘绳的两头缠在砖头上。把一根棍绑在两棵榆树的中间。把砖头搭在棍两边。把高粱秆一根一根放在棍上。把拴着绳子的砖头从棍的这边拿到那边，再把那边的拿到这边，叫织箔。

箔，是一种高粱秆织成的家什。可用来铺床、晒东西、絮棉絮等。

用箔把两间屋子隔开，我们叫防箔子。防箔子，其用意有槅扇的作用。

秋深，父亲织箔。榆树的叶子七残八落，一片片在秋风里飞。父亲在榆树下织箔。空荡荡的屋子灌满秋天的风，那些风从榆树林里和黑夜的空中钻进屋子里，一屋子凉气。屋没有挡风的门，木板也没有的。肆虐的风随便进入，就像肆虐的蚊虫随便进入一样。阳光也随便进入，和麻雀一样随便进入。

箔织好后卷成一捆，和织出的布匹一样。父亲把箔扛到阳光里晒干，敲打下上面的皮屑，滑润的箔像一张透明的织锦，是高大的、坚硬的和别致的锦缎。能吊在屋子里当槅扇。

高粱秆的高度恰好到屋子的横梁下，把箔站立在梁下，中间用高粱秆夹紧，与墙壁连一起。箔站在了屋子里，成为槅扇。父亲织出的箔留有小门，从小门能进入到里间。或者把最里面的一段留成活的，能打开，也能关上，风进入屋子外间，就进不到里间了。

冬天，我和父亲睡在里面。外间就和屋外的世界一样了，风在外间晃荡，吹动案板上的碗筷，吹动墙上的灰尘，把屋顶的蜘蛛网吹得晃晃悠悠。风从箔的缝隙钻进来，细细的小风，感觉不到风的狂吼。里间一片安定、隐蔽，暗暗的天色从早到晚一个样子地低沉灰暗。下雪的时候，外间屋门口落进来一层雪，案板上有零星的雪花，锅灶上一片潮湿。我和父亲在里间，鸟巢一样温暖如春。箔隔开了外面的冰天雪地，隔开了无处不在的寒风和冷硬的冬天空气。

在地铺上，在箔后面一个隐蔽的地方，我睡在枯草上，听风在外间游走。少年的冬天风多雪多寒冷多，在靠近身体的地方，有地铺上草的温软和墙壁的厚重，有高大的箔阻挡住恶劣的寒冷。黄昏在箔的缝隙间，夜色从箔的顶端滑到箔的下端，倏忽一下夜便黑了上来，麻雀子在屋檐上望天，我在箔下望幽深的无底黑暗。箔是黑色的，墙是黑色的，屋顶的茅草是黑色的，外间的案板锅灶板凳木箱椅子都是黑色的。躺在父亲的身边，所有的黑在我眼底一律消失，我睡梦长长，夜短暂得只能做半截梦。

黎明也挂在箔上，在箔的那边，明亮着，闪烁着。父亲掀开箔，走出去，呼啦一下，阳光涌进来，从东墙上端的墙洞口射进来。阳光挂在箔上时，春天到了，父亲会站在方凳上，把屋墙洞里塞的草拿出来，阳光才能从墙洞里照进来。阳光的光柱是倾斜的，圆的，不标准的圆光柱，里面游动着浮尘，不安分地晃动着，有大的，有小的，大的像蝌蚪的小尾巴，小的像一根根汗毛，在里面翻转、坠落。我躺在地铺上看那道光柱在隔着箔的外间通红明亮，阳光停留在箔上，上蹿下跳。在一根枣红色的高粱秆上，阳光水银一样上下摇晃。也有阳光从高粱秆的空隙钻过来的，亮晶晶地悬在那里，欲落未落。

我躺在地铺上看落在箔上的阳光时，看到外间一片红艳。阳光在外间，在箔上跳舞，缤纷的色彩，炫动的光的翅膀，一遍遍擦拭着我的眼睛。那是一个迷幻的世界，我被吸引，痴痴地望着。我不知道阳光记载时间，不知道阳光照耀下有另外一个五彩缤纷的世界。我只有箔之里的地铺，紧挨着地铺的箔和箔上阳光的舞姿。

父亲从那片阳光里走进来。他驮着一身的光的舞姿，走近我，给我穿棉裤，穿棉袄。我没有内衣，没有毛衣。只有一条棉裤，一件棉袄。我没有袜子，没有棉鞋，只有一双父亲编制的芦花鞋。父亲照样把我从地铺上抱出来，给我穿戴整齐，头上戴一顶虎头帽，虎头帽是带着飘带和穗子的。我摇摇晃晃地扑在父亲怀里，父亲坐在地铺上，从箔上取下别在高粱秆间的梳子，给我梳头。他把我的虎头帽子拿下来，挂在别在箔缝隙的锭子上，像挂在一个光光的秃头上。

我坐在父亲怀里，坐在世上最温暖的阳光里。父亲给我梳头，一头黄头发混乱不堪，后脑勺上沾着草茎，揉成了疙瘩。木梳子滑过我的头皮，我喊疼，摇着头不愿意梳。父亲把梳子别在箔上，梳子上带着我的头发。父亲拿下虎头帽子给我戴上，放我到地下，随便我去玩。

后来，黄黄的头发，越来越多的疙瘩缠在一起，我更不愿意梳头。箔上挂着的梳子上还缠着我的头发，木梳子无望地望着我从它面前过来过去。父亲不管我的头发，梳子记着那些缠在一起的头发。

春深了。春天深处的风暖融融的，带着一层热乎乎毛茸茸的刺。箔隔住了风，里间热烘烘的。初夏，父亲把箔取下来，留作秋深了用。

穷困的日子太多，父亲没有留住箔。我姐说得没错：一切都毁了，什么都毁了，都毁了。

箔没有等到秋天便被父亲当柴禾烧掉了。

父亲烧箔的时候我在旁边，他一根根解开苘绳，把一把把高粱秆送进灶膛里，灶底死灰复燃，火苗轰一声高上来，火着起来，里面夹着蓝色的光芒。父亲说：梳子烧里面了，锭子也烧了。我说：我的头发也烧了。父亲摸摸我的头。头发一根没少。

烧箔做出的饭一样好吃。

父亲和我一起吃饭。吃上一顿饭是最最关键的。

秋天，深秋。冬天，隆冬。大雪和寒冷，在今天晚饭后。

十六

百度百科定义板车：是一种以其平板部分载货或载人的车辆。

百度百科解释自行车：自行车，又称脚踏车或单车，通常是二轮的小型陆上车辆。人骑上车后，以脚踩踏板为动力。

就是这两种不相关的车子，父亲把它们相互改造，自行车改板车，板车改自行车。使其成为不同用途的车子。

父亲先有一辆自行车。自行车的后座上绑一个摇篮，父亲把我放在摇篮里，带我一起出门。

我躺在摇篮里，看天上的星星跟着我一起向前走。我睡着了，过沟坎的时候，我从摇篮里颠出去，摔地下，我哇哇大哭，哭声在黑夜的旷野里响亮地响起。父亲听不到我的哭声，他骑着自行车继续前行。到家，摇篮里没有了孩子。他慌了，把孩子丢了。折身回去，找到那个坎，捡起孩子，抱在怀里，孩子哇哇的哭声更响亮了。长大后我听到这样的传说，一半笑谈一半怜悯，老父亲自然不知道在谈他，笑他，我却听出了狼狈、不堪记忆的一幕。

父亲和自行车在一起，自行车和我在一起。丢掉孩子的事只此一回。孩子不放在摇篮里了，放在前车杠上。老式的自行车，车把下是一个三角形的车杠，车杠上绑一个木头板凳，板凳是圆木板做成，下面有两条腿，两条腿绑紧在车杠上。父亲把我抱到车杠上的板凳上，把我圈在他胳膊中间。两手把住车把，我的头靠在他胸前，胳膊抓在车把上，抓住父亲的手，也抓住铃铛叮铃铃地摇。

父亲把我圈在他怀里，圈在他的眼睛里，他的小孩再也不会掉到半路上了。

秋天，遍地紫红的、墨绿的红薯秧铺满大地。父亲骑着自行车带着我经过一块块长满红薯秧的田地，他去到魏楼改造自行车。父亲要把自行车改成平板车，拉秋天的红薯、红薯片和红薯秧。

魏楼在我们村子东北角，出村往东，宽阔的大路边一行柳树矮墩墩的，柳树上长满奇形怪状的树疙瘩。魏楼前面有一条小路，细窄的小路边爬满红薯秧，红薯秧被来往的人车踩轧，汁水淌在路上。父亲的朋友住在魏楼最前面，家里是修理铺，随处扔着油渍渍的工具和零件。

这是一个树荫稠密院落低矮的人家。简陋的过道小门低低地朝西敞开着，三面的墙头陈旧破落，一层层被雨水淋下来的泥土堆积在墙根下。进门里面是三间堂屋，院子里搭着蓬，从屋里到院子里都是散乱的破破烂烂的零件。

父亲把自行车停在院子里，在屋子里和朋友坐着。他们说话，父亲说，他听。我对父亲的朋友毫无记忆了。但我知道，但凡父亲去的地方，都是他的相知，无论他用朋友的什么，无论他怎么穷困潦倒，朋友都不会嫌弃他，任他使用或拿走一切用度。在最为窘迫之时，父亲也会去朋友那里，朋友会不言自明地送他银钱或者饭食衣物，父亲当取的自会取，不当取的，或不与之往来的人，父亲眼皮不会翻动一下，甚至至死也不相往来。父亲自会取来的，也不用还回，不仅一次两次，甚至一生都是这样。这样相交的人，有许多，父亲去的那些人家，都是。我暗暗感觉到那种至性至真的友情，倾注于我父亲身上的眼神是敬仰和佩服的。我不知道他们是怎样的交情，或者父亲年轻时有恩于朋友什么，抑或是他们只是敬仰父亲的智慧和品格。

父亲的朋友是一对老年夫妻，在低矮的围墙里稠密的树荫下他们听他讲话。之后，父亲在那里改装他的板车。毫无任何材料和工具的父亲只带着我和自行车过去，一切都是从朋友的家里找出。一院子堆积的零件任父亲选用，工具摆放在哪里，他也知道，他像在自己家一样东翻西找，找合适的螺丝，找恰好的木板，找一个板车所需要的所有材料。

午饭时候，饭桌摆在院子里树荫下，一张小案板，几把马扎，父亲一手油，洗洗坐下吃饭。饭后父亲继续做他的板车，朋友也在一旁帮忙，这样拼凑，那样连接，两个人，商量中彼此会意。

天晚了，他们毫无倦怠之色。我困了，父亲抱我到床上去睡，院子里点上煤油灯，他们在灯影里摇晃，弯着身子，伸着脖子，头抵头，油渍渍的手一起转动扳子。

不知道天到几时，我困着，父亲抱我躺在板车上，父亲拉我回家。我听到板车吱吱呀呀的声音，父亲哼起歌，和板车的歌一起响起。

分红薯了，父亲拉着板车去装红薯，地里人都看父亲的板车，他的板车轱辘是自行车改做的，车轱辘的里外带都扒掉了，只剩下车圈。这样的板车自然费劲，不过和用扁担担红薯比，轻多了。

父亲用板车拉红薯，拉红薯片，拉红薯秧子。简单的构造，以人力拖动而前进的板车，在村子里传为奇谈。

秋天过去，板车用不多了。父亲拉着我去魏楼，到朋友那里再把板车改造成自行车。

十七

穷人家孩子最早的意识是：家里没有的，从哪里能够得到呢？

她不知道。

她不在意一无所有的家。

在懵懂时期的孩子没有物质缺乏所带来的不便和羞辱。比如，没有梳子梳头，没有脸盆洗脸，没有严实的厕所遮羞，没有床铺睡眠，没有鞋子走路，没有衣服保暖，没有……

我不知道在我五岁之前或者六岁之前是否洗过脸。大抵是洗过，那么多年不洗脸，脸上会蒙上多厚的灰尘？父亲给我洗过脸，洗完脸，用他的衣袖子或者衣襟给我擦擦脸上的水珠。那是在春天和秋天的时候。冬天肯定不洗脸的，冰凉的凉水，我是不会让父亲给我洗脸的，父亲也舍不得凉水浇到小女儿的脸上。他的疼爱也是偏执的。夏天我每天都要蹲在水里。晚上也泡到半夜。

村子里有海子，窄窄的一条海子，在云家院子边，海子东边是一条小路，小路东边是两个连在一起的水塘，水塘边长着歪歪的柳树。村后两条河，一条宽大，一条窄小。海子、水塘、小河里的水清澈透明，下过雨后，一股股泥土的味道，水有点浑浊，水的颜色像土，是那种陈旧的红色，掉了颜色的红。整个夏天，水温都是热的，连阴天也温乎乎的。村里所有的孩子都下水，大大小小，男孩女孩，都像鸭子一样睁开眼便去水边。六七岁我便会游泳，敢下到深水里。后来有一年下大雨，还救过村子里一个叫爱景的女子，硬是把她从湍急的水流拉出来。我们都喝了水。某一年爱景的一个弟弟淹死在她家门前的水塘里。据说她家门前的水塘里有水鬼，下到水里的人，遇到水鬼，腿上或者胳膊上会被水鬼扭得青一块紫一块。我们小孩子跟在大人后面听这些，浑身上下瘆得起鸡皮疙瘩，一下水便想象水鬼的样子，可是，那么多年，我们从来没有遇到过水鬼，也没有被水鬼扭过。

夏天泡在水里，脸自然不用洗。一夏天，脸上所有的灰尘都泡干净。

上学了，知道干净了。

每天早上起来开始洗脸。

洗过脸，我找不到擦脸的毛巾。

我初次意识到，毛巾从哪里来的呢？我家没有擦脸的毛巾。我不知道毛巾是可以从商店里买来。不知道商品是怎么来的。我家没有日常用品。

我开始渴望一条毛巾。我羞于让人知道我家没有擦脸的毛巾。

大队部在小孙庄西南角，大队部有代销店，有医院。代销店里卖商品。我看到了崭新的毛巾。一种粉红色掺杂着翠绿色的毛巾。一条毛巾需要五角钱。我没有五角钱，一毛钱也没有。我只有一分、二分钱，最多五分钱。

我还看到一种花手帕。薄薄的布质，透明柔软。手帕上印有红梅花，一朵朵开放得嫣然。我想买到它，我一刻不停地想买，我想买到它想得要哭。

回家路过一个小河，经过一片芦苇地。我在小河边洗脸，洗完脸，用手甩着脸上的水珠，我想用那个手帕擦脸，我想我有一个手帕，再不用怕人看见我没有擦脸的物什了。

我给父亲比画我要买手帕。父亲怎么都看不懂我比划的手帕是什么。我比画着四四方方的这么一块布，能擦脸。他看不懂，大概他意识里没有留下手帕的记忆。手帕这种奢侈品，对于父亲是没有任何响应的，在他的脑子里是一个空白。

父亲还是给了我两角钱。他先是出去，约半个时辰后回来，从口袋里掏出两角钱给我。

我惊喜得要跳起来，一路跑到大队部，把钱递给那个胖胖的、说话瓮声瓮气的叫后平的男人。

我有了自己第一件奢侈品：手帕。

手帕装在我口袋里，不舍得用，洗过脸，还是用手甩着脸上的水珠。脸快干了，再用手帕沾沾。手帕叠得小小的，装在身上，有时候拿出来，在鼻子上闻闻，不擦鼻子，像擦鼻子，在鼻子上晃晃。梅花要露出来，手帕要让人看见。

有了手帕，洗脸也理直气壮了。不用手帕擦，也不觉得丢人了。

十八

东边的木屋塌了，父亲在乱草和泥巴间找出锅，把锅揭下来，转移到还没有盖好的西屋里。

黑色的锅沿上粘着一层面粉烧熟之后的锅巴，翘起来，像饼。锅口张开如一个空洞的眼，它带着欲望的神色，吸吞下空气。

父亲在西边没有建起的屋里支锅。屋里三面墙已经垒起，东面和屋顶还没有建成。锅支在靠南面的一面墙上，墙上的枣树枝伸过来，在锅上面遮住一片天。

支锅用砖坯，砖坯是建屋用的。支锅比建屋当紧。父亲搬了砖坯在屋里，垒成锅底状，然后用泥糊。在院子里挖一个坑，在坑里和泥。我看到他把水倒进去，用铁锨在泥里翻搅，把泥和水混搅在一起，稀软的泥水像一锅粥，可以用来糊锅底了。用铁锨把泥端过去，泥从铁锨上掉下来，地上一块一块泥痕，凝固成好看的椭圆形。父亲抓一把铁锨上的泥，糊在砖坯的棱角和缝隙上。锅台是四四方方的，一层层砖坯垒上来，糊上泥，光滑整齐。里面凸凹不平，凹陷着锅底的形状。摆上炉箅子，用泥粘住，通往风箱方向的地方留有洞口。把锅放上去，恰好露出锅沿。锅沿边上，要用泥细细地抹上。父亲用手指捏着泥，一点一点抹住锅沿上的小缝隙。这些小缝隙，会漏出火，会冒出烟雾，有一丝丝小缝抹不住，烟雾会窜到锅里，烧出的饭和蒸出的馍有一股烟味。父亲仔细地在锅台边抹两遍泥，确保所有的缝隙都抹住。

潮湿的锅底黏糊糊的，父亲拿柴引火，试试新锅好不好烧。支锅有学问的，支出好烧的锅，省柴禾，冒出的烟，走烟道，不走锅门。父亲点燃柴禾，一股浓烟冒出来，先从锅口冒出来，又倒回去，从后面的烟筒冒出去。正是这样冒烟，烟才不会在屋子里回旋。现在，这个屋子没有屋顶，怎么冒烟都不要紧。父亲似乎不在意屋子里有烟，他要看看他支的烟筒管用不管用。拉几下风箱，烟从烟筒里冒出去。父亲停下风箱，试试锅底的柴着不着，父亲支的锅是自来风和风箱里两用锅底。这样的锅底浪费柴禾，可不用拉风箱，锅底自己吸自然风。

新锅支上有了做饭的地方。我们就在屋框里做饭。我姐说父亲懒散，不会过日子，也不会收拾家。父亲听不见，知道我姐在啰唆他，嫌他的生性随意，没有把日子过整齐，只知道吃了今天不管明天。父亲不在意这些话，照旧按自己的意愿过日子。

我在学校里有了要好的同学。同学之间喜欢到家里去玩。我从不带同学到家去，已经上二年级了，我羞于让同学看到我的家。

一天午后，突然就来了四个同学。她们从锅屋西边的小路过来，瞬间就在我家院子里了。她们先看到我家的锅屋框，然后看到我家的锅。锅敞开着，锅盖立在墙上，锅盖上一层泥土和灰尘，锅台上落着枣树掉下的叶子，叶子干了，蜷缩着，像一只臭虫。锅里，一层半掀起半贴在锅沿上的锅巴像一张黄色的纱饼，围着锅盘踞着。锅底干干的，有饭的痕迹，一道道不规则的饭痕，醒目刺眼。

父亲饭后不刷锅。

没有人教育我生活的细节。一切都要自己去启蒙。

我感觉到丢人现眼。

不是父亲的散漫、无意和敷衍生活。

是那口带着饭渣的锅，敞开在天幕下，它触动了我的本能。

生活的教育是无师自通的。它会在某一时刻开启你的智慧，或许是最微弱的智慧，或许是司空见惯的事情。

我开始饭后刷锅。一种天然的本性意识促使我把锅刷得干干净净，至少三遍，或者更多。

我知道了整洁。穷得一无所依的屋子要干干净净，每一个墙角都要打扫干净。把碗、筷子、案板、菜刀、勺子、铲子，一切用度洗刷一遍，摆放整齐。

父亲散漫惯了，他拉乱了我的刀，勺子和铲子，筷子和碗没有放回原来的地方。我对他发脾气，跺脚和瞪眼。他怯怯地看我，一脸再也不这样的神情。可是，下一回，他还是忘，还是用过就随便扔一边，也不洗刷碗筷和锅。我对他跺脚，噘嘴，露出气恼的表情。多次之后，父亲问我：你蹦啥？咋蹦着了？

我愣愣地看他。他不知道我为哪般发脾气。他怎么能不知道？他看不到我刷干净的一切吗？

我拿笔在纸上写上：吃过饭刷锅刷碗刷筷子，勺子锅铲刀摆放好。

他笑了。没有说话。

就像手帕一样，在他的生命密码里没有洗刷和收拾这一道生活程序。或许做饭也不在他应该做的范围内，只是他沦落到如此地步，学会了做饭，后来，衰老之后，也学会洗刷和收拾。为了小女儿，他学习生活的细节，并要牢记。

父亲刷锅，把锅盖也刷干净。

十九

大伯母两个女儿。大女儿嫁到许庄，二女儿也嫁到许庄。嫁到许庄的两个女儿都不住在许庄。大女儿住在我们庄上，有上门女婿之嫌，又没有明确说是。二女儿在赵庄供销社上班，后来住到城里去。

我们家族人丁不旺。大伯母没有儿子，我家只我一个独女，两家就我们姊妹三个。大伯母的女儿我亲姐姐一样喊：大姐二姐。大姐四个女儿一个儿子，二姐四个儿子一个女儿。命运是如此不可理喻，她们同嫁一村，生育的儿女正好相反。

二姐常托人从城里捎衣服鞋子回来。二姐家男孩多，衣服鞋子多男孩样式。裤子是前开门的牛仔裤，鞋子是男孩穿的运动鞋。那时候，裤子的开门男女有别，男式裤子是前开门，女式是偏开门。偏开门在右侧腰间，留一拉链长度的裤口。男孩穿前开门裤子，女孩穿偏开门裤子。女孩穿前开门的裤子，会被人笑话。

二姐捎来的衣服都是前开门裤子。我不穿。穿出去，让人看见，多丢人。

我穿膝盖上补了补丁的裤子也不穿前开门的裤子。

有一年二姐捎来的衣服里面有一条白色的羊毛裤。也是前开门。父亲说：毛裤穿里面，暖和。

我不穿。天冷冻得浑身筛糠也不穿。

毛裤肥肥大大，已经没有弹性。父亲在手里抓抓说：是羊毛线的，拆了给你重新打一个裤子。

我指指上身说：打上衣。

他说：中。

父亲拆那条旧毛裤。看着不烂不坏的毛裤，拆出的线，一截一截的，中间还有很多破损的，四股线还剩两股，有的剩一股。父亲把线细的地方掐断，再接上。他会接那种看不出疙瘩的线头，两股线头压在一起，一股往另一股上绕一下，两边拉紧，两股线便连在一起。父亲拆着毛裤，不停地接着线头，手里的线，渐渐缠成一个大圆蛋蛋。

父亲做过棉袄棉裤，纺过棉织过布，还没有织过毛衣。我知道父亲是天才，认识他的人都知道他是天才，一切见过的、听说的甚至想象的，他都能做上来。

织毛衣对于他是所有没有见过事物中的一件。他毫不犹豫地开始了他的编织尝试。竹针他第一次使用，拿在手里，就会使用。他用一种新奇的绾针方法开始启针，大概源于他的纺织技术方面的某一启示。后来，他的那种启针法得到推广。及至我长大后才看到人们用那种启针法，被推行为新的启针法。我想到我的父亲在多年前就已经使用那种启针法了。它用一根线的一头在一根手指上不停地绾，只见竹针旋转，手指张开，线已经整齐地绾在了竹针上，比我们用一根线的两头在两个手指上绾针快了两倍。

村里把学活学得快慢好差的分为三个级别，叫三个等级的人。说一等人一看便会，二等人一学便会，三等人怎么学也学不会。一看便会的人是极致的聪明了，是要亲眼看到人家怎么做的，回去一做便是那样的。而父亲对织毛衣，见也没有见过，全凭他的想象和摸索。

那时候村里人没有穿毛衣的，也不穿内衣。夏天女孩赤上身和脚丫，穿一裤衩。男孩十二三岁了，还精光一个身子溜来溜去。都那样子，也不觉羞。春秋天有条件的穿一夹袄，是两层布缝在一起的褂子。夹袄穿不起的人家多，皮肤冷到起鸡皮疙瘩，直接穿上过冬的棉袄。毛衣是高档服饰，属于城里人才配穿、才能穿得起的衣服。

亮色是年少时我追逐的颜色。十七八岁后已不喜欢鲜亮的衣服。小时候每一回都向父亲要亮色的衣服，大概是亮色才能显示出我穿了新衣服，标志出我是女孩子的样子。

白色的毛衣织出来，我嫌是白色的，不好看，一点都不鲜亮。那种白色的羊毛线旧了之后发黄，仿佛一种岁月的脏污永远地渗透在里面，怎么洗都洗不掉的，拆了重新织也是灰灰的白。我不喜欢。

父亲看我难为的表情，不言语。

过几日，我看到父亲在染毛衣。他买了颜料，把毛衣染成大红色。

颜料是神奇的。它弥补了灰暗带来的陈旧和寂寞。染了颜色的毛衣晒干后亮丽刺眼，气氛也热闹和欢腾了。那是一种欢快明丽的热烈之色，是喜庆的和欢庆的。

原来，孤单的我，要的是一种热烈，一种欢快。

我的少年的内质需要的是一种热烈的爱的抚摸。出自内心的渴望，无以言表，暴露在对衣着的追求上。

老屋是黯淡的灰沉的，没有生气的日常，沉默寡言的老父亲，在外遇到冷冷的眼神，悲怜的也带着躲避的，在足够多的压抑中，我内心的渴望，需要丰富的阳光那样的欢快，烈焰那样红火的氛围，来给我信心，给我可怜的屈辱的自尊心带来一抹意气风发的豪壮之势。

红色的毛衣穿在身上，是圆领的，编织着齿轮一样的狗牙花。远远便能望到。我为之欣然，为之把蜷缩的身体伸直。

第四章 食为天

一

我站在她面前——我嫂面前。我看她吃饭，眼睛里流露出饥饿的表情。

她嘴巴很大，一张棱角分明的脸充满冷漠的毫无悲怜的神色。她拒绝看我——或者她已经看到我近乎乞求的眼神。她装作什么都没有看到，自顾自在那里不紧不慢地享受食物的味道。

早上，太阳升起老高。院子里笔直的槐树嶙峋的树枝间露出青色的天空。她在空旷的锅屋里坐着，从锅底扒出一个烧得金黄的团子，团子的皮有些焦了，团子的面松软，散发出甜腻的气息。

我看到那个团子从锅底扒出来，在锅口滚动，掉到地下，在地下滚动，静止。我嫂用手去捏团子，团子烫了她的手，她快速地松开，团子滚到地下，在地下滚动，静止。这个过程持续几秒，我直直地看着，像一条饥肠辘辘的狼狗看一个滚动的骨头。就算附近有猎枪对准它，它也要扑过去，衔住骨头。

我嫂又一次捏住团子，在地下拍皮球一样拍打着团子上的灰和热。团子从地下到她手里，团子在她两手间飞来飞去，一边飞，一边用嘴吹，之后在案板上丢球一样丢来丢去。她的目的是迸散团子上的草木灰，我看到她戏弄团子太久太久了。她像猫戏弄一只到手的老鼠，玩够了，才吃。

这样的情景勾引我更多的馋涎。我已经无法控制胸腔下的胃，从胃到喉咙到嘴巴是一条无尽的馋涎汹涌的江河。江河里波涛翻滚，惊涛拍岸，我浑身上下的血管贲张了，每一个毛细血管都充满饥饿的渴求。

四岁，只能用眼睛表达乞讨的渴望。一动不动地，看她，看她玩弄食物的姿势。那样漫长的过程仿佛经历了一个世纪。我凝固在那里，今生今世唯一一次泥塑一样一动不动，怔怔地望她和她手里蹦跳的食物。

她开始吞咽第一口。在这之前，我抱有希望——希望她手指的温柔，她胸怀的仁慈，她悲怜的醒悟，会赐给我生命里一次伟大的幸福。我失望了。我看到她开始下口，开始咀嚼，开始吞咽。把那层金黄的外皮揭下来，塞进嘴巴里，咯咯地嚼响。我的胃里开始翻江倒海，仿佛有一艘船开始穿过我的胃，摇橹的声音，搅动水声的哗哗作响，我的胃咕噜噜地响。

玉米面发酵之后做出的团子松散粗粝，揭开外皮后是一层黏而不连的面，她一口咬开那层面，露出里面红色的馅。团子的馅，有红小豆、绿豆、红薯和红枣，是一团稠糊状的绵软食物。熬煮、掺和之后，成为红色的糊馅，在金黄的面皮里，面成为一团粘连的美味佳肴。

她把牙齿切入到馅里，舌头像蛇的信子一样卷走了团子的馅。红的豆和绿的豆，红薯和红枣，醇香和甘甜，在一起，游弋在舌尖。

我确信她把团子的馅含在嘴里，荡漾在舌尖和牙齿上。默念着，牢记着，体会着食物的滋味。

我彻底失望了。我的江河倒退着流水的汹涌。它们像退潮一样向我身体的内里退去。我知道我嘴边的气息，一缕缕暴露出饥馋的凶相。呼和吸都显得那样微弱，早春的风吹来，要把我带走。我摇晃着虚虚的身体，深情地凝望着那只啃了一半的团子。我知道我的希望渺茫，我知道我翻江倒海的胃空自折腾，我知道卑微的可怜的自尊在呼喊我离开这里，让风带走。

可是我的脚一动不动。我还是没有离开。

至今我不知道我对食物的欲望有多么强烈。一个四岁的饥饿的孩子面对食物剩下的唯一愿望一定是天性中的求生。虽然她并不知道饥饿并非一时一刻便可以解决她的性命。她渴望食物，她需要用那被称作食物的东西填塞她的空的江河。那么遥远的一条食物的袋子里，没有一粒粮食，她乞讨一样的眼神，需要食物拯救。

我看着她像女巫一样吞下最后一粒面。她心满意足地拍拍手，喝一碗叫糊涂的稀饭。她心安理得，得到食物的抚慰是多么幸福。她满足的神情我永生难忘。她无视旁边站着一个人，她吃得津津有味，全世界所有的食物都可以放弃，那个团子是唯一的美味。她享受并满意地喝着糊涂，滋润如阳春三月的泥土，平坦安然的表情一改彼时的冷漠。

我看到她微笑的嘴角露出一丝得意。她转了六圈碗，把糊涂喝下去。她吃饱喝足之后，扭脸看到我，她一脸诧异：原来你在这里？！吃饭了吗？没有饭了！你回家吃饭吧。

我走了。我觉着眼前乌黑。我什么都看不到。彻底的失望之后，我左脚打着右脚，一步也走不动。

我倒在我嫂家屋门口。

醒来，父亲端着一碗疙瘩汤在我面前。我闻到一股香油的气息。

喝吧，喝完就好了。

我一口气把疙瘩汤喝完。

然后我又一口气把疙瘩汤吐出来。

三十多年来，我再不能闻到香油的气味。我忌讳吃香油的提议。

刻骨铭心的团子和我嫂一起成为反叛的根源。饥饿没有延误我的生长，除了高高的个子显得四肢过长，瘦骨嶙峋的我身板有点单薄之外，我看上去还算健康和正常发育。两年后我嫂看我长大了，有了做事情的力气。她喊我去田地里摘棉花，喊我看她的孩子，再后来喊我割麦，播种，栽红薯，刨花生。她远远地拦截住我，喊我去跟她干活。

团子皮球一样在我眼前晃动。小小的小孩，不知道羞辱，但她知道抗拒，抗拒那种来自身体内部的厌恶。她不敢厌恶，但是已经从内心开始了那样的欲望。她抗拒她，偷跑和躲开。虽然她还在她的牵制中，她知道她对她不够仁慈，也从来没有付出真心的关爱。她当时没有那么清楚的认识，但她感知到了冷漠、冷酷、冰凉和疏忽。是的，疏忽，她疏忽她，没有把她放在心上。想到她的时候，是农活多得忙不过来的时候。她并不是毫无心智的，她知道冷暖，知道好歹的语言、眼神和行为。她知道的。很小就知道，怯怯的眼睛看到很多很多，最敏锐的是那样异样的、怪异的、蔑视的。还有悲怜的，怜悯的，虽然也不喜欢，但比冷漠的，蔑视的，好多了。

二

清晨明亮的天色里含着湿润的露水的气息，空气里有一股槐花盛开时的甜腻味道。明朗的天色一尘不染，清新透明的天色纯净如婴孩的脸蛋，一抹红霞镶嵌在榆树枝上，摇曳生辉。粗粝的榆树叶斑驳透亮，阳光的余光掠过云空，穿透榆树林照射到西屋里。父亲在伏案擀面条。他动作舒缓有致，不紧不慢的双臂抖动中，把一块面擀成一大张面。

案板在西屋的北墙，他面北而站，弯下腰，双手按在擀面杖上，不停地抖动双臂，使面块在擀面杖上拉长，扩大。

在他面前，空落的北墙上停留着一道酡红的霞光，霞光静静地伫立在墙壁上，像无声的灯盏，在白天熠熠地闪亮，把墙壁上一层淡淡的灰尘也照得亮亮堂堂。

父亲的头不时伸到那片霞光里，有时遮挡住霞光，有时露出霞光。霞光看似静静地停留在墙壁上，不知不觉中，那块霞光走了，它移至北墙的边上，在墙壁和陆地之间折叠着，父亲的半个身子斜映在霞光里。

我放学回来。看到父亲在切面条。他在擀好的面条里撒上一些面粉，对半折起，再折起，折成一个半拶宽的面，一手按住面，一手拿刀切面。面一条条切开，细细的，粗细均匀。

我站在父亲的身后。我直直地站在他身后。我看他把面条切完，两手一掐，掐起面条，在案板上抖开，粉丝一样的面条一根根晾在那里。

我看到父亲擀面条，露出不悦的神色。我站着，一动不动。旁边的锅冰凉，锅底是昨夜烧过的灰。

父亲带着一手的面，往锅里添水。他拿着碗舀水，扭脸看到我冷冷的脸，他举着的碗愣了一下，碗里的水泼出，流到锅台上，流到地下的柴上，他的脚上。他继续往锅里添水，慌张的手慢了下来。添好水，他慢慢地坐下，拿起火柴，点火。火燃起，他起身去堂屋，拿来一个鸡蛋，放在碗里洗。我看他洗鸡蛋，他的手指在鸡蛋上揉搓，反复地，轻轻揉。鸡蛋在他指尖摇晃，在水碗里沉浮。他不是在洗鸡蛋，他在洗莫名的罪恶感。他看到了小女儿的不快，他知道因为什么她不快。可是，他还是这样做了，他一半惰性一半天性的喜爱，使他继续做了女儿不爱吃的饭。

父亲喜欢吃面条，会擀最细的面条。

我偏偏不爱吃面条。或者是吃腻了面条。看到面条要皱眉头，要从心里感觉到厌烦。

面条是杂面条，豆子和红薯或者掺上高粱，碾磨的面粉。面条在我鼻息间呈现出的气味是六月生豆子的气息。那种干硬的、没有熟透的豆子的气息，冲刺着我的胸口，我一口也吃不下，我闻到，有一种眩晕的感觉。面条不能吃，面条汤喝了都会在喉咙里窒息呼吸。

我吃一个鸡蛋就走。

午饭是面条。晚饭还是面条。

父亲上顿下顿吃面条。在他的味蕾上，面条是世上最好吃的食物。

我早已经吃腻了面条。我不吃。我看着碗里的面条眼泪汪汪。我拿着筷子把面条挑到案板上。

父亲发火了：你这小孩，不吃就不吃，都毁坏掉干啥！

父亲把面条扒到碗里，扒到他碗里。他舀了面条汤给我：不吃面条，喝汤吧。

我不喝汤，我把汤碗推翻。碗里的汤水泼了一案板，暗红色的面条汤从案板上流到地下，在地下洇开。

父亲寒下脸，拉住我的胳膊，往外推我：不吃不喝，走吧，走吧。

我站在院子里。执拗地站着，不走也不动。

我拧着劲，凡是他让我去做的，我反而不去。我站在那里，一动不动。我等他喊我回屋子里，给我说好话。

他在屋子里喝面条，锅里的案板上的面条全部喝完。他洗刷好，把案板收拾出来，刷盆和面，给我炕油饼。

我闻到葱花的味道。杂面油饼的边沿裂出许多豁口，那是面不壮，做不成完整的油饼。就那样烂着边，就那样露着淡绿的葱花，父亲用小勺子浇油，油饼上的油，汪着一层，烤得焦黄，酥酥的，脆脆的。

油饼的味道，钻进我鼻子里，我想吃油饼，我想立刻吃到油饼。我还是拿着架子，站在院子里，等他喊我。喊我，我也不去吃。我等他拉我，拉我，我也不去。他会抱起我，抱我到屋子里，坐在他腿上，他拿油饼递给我，我不接，他把油饼放在我嘴边，我忍不住馋，一口咬下去，咬到他的手指，轻轻地咬一下，他甩着手指咋呼：哎呦——哎呦——手指头掉了，你吃了我手指头，臭妮子——

我咯咯笑，嘴里塞满油饼。

三

鏊子支在屋子门口，三块砖支住鏊子短短的腿，秫秸在鏊子底下烈烈地燃烧。

初冬，早晨的雾气冷丝丝的，榆树林里一片清寂的沉静。

村庄里升起一股股炊烟，每家每户都在忙碌着一家人果腹的食物。

父亲在案板上拍着饼子。把面掐开，在案板上团一团，拍成饼子。放在鏊子上烤。

饼子是玉米面的，纯玉米面。玉米面和出来的是一种粗粝松散的面，像红薯渣一样，没有柔韧性，也没有黏性。

纯玉米面不能擀面条，擀不成面条。它聚不成型，散不能成片。玉米面只能做成小饼子，拍成圆圆的，月饼一样大小的饼子。

案板上摆了一溜小饼子，黄色的面饼，手指印一道一道的，边沿似要裂开。玉米面是一盆散沙，被父亲一片一片做成小饼子。小饼子圆圆的，金黄，欲断欲裂，像不愿意在一起，硬是撮合在一起。

父亲蹲下添一把柴禾，把火烧旺，鏊子热了。捧起一个饼子放鏊子上，再捧一个放上去，沿鏊子摆一圈。玉米面饼子须轻拿轻放，稍一用力，会散开，做不成饼子。

玉米面颜色金黄。这种植物磨成的面粉，也就一副好面孔，黄得剔透，黄得娇贵。看上去那样诱人口馋，从它的颗粒到面粉都是那样金黄灿灿，做成玉米饼子，颜色更深，那种黄，颜料染不出来，是天然植物的黄，纯正得没有一丝瑕疵。

我永远记得玉米饼子特有的那种黄颜色，深刻地印到脑海里。唯独那种黄，是我认可的真正的黄色。再有发黄的颜色，不是真正的黄，是相似于黄色，或者发出黄的颜色。玉米饼子的黄色，是一丝不苟的黄色，是从里到外、从气息到性格都让人赏心悦目的黄颜色。

如此美好的黄饼子，看上去那样灿烂，那样香酥，吃到嘴里却是无比地生涩难咽。它的坚硬，如同石子，嚼碎了，还一粒粒在牙齿上舌尖上喉咙里，硌疼柔软的喉咙，硌疼食道的软管。我感觉到我的喉咙肿胀，食管破裂，胃强烈地抗议这种粗糙的食物进来。

我们称之为粗粮，和高粱一样，是粗粮类。粗粮的制作过程不分面粉和糠皮，石磨或者机器磨制面粉的时候只是把粮食送入机器里，连皮一起碾磨出来，叫一破成，意思是一遍碾磨成面。麦子却是要用精细的机器，并且多遍碾磨，把面粉和麦皮分解出来，我们叫多破成，面粉又细又白。

我不知道为什么玉米面要连皮一起吃，本来这种面已经够粗，加工得又不够精细，再加上硬硬的皮，吃起来，僵硬如石，喉咙里似乎有刺在划过。

父亲手忙脚乱地在鏊子上和案板上忙活。我远远地绕过去。我毫无食欲。我宁愿吃黑亮的窝窝头，不吃金黄的玉米饼子。

玉米饼子在鏊子上烤着，父亲翻着它们，铲子轻轻一颤，小饼子翻转过来，天然的黄和烤熟的黄都显得那样酥香，在鏊子上一片片像果酥一样好看。有边沿裂开的，看上去又脆又香。

只要不是饿到快要死了，我绝对不吃它。那些年父亲上顿下顿吃，吃一天，又吃一天，吃一年，又吃一年。我从吃第一口开始就拒绝这种食物。我吃不下去这种食物。我看到就喉咙疼。我咽不下去。我永远记得玉米饼子的粗糙拉锯一样切割着我的喉咙。我忍受不了这种粗食通过我的喉咙，我抗拒着，远离开。

父亲蹲在地下，手里握着玉米饼子。我看到他的嘴干裂，用已经松动的牙齿咬开玉米饼子，在嘴里反复咀嚼。他的胡须上掉着玉米饼子的渣，嘴边也是。我甚至看到他吃力地下咽着，梗直脖子，吞咽。这不是面粉，是石头。

父亲一直在那里咀嚼玉米饼子，很久很久都没有动一动。

地下的鏊子还支在砖上，鏊子上还有一半玉米饼子。砖烧热了，黑乎乎的，熄灭的灰烬里冒出丝丝缕缕的烟雾。

四

秋天，广袤的苏北大平原上遍地逶迤的红芋地。

红芋叶淡绿微紫，像一片片怀旧的书签，插满高低起伏的无垠大地。放眼无边的青绿色大地，我的欢喜由心而起。在这个四季分明，地处暖温带半湿润季风气候的大平原上，红芋以其温良厚朴的姿势占据了我的视野。

红芋叶清淡柔软，可吃，红芋梗青翠清爽，亦可吃。红芋叶和红芋梗食之清淡舒适，无异味，唯淡淡的植物的微甜气息溢满口唇。我喜欢吃红芋的叶，也喜欢吃红芋的梗。红芋的叶可蒸窝窝，红芋的梗可清炒、凉拌。

红芋是苏北乡村人的主食。秋后的大地上成熟的红芋一堆堆分配下来，肩挑的，土车推的，板车拉的，来往的路上是丰收的喜悦。也有就地削成红芋干的，一片片湿漉漉的红芋干晾晒在土地上，沾上泥土，晒干便没有了。

红芋有多种吃法，煮着吃，烧糊涂，清炒也可。红芋怕冻，冬天储藏是一关键。村子里每家都有红芋窖。窖上一窖红芋，一直吃到来年春天。

最易于储存的办法还是晒红芋干，秋天最大的事情是晒红芋干。后来学会了漏细粉，把新鲜的红芋打碎，过滤出淀粉，加工成细粉。从红芋到细粉，完成了质的变化。细粉是菜，炒白菜细粉、冬瓜细粉，粉条以其柔软筋硬成为饭桌上的美味。把红芋晒成红芋干能保证基本的生活。每家都有一囤一囤的红芋干。我家也有一大囤，占了半间屋子。父亲装一口袋红芋片，到磨上，推成面粉。红芋面磨出来，灰乎乎的，细腻松软。和出面，黏黏的，不能擀面条，不能烙饼，不能炕油饼，烧糊涂都不能，像一盆糨糊，沾嘴。

红芋面能蒸窝窝。红芋面窝窝黑黑的，油亮。它尽管黑，可好吃。我喜欢吃红芋面窝窝。热的时候，软软的，滑滑的，有点黏牙，但不刮喉咙，很顺利地咽下去。凉的时候，有点硬，是柔和的硬，咀嚼起来，满嘴生香。下午放学回家，到馍筐里拿一个窝窝，捏上几粒盐，倒上几滴香油，掰着窝窝蘸香油吃，香油和窝窝的香在一起，满嘴满肠胃浓香四溢。

还有一种特好吃的方法。把蒜和青辣椒捣碎，加醋加盐和香油调拌好，放进窝窝里，吃得吱吱啦啦一半舒服一半辣，越吃越想吃，蒜泥辣椒别具风格，唯独和这黏黏的窝窝一齐吃，才滋味倍加。

有几年红芋面在村子里流行了一种新吃法：压面条。把红芋面蒸成窝窝，放进压面条的机子里挤压出面条。那种木匠发明的纯木工机器，全凭人力挤压而成。一样的面，换一种吃法，吃出了滋味，吃出了热闹。一台机子满村子轮流用，一边蒸窝窝，一边派人去等机子，一家压好另一家接着压。粗粗的面条压出来，凉拌吃，当菜又当馍。吃一顿，下顿还想吃，机子难等，少吃了许多回。

我家没有吃过红芋窝窝挤压的面条。父亲不去等机子，我看人家吃，眼馋，不说，吧唧嘴。父亲把窝窝蒸成咸窝窝。咸窝窝用好面包皮，面要擀出来，放上盐、豆油和葱花。咸窝窝一层一层的，好面白，红芋面黑，黑白掺在一起，白灵灵，黑汪汪，两样都闪着柔韧之光，吃起来耐嚼，又口唇生津。再加上青辣椒蒜泥，要多好吃有多好吃。

父亲看我吃咸窝窝，他不舍得吃。他看我吃比我还享受，眯着眼，眯着的眼里带着笑意，眉毛、胡子、嘴巴里都是隐藏不住的笑容。他的幸福，他的快乐，是看我吃得津津有味，看我吃了一个又吃一个。

五

十一月，西北风从平原上刮过，地上的树叶儿哧溜一下飞得无影无踪。黄莹莹的太阳光闪烁一下，天地间不见亮光儿了。小风从脖子上割过去，每一个人都缩着头，把围巾在头上脖子上裹紧。

冬天农闲，大批的民工在村南的太行堤河开挖大河。太行堤河离村子1.5公里，隔着两块地，一块麦地，一块垡子地。

垡子地里没有庄稼，深翻后晾晒在太阳下。冬天的太阳短，垡子地晾在冷风里。白汪汪的一地硬石子一样的土坷垃。

挖河的民工吃净好面的白发馍。这一点好诱人，村子里的女人孩子没有力气去挖河，吃不到白发馍。男人在工地上，偷藏一个发馍回来给孩子。刚娶的新媳妇怀孕后想吃点好吃的，家里没有，疼爱媳妇的后生也会偷回来一个发馍给媳妇。

挖河是生产队里均摊的工地，按人头选派人，没有壮劳力的，要出钱。工程完成快的，有分红。挖河还管吃，吃白发馍。人人心里都想白发馍。女人想，男人想。女人想着自己的男人去吃上白发馍，说不定还能捎来一个。男人想，河上白发馍能吃饱，在家吃啥，黑窝窝头吃不饱。

冬天的冰渣在河边冻结着，泥土僵硬如板，每家都积极输送劳动力，为减少家里一个“饭桶”，也为到年底能分到几块钱。家里有病弱的男人，羡慕人家体力强壮的男人。家里有钱的自然堂而皇之地不去，该拿几个钱拿几个钱。

我印象最深的是挖河那年天寒地冻。出门冷风呛一肚子，风从鼻孔里，从脖子边，干脆直接隔着衣服贴在肚子上，肚子里面和外面一样凉，肚子凉，浑身便凉。肚子凉，肚子还空，空得只剩下风。

早饭父亲做了糊糊，喝一碗糊糊，稠稠的，糊糊当时喝饱了，半个时辰，糊糊都被风吸走了。父亲歪在地铺上看书，被子盖到胸口，用秫秸挡住门，留出一道缝，透进一道浑浊的亮光，父亲借着那道亮光看书。

饭后小孩都从家里钻出来。家里条件好的男孩戴着火车头帽子，有蓝色的，有黄色的。帽子掉色了，头顶上那块布发白，护耳朵的那块发蓝或者发黄。条件差的戴着破烂的假狗皮帽，一看就知道是亲戚家给的，有十年二十年的历史了。苏北乡下有一个骄傲的传承，拾衣服拾鞋子，不拾帽子。据说拾的帽子是穷帽子，穷帽子戴在头上，一辈子富不起来。那些年，男孩子头上分明都戴着旧帽子，几乎都是拾的帽子。这里的拾帽子拾衣服鞋子有给予之意。或者是邻里相赠，或者是亲戚给予，或者是一家老大穿过老二穿，叫拾衣服拾鞋子之类。

女孩子条件好的围一头巾，四四方方，四边有穗子，红的绿的黄的都有，把围巾对角折起，成三角形，顶在头上，或两两边长系在脖颈处，流苏飘扬在胸前，或者在风紧的时候绕脖子一圈系到脖子后面。有一种不俗的朴素美。条件不好的女孩子也会有一条花毛巾顶在头上，年长的妇女把毛巾绾在脑后，年老的女人把毛巾系在嘴巴上，捂住嘴。小女孩自有一种美丽的系法，把毛巾对折，往外对折一少半，使毛巾长度多出来，顶在头上，系在脖子下，既秀气，又暖和，也不至于招摇。

顶着头巾的大美和顶着毛巾的蓉蓉从家里出来了，巧霞也捂住嘴巴鼻子出来了。她张口喝一肚子风，缩着膀子跺着脚。我和巧霞一样没有头巾也没有毛巾，用头发捂住耳朵，脖子往棉袄里缩了再缩，跺着脚，出来了。

我们一个一个贴在百顺家的屋山墙上，墙上有淡淡的几点太阳光，墙似乎热乎乎的。屋山对着路，路硬邦邦的，路上的车轱辘印子戗起来，直直地立着，冻住了。

小男孩出来了，也贴着墙站住。站着也冷，都挤在一起，你挤我，我挤你，挤着玩儿，挤出一片欢笑。后来有人提议：挤香油，挤真的。于是男孩女孩分开，公平竞争，一二三开始对着挤。挤出的人再到边上去挤。挤香油都想在里面裹着，人和人靠在一起，挤压在一起，不冷，还暖和，谁都不想被挤出来。挤香油呵，总有贴不住墙的被挤出来，挤出来的赶快到自己队的边上使劲往里挤，只有挤出别人自己才能不在边上冷。

挤香油都挤出一身汗，男孩先散去，女孩玩不起来，出了力气，身上有了暖意，肚子咕咕地叫。冬天村子里人家十家有九家吃一样的饭：喝红芋糊糊，吃咸豆子。这样的饭，撑不到午饭，一会儿就饿。

大美突然提议：我们去河上要饭?

大美的父亲是伙夫，在河上做饭，他父亲回家来说，河上经常有要饭的，来了一个打发走，又来一个，没完没了。

大美的提议得到响应，都愿意去河上要饭，都想吃到净白面的发馍。

要饭在我们的意识里要挎个要饭篮子，蓉蓉回家拿了篮子，巧霞也拿了篮子，大美说她不能拿，她把篮子给我，她说：你挎篮子，准行。

我便挎着篮子。我们拍拍身上的黄土，出村向东南的河上走去。

我们走一条往东南去的斜路。斜路低低的，低到两边的庄稼地里，像一条沟。走完斜路是一直往东去的大路，大路北边是队里的两排牛屋。路边有一片宽敞的场院，场院边上是一垛垛麦草，像屋子一样垛得四四方方。这是队里的麦草，喂牛的饲料。

我们从麦草垛边走过，风从麦草垛的北边吹来，麦草在风里打着口哨。路边的柳树呜呜地响，咔嚓一声一枝老柳枝掉下来，砸在麦地里。我们没有听见一样一直往东走，天空低下来，空气里的冷气浑浊，似乎有雾的颗粒在冷气里漫游。我们穿过麦地继续往东南去，麦地里麦子趴在地上，露出赤红色的地皮，地皮裂着口子，麦子的根冻在外面，麦叶子呈褐色和黄色。我们从麦地跑到垡子地，垡子地也冻住了，上面一层硬硬的泥坷垃，冻住的泥土是薄薄一层，大约是露水和泥土里少量的水冻住了，我们一脚踏上去，泥土陷一个深坑，再一脚，又是一个深坑，两脚都深深地陷进去，艰难地拔出来，再往前走，一步一个深坑。走出垡子地，我们出了汗，脚是热的，身上是热的，露在风里的手和脸冰凉。

垡子地上面是大堤，翻过大堤，走过一片低洼地，看到挖河的大棚。高高的大堤在一片废弃的土河上，土河里没有水，种植了庄稼，另一条新河正在开挖。堤上有荒地有种植庄稼的，向远处望去，是一片盆地一样的低洼地势。

在大堤上，距离挖河的地方不远了，大美教给我要饭的话，她说：你见了伙夫要喊大爷，要说家里没啥吃的了，给点吃的吧。

我点头答应，觉着要饭没啥的，我会要。

挖河的伙房在新河堤上，我们隐蔽在堤下，蓉蓉和巧霞先上去要，大美拦住她俩，她说：你们要不来，你先去。大美指着我，以命令的口气说。

我爬上大堤，伸头往堤下看，到处都是人，到处都是红旗，到处都在呼口号。我退回来，对大美说：我不敢去。大美说：怕啥，我在后面看着，你去。

我重新过去，大美在身后跟着。我爬上大堤，向伙房的门口走去。

大堤上风拧着脖子往伙房里钻，伙房用塑料布搭起来，塑料布在风里噗噗地响。我站在伙房门口，里面有一个人，系着围裙，我看到是大美的父亲，回头要走，大美在后面喊：喊大爷，要馍，说，给个馍吃吧。

我扭身看大美，想对大美说：你大在里面。

我没有说出来。大美的父亲走出来了，看到大美在后面，对着大美吼：你干啥呢？滚。

我扭身想跑，大美的父亲一把抓住我，说：你别走，过来，给你两个馍。

我低着头，不敢看大美的父亲。大美的父亲高高大大，白脸，脸中间凹，嘴巴四方，额头四方，说话软软绵绵的。我经常在他家和他家的大美小臭玩。

他把两个发馍递到我手里，对着堤下的她们三个喊：都回去吧，没有你们的馍。

回去的路上，走到场院麦草垛边，我们在麦草垛边分了一个馍，由大美分配。另一个大美让我拿回家，给父亲吃。她说：你要孝顺，馍给你大吃，你大拉巴你不容易。大美学村里大人说我的口气教训我，我们不懂孝顺的深含义，知道把好吃的留给父亲吃，一定是大人说的孝顺。

父亲没有吃我要回来的馍，他中午吃玉米饼子，晚上喝红芋糊糊，一天三顿吃咸豆子。

白面发馍留给我吃了。

六

蒋河有个代销店，卖日用品，卖洋布、食品。

蒋河在太行堤河下，村前有一座大桥，父亲领我去赶小刘集，从蒋河桥上走过去。

蒋河隶属王沟公社，我们隶属赵庄公社。两个公社隔着一块地，修路修到公共地点，两个公社都不修，路中间留下一截荒路，雨天泥浆四溅，晴天尘土飞扬。这段荒路让两个公社间有了明显的分界点，荒路这边是赵庄的地，荒路那边是王沟的地。

蒋河的代销店里卖扑克牌，一角六分钱一盒。我和凤兰、大美走着去买，回来走到荒路不走了，坐在路边打牌，打斗地主，打红五星，也打挤香油。

我父亲从那里经过，看到我们在路上打牌，对我们说：回家去玩，别在路上玩。

大美问我父亲：二老爷，你买啥去？

我父亲说：打点油去。

我父亲走了。往蒋河那边去。我们说玩一会儿就走。

父亲从蒋河回来，我们还坐在路上打牌。我看到他手里的绳子上拴着一块白色的肉。我问父亲手里提的啥。父亲说：是猪油。

父亲喊我们一起走，我们说：你先走，我们一会儿走。

我们玩着，看看天，不知道到什么时候，肚子都饿了，一个一个站起来，拍着屁股上的土，向村庄的方向走去。

从西队走经过一个小孙庄，经过村子前面的苇子坑。从东队走，走村前的菜园，菜园里辘轳井不停地转，到井边喝一口水，水清见底，水在铁链子上哗啦啦地响。小毛驴慢悠悠地转，菜园子里的蔬菜青幽幽的，地下的萝卜露出红色的头。天凉了，地下水温热，我们一人趴辘轳井上喝一气凉水，肚子里鼓胀起来，看看地下的萝卜，看看菜园子里那个一脸胡子的老头，我们没有一个敢拔萝卜的。

我们离开菜园，向村子里走去。在村子里分叉路口，我们各自回家。

我回到家，父亲正在切猪油。他腰弯到案板上，一下一下切着猪油。猪油雪白，刀上也一道白。切好猪油，放到锅里。父亲到屋后拿柴禾，他站起来，脊背弯曲着出去，一会儿抱着柴禾回来，头往前伸着，身子半弓着，似乎那柴禾要掉到地下。他把柴禾放到灶下，拿火棍掏出锅底的灰，灰冒出来，灰白，呛起白色的烟雾，在灶下翻卷。从柴禾里找一把软和的柴草，放在锅门上，拿洋火，划着，伸向锅口的柴草。柴草燃起，冒着烟，放到锅底，再拿柴禾添进去，锅底的火着起来，丝丝缕缕的烟雾从屋子里向屋外的天空升去。

烧着火，父亲起身炼猪油。他拿铲子翻动那些猪肉，猪肉在锅里吱吱地响，我闻到猪油的气味，煎炸的香味，过年一般。液体的猪油从那些白色固体的猪油里冒出来，冒着细碎的小油花，满屋子香气。

父亲说：买了一斤半猪油，够吃一些日子。

我说：你又买猪油。猪油不好吃，糊嘴。

我不喜欢吃猪油，说父亲：回回都买猪油，猪油有啥好吃的！他听不到。我站着，不去烧火，也不去翻锅里的猪油，脸上有不悦。父亲说：猪油炒菜香，还便宜。这些一块钱，多给了一块。

我扭身出去了。我不高兴就跑出去，吃饭也不回家。

父亲炼好猪油盛到一个碗盆里，炒菜挖出来一点点，有时候喝白饭也挖一点，放碗里，再加一点盐，就那样当咸饭吃。

那天父亲盛出猪油后，用油锅烧了咸疙瘩，把白菜叶子在猪油里煸一下，添水烧开，搅一种细小的面疙瘩下到锅里，放上盐，饭做好，他满村子找我。

去云家找我，去大美家，红霞家也去了。凡是我去过的人家，他都找了，找不到我，他到西队，在西队找，喊我，在西队井边，往井里看，到村子后面小河里找，在河边喊，还跑到西北地窑上，看看没有一个人，蹒跚着身子回来，他想不到我到哪里去，井里河里都找了，到哪里去了呢？臭妮子！

他一身汗水，满脸恐惧。他不知道到哪里去找这个没有影子的小孩。失魂落魄地回到屋子，颓然地坐到床上，他一摸，摸到一个小孩。

我在床上睡着了。

他喊我：臭妮——臭妮——

我爬起来，趴在他身上，捶他的后背：谁让你买的猪油，你又买猪油，我不吃猪油，不吃！

父亲一把抱住我，紧紧地抱住我。

他喃喃地说：不买猪油了，不买猪油了，再也不买猪油了。

七

腊月，大雪把村子围住。看不见路，看不见村外的地。榆树林里一片平坦的白，榆树围上雪条子。枣树林也一片平坦的白，枣树圆墩墩的，胖了，矮了。

一场大雪还没有融化，另一场大雪纷纷扬扬飘下。雪花无声无息，一天一天下，路上的雪又厚了一层，屋檐下的冰凌一排排吊着，一天比一天粗长。院子南边的猪圈隆起来，像一个小山包。红芋窖找不到地方了，一样的雪地，一样的厚，看不到一丝一毫红芋窖的痕迹。萝卜窖也找不到了，埋在屋后榆树下的，怎么挖也挖不到，雪下地硬，深挖下去，是软的泥土。父亲说，挖一个萝卜炒着吃。找了半天找不到萝卜窖。扒找很久，挖出来一个萝卜，用雪擦一擦上面的泥，再在罐子里舀水清洗。切好萝卜，烧火炒萝卜时，父亲说：油没有了，去买点猪油。猪油炒萝卜香。

我在锅下烧火，手缩在袖管里。引着火后，把手伸到火上烤，火没有烧起来，锅灶下冰凉，我缩回手，把脖子缩在衣领里。我不时要伸出手添柴，柴也凉，扔进火里，退回来两手伸进衣袖深处，在胳膊上暖手。

父亲把油罐子提出来，在锅沿上歪着，小勺子舀到一点油，他沿着锅沿转一圈，把油滴在锅周围。萝卜放锅里，水吱吱地响。

雪照亮天空，村庄里没有钟点，这么明亮的天，是雪映得扎眼。醒来就看到亮，刺眼的亮，是下雪了。在地铺上躺着，看不到雪下没下，也不知道是什么时候开始下的。屋外是厚厚的雪，堵住门，门里也有薄薄的一层，门外看不出雪有多厚。天空明亮得像有太阳在云层后面映照着，地下的雪是冷的，天空飘下的雪也是冷的。下一顿饭是红芋就咸豆子，父亲吃着咸豆子，又说：晴了天，去买点猪油。父亲说了两遍买猪油了。

天空的雪凝固在天上，不往下落了。天空静静的。地下也静静的。静静的雪慢慢凝成一个固体，在地面上玻璃一样亮。路面乌青光滑，走在路上秃噜一下就摔倒，摔破鼻子，摔断腿，扭到腰的常看到。小孩下到河里滑冰，坐在木板上打滑溜，削了木陀螺在冰面上用绳子打。

我家院子里的雪扫完夜里又下了，粘连在地下，父亲用铁锨铲了一条通到灶屋的路，路两边的雪一尺厚，隧道一般。父亲去灶屋做饭了，我在地铺上吃红枣。红枣是零食，饿了伸手去抓一把，一颗一颗吃。吃完枣肉，把枣核咬开，里面的仁细细地嚼。

我吃着枣子从雪地里的小路走到灶屋，父亲正在锅上歪着油罐子倒油，罐子里没有油了，昨天控了一次，今天控不出油，很长时间才滴出一滴。父亲一边控油罐子里的油渣一边说：晴天了，去买点猪油。父亲第三次说买猪油。

天晴了，雪还没有化冻。阳光冻在雪上，雪晶莹，没有一丝温热。冰条子耷拉在屋檐下，伸手够到一个，粗粗的小孩的胳膊一般，有冰条子在太阳光里掉下来，茅草也跟着坠掉下来。早饭后父亲穿上茅窝子出门了。

父亲站在雪地里，雪陷到茅窝子口上。他抬高脚，出门去了。

我长大些，对父亲买猪油不再抵触。父亲或许忘记那年惊吓的事。猪油便宜，比豆油节省一点钱，炒菜有肉的味道，他要买猪油过生活。

太阳西斜时，父亲提着一串猪油从雪地里晃悠着走来。他一身雪，脊背上是，头上也是。他在路上摔倒了。满身雪泥。茅窝子湿透，茅窝子里面是雪水。他把猪油放案板上，去换鞋。我给他打身上的雪，头上的雪，问他摔着没有？他笑呵呵地说：猪油便宜，这几天下雪，都没有卖出去，我买了七斤，够过年的了。

我想：年早着呢，吃一个腊月，还够过年的？他不停地笑，满怀喜悦，给我说路上赶集的人不多，路上都是雪，没有路眼，走着走着走到沟里去了……

父亲炼了猪油。猪油盛在小盆里。父亲说：肉渣子包饺子吃，可香了。盛了满满半盆肉渣子，父亲说明天剁馅子，给你包饺子。父亲把剩下的油舀到油罐子里，油锅炒了萝卜，贴了锅饼。父亲吃一碗萝卜，我吃一碗萝卜。真香，父亲说，猪油炒菜就是比豆油香。

父亲累了，吃过饭倒在地铺上睡了。

我把肉渣子盖在锅里，用两块砖头压住。把油罐子放到箱子里盖紧。锅屋门是秫秸挡住的，我拉过来，遮挡住锅屋门。

冬天夜黑得早，我在秀云家睡，早早去她家。秀云家煮一锅红芋，喂猪和人吃的。我帮秀云烧火，秀云的母亲喂猪，我们在锅灶下吃红芋。挑拣那种柔软得像水一样的红芋，到腊月，红芋甜了，我们都吃得虚撑，一口水喝不下去。秀云母亲是一个温柔慈爱的人，喂完猪，摸摸我的手，摸摸秀云的手说：手都不凉，去睡吧。趁身上热，脱了去睡吧。

我们一人一头睡下。秀云的脚搁在我脚上，她的脚冰凉，我的脚冰凉。她想伸到我的腿上，我想伸到她的腿上，我们的脚乱蹬一阵，谁也没有伸到谁身上，我们脚蹬着脚睡着了。

那夜我做了奇怪的梦。一个人在悬崖峭壁上飞。悬崖峭壁茫茫无边。底下是深渊，上面是高峰，四周都是峭壁。我一直飞，后来一直往下落。在下落中我惊醒。

我觉着那个梦不吉利。似乎有什么要发生。

秀云家一家人都没有起床，我起来就往家跑。

我远远看到锅屋的秫秸门倒在地上，我心里一惊，快步走进锅屋里。我看到锅上的砖头移到一边，锅盖移到一边，锅口露出半个，锅里的肉渣子，一粒不剩。我急忙转身看箱子里的猪油，箱子翻倒在地下，箱子盖开着，油罐子碎了，土盆掉下来了，碎片里的猪油，土盆里的猪油，一滴不剩。

是狗。一定是狗偷吃了猪油。

我浑身冰凉。满心冰凉。

我轻轻地走到堂屋里，我看到父亲在地铺上沉沉地睡着……

八

腊月二十八，离过年还有两天。

父亲赶集回来买了猪油，买了海带，买了一块姜，一包花椒，几根葱。

队里分了三斤棉油，两斤白面，一斤牛肉，四两细粉。

父亲到萝卜窖里扒了萝卜。红萝卜一个个像手指粗细，晶莹透亮，在雪地里埋着，越发通透。

端着萝卜到水井上打水洗萝卜，洗完萝卜就在碾盘上等着碾萝卜。年二十八了，碾萝卜的人不多，排着一小队，都是没有钱的人家了，等到一年的最后一天炸丸子。有钱的人家早早备下年货，早早做好过年的吃食。穷人家也操办过年，寒酸的，过不去的，也要过。

父亲把萝卜筐放地上，蹲在碾盘南边的树下吸烟。队里的小毛驴是一身金黄的红毛，毛色亮堂，颜色鲜艳。比那些灰毛驴黑毛驴吉利，每年过年的时候都是它拉碾盘。小毛驴像驴又像马，穿着马的衣服，干着驴的活。碾盘缓慢地转着，萝卜一个个碾碎，红色的萝卜汁流出来，碾盘上一片鲜红。

吸完一支烟，有碾好端走的。父亲挪挪萝卜，又蹲在树下。碾萝卜多是女人，在一起说着过年的话。父亲远远地看着她们，他沉浸在自己的孤独里。

轮到父亲把萝卜放到碾盘上，小毛驴拉着碾子走，父亲在后面看着萝卜碾碎。一圈一圈，小萝卜流出汁水，成为碎末。

碾好萝卜，端回家。父亲切了几片姜，切了一根葱。把花椒在锅里卤了，盛出来，在案板上擀碎。擀碎的花椒满屋子香气，放进萝卜里，葱和姜剁碎，也放进萝卜里，撒上盐，能和面炸丸子了。

那年父亲炸了绿豆面的丸子。父亲说：所有的面，绿豆面最省油。

父亲用好面和棉油炸了一锅丸子，出锅后，舀出油，把猪油放进锅里，和了绿豆面，炸猪油绿豆丸子。

父亲吃猪油绿豆丸子，把用棉油和好面炸的丸子给我吃。

我尝过父亲炸的猪油绿豆丸子，猪油凉了凝固在丸子上，绿豆面不浸油，硬硬的，像石子。

过年时村里人来给父亲拜年，大婶大嫂们问我们过年炸丸子了吗，我说炸了。

她们到屋子里看，看到父亲用猪油炸的绿豆面丸子，一个个说丸子炸得好看，绿豆面丸子露出红的黄的萝卜丝，白的猪油漾着一层白雾。丸子好看，耐看，像工艺品。不好吃，我知道不好吃。父亲说好吃。

年初一中午喝丸子汤。父亲烧了丸子汤，放几根细粉，一把丸子。父亲把细粉捞给我，把好面丸子放到锅里热了，舀给我。盛好饭，端到案板上，喊我先吃。

过年的时候天寒地冻，阴冷的风从榆树林呜呜地吹来。地咚咚响，锅屋里勺子大清早被我一把拽掉了把，勺子头冻在水桶里，勺子把在我手里。父亲把冰敲碎，拿出勺子头。过年父亲用勺子头舀饺子，用勺子头舀丸子。给我舀好碗，锅里的汤凉了。他坐到锅底下，重新引火，把汤烧热，把绿豆丸子放进锅里。

父亲说：猪油炸的绿豆丸子不能吃凉的，绿豆性凉，和猪油一起吃凉的，不克化。

不消化，父亲说不克化。是书上这样说的。

锅底的火吹了几次才吹着，我吃了半碗饭，父亲才把锅烧开，把丸子放进去。绿豆丸子下锅就烂，丸子松散开，成了一锅粥。

父亲舀一碗，喝着，没有牙齿咀嚼，他把饭直往肚子里吞咽。

午后，年远了。村子里没有了人走动的声音。

大雪又飘起来。

父亲在屋梁上拴了一个绳子，绳子上吊一个钩子，是槐木钩子。父亲把篮子里的绿豆丸子和好面丸子各分一边，用包装纸盖住，挂在屋梁上。

九

涩叶子是水萝卜棵的另一个名字。涩叶子和水萝卜棵，都是土名，我不知道它的学名叫什么。

水萝卜棵长在麦地里。沟沿、路边、树林里少有。

冬天的麦子紧贴在地面上，麦叶子伸展开，覆盖住泥土。水萝卜棵在麦叶子底下，也在麦根里。

深冬的阳光黄莹莹的，像天空勉强挤出的笑容，在村里村外的道路上留下一道暖色。父亲抬头看天，看天是看天上的太阳走到哪里了。太阳露出半个脸，那半个脸在云里面。露出半个脸，父亲也知道天到了午时。他沿着太阳铺在村道上的暖色走到村后的麦地里，麦子稀稀落落的，麦叶子干巴巴，颜色低暗。

父亲是去找水萝卜棵。麦地里空无一人，冷风打着旋在父亲身上回来穿梭。他穿着黑棉袄，手背在身后，手指上的指甲很长。没有剪子，他从来不剪指甲。他低头寻找麦地里的水萝卜棵。水萝卜棵叶子宽大，花边带刺芽，像麦子一样紧贴在地皮上。

在冬天久未落雨的土地上，地面冻僵了，干硬如铁。植物停止了生长，色泽暗淡，隐约一抹青灰色的淡绿，是泥土里存在着的青眼头。水萝卜棵是最鲜亮的青眼头，比麦子的颜色略绿，叶片也宽，肥肥胖胖的样子。父亲看到水萝卜棵，用指甲盖从根部掐下来，握在手里，他只要找到一把，一把就足够一顿饭。水萝卜棵是冬天的菜，挖到五六棵，午饭时能烧咸糊涂，咸疙瘩。

水萝卜棵叶面宽而厚，是野菜里最出菜的一种。烧开水，把水萝卜棵用热水焯了，在手心里搦干水，切碎，放进锅里，撒上盐，便是咸饭。水萝卜棵在地里发乌发红发青灰色，用热水烫过，青如翠玉，晶莹碧绿。在面汤里漂浮，点睛一样点化了面汤的食欲。

水萝卜棵吃的时间长，有麦子就有水萝卜棵，麦地必不可少的野草。比起刺刺牙、咪咪蒿，水萝卜棵是最好吃的。焯过之后，嫩绿的颜色，勾引着食欲。是咸糊涂的青眼头，有点青眼头便是咸饭，比光撒盐更像咸饭。其实我是想说，有青眼头的咸饭才是咸饭的样子。

水萝卜棵是一冬的菜。父亲做饭之前，必先去村后麦地。麦地里有他要找的菜。他一天三次去麦地，转悠来转悠去，在村道上来回走，在麦地来回走。每一个地方都找过，每一个地方再去找，还是有。

麦地在河边，不长的一块地，我想他会把水萝卜棵都找完。他却从来不担心找不到水萝卜棵。他很有信心，每顿饭前去麦地。麦地仿佛是我家的菜园，只要去，就有蔬菜。麦地的水萝卜棵真的是神菜，吃不完。天天去，一天三趟去，村里人都去，也吃不完。

父亲在麦地里重复着他的脚印。脚底的麦子记着他走了多少遍。冬天多久才能过去？麦叶子都冻僵了，踩上去吱吱地喊疼。父亲听不见，水萝卜棵也踩到脚底了，他这一次和这株水萝卜棵擦肩而过，下一次这株水萝卜棵又侥幸地躲过了他的指甲盖，水萝卜棵暗暗地，躲在麦子下面，父亲火眼金睛，他会把它找到，这一次没找到，说不定下一次就会遇到，逃也逃不掉的。

冬天的水萝卜棵小小的，四片、五片叶子，叶子不老，全身能吃。打春后，气温上升，温度里有暖意。麦子动长，离开地皮，翘起麦叶子，直着身子长。水萝卜棵是麦地里的野草，野草和麦子一样长，也翘起叶片，直着身子长。春天的麦子返青，水萝卜棵也返青，打眼望去，这时在麦地里还看不出水萝卜棵的影子。

不等麦子拔节，水萝卜棵露出霸气。它长出分散的茎，从叶片底下抽出茎，茎斜着，细长挺拔，一片叶下抽出一根茎，茎上长叶，叶下再长茎，每一根茎强大有力，超出麦子一截。

水萝卜棵急匆匆地长成灌木的形状，膨胀在麦子上面，遮挡着麦子的长势。水萝卜棵边长边开花，雪青色的小花嫣然开放，素素淡淡的，在春天的麦地如星光璀璨。

开花的水萝卜棵老了，不能吃了。习惯上是这样认为的，对于我们，青黄不接的春天，老了的水萝卜棵一样吃。

父亲还是在每顿饭前去麦地。远远便望见水萝卜棵招摇的身姿。在麦子之上，斜侧着身子，开花，花下有小小的荚，荚里是白色的种粒。

父亲在地边弯腰薅下几株水萝卜棵，拿在手里，往回走。他背着手，身后一把雪青色的花跟着回家。

水萝卜棵老了。父亲掐新发出的细茎和茎上的叶，把花也带着掐下来。

春深了，水萝卜棵发达得枝蔓婆娑，有一回父亲掐了半篮子水萝卜棵，不烧咸汤，他蒸着吃。洗干净，控水，拿面拌了，蒸锅里。一回家我闻到水萝卜棵掺到面里的香，我快活地在父亲身后伸手去捏。蒜苗下来了，父亲切蒜苗，给我两分钱，我拿碗到村子里酿醋的青蓝家打醋。青兰问：吃啥饭，还要醋。我说：吃蒸水萝卜棵。青兰说：给你醋头。醋头酸。

用蒜苗、盐、醋、香油调了蒸菜，我一碗，父亲一碗，我趴在案板上往肚子里拨，父亲蹲在槐树下边吃边喊我：慢点吃，别噎着。

蒸菜在盆里，在我面前的盆里。吃完一碗，再拨一碗。不喝水，留着肚子多吃。吃得噎着，歇一下，咽一下饭，再吃，再噎着。噎的感觉最舒服，是饱了的感觉，喉咙里都是饭。

吃得最饱的饭是蒸水萝卜棵。

第五章

生命树

一

堂屋门边有两株槐树。是两株，不是一株。

村子里随处可见槐树，歪脖子的，斜身子的，断头的，奇形怪状。

我家的两株槐树，修长挺拔，青翠秀逸。

两株槐树令人惊异地相同，是的，令人惊异地相同。

世上再没有两株如此相同的树了。

槐树在堂屋门东边，距堂屋门半米。

两株树之间，相距不足一米。

最不可思议的是两株树在同一条平行线上，并排站立，一模一样。

两株树形同一株，如孪生姐妹，分不出差异。一样高，一样粗，一样枝繁叶茂。似乎连叶片枝杈都是一样多，不要说一起发芽开花，一起落叶休眠了。

冬天，树叶落尽，远看两株树仿佛是一张剪纸。树枝的稠密稀疏，长短粗细，都一样。

我自小抚摸着槐树长大。出堂屋门，一转身就是槐树。我刚刚会走路时，沿着门，沿着墙，踉跄两步到槐树下，从一株树往另一株树走，摇晃几下就抓到另一株树。我在两树间来回走，走着走着，我松开手，离开槐树，独自向东边的榆树林走去。

我不知道是谁种下的槐树。我记事起槐树便生长在门口，像必然存在的一样。我没有伴，槐树是我的伴。在春天的槐树下，我看槐树的枝条由黑灰色变成青褐色，枝条上一截一截间隔开的骨节萌发出黄绿色的叶芽，叶芽的颜色慢慢转为翠绿，叶片渐宽大，变得圆润轻柔，叶片间一簇簇含苞待放的槐花成为我仰望的无尽的美妙遐想。

两株树一齐开花，我的目光从一株树望到另一株树，相同的树身，相同的枝杈，相同的叶片和花芽，两株树交织在一起，两株树的枝叶花芽缠绕在一起。

夏天，槐树冠如天篷，白天遮挡太阳，晚上遮挡露水。早春我摘下一片树叶，把叶片叠在一起，放进嘴里，我使劲往嘴里吸气。在我唇边，一声声美妙的音乐响起。这是父亲教给我的槐叶笛。是他第一个把春天刚刚生长出来的槐树叶摘下来，放在嘴边，发出春天的声音。一片树叶的声音，是清脆的、清甜的、美妙的，是可以吸引一个孩子童真的想象的。那种单纯的植物的叶脉，从树上摘下来，含在唇边，你看不到他做出什么动作，立刻像变魔术一样变出了悠扬的笛音。他会把树叶放到我的嘴边，但那时我吹不出声音，我不知道怎样弄出他那样的声音。他会给我示范，那笛音不是吹出来的，这里面的小窍门是往里吸，只要你把树叶叠起来，一吸，音乐的节奏便出来。由此我相信，音乐不是人类发明的，最初的、古老的音乐是从植物的碰撞中产生的。

秋天，一片金黄的树叶落下，仰起头望去，西边的槐树上有了金黄的树叶，东边的树上也有了金黄的树叶。两株树的叶子都从东南边的树枝上开始变黄，慢慢地满树黄叶如蝶，铺满院子。在秋天变黄的树种中，槐树的叶子最好看，薄薄的，透明，是华丽的黄，是清新的黄，像绸缎一样光滑，像云彩一样轻盈。所有的叶子都黄时，那是一片耀眼的绚丽，毫无即将凋零之萎靡状，简直灿若云霞，犹如热烈的、豪壮的另一次行程，直到落下来，还是那么清新艳丽。

槐树有伴，而我没有伴。父亲把我一个人留家里。我在槐树下的矮墙上爬来爬去，矮墙越来越矮，而我越长越高。上学了，矮墙当板凳，槐树是靠背，我坐在那里写字。槐树身上一道道深深浅浅的皱褶，我把快用完的一小块橡皮塞进槐树的皱褶里，把写错的字用刀子刻下来，塞进树皮的缝隙里。也会在削铅笔的时候，把铅笔尖放在树上，用刀子小心地刮铅，细细的铅末飞落到树下。

我还会在槐树下垒瓜园。天气不冷不热，没有穿厚厚的棉衣，额上也没有淌满汗水。是恰好的温度，久未下雨，地下沙土浮在地面。光着脚丫，把地下的沙土聚拢在一起，垒出一片西瓜地，垒出一片甜瓜地，还有黄瓜地菜瓜地，瓜地相连间有看瓜园的小屋子，小屋子里住看瓜的人，瓜园外面有爬瓜的三甸子、六顺子。这是我的城，我建造的城。我是我的城里的王。我想吃哪块地里的瓜，我摘哪块地里的瓜，我想吃甜瓜摘甜瓜，想吃黄瓜摘黄瓜。

槐树下的光阴如飞。槐树高出了屋顶，高出了院子里的枣树，高出院子东边的榆树。在村外大路上，远远便望见我家的大槐树。走路的人看到两株槐树，知道走到孙庄了。我回村，在村外路上看到两株槐树的影子，便是看到了家。它那么近地摇晃在眼前，似乎一步就迈进家门。房屋、院子、矮墙都可以忽略不计，唯独两株槐树，在向我招手。

父亲倚在槐树下抽烟。纸卷的烟草，冒出一缕缕浓烟。他蹲在地下，背靠在槐树上。暮色从树顶落下来，槐树下更暗了。槐树浓密的阴影像一张大氅，把我的父亲包裹起来。只见红色的火星一闪一闪，看不见树下蹲着一个人。父亲完全沉浸在无边的暮色里，他和树是一个整体，他的无言和树的无言都沉入到夜色里了。那些年，父亲依着槐树抽烟的情形一直在我眼前，看不见父亲的脸，看不见槐树的表情，无边的天空星斗满天。在那样孤苦的日子里，父亲赖以生存的信念是什么？每一天的暮色降临之时，他都在云雾缭绕里独自沉思，一支草烟卷，或许减去半生愁绪，身后的老槐树又何尝不是一刻钟的停靠！请记住，这是我家的树，请记住，我家还有两棵老槐树。

人不平等，天地平等。老槐树在我家枝繁叶茂，开花散叶，经年不衰。我家的土地养我，也养树。我在槐树下长大，槐树在天空下长大。

多年后，大槐树参天入云，华盖四野。

所有的长着两条腿、四条腿，甚至一条腿、三条腿的，都能离你而去，而树，家门口的树不曾离去。不曾离去，且直直地站立，且不顾一切疯狂地生长。世上万物，重情重义者，堪比树否？

穷家养出壮树，正应了王勃那句：穷且益坚，不坠青云之志。

二

村庄的春天从白云深处苏醒而来，在屋瓦之上，用浓浓的白和淡淡的绿，呈现出一个清纯姿势。

那是我少年时代的春天。四岁的四月，或者五岁的四月。是的，是四月，季节里的春天进入了暮春，我的春天刚刚开始。

饥饿从正月露出端倪，每天睁开眼最重要的事是想尽办法寻找吃的。喜鹊从枝头飞过，落下从黑槐树上衔来的豆皮，它吃豆粒的瓣，我吃它剥开吃过豆粒后剩下的豆皮——那种像皮筋一样的豆皮。

我在槐树下仰望喜鹊，听树枝响动，掉下宛若指甲盖般大小的豆皮。还有蜜蜂身体里的蜜，在槐树花上、在枣树花上，用两只鞋底捂住蜜蜂，掐断蜜蜂的身体，扔掉前半截身体，留下后半截，仔细地寻找出蜜蜂身体里的针，拔出来，用舌尖在蜜蜂的身体上舔蜜蜂的蜜。一丝丝沁人心脾的甜，直达全身，颤栗一般的幸福，久久不散。再就是刮完大风或者下过雨后，到张蒋河拾青杏，走过几道直的斜的弯曲的庄稼地里的土路，到张河村后的杏树林，四处寻找风吹落的青杏。青杏毫无甜味，涩涩的，酸酸的，还有苦味，涩味满嘴，在唇齿上，在舌尖上，在咽喉处，吐也吐不出来，散也散不去。还是会吃，吃一口，吐两口，胃里是饥饿的诱惑，嘴巴忍受着折磨。糖梨子树也掉梨子了，一粒粒栗色的糖梨子苦涩难忍，啃一口扔掉，再去捡拾，再啃一口，再扔掉。从正月开始的饥饿，唯独仰起脸看天，天空中有树，树的枝桠上有果子，有花蕾，这些生的果，美丽的花，能果腹。

槐花是早早盼着的。小孩子不会计算节气，会计算节气的大人也仰脸望树。干巴巴的槐树一直闭紧嘴巴，每一个骨节都封闭着，要等很久，要等春天一天天过去，春深了，才露出花的雏形。上天赐予的神树，每年都要开花的，那一树婆娑的花，不是花，是等待已久的食物，如救命的菩萨，从天而降。

怎么说呢？是先说村子里的槐树还是先说我家的两株槐树？是先说槐花的骨朵还是先说槐花散发出的芬芳？都要说的。关于槐花的情怀，我是说不清的，也是说不完的。关于孙庄的槐花，它有别于别处的槐花。有吗？一定有的，于我。

我要语无伦次了，我眼前晃动着洁白的槐花的样子。在稠密的细枝上，是的，槐花是开在细小的枝条上的，从一包粗糙的苞芽上，钻出一条条槐花的细条，细条上毛嫩嫩的花骨朵紧紧地贴在枝条上。枝条柔软，能吃。花骨朵像一弯新月，一半青翠，一半洁白，说不出的清雅，望一眼，倾心。再望一眼，倾情。白色的那扇小门慢慢地饱满，张开，像蝴蝶的翅膀，一朵槐花盛开了，所有的槐花都盛开了。满树雪白，像雪花堆积。

父亲身体敏捷，他抱住树，用脚蹬几下树身便上到树上。槐花开在树枝的枝头，父亲要沿着树杈站到那些细的树枝上摘槐花。他很大胆，在那些颤巍巍的树枝上蹲着，不用攀附什么，也不害怕。父亲在槐树上，粗壮的树枝遮挡住他的身影，他摘槐花，不损伤槐树的枝条，叶片也不损伤，只摘那些茂密的槐花。父亲胳膊上挎着篮子，摘满篮子，用绳子放下来，倒在口袋里，再拉上去。

初开的槐花嫩，摘一回，吃一顿。炒槐花，喝槐花汤，什么都不吃，光吃槐花。把槐花当菜当饭，吃饱肚子。晚几天，槐花边开边老，老槐花蒸着吃。拌上一点点面，老槐花在面粉里上了浓妆一般，还是一朵一朵槐花的样子。拌了面粉槐花不变本色，蒸熟了，槐花还是槐花，一粒粒，一朵朵，和在树上一样。吃嘴里，细腻香甜。特别是那种干爽，是香，有着芬芳，有着经久不去的老香老香的味道。是要记住的香，是要回味的香，浓郁的，沉淀的，沉淀到舌尖上和味蕾里，沉淀到喉咙里和饥饿的胃壁上的香。

槐花开的那些日子，一天三顿吃槐花，白天黑夜吃槐花。怎样吃都不烦，吃多久都吃不够。槐花性温和，不上火不烧心，槐花好脾气，没有怪味，怎样吃都不难吃。想着槐花能持久地吃，能一年四季吃，能吃不完，也不老，多好。

吃着吃着，槐花老了，从树上飘落下来。榆钱花能吃完，能把榆钱树上的叶和花吃光，吃成一个光秃秃的榆钱树，一直到槐花开，榆钱树长出的叶才能保持住。榆钱树的这一点可证明它活着的坚毅。槐花为啥吃不完？槐树高大，槐树枝深入云霄，没有谁能把槐花全部摘完。槐花花期短，也开得晚，开得快，吃着吃着，槐花一片片干了，落下来。

望着槐花老去，想着以后还有许多日子没有菜吃，要留住槐花，要长久地吃到槐花。父亲摘了一篮子又一篮子的槐花，他有办法留住槐花的新鲜，把槐花在热水里焯了，控净水，晒在太阳下，晒成槐花干，过了槐花季，还能吃到槐花。

三

楝子开花吃燎麦。

三月十八麦子赛齐穗。苏北的方言赞着苏北的麦子。

自三月十八麦子出齐穗，仿佛已经看到麦穗里涨满晶亮的麦粒。走过麦地边，蹲下身子，剥开麦粒，看看里面的麦仁长满了没有。三月十八只是麦子出齐麦穗的时候，出齐麦穗不代表麦穗里长了麦仁，只是这时麦穗里有麦仁的意义，有了眼睛看得见的食物的样子。望着麦穗，食物在眼睛里了。

父亲去麦地，一次又一次，从半仁看到水仁。水仁的麦子是麦粒刚刚长成的样子，像一层水，包在绿色的麦皮里。那水泡泡一样的麦粒，散发出了芬芳。麦仁还不饱满。麦粒要到小满才饱满的。节气啊，管着呢，日子呢，数着呢。虽然有小满在那里度量着日子，心里的着急，还是一遍遍试探着寻找成熟的支点。

楝树开花是一个标志。等到楝树开花，麦子即可燎着吃了。不去麦地时，便抬头仰望树顶，乌青的楝树要长出碎碎的树叶，树叶下紫色的小花，迟迟不开，迟迟不开。

要到暮春楝树才开花。仿佛一夜间，楝树花细细碎碎地开满枝头，深紫浅紫的花，翘着花瓣，小巧玲珑，像一粒粒小灯笼，在墨色的树叶间静静地开放。生活是淡泊的，小花儿照样开得粲然。

大人小孩都接到这道神秘的圣旨，悄悄地传播：楝树开花了——楝树开花了——秘密地传播，刺激又惊喜。每一个人都知道了，每一个人都看到了树叶的间隙泄露出季节的秘密。下晌回家的路上，人们走得松松垮垮，你躲避着他，他躲避着你，每一个人都不愿意和另一个人一起走。佯装解手，蹲到河边的麦地旁，掐小麦。佯装鞋掉了，落在后面，等人走过去，掐一束小麦，塞在衣襟底下。四月，阳光温热，厚衣服穿着不脱，揣着麦穗，队长看不见。每一个人都不甘心空手回家，或多或少都掐下几束麦穗，捆扎好，塞在遮人眼目的衣袖里，或者衣襟下。大襟褂肥肥大大，夹在胳肢窝里，鼓鼓囊囊，遇到队长会翻走，遇不到，便逃脱。裤子也肥大，扎着绑带，塞进去，能躲过搜查。

老屋后的楝树花眨着眼睛，所有的小伙伴都看到了。大家不约而同地来到桑树林，桑树林北边是队里的麦地，麦子露出金黄的麦芒，风吹来麦子成熟的气息。吃腻了黑窝窝头的肚子伸出馋手，每一只手都伸向麦地。我们沿着村后的小路下到浅沟底，在浅沟里弯下腰，猫着身子往小河边跑去。

看麦子的人叫长庚，是矿上的工人，年纪轻轻的回家来了。没有人知道他为什么会回家来。他长得高高大大，很英俊魁梧的一个人。他的回家，和他一直没有娶媳妇是我小时候对他疑虑最多的两件事。他穿一身矿工服，脸肿胀着，白得像一张纸。他的眼睛犀利，像猫头鹰一样明亮。在麦地边的路上缓慢地溜达，看到麦地那边露出半个脑袋，他撒腿追去，追到跟前，抓住脖子，提溜小鸡一样提溜到队长面前。我们怕队长，更怕他。看到他的影子两腿打哆嗦。他望见偷麦子的人，跑到老鼠洞里也必须逮住。可是麦子的诱惑大过对他的恐惧。我们都心怀侥幸，希望他看不到，逮不到。

长庚有火眼金睛，我们也控制不住饥饿对我们的逼迫。危险再大，也不如求生的欲望大。我们这样想，这样做着求生的行为。大人、小孩都一样。

我们从浅沟一直往河边前进，到麦地边上潜伏下来。我们等长庚溜达过去。他不停地巡视，总有他看不见的时候，老虎也有打盹的时候，我们等他转身望向另外的地方。

我们从麦穗的缝隙看到长庚转过脸去。时机一到，所有的脑袋露出半个。我们从趴着的岸边爬到麦地边，抓住麦子杆，把麦秆拽到沟沿上，不过一秒钟，应该只有一秒钟，我们的速度极快，极快地抓住麦秆，拽倒，拉过来，退到沟底。趴在沟沿上，再掐麦穗。麦秸秆半黄半绿，柔韧结实，一下两下掐不断，我会用牙咬，以最快的速度掐断麦穗。正掐麦子，不知道谁喊一声：快跑，长庚来了。我们一下滑到河底，沿河岸有往东去，有往西去，兔子一样消失在小河里。

掐回麦子，捆扎在一起，珍宝一样看着，拿出一穗，在手心里搓，搓着吹去麦皮，吃麦粒。麦粒嚼在嘴里，淌出白色的汁水，像乳汁，满嘴都是白色的香，还有余味不尽的清甜。做饭的时候，也会把麦子放在锅口燎，麦芒燎煳，吱吱地响，麦皮燎得黑乎乎的。有燎断麦秸秆的，麦穗掉下来，掉到锅下的灰里，扒出来，吹吹上面的灰，拿到院子里，坐在地下，搓麦子吃。

黑乎乎的麦穗握在手心里，两手对在一起轻轻地揉，揉下麦子的皮，露出绿莹莹的麦粒。不会搓麦子的时候，父亲给我搓麦子，他一把能搓两个麦穗，麦穗在他的手掌里轻轻碾磨之后摊开，吹去麦皮，麦粒散发出新鲜的清淡之气。父亲把搓好的麦粒倒在我手里，我的小手捂不住，有麦粒掉地下。下一回，父亲不把麦粒倒在我手里，他让我张嘴，把麦粒倒进我嘴里。火光燎熟的麦子别具一番风味，柔软、筋硬，芬芳、醇香。一遍遍在嘴里嚼，越嚼越好吃。

我自己会搓麦子的时候，坐在地上，两手合在一起，让麦穗在手心碾磨，感觉到麦子扎在手上的痒，感觉到麦粒脱落下来，在手心里掉落。麦皮飞满身，嘴巴黑一圈，手心里是麦穗上烟熏的黑。

楝树开花的时候，父亲会去自留地割几把麦子，一把一把捆扎好，用刀剁下根，放在锅底燎。燎好的麦子放在簸箕里搓。父亲也会拿着麦子去二大伯家碓窑里碓，碓头哐当哐当地响，麦皮从碓窑里飞出来。父亲端着簸箕簸麦子，他不时撒开手颠一下簸箕，像大撒把骑自行车，掂簸箕时一手撒开一手握簸箕，簸箕不歪，也不会落下去，麦皮却多多地飞出。

燎麦在簸箕里，很多，多到我可以一把把抓着吃，而不是一粒一粒捏着吃。父亲的燎麦里有煳的，有带着麦皮的，有揉搓烂的。不过有什么都不妨碍我大把抓着往嘴里塞。

烧糊涂的时候，抓一把燎麦放锅里，煮开下面，开一滚再开一滚，要多开几滚，父亲说。多开几滚，糊涂才香。是熬糊涂。熬出的糊涂黏黏的稠稠的，麦粒都沉在锅沿边。父亲用勺子把麦粒舀给我，他喝清汤。

四

路边荒地上有一株梨树。梨树东边是队里桑树林，西边和北边是长福家的杨树，南边是我姐家的荒地，荒地上长着几棵梧桐树。梨树长在小黎家地里。

父亲告诉我那株梨树是我家的。长在小黎家的梨树是我家的。我不知道我家的树为什么长在小黎家地里，梨树伸开枝杈，像长长的手臂一样指向天空。梨树枝稀稀拉拉，在云彩下显得空洞而寂寥。春天梨花开，一束束悬挂在高高的蓝天下。云彩是蔚蓝色的，透明、纯净，像水洗过一般，洁白的梨花映照在里面，像镶嵌在天上的花朵。

我姐家的梧桐树干巴巴的，梧桐树下的土地光滑僵硬，寸草不生。那是一片石板一样生硬的土地，很远一株梧桐树，偶尔还有一株低矮的榆树，也干巴巴的，树身上淌着红色的树汁。我从梧桐树下走过，光秃秃的土地上一只蚂蚁走来走去。我像那只蚂蚁一样孤单、盲目、无处可去。我在树林里走来走去。我走到那株梨树下。

春天。杨树发芽，杨树上挂着黑色的杨毛毛。我拾杨毛毛，晒干了烧火。杨树结杨毛毛，梨花开花，梧桐树和枣树还像在冬天里一样没有发芽。我一直仰脸望天，我看到梨花从天空上飘落。梨花落下，地上一层白色的花瓣。父亲背靠着梨树。目光直视着太阳升起的地方。太阳从桑树林那边升起，一道道霞光照在他身上。他坐在地下，地头的黄花菜正在发芽。

父亲告诉我梨树是我家的。

我在梨树下看那只走来走去的蚂蚁。

父亲说梨树是我家的。他的声音低沉，来自很远很远的回忆。他是在对我说，在他身边，我是唯一一个人。他是在对天空说，梨树的花开到了天空上，天空掠夺了梨花的神韵。他是在对自己说，梨树是我家的，梨树下的土地也是我家的——那是很早很早时候的事。

梨树是老梨树。老梨树活在记忆里。土地变迁，易换了主人，梨树一动不动。梨树在，记忆的根基在。

别人家的树长在自家地里，会厌烦这株树，会心里暗暗咒着树快快死。小黎家的人忠厚老实，不动梨树一根枝丫。梨树长了一年又一年。小黎家似乎不在意梨树长在他家地里，永远承认梨树是我家的梨树。梨树开花时，父亲喜欢背靠梨树久久凝视远方，又一个春天从梨树枝头吐露芳菲，在他面前线团一样滚来滚去的女孩儿红扑扑的小脸露出梨花一样的清纯，他看着小女孩在地下薅草，摘野草，捉蝴蝶，他突然会热泪盈眶，生命的延续原来是这样温热。他的清苦的生活原来是这样有滋有味。

春深了，黄花菜一株株开在茎秆上，父亲摘了黄花菜背着手走了。留下我在梨树下玩儿。我抬头看树顶，树顶的小梨子像铃铛一样悬着，在薄弱丝绢的梨树叶子间摇晃。我看梨树的叶子，肌肤一样光滑柔和，在风中轻轻地摆来摆去。看着小梨子出现在树叶间，我要上树摘梨子，知道梨子不能吃，还是要尝一尝。站在树下望树，树身高大粗壮，枝杈在云空中。把鞋子脱下，抱住树，往树上攀登。很小我便会爬树，小猴子一样去树上寻找吃食，每一步都离食物越来越近。

在梨树上，摘一个梨子尝尝，梨子不能吃，过一下馋瘾。用手摸一摸梨子，对着梨子问：什么时候熟呢？我想吃梨子。梨子不言语，只有风从枝叶间穿梭。父亲告诉我：七月枣，八月梨，九月柿子上满集。

要等到八月梨子才能吃啊。

八月梨子熟了，我去摘梨子。树林里飞着嘎嘎叫的老鸹，一群群在我头顶飞。我从梧桐树下走过，梧桐树上有老鸹窝，老鸹叫声瘆人。梨树下落着腐烂的梨子，我捡起来，不能吃了，都是老鸹叨烂的梨子。我在树下望梨子，梨子金黄，一只只在我眼前晃。我脱鞋上树，扶着树枝看梨子，梨子上长了黑色的斑，斑上是老鸹吃过的痕迹。老鸹在每一个梨子上都留了记号，它们一群一群飞来吃梨子，梨子吃一半留一半，下回再来吃，吃不完，梨子烂了，掉地下。我摘一只老鸹吃过的梨子，啃一口，真甜真脆真好吃。老鸹怎么把梨子都吃一遍？我每天看着梨子想着吃，也是吃老鸹吃剩的梨子。

父亲从没有摘过梨子，老鸹吃，小孩摘，梨子全部糟蹋了。

梨树还长在那里，地不是我家的，树是我家的。

五

一株树长在田头地埂上，与人间苦难无关，与世态炎凉无关。几十年它在那里，独自安静地生长。春花秋月，岁月飞度，一株树，突然间引人注目。

常福看到了棠梨树。他刨倒棠梨树，给妹妹做嫁妆。

棠梨树是我家的树。很小的时候父亲就告诉我棠梨树是我家的树。

常福给父亲十块钱。

十块钱买了一株大树。

常福的父亲和我父亲是叔伯兄弟。

我喜欢沿着田埂走，一直走到棠梨树下。那是一片荒地，棠梨树边上是桂花家的地，地整得平整，地里种豆子，小麦。北边是香秀家的自留地，种蔬菜种豆子红薯。从棠梨树下跨过一条小沟是大路，大路边的代销店晚上亮着灯。我去代销店买东西经过棠梨树下，摸一摸棠梨树身，树身热乎乎的，粗糙的皮摩擦着我的手心。

棠梨树矮矮的，枝杈多，树枝粗壮，树枝仿佛是从地埂上长出的，像树身一样壮，我用两个手臂搂住树枝，手指够不到手指。我站在树下能攀到树杈上，站到树杈上才开始真正的爬树。我沿着树枝爬到上面的树杈，坐在树杈上望东边的大路。大路上有赶牛的人走过，有扛着耙子的人走过，有去代销店买洋油洋火的人。赵庄逢集的时日有赶大车赶集的人，坐一车人，嬉笑着，嚷嚷着。我想着什么时候也坐在大车上去赶集。

父亲不经常去棠梨树下，他说棠梨子不能吃，要捂了才能吃。我喜欢去棠梨树下，喜欢爬到树上遥望远方。

有一回我刚到树上，肚子上针扎一样疼。不是蚂蚁蜇的，也不是蜜蜂蜇的，我不知道是什么蛰了我。我痛得直龇牙，倒吸着凉气，从树上秃噜下来。站在树下，我不停地抓肚子，要把身上的疼抓下来。我从来没有经历过这样的疼，是一种麻中带疼，疼到脑浆里的疼。我捧着手，抓肚子，使劲抓，抓不掉。我哭了，哭着回家。

我找到父亲，掀开肚子给他看，一边使劲抓挠，涕泪横流的脸上呈现出难受的表情。

父亲拉着我的手，到红霞家屋后的树林里找到一片青青的黄蒿，他摘下一些黄蒿，在我肚子上轻轻地擦几下。疼痛瞬间减弱，慢慢不疼了。我露出笑容，身上一下轻松了。

这样也不能阻止我爬树的欲望。我惧怕着那种麻酥酥的疼，可是忍不住脚手上树的欲望。每一次走到树下，手不由得攀住树杈，一抬脚就站在了棠梨树上，再几下，就爬到了一个高树杈上，坐在树枝上，脱离了地面，一种欲飞的感觉像离开了现实，在另外的世界，自由呼吸。

春天我上树，树上棠梨花雪一样白。棠梨树枝杈稠密，往外伸展开，半边天都遮挡住了，抬头是繁花笼罩，没有树叶，只有花，一串串，一簇簇，白色的海洋一般迷住了我的眼睛。我不离开树，在树上坐着，躺着，睁着眼，数花有多少，数不清，还要再数。有时候编故事，给花取名字，给花佩戴上喜欢的饰品，一根红头绳，一只橡皮圈，一个小发卡。春天是我幻想的天空，棠梨树上，我要和花儿一起开放，一起沉醉在春深处。

夏天棠梨树上凉风习习，知了在上面吱吱地叫。我上树捉知了，把知了的翅膀折断，放在树身上，看它还能不能飞。逮住带响鼻的，按住它的响鼻，听它吱吱地叫。也有生气的知了，怎么按都不叫，干脆把它放飞了事。秋天棠梨树上结满栗色的棠梨子，一个个圆圆的、光溜溜的，在树枝上闪烁。我一伸手摘一把，可是棠梨子不能吃，我还是要咬一口，涩得满嘴生苦水。张大嘴巴往外吐，吐不出来，咽不下去，棠梨子的气味在嘴里散不去。下一次上树，还是会犯病一样摘棠梨子，还是会咬一口扔掉。总是希望能吃下去，总是看到食物就下口，能吃的不能吃的，都想吃。

父亲说，棠梨子捂熟了好吃。父亲会把下好的棠梨子捂起来。我知道他捂了棠梨子，把屋子翻遍也要找到。没有等到捂熟，被我尝得不剩多少。等到棠梨子捂好，还没有吃过瘾，棠梨子就没有了。

我会在冬天树叶落尽的时候坐在棠梨树上回忆棠梨子的味道。

父亲不回家的黄昏，我爬到棠梨树上，遥望东边的大路，等父亲归来。

如果父亲在家找不到我，他会到棠梨树下找我，看到我趴在棠梨树的树杈上睡着，他把我抱回家。一路喊着：臭妮，回家睡。

我迷迷糊糊听到父亲的声音，我不醒，在父亲怀里颠簸着真的好幸福。

常福刨走了棠梨树。

我在心里抗拒着他掠夺了我家的树。他是大人，我是小孩，我没有胆量抗拒他掠走我家的树。

许多树无缘无故消失了。在我心里，没有留下伤痛。棠梨树消失了，我记得，我清楚地记得。我记得是谁刨走了，我记得他为什么刨走了。我记得他。是他把我的树掠夺走了。把我童年的快乐掠夺走了。我记忆里有了对他的厌恶——那时候，我讨厌他，看到他用眼睛挖他，满脸愤恨的表情。

直到现在我还记得棠梨树的样子。矮矮的树墩上擎着一篷篷粗壮的树枝，每一个树枝都是一株树，仿佛许多树从一个根伸向天空。

六

秋风苍凉，一遍遍吹过大红枣。

大红枣摊晒在高高的棚子上，院里院外，两人高的棚子遮天蔽日，上面是挤挤挨挨的红枣。

棚子从堂屋门搭到小强家的猪圈后面，整个院子都笼罩在棚子底下。从院子到北去的路上，像一张红莹莹的布平行搭在半空，从下面走过，一半的光线遮挡住了，从箔的缝隙，从枣子的缝隙漏下一些光，照下来。

在枣子没有成熟之前，父亲砍了高粱，削下高粱穗子，留着高粱秆，一捆一捆捆扎好上头，立起来，散开下头，使之站在地下暴晒。高粱秆有青皮有红皮，青红交叉在一起，红绿相间，分外好看。

一捆捆高粱秆站在路上，两人多高，一溜站住，挺拔秀丽。新鲜的植物气息在村头弥漫，高粱穗紫红，父亲坐在地上刮高粱穗上的高粱粒，看得见高粱粒从皮屑里探出半个头，微红的颗粒，坚硬、饱满，经过太阳的暴晒已经硬如石子。父亲在铁锨上一把一把刮下高粱的颗粒，地下一片红色的雪花，皮屑和颗粒混杂在一起。刮下颗粒的高粱穗做刷锅的刷把，一把把穿成串，使唤一年。地下摊晒着高粱叶子，卷起筒，颜色绿如新叶。

高粱秆晒干，父亲把苘绳捻好，拴了砖头，支在榆树林的织箔里。

木棍绑在两株榆树上，高粱秆放在木棍两边，一根一根抽出来，沿着木棍编织箔。父亲弯下腰，宽大的上衣敞开扣子，褂子的下摆耷拉到两腿边。随着他的身子不停地晃动，上衣在织出的箔上摩擦着，箔上的高粱刺，挂在父亲的衣服上。我在树林里玩，看秋天的榆树上悬挂着的虫包包，我看到父亲衣服上的刺，给他捏下来。父亲会喊我把木棍那边的砖头递过来。他呵呵笑着，问我砖头沉不沉，我大声说：不沉。我的父亲他听不见，他只是看着我呵呵笑。

织好箔，一张一张站在我家屋子南墙上。父亲开始寻找长棍栽在地下搭棚。需要好多棍子。父亲上到槐树上，锯下槐树的树枝。到屋后的楝树上，锯下楝树的树枝。到自留地里，把地头的两株并排的小榆树砍下一株。到梨树上，棠梨树上，寻到不结果的树枝，锯下来，一个个扛回家，修理下细枝，搭棚用。

那是一个恢宏膨大的篷，父亲把木棍栽到院子四角，上面也用木棍架住，捆扎结实，把箔扛上去，展开在木棍上。棚子搭好，把整个院子都占住了，还延伸到出门往北的路上。

父亲用口袋把枣子扛上去，倒在上面，摊开。所有的枣子都晒在上面，厚厚的，摊不匀，枣子和枣子挤压在一起，翻身的地方也没有。地方小，摊不开，就那样晒。隔两天，父亲用长棍扒拉扒拉，易换一下枣子的位置。

晒枣的时候我家院子是在梦境一样的地方。看不见太阳，看不见天，抬头是金黄的箔，箔上依稀可见红枣。阳光在红枣上，一遍遍晒，把青的枣子晒红，把红的枣子晒紫，枣子一粒粒红得深沉，阳光的颜色一层一层浸入进去，枣子先改变颜色，接着改变形状——那些饱满的，光滑的，圆润的枣子慢慢地缩水，慢慢地变小，细嫩的皮开始松动，脆生生的枣肉变成柔软的枣肉。

枣子在变老，在长皱纹。红彤彤的枣子皮上一条条皱褶。

父亲做好饭，我们在棚子下吃饭。吃着饭，我要吃枣子，父亲站到椅子上，伸手给我抓一把枣子，放在我面前。

枣子半干，不软不硬，正难吃。没有刚摘下时的脆，也没有晒干后的甜。我还是要吃，吃一口黑窝窝，吃一口枣子，喝一口糊糊。

父亲不在家的时候，我自己爬到棚子上拿枣吃。把椅子放到棚子下面，上面再放一个小四方凳子，站在上面，还要踮起脚尖才能够到枣子。为了挑拣到大的枣子，我会沿着木棍爬上，爬到棚子上拿枣。一次拿下许多，左边口袋里装满，右边口袋里装满，手里还有。下来的时候，一手抱着木棍，滑下来。衣服划破，还磕破过鼻子。

枣子在棚子上晒着，枣子一天天缩小，那些厚厚的枣子稀了，枣子和枣子之间有了空隙，相互谁也不碰谁了。这样枣子还没有晒干，父亲还不收枣子。

下雨了，秋天的雨多。父亲站到椅子上，把箔卷起来。枣子啪嗒啪嗒掉下来，地下滚得到处都是。我在下面捡拾，一手抓一把枣子，放篮子里。眼睛里又看到一片掉落的枣子，急急地拾，枣子湿了，沾了泥土，篮子里的枣子也湿了，油汪汪地红。雨下大了，父亲卷好箔从椅子上下来，一脸雨水，头上的水往下滴着。

父亲把我捡拾到篮子里的枣子拿进屋里，倒在地下晾上。他拿起一个枣子，捏捏枣子的软硬，放下。脸上是淡淡的焦虑。遇到秋雨绵绵，一天两天，五天六天，枣子会烂掉，晴天再拿出去晒，晒干也是僵霉的枣子，卖不出去。

雨一停，父亲便站到椅子上把卷起的箔拉开，没有太阳，晾着也不能捂着。晾一阵，湿漉漉的枣子上的水散失到空气里，胀起的枣子红润透亮。天阴着，小雨断断续续，下一阵停一阵。父亲看着天，天空中飘起雨丝，父亲把箔卷起来。雨停了，他上去拉开。如此循环往复，和雨周旋。没有人知道雨下到什么时候，在雨天里叹息和哀愁无济于事，上天降下的哀苦，没有人能改变。

父亲乐天知命，雨来了他尽他的力量躲避雨水带来的损失；雨去了他晾晒雨水淋湿的生活。凄惨对于凄惨到极致的人，已经无法再往深层的地方打击。

枣子淋坏，父亲不以为意。枣子不淋，父亲也不以为意。这些枣树，这些枣子，对于父亲可有可无，就像命运，掠夺了他所有的亲人，他都承受。他只是在命运的夹缝里竭力寻找那条喘息的缝隙。

有枣子，过冬天，也过年。没有枣子，也过冬天，也过年。多一份甜，多一份色彩，对于我的父亲，已经无足轻重。

他还是要把枣子晒干，晒红，装起来，逢集的日子，扛到集上去卖。

七

在我家庭院上空，那片蓝色的天空深邃悠远，几颗遥远的星星泛着淡青色的微光。月亮从榆树林上空缓缓地移来，榆树林里一片朦胧的亮光，斑驳的榆树叶露出沧桑的明亮。月亮慢慢升到荣军家的瓦屋上空，在一片光洁明亮的天宇上大放光芒。玉白色的月光柔和温润，从荣军家屋瓦之上斜射过来，照在我家空荡荡的院子里，照在枣树下的西屋里。

西屋里飘出煮红枣的甜味，飘到月光里，月光里也有了枣子的气息。父亲把煮熟的枣子盛出来一碗给我，我要吃煮熟的枣子。

我端着碗坐在槐树下吃枣子，看着月光里的图案。村里人说月亮是月姥姥，打小我们喊月亮姥姥，那个弯曲的图案是姥姥弯曲的身躯吗？

我捧着碗，碗里一只只甜润的枣子，我一边吃枣子一边想象月亮里的姥姥一定看到了我。

父亲在西屋里做枣馅月饼。他用勺子捣碎那些煮熟的枣子，矮矮的西屋低低地笼下夜的影子，屋子里灯光迷蒙，屋外一片明亮的银白。父亲的身影在西屋的墙上晃动，他使劲捣碎盆里的红枣，红枣成为枣泥，父亲用双手捧面，放到盆里。两手在盆里搅拌，和成面团。

月亮在我家庭院上空，没有一丝风，也没有一声喧哗。寂静中银色的光辉把庭院照亮。我的父亲一个人在案板上揉动面团，揉成一条，再一截一截掐开，红色的面在灯光下醒着。父亲起身去刷锅，到院子里拿引火的柴草。把柴草备好。他洗手团面。把面团成圆圆的月饼形状，一个一个摆放在杯子上。月饼整齐地摆在那里，都是圆的。

圆的月，做圆的月饼。这是普世的心愿。那一夜，月不眠。

父亲拿起软和的柴草到油灯上引火，一豆火苗，吱吱地引着火。父亲手里的柴草掉着火花，送进锅底。他小心地把柴草放进锅底，一点一点加柴。把火烧旺，他起身洗手，把豆油倒进锅里，锅底发出油的响声，刺啦啦，油热了，月饼放到锅里。甜的枣，在锅里煎出糖的气味，红枣融化了，糖水在锅里熬出糖稀的味道，满院子缭绕。父亲翻动月饼，黄莹莹的月饼啊，飘出蜜枣的气息。

父亲把先熟的一枚月饼盛出来，放到碗里，递给在锅底加柴的我。他微笑着看我捧着碗，把嘴伸到碗沿，咬住黏黏的、甜甜的月饼。父亲的眼睛里是笑，眉毛里是笑，嘴角是笑，额头上的皱纹里是笑。父亲的笑，那么简单，那么真实，那么纯粹，那么彻底。只要他的小女儿快乐地吃，快乐地长大，他生命里惨不忍睹的苦难，一瞬间化为博大的爱，化为月光下暖意的春天。

他倾心于面前的一只只月饼，要恰好的火候，恰好的时间翻开正煎的那一面，月饼是黄的，也是红的，是硬的，也是软的，是甜的，也是香的。要有手感里柔和的面，要有煮熟的枣子。面要醒到最佳的时间，团面的手要正好的手劲，也要在正好的时刻把面团好，团好的月饼，还要再醒一次，醒透面，煎出的月饼才柔韧正好。父亲一丝一毫不掉以轻心，他要做小女儿爱吃的月饼，把今夜的月色比下去，把今夜的月圆留在女儿的心窝。

父亲等我吃饱，吃得一口水都喝不下去了。他才会拿起一个月饼，蹲坐在灶屋下，一口一口慢慢地咀嚼着月光，咀嚼着岁月缝隙里的淡淡的清甜。

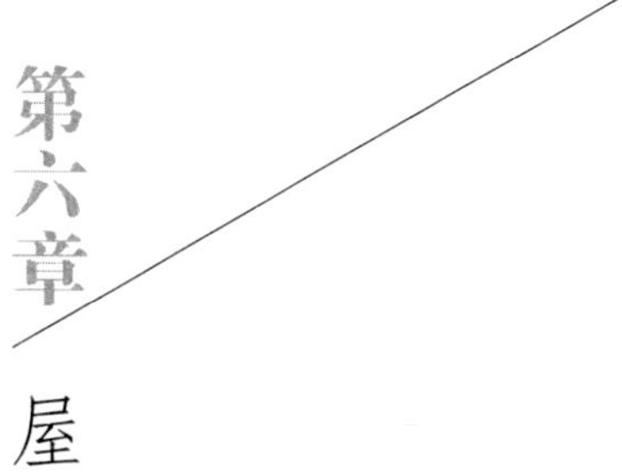

第六章 屋

一

阳光玻璃片一样镶嵌在老屋门里的地下。屋子里半明半暗，春天的阳光有枣花的芬芳，金黄的枣花在金黄的阳光里撒落到敞开口的屋子里。夏天的阳光在门外晃荡几下西去了，那么炙热那么烫手的阳光怎么都进不到屋里面。冬天在地铺上我看到阳光从门外斜伸着头，微笑着，像柔和的女人的手，伸到我脸上，抚摸我。秋天阳光从门口走过，匆匆地，不留一丝痕迹，满屋子甜腻的枣子熟透的气息在屋子里飘，我咽下一口空气，浑身舒畅。

屋的东墙，阳光照耀的那面东墙。掉着土末，在光阴的过程里，经年掉着土。每一时每一刻，掉着细沙土末。是的，土末，是掉着，也飞，飞到尘嚣里，看不见踪迹地消失了。有留下的，在墙凹里，积存着。我以为土墙都是这样的，掉着土，飞着土。

土墙掉着土，墙还是墙，于我有什么关系呢？至少，这些土，柔和了我的手。我常常把手伸进去，把手埋在里面，享受土的温软柔和。

土末一丝一丝往下掉，在日光的照射里，浑然不觉。墙体像人工掏出的洞，在底部有一道深的凹处。东墙，从南到北，一面墙的一截深陷到里面去。南墙、北墙和西墙有老旧的颜色，不掉土末，唯独东墙掉土。东墙日照时间久，是光照腐蚀了土？

东墙东边是路，路东边是榆树林。太阳从榆树林里射过来，射到这面墙上，风从榆树林刮过，日久了，土墙经不住风吹日晒，僵硬的泥土散开，从墙体上消失。恰恰是在墙的下半部，半米的地方，墙体深陷里面去，要塌透一面墙。飞落的土，像筛子筛过，掉在凹里。小时站着趴在墙边抓土，往嘴里吃。大些趴在墙边抓土，抓住土，从手心里往下撒，看土一点一点滑下。再大些，蹲在墙边把土聚到一起，捧起来，捧到路上，在路上和泥。八岁之前，我和土玩。墙上飞落下来的土柔和、细润，抓手里软软的，棉纱一样。

老屋向阳，两间。没有屋门，冬天冷的时候吊一张草苫子，有几年用秫秸箔挡着，也不挡。阳光自由进入，麻雀自由进入，冷风自由进入，人也自由进入。屋顶用麦秸铺成，麦草经不住风吹日晒，铺上新麦草，一场雨麦草变灰褐色，麦草上长一层锈迹，白亮亮的麦草长了麻点子，斑斑点点。再一场雨，麦草变黑，天晴日晒，黑的麦草脆，风一吹，要断要碎。有鸡飞到屋顶，举起爪子挠麦草，三下两下把麦草挠下来。再下雨，屋里滴答滴答漏水。鸡不挠，两三年后，麦草沤得一截一截的，风一刮，飞扬而去。没有草的屋顶，下雨啪嗒啪嗒地漏雨，父亲用盆接雨水，接满了倒外面雨里，有时几处漏水，接不及，屋里都是水。

晴天，父亲找麦草补屋。屋顶的麦草摸哪里哪里沤了，遮挡不住雨水。整个换下来，没有那么多麦草。麦草也金贵，初夏，自留地里麦草轧出来，只够补漏雨的地方。新鲜的麦草，散发着麦子的气息，在场院里用石磙轧得金黄透亮，一根根麦草柔软得丝线一样，抓手里滑滑的，软软的。父亲蹲在地上把麦草捋齐，一扎压着一扎放好，那些麦草像瓦一样成为长方形的，摞在一起，用绳子捆扎好。父亲牵着绳子沿梯子爬到屋上，把麦草拉上去，一扎一扎摆在漏雨的地方，亦是一扎压着一扎，瓦一样紧凑。父亲每年都要到屋顶上补漏的地方。有时没有麦草，看要下雨了，他爬到屋顶上，用塑料布挡漏的地方。有时雨下得大，风也大，风吹飞塑料布，在屋子里看到天。看到天空，看到雨从裂开的大洞里往屋里灌水。

父亲扛梯子，扛一根木棍，走到雨里，爬到屋顶上，拉塑料布盖住窟窿，用棍压紧。雨水淋湿的墙流着泥水，屋顶的草是湿的，父亲趴在草上，雨哗哗地下，风吹他，他的手按在草上，腿跪在草上，那些草，似乎要坍塌，要把他从屋顶漏掉下来。我惊恐地看着父亲在屋顶上，像一只淋透的大鸟，他慢慢地动，小心地用脚踩住梯子，扶着墙退下来。

梯子在雨里淋着，父亲从雨水里走回来。屋里和屋外一样一片汪洋，不同的是屋里不再漏雨，外面的雨，线一样挂在天地之间。父亲的鞋里灌满水，他在屋门口脱下鞋，往外倒水。他脸上是水，身上是水，手上是泥和草。

父亲换下衣服，吭哧吭哧地咳嗽。他打两个喷嚏，捏着鼻子擤鼻涕。他说见凉了，熬点姜茶喝。灶屋在东边，父亲弯腰从雨水里跑进去，那雨追着淋他。他换了衣服，不能再淋，弯腰跑得更快。

我闻到姜茶的气息。父亲从小木屋里端着姜茶过来，手有点颤，姜茶里落了几滴雨水。他说：臭妮，喝一口，尝尝。我伸头喝一口，姜茶苦涩难咽。我伸着舌头喊苦，不喝。父亲笑了，他说：驱寒的，见点苦没事。

外面的雨小了，淅淅沥沥的。我跑出去，到后面看屋顶的塑料布，塑料布在木棍下被风吹得鼓起一个大泡。风要把塑料布带走，棍压住它，它憋了一肚子气，在风中咕咕地叫。雨滴打在上面，砰砰地响。

我不知道在挡不住雨的老屋住了多久。我记事起屋就在那里，屋前西南角一株枣树，西北角一株枣树。东边墙上的土一直飞着。东墙下半截的地方凹陷着，墙体薄薄的，似乎要从那里塌断。而屋一直没有塌。父亲说：屋不漏，墙不倒。所以不等屋漏，父亲就上去补漏。

有一年后墙上的麦草沤完了，露出光秃秃的墙。晴天能看到墙边的一片天，亮晶晶的，像天的眼。春天一直是晴天，隐约的天的眼就在那里闪烁。雨水说来便来。父亲甚至没有想到雨水的事情，雨水顺着墙流进屋里，也流到后墙上。墙体的两面都流着一道道水的痕迹。后墙是黄色的水迹，粗一道，细一道，长一道，短一道。后墙东边一间屋的墙面流满了水，雨水冲着屋顶的黄土，冲着老墙。屋里面是一道道湿痕，水从屋顶墙边，沿着墙体流下来，流到屋子里。上半截黑色的墙体，水润之后，更黑，灰尘要掉下来，在墙上浮着，像墙挤出的眼泪，乌黑浑浊。

父亲没有来得及补墙上的草，后墙淋塌了，一个豁口在后墙上。

经过的人看到，不置可否，瞥一眼离开。村子里淋塌的屋，多了去，谁碰见了都不稀罕。

我们住在淋塌的屋子里。屋子前面一个门，后面多了一个窗。夏天来了，屋子更凉。风从那个塌的地方灌进来，在屋里晃悠一下，从前门出去了。

老屋有门，门是一个洞口，洞口上没有能开合的门，我不知道这样的屋门是有门还是没有门。门是指关闭的木头门还是指留下的缺口？我家的屋没有门，有一个进出的洞，长方形，很周正的洞口。这样说比较贴切。老屋没有门也没有窗，我是说像窗口一样的敞开在墙上的洞口，没有。老屋的东墙和西墙分别有两个圆形的洞口，洞口碗口粗，冬天用麦秸塞住，夏天拿出来，透风。我小时候看电影《地道战》看多了，常做梦从那些圆形的洞口往外看，看到日本鬼子正从村东大路上蚂蚁一样涌进来。春天的太阳会从洞口照进来，我躺在地铺上看到太阳光呈圆锥形越来越细地照到我床前，有小镜子那么大一片。有尘土的微粒在里面上下游弋。在光的照射中，那些看不见的微小事物都显现出来，我时常看着那些洞，想入非非。

秋末冬初父亲没有来得及堵上墙上的洞，风从洞里钻进来，树叶也钻进来。父亲赶紧找麦草，塞到洞里去。洞里吹来的风尖锐，夜里直往脸上打，我钻进被子里，风从耳边呼嗒呼嗒过去，像脚步从耳边踏过去。堵上洞眼后，屋里一片寂静，耳边嗖嗖的小风没有了。有时看到老鼠从草里钻出来，咬碎的草掉了一地。

屋中间有一道梁，粗壮笔直的梁架起两间屋的稳固。屋顶的横棍搭在梁上，横棍上是扁椽，扁椽上是秫秸箔，秫秸箔上是泥浆，泥浆上才能搭建麦草。屋顶的结构一环扣一环，每一道工序都少不得。

梁头是屋子的最大骨架，连接前后墙，支撑屋顶两山。横梁呈三角形架起在屋子中间，最下面的一根梁最粗最结实。我的父亲哪里都敢动，竟然能想到把横梁锯下来一半当柴烧。阴雨绵绵，灶底的火熄灭了。雨水中他四处寻找，找不到一把可燃之物，锅里的饭半生不熟，饥肠辘辘的女儿攀在他身上要饭吃，没有火，锅里的饭不熟，他已经无处可寻柴禾，他抬头看到了屋子的梁。屋子的梁粗大，干爽，是烧火的好燃料。我的父亲他起身走出去，他往西去，直接走到老木匠家里，拿了锯，站在板凳上，锯横梁。屋子没有梁会塌，锯一半留一半，有屋子居住也有柴烧，这真是一个绝好的主意。父亲把梁锯一半留一半，新鲜的锯口下白色的木头露出干爽的木质花纹，锯末掉到地下。木板掉下来，上好的柴，他的小女儿有饭吃了。

屋子里刺眼的横梁悬在半空，进屋先看到锯了一半的梁头，心里会一惊，外人看到，要问：这屋梁怎么锯去了？父亲从来不看那个锯去的屋梁，他不以为意，不过是一个梁，有啥大不了！屋子不是照样安然无恙？

父亲竟然能想到把横梁锯去一半，他确定屋子安然无恙？他大约经过精确计算，确认半个木梁足够支撑老屋的安稳。事实的确如此，老屋在风雨中飘摇，倘若没有雨水淋透麦草，没有大风刮走麦草，屋顶不漏，屋梁是不会出事的。后来屋梁出事，是墙体塌陷，裂开，才动了屋梁。

东墙的土一直掉，那些飞去的土末，在时间的流逝中没了踪迹。东墙的下半部一直往里塌陷着，似乎要塌透。那时候没有感觉到危险，只是捧着那些土玩。后来东墙承受不了上面的重压，墙体倾斜，上半部往屋子里歪过来。父亲觉着了屋墙的危险。他找来一根木棍，顶在东墙上。一直很多年，进门就看到一根斜顶在东墙上的棍，在屋子里斜站着，绷紧身子。小时候我不喜欢外人进我家，一进家便看到那根生硬的面无表情的木棍，然后是锯了一半的梁头，刺疼人的眼睛。让人惊愕、畏惧。仿佛这不是人居住的屋子，像是游戏中拼凑的积木。

在屋子的北墙，西边，原来有一个门，门堵上，留着门的痕迹。堵上的泥土有着新旧的痕迹，门的轮廓是新土，是后来堵上的。屋子一开始是朝阴的，父亲怎么想起把房子朝阳呢？我会想起父亲先把屋子南面的墙劈开一个洞，画出门的大小，一点一点切割下墙上的泥土，把屋门改造到南墙上，然后用泥土把后墙堵上。

老屋还矗立在原来的位置。不曾东移半分，也不曾西去一毫，南北也没有挪动一寸。我和父居住在里面，一日三餐，夜睡危屋。

二

时间像铁蹄不动声色地踏碎世上所有坚固的东西，一座老屋更不会例外。

1984年，老屋的屋顶两处坍塌，在后面，西边和东边都露了天。父亲把屋子里的东西挪到屋的前面。屋子里也没有东西，最大的家什囤烧掉了，没有床，一个地铺，冬天睡了，春天烧，夏天一张草苫子四处流浪睡。屋里还有一只木箱，一张案板，一个木墩子，几件破衣服。我不记得自己从什么时候起不在家睡，在村子里，四处流浪，跟村里女孩睡，跟男人不在家的小媳妇睡，在我嫂家睡过一些时间。十岁之前，对于何处安身，还没有犯过难，不知道看人脸色，不知道人家的厌烦。十岁之后，读出了人眼睛里的语言，也能感觉到冷的脸上聚有多厚的冰霜。长高了身体，也长出了醒悟的心智，七情六欲中，先长出畏惧、胆怯，接着长出狼一样的警觉，伴随着暗暗流泪。这时候的眼泪，我不知道可不可以叫作酸楚。其实对于一个孩子，酸楚有点过早了。她充满委屈，而无处倾诉。流浪的小孩，多了机敏、防范和偷窥人家心思的心机。

老屋没有我的居所。我自小像鸟雀或者虫子一样寻找自己的洞穴。天黑了，我要找一个严实的地方把自己安置进去。许多年都是这样，老屋露出天后，我无动于衷，西边的灶屋还能做饭，我和父亲在灶屋里做饭，吃饭在槐树下，冬天就在灶屋里。

父亲的相知到我家来，进屋看到明晃晃的老屋，那么透光，那么亮堂，他看到老屋里坍塌的窟窿，他对父亲说：不能住了！这屋不能住了。我的父亲似懂非懂。我们继续在老屋里居住。像蚂蚁守着自己的巢穴，等洪水来淹没。

又有父亲的相知来说：这屋不能住了，会塌，砸着人。父亲笑笑。

一样的话说了无数遍，父亲听不见。父亲真的听不见？聪明的父亲一眼就看出他们嘴形中表达的意思，也看到他们手指向屋顶的意思。他真的聋，但对这个失音的世界，他什么都懂。

有一个人对我说这屋不能住了，我没有在意。有十个人对我说这屋不能住了，我开始犯愁：我们到哪里去住？这个地方是我的家，这半个屋也是我们的家，我们停靠的地方啊。半个屋没有了，我们到哪里去？我和我的父亲在哪里聚首？

直到十六岁这一年，我有了自己的想法。老屋真的不能住了。那几年我看了很多书，我的想法千奇百怪。我决定去赵庄找公社书记。我个性怯懦，不敢亲自去，我想了一个办法：写信。我自信我能写出我家的实际状况来。我给公社书记写去一封信。我说了我家的悲情，说了我家的老屋，说了我父亲。还说我生在新中国，长在红旗下，共产党不会看着我们没有地方住。我是这样说的，凭着那时候年青的勇气，啥话都敢说。

很快我接到回信，回信是一个秘书写来的，让我到公社去一趟。

我去了赵庄公社。公社在赵庄新街上，简单的大门敞开，门很大，门里是土路，是泥土院子，门外是赵庄的大街。门边有一个卖布的商店。对着大门是两进院子，前院是一排房子，房子红砖红瓦，一层，一间一间的办公室。前院东边有一个圆门，往东去是派出所，里面有一溜房子，穿着制服的人出来进去，很威严。对着大门有一个圆门，进去又是一排房子，是后院。后院有树，树影稠密。

我走进公社大院，脚步怯怯的，眼睛偷偷四望，心噗噗地跳。在前院，我东张西望时遇到一个人，高大，白净，微胖。一个长得滋润，保养得也很好的人。他戴着眼镜，微微绷着的嘴很精致。他碰到我，问我：给公社书记写信的人是你吗？我说：是。他说回信你看到了吗？我说：看到了。他说：回信是我写的。我是这里的秘书。我看看他，低下头，犯罪一般。我有点恐惧，生怕冒犯了他。他说：你反映的情况如果属实，国家会照顾你，不会让你无处可住。我还是低着头，不敢言语。我从一进大院就开始害怕。我不知道为什么会害怕，打小就胆怯，哪里见过这般阵势，不敢看那人，也不说话。他说：你回去，我们会去调查。

当时的公社书记叫秦念忠，秦书记带着他的办事员程言明到我家来了。他们站在老屋前，连声说：不能住了，这屋不能住人了。

秦书记皱着眉头，白皙的脸爬满阴云。

程言明面目威严，跟在秦书记身边。他也是一个从苦水里泡出来的人，家里穷，吃不上饭，带着两毛钱去当兵，在部队提干，转业回到赵庄。他知道悲苦的滋味，眼里噙着泪水，强忍住没有流下来。

陪同他们的是村支书大全。一个白胖、大腹便便、十分阔绰的人。他的头发背到后面去，露出宽阔、饱满、硕大的额头，眉毛是粗的，眼睛是往天上看的。我知道，我走到他面前，他看不到，我喊他也听不到。我不找他，我找他也白搭。我知道他不理我，很多次不理我。我碰了一鼻子灰，又碰了一鼻子灰，我的鼻子不是鼻子，脸不是脸。小孩，在他眼里，什么都不是。他无视。我知道是这样，我不找他。

那天，大全站在秦书记旁边，他笑说：队里啥都管着他，不缺吃的，不缺穿的，还想啥？到福地了，又不用干活。屋还没塌，塌了队里也会管。

我永远记得他说的话。

秦书记当时安排我们不能再住屋子里，立刻搬出来。并批示立即盖屋，公社批钱，一刻也不能耽搁。

程言明对我们说：妮子，你们搬出来，不能在屋子里住了，知道吗？会出人命的，这不是闹着玩的，收拾收拾搬出来住，不能出事。

他对大全说：大队牵头，明天就扒屋盖屋，这样怎么住？出了问题，你们大队负责，先找你书记。话给你搁这儿，你记住。出了事，我不会放过你。

大全点头，答应立刻盖屋。

是春天，槐树还没有长出叶子，东边的榆树叶一片绿。我和父亲在榆树林用塑料布搭了棚，锅碗瓢勺都搬出来，椅子案板箱子也搬出来，面搬出来，破衣服搬出来，被褥搬出来，春天的阳光照在榆树林里，一片柔和的明亮中充满清新的风的芬芳。锅支在榆树下，树和树之间搭上塑料布，家什放在下面。那年养了一群鸡，在塑料布下，鸡在东边树林子里找虫子，累了跑回来，睡在塑料布下，它们当这里是家了。黄昏来临，鸡在塑料布下，聚成一团，一个一个往里钻。

三

花斑状的榆树叶，被小虫子吞噬得像蝴蝶的翅膀一样只剩下树叶的骨架。这时，骨架已经失去水分，半死不活地挂在树枝上。不时有黑色的粪便从榆树上掉下来，小雨一样细细飘落。也会有树叶无声地落下。

我和父亲在榆树下做饭。锅支在一株榆树边，离榆树十厘米，掀开锅，锅盖靠在榆树上。锅口上，是一株挺拔的榆树，榆树林里最好的一株树，树身上没有虫眼，树枝自然伸展，叶脉青翠碧绿。我每一次打开锅，都会觉着有树叶或者虫子掉下来，不由得抬头看树。我一边烧火一边看树叶被风刮落。等风过去，我掀开锅炒菜。树叶落完，天空一片明朗，树林里变得清爽透亮。锅口上露出一天纯净的蓝色。白云一丝一丝地搭在树枝上，似乎要落下来。傍黑的时候，星星出来，在榆树上明亮。不用点灯，我和父亲早早吃过晚饭，我找地方去睡，他进到塑料布下板车搭起的床上，和衣躺下，隔着塑料布，看满天的夜影。

案板在塑料布外，锅碗瓢勺都在外面，破筐烂鞋也在外面。木墩子在地下蹲着，半袋子面在案板上，柳条编的馍筐倒扣在面口袋上。案板上落着树叶，也有虫子屎。刷锅的刷把在案板上，切菜的时候，拿刷把扫一下案板，米粒一样的虫子屎飞落地下。下雨的时候，锅盖、案板、面、油盐柴禾拾到塑料布篷子里，木墩子、锅、铲子、勺子淋在外面。眼看着锅里淋水，锅框也淋下泥水。父亲会披一件旧衣服，钻进雨里，到外面找塑料布。也不知道他从哪里找来一块塑料布盖在锅框上，四下用砖块压住，蹲在篷子里看锅框，雨水顺着塑料布往下流，流到篷子里的地下。鞋子和柴草都湿了。一股大风刮过来，塑料布掀起来，晃悠几下，雨吹进来，被子湿了，面也湿了……

天晴后我的朋友袁倩来了，她住下。我们把我父亲的板车床抬到榆树下，在榆树下睡。我父亲找一个苫子在地下打地铺，他也去麦场边上睡。我和袁倩睡在榆树下，夏天来了，徐徐的风从东边枣树林里吹来。袁倩和我趴在床上说话唱歌。袁倩十六七岁开始在袁集学校教幼儿园，她会唱歌跳舞。她唱正流行的《故乡的云》，我也唱，她说我的声音有颤音，掌握好，好听。我不会唱歌，喜欢歌词和那种苍茫的感觉。晚上露水大的时候，我们睡到半夜会把床抬到篷子里，蚊子围着我们叮咬，我们在一张被单里，蜷缩起来。袁倩个子矮，胖，缩起来，像个圆球，我们一人一头蜷缩着扯紧被单。

袁倩住了好几天。我姐说：粮食不多，还有朋友在这里住着。哪里的？家有啥人？

我说袁集的，家里啥人都有。我姐说：啥人都有还住这里？住几天呀？

我说想住几天就住几天。我姐说：小孩不懂事，你吃上饭了！

我姐坐在东屋门口的枣树下，她面朝南，看到我和袁倩在床上趴着，跷起来腿，数地上的蚂蚁。我们无趣，她也无趣。她看不顺眼，掏出烟，大口抽烟。

袁倩是为吃饭住我家的吗？我家没有啥吃的，面口袋里还有半口袋面。上一年的粮食吃完，这一年的还没有着落。吃饭问题还是个问题。我姐觉着我不应该弄一个人来白吃我家的口粮。我从来没有想袁倩是为吃饭住在我家。我们是朋友。她来并和我一起住在榆树林里的篷子里，是真的和我好。不是真的好，她会住在这样的家里吗？

我也住过袁倩家，在她家，她母亲烙烙饼给我吃。袁倩三个妹妹一个姐姐一个弟弟。袁倩小名叫二挪，父母取名之意是下一个再生的时候女孩挪成男孩。袁倩下面又有三个妹妹，才有一个弟弟，袁倩的姐姐和妹妹都如花似玉，唯独袁倩长得像个男孩，四方脸，大眼睛，高鼻梁，方嘴唇，方下颚，个子却不高。唯一的一个弟弟也不机灵，拉着口水，说话口齿不清，且瘦小。袁倩在家充当了男孩的角色，一马当先，支撑家中重任。弟弟也是她带着上学放学，吃饭穿衣。我住在她家，女孩多，我们四个挤在一张大床上。厨房在南边过道东间，鏊子支在地下，到处是麦草，在脚下踩来踩去。烧好饭，舀碗的时候，锅沿边摆一圈碗，舀一个端走一个，女孩子有在案板上吃饭的，有蹲在门口的，有去床边坐着的。袁倩的父亲和母亲也各自端碗出去吃。我住在袁倩家，和袁倩的弟弟妹妹一起站着吃饭，蹲着吃饭。

我邀袁倩到我家来住。其实我没有家，榆树林的篷子是我的家，这样袁倩也来住。我们都不想什么，不犯任何忌讳。我姐的话我不爱听。看到她坐在枣树下吸烟，我不喜欢她。她多嘴多舌，啥都管。该管的不管，不该管的偏要管。那时候，我不喜欢她，她不知道。她看着我还是说这说那，我一句也不听。

我领袁倩爬棠梨树，到枣树下玩。我们坐在树上，摘棠梨子。一个都不能吃，涩且苦，咬一口扔掉。北边地里的桑树不多了，河边还有一株大桑树，桑葚黑得发紫，从棠梨树上下来，我们爬到桑树上，摘桑葚吃。黑的白的桑葚都甜，微酸。我们吃最黑的桑葚，舌头牙齿嘴唇都是黑的。

袁倩走的时候，枣子不能吃，我对她说：七月你再来，再来能吃上枣了。

袁倩再也没有来过我家。

那年父亲在慧子家门口赊了二十个小鸡。卖小鸡的挑着两筐小鸡，吆喝着：小鸡嘹——赊小鸡——父亲拣了二十个小鸡，放在一个小纸箱里喂。小鸡用小米喂，做饭的时候，把小米盛在碗里，放锅里蒸。有时打一个鸡蛋，小鸡喜欢吃。夜里小鸡放在床前，用袄盖上，露出一个小洞出气。春天夜里还冷，小鸡在里面直叫。父亲听不见，我听见，掀开袄一看，小鸡都挤在一起，冷得哆嗦。再拿一个袄盖上，小鸡还有叫的。喂了几天，开始有发呆的，不吃米，只叫唤。发呆的鸡，一天天消瘦。翅膀长出来，身体扁扁的，再几日早上打开箱子一看，有只小鸡被踩在底下。小鸡已经死了，都僵硬了，提溜出来，扔到荣军家屋后乱土堆上。半个月里，今天死一个，明天死两个，到第十六天，小鸡还剩下十二个。半个月的小鸡像拳头那么大，白天放在塑料布篷子里，它们会在地上啊啊地找食吃。篷子下是土地，小鸡用尖的嘴对着地上叨，也叨到虫子，也叨到饭渣。父亲出去的时候，把案板立起来，挡住篷子的门，不让小鸡出去。外面有狗，小鸡小，会被狗叼走。树林子大，小鸡不记得回家的路，还不能撒开它们。半个月后的小鸡好喂了，面条、馍馍、剩饭都吃。地下铺一张纸片，把面条剩饭渣倒在纸片。有时也直接把馍馍撒地下，小鸡疯抢，一个个吃得嗉子歪着。父亲喜欢看小鸡吃饱的样子，脸上带着笑容，很享受喂鸡的事情。

夏天到了，小纸箱装不下小鸡，父亲把小鸡挪到橼子里，夜里放在头顶地下，还是用袄盖上。天闷热，一丝风都没有，榆树林里闷闷的，塑料布篷子里空气稀薄，令人窒息。父亲蹲在外面抽烟，他已经在外面铺好苫子。我躺在篷子里，一会儿一身汗。我听到小鸡扑扑棱棱乱撞的声音。小鸡在撞椽子。我起来打开棉袄，看到小鸡出了一身汗，浑身的羽毛湿透了，伸长脖子啊啊地叫。椽子最里面，已经有几只小鸡气喘吁吁，张大嘴叫不出声。小鸡热坏了，我急忙拿下袄，把小鸡倒出来，有的小鸡走出来，一走一歪，有的在里面趴着，走不出来，眼睛里充满哀怜，有的翅膀扇着，想飞出来。我把那些走不出来的小鸡拿出来，小鸡一只只滚热，一身热水。失聪的父亲听不到小鸡的动静，他不知道小鸡要热死。

夜里小鸡已经会飞到椽子里，站在椽子边上，不往里面跳。小鸡知道热，知道在外面凉快。小鸡记家，知道找窝，早上从椽子里出来，晚上回到椽子里。再大些，把椽子放在篷子外面，天色混沌时都聚在椽子边上，不进去。小鸡是灵性之物，中午热的时候，它们不去玩，我睡在地下苫子上，它们睡在苫子边上，侧身睡的，伸长腿的，蹲下睡的，把头伸进翅膀里睡的。眼睛半闭半合，有一点点动静醒来看看，再合上。夜里怕有黄鼠狼，一直不敢把椽子放在外面，下雨的时候，小鸡知道在篷子里，椽子在外面也不进椽子里。

我和父亲的屋，是小鸡的屋，我们没有屋，小鸡也没有。我们在塑料布的篷子里，小鸡也在里面。榆树林连着榆树林，连着枣树林和那片桑树林，小鸡从榆树林到榆树林到枣树林到最远的桑树林，无论走出去多远多久，小鸡天黑之前都会回到这里。每夜我都清点，一只都不少。小鸡大了，自己会找虫子吃。地里庄稼没有农药，虫子生得多，荒地里有虫子，草叶上有，树上吊着带着丝线的虫子，小鸡看见，跳起来去捉。长大的小鸡省粮食，父亲一天不在家，小鸡出去找食吃，晚上父亲回来，小鸡一只只趴在篷子里，从挡在篷子门边的案板上飞过去，一只只卧在地下，贪睡的小草鸡睡得磕头打盹。最大的公鸡不睡，在案板上蹲着，看门一样警惕着榆树林里的动静。父亲回来，抓它，它轻轻一弹，跳到里面的鸡群里，把小草鸡踩的叽叽咕咕。

小鸡长成大鸡的模样，红公鸡脊背上的羽毛油亮闪光，尾巴翘起来，绿色的羽毛涂着金粉一样一闪一闪的。草鸡有芦花鸡，有黑鸡，有黄鸡，有丽鸡，父亲记得每一只鸡的样子。夜里鸡蹲在他的床下，有挤在一起的，有远离的，有独自一个的，鸡有鸡的生活方式，父亲不管鸡夜里在哪里，他睡他的，鸡睡鸡的，鸡斗嘴，扑扇翅膀，打鸣，他都听不到。

榆树上的虫子开始变大，一只只在吐丝结茧。黑色的虫茧吊在树枝上，耷拉到锅上面。我用手拽下来，扔给小鸡吃。小鸡抢起来，一群追着一只。

树叶落了，虫子的粪便在地下被风吹走，不知道吹到哪里去了。地下干干净净的，一粒虫子屎看不见，夏天小米粒一样的虫子屎说消失便消失了。趴在树叶上的虫子没有了，树上晃荡着一只只灰黑色的虫包包。那是虫子的屋。鸡仰望着树上的虫包包，它飞不起来，眼馋地看着。

头顶的天离开榆树林，太阳从东北转移到东南，榆树林里早晨晚了，没有树叶的树林空荡荡的，树枝望着树枝。每一株树都在向内里回望，每一株树都屏气静听大地的呼唤，叶落到叶的位置，枝丫伸到枝丫的位置，树在树的位置，岿然不动。

我家的新屋快盖好了，搭篷子的塑料布已经七窟窿八洞，做饭的锅在一次次雨中淋塌了一边，火光从塌的那边冒出去，烤着那株榆树。父亲说锅也不能烧了，不支这里了，再支，支到枣树下去。

冬天来临之前，我们搬到新屋里去住。

四

1984年已经实行联产责任制，我家分在东队后组，由后组社员管我和父亲的吃穿住用。后组多亲近族人，没有人有异议。

盖屋的事，也下到后组人身上。我不明白，公社批了钱，为什么还让后组出东西。我记得是后组每家都摊砖头，按家均摊，每家都拿。砖头有红砖有蓝砖，有大有小。屋后的苦楝子树伐倒了，榆树伐倒了。我听到他们议论：楝子树正好当梁头，榆树也够长。

苦楝树伐倒后，树身上有一圈一圈的年轮记号，金黄的圈圈，从树中间盘出来，一圈是一年，苦楝树几十年了，乌黑的树皮紧致光滑，枝杈斜伸开，一道一道，平铺直叙，毫不错乱。树枝顶端的树叶也有分寸，安静地铺展开，是花叶，像手掌，伸开指尖。叶间有花，每年都开得清爽，淡淡的黑恰如其分地点缀在花蕊间，小花繁茂，紫色，有黑眼睛在里面闪烁。不知道花何时落了，花下绿色的豆豆是苦楝树的果，油亮的绿果每年都缀满枝头。苦楝树的果不能吃，先是绿，成熟了黄，金黄金黄，一粒粒掉下来，花喜鹊吃苦楝树的果，吃下去，拉下一个硬硬的核。地下一片苦楝树的核。我在树下捡拾苦楝树的核，捡一堆，放在地下，直直地望着，这个世界上大多的果实都能吃，苦楝树的果怎么不能吃呢？没有人告诉我不能吃。我从来不吃苦楝树的果。看着，看着，觉着那果是药。苦涩难咽。苦楝树的果，我们叫楝豆子。

女人捧着砖头来，男人捧着砖头来。也用车子拉来，杈子挎来。家家都送来。我们后组对我家是义务，只要有人发话，没有犹豫的。大家都觉着这是应该的，责无旁贷的。像自家的老人自家的孩子一样。谁让我们五辈之前都是一个爷爷的呢。只是现在兄弟远了，亲人分支之后，亲近的距离远了，可是，根上，我们都是从一个根上发出来的苗。没有人怨艾，没有人怠慢。那么多年一直心甘情愿地拿出粮食，给我们吃。第一年分地，分了麦子，还分了细粉，我记得分了八十多斤细粉，八十多斤，吃不了，拿到赵庄去卖。我们后组人心齐，地种得好，麦子和红薯大丰收。麦子分了，红薯集体下细粉，细粉晒干，按人分下去。是第一年分地，先把队分成组，一组一组的地在一起。分组一年后，地也开始分到各家各户。

新屋往后移了一屋的距离，屋前的院子大了，后面的园子小了。墙是砖墙，屋顶排麦草，新的麦草排上去，一排压着一排，雨水顺茬流下去。麦草在屋顶上，金光闪闪。砖头大小不一，也砌得整齐，外面封了砖缝，里面用泥涂抹了一遍，高低不平也看不出来。苦楝树从站立的地方移到屋上，原先站着，现在睡着，树皮还是黑黝黝的。榆树在屋顶上，撑成屋的正脊，砍断的树杈露出白色的疤瘌，疤瘌上有紫红的树的汁液。苦楝树和榆树都是湿的，老屋上拆下的木头是干的，熏得乌黑，搭建在一起，新旧明显，新的太新了，树皮都还是绿色的，树的伤痕还滴着泪滴。旧的看不出木头的颜色，看不出它经历了多少年的岁月，也看不出它还能不能经住屋顶的重压。好了，现在新屋落成了。有前墙后墙屋山屋顶，有门有窗户。

屋子的前墙东边留了门，是真正的门，安上了门框，下面还要安装门。屋子前面留有一窗户。小小的窗户，使屋子有了屋子的样子，方方正正的门，方方正正的窗，都是向阳。门前一片阳光，那么长久地明着亮着，父亲蹲在阳光里，看新屋，脸上苍老的倦容舒展开来。

那些年村子里人家大多住在土墙老屋里，条件好的老屋墙一半砖一半土，底部和上部是砖，中间是土墙。屋顶一半草一半瓦，瓦在边沿，草在中间，叫瓦沿边房子，墙叫腰子墙。混砖屋没有几家，土墙草房有许多家。院墙多是矮矮的土墙或者篱笆墙，土墙上栽死不了，防固土墙结实的，不是为看花。土墙挡不住鸡，挡狗。鸡一振翅膀飞过去。那时候一块砖都是金砖，没有钱去买，院子砌不起，敞开着，人和风从路上来，刮进屋子里。屋子的窗上没有玻璃，用塑料布挡住，用纸糊住。塑料布和纸也没有，用破布吊上。破布也是好东西，纳鞋底要用，女人的布，是一块一块旧衣服上撕下来的，一寸一寸布头都留着，使唤得像纱布一样露出经纬线了，也留着纳鞋底，填到鞋底下，三层四层五层的鞋底要多少布啊。没有布，用麻绳，碎麻绳纳鞋底。旧碎布都没有的家庭，要拿出来砖，拿得好艰难。还是拿了。一块不少地拿了。艰苦，是一个村庄的。麦草也金贵，一把草一顿热乎乎的饭。没有这一把草，一家人饿燕一样睁大眼张大嘴吃不上饭。每家都要拿出家里不多的麦草给我家盖屋。麦草没有标准，多点少点，平心而定。

屋盖好了，门也做好了。门是书记儿子做的。两扇门三百元钱。整个屋子唯一值钱的地方，花钱最多的地方。门拉来，装上，薄薄的门板，一脚能踢烂。它是门，是我家的门。书记儿子做的门。我记住了从他家拉来门。我一直想怎么从他家拉门？他是木匠吗？木匠才做门的。村里后组的每家每户都在兑砖头，都在兑砖头盖屋。他做门，做三百元钱的门。我从来没有见过那么薄的门板，也没有见过值三百元钱的门。

秦书记要给我家添置一张床，至少要有一张床，家具就不要了。大全说去拉床，到大队拉床。我拉板车去拉床。我不知道是什么样的床，有新床了，有屋，屋子也有门，我可以在家睡了。我日日为夜晚住宿犯愁，东家西家的，四处流浪，小小年龄，有了忧愁。

到大队，他领我到一大屋子前，打开门，屋子里有床有桌子有板凳，是计划生育运动时拉村民家的。他说：那个床你拉走一个吧。

床是旧床，断了一根横檔，腿也沤一截。这是一个床，床上能睡觉啊。把床抬到车子上，一旁有秫秸箔，已经烂得不成一体。他说秫秸箔也拉走，铺上比没有强。是这样，铺上比没有强。我抱到车子上，还有一张破席，也拉走。

我不知道这是谁家的床和席，秫秸箔大约也是一家的。我在路上走得心虚，怕碰到床的主人，被人家知道我拉走了人家的床。我的担心是多余的，拉到大队的东西，是要拿钱去赎回来的，不拿钱就是大队里的了。我不知道我拉走是不是白白拉走。书记儿子的门不是白白做的，这床是白白拉走的吗？屋子是后组八十二口人拿出砖头拿出草盖起来的，屋顶的梁和檩子是我家的，屋子没有花钱。公社把钱批给大队。大队把盖屋交给后组。是这样做的。

新屋盖好，搬进去住，我在里间铺了那个拉来的床，父亲在外间铺板车架子。案板搬进来，箱子搬进来，破衣服搬进来。锅不能支新屋里。

我在院子里枣树下支锅。我长大了，这样的事情由我来做。我学会承担家里事情，不喊父亲去做。我不会支锅，这是技术活。天下还有人不会做与吃饭有关的事情？我不信我不会支锅。我的思想里，小小的思想里，天下无敌，没有我做不了的事情。我没有支过锅，但是我见过锅，也烧过锅。我搬来砖头，和上泥，垒出锅灶的形态，不知道什么好烧不好烧，不知道留多高的炉箅子，我自己思忖，自己脑子里想象。想着锅底原来的样子，自己制造自家的锅的样子。砌到一定高度，把炉箅子放上去，用泥糊上。再往上砌，最上面还要砌一个平台，外面用泥糊上缝。没有泥抹子，就用铲子抹。砌好锅框，把锅放上去，抹上锅沿的缝隙。我拿柴放进去试烧，我带着胜利者的喜悦点火，像成功地研制出卫星一样去点火，心里是兴奋和激动，觉着成功的概率高。

火点着，锅底也呼呼地进风，吹得柴热烈地烧。我笑了，成功了。锅在上面，锅口大小恰好，只是不圆得那么标准。多余的地方用泥糊住，地下有泥，抓一把糊在锅沿上，洞大的地方，用碎砖塞住。锅口下面必须糊得没有一丝缝，烟雾不能从锅口钻出。

锅在外面，下雨的时候用塑料布盖上。夏天雨多，雨一直下，从早上下到中午下到天黑。我放学回家没有饭，父亲给我买两根麻花吃。我吃完上学去，不知道父亲吃什么。雨下到黑，夜里还在下。父亲一天没有吃饭。半夜雨停了，他饿得睡不着，他说：臭妮，你听听雨停了没有，我有点饿。我说雨停了。我点点头告诉他雨停了。他赶紧起来，跑到外面。打开盖着的塑料布，刷锅下面条。面条已经擀好切好在案板上。父亲抓地下的柴引火，那些柴禾也湿透了，在塑料布下湿漉漉的。他引不着火，到屋里撕他的书，用书引火。

父亲一直想再盖一间灶屋。他说这不是办法，下雨没法做饭。后来他支了一个移动的锅，用铁皮桶，做了一个锅。下雨挪到屋子里，晴天搬出去。新屋里墙上留下了烧火的烟，烧一次两次，慢慢熏黑屋子的墙。父亲把柴也转移到屋子里，他担心下雨把柴禾都淋湿。我看到，嫌脏嫌难看。给他清理到外面去。他不言语，等我走了，再抱到屋里。

五

我的床铺在屋子西墙上，墙还潮湿，不能靠近墙，离墙半米远铺床。窗户是真的窗户，带花格的木窗，谁家扒屋后不用的窗户。小小的，在我的床头上透过一道道明亮的光。我把木箱放在椅子上，作桌子用，在上面写字，也放东西。父亲的板车架子支在东墙，对着门。没有家具，屋子里宽敞，有点空。抬头看看屋顶，烟熏的旧木檩黑黝黝的，那株新伐的楝树架在前墙与后墙上。扁椽有粗有细，宽窄也各异。屋顶的草散发着麦地里的气息，金色的麦秸亮闪闪的。墙上的泥土也有野草的气味，地下的泥土，是新垫的土，清新悦目。

屋子里干干净净。父亲的被褥都拆洗后缝制好，白色的被里发黄发黑，拆洗后没有洗干净的脑油在上面留着一层断断续续的痕迹。那时候代销店里卖洋碱洗衣服和洗头，脑油和汗迹要泡一天一夜才能洗掉。没有大盆，我端着被单和衣服到小河里去洗。河水清，衣服泡进去，能看到衣服上脏的地方。脏的地方捏上一点洋碱搓搓，不敢使劲搓，被里已经露出毛毛，露出要烂的痕迹。被子在河水洗过，晒干，再缝制上，有股河水的清冽味和泥土的沉厚味。

那年我买了一个床单，绿色的，粗糙的花纹，一道道跳线蓬松开。床单很宽，铺在小床上，有花边流苏一样倾泻下来。红的线，绿的线，黑的线，不是丝线，不是坚固的洋线，是略粗的棉线，软软地耷拉下来，红绿黑三种颜色搭配下垂着。我喜欢这种有点装饰的床单，有了女孩爱美的味道。

墙干后我在墙上贴上报纸，围着床贴一圈。用面调制了糨糊，把墙都糊上。睡在墙边，闻到面糊的气息。我的衣服叠了放在床里面，我的书放在床头。我有日记本、摘记本，买了《古文观止》上下册，夜里打开看，不懂的地方，看后面的注释。临睡要看几页我摘抄的好句子，心里美美的，喜欢得不得了。早上睡醒，看到报纸上的大标题，记住标题位置，每天硬是往眼睛里映入新闻的内容。

冬天夜漫长。父亲早早睡下了，他睡下，一夜没有任何声响，他亦听不到外界任何声响。他的世界是永久宁静。他看天色揣测时辰，凭感觉知道夜到多深。公鸡在外面打鸣，他听不到。有时他会问我：臭妮，鸡打几回鸣了？我说：两回了。我伸出两个手指在他眼前比画。他不言语，继续睡。有时他会喊我：臭妮，给我倒口水，我嘴干。我倒水，端到他跟前，他坐起来，喝几口，把碗递给我，躺下，翻一个身，睡去。

我从来不喊他。我和父亲在一起没有语言交流。我只能听他喊我，告诉我事情。我没有办法把我的语言传递给他，也没有办法把外界声响让他知道。声音在他的耳边无法通过，他拒绝听任何声响。我的失聪的父亲，在一个无声世界里沉沉睡去。冬夜，漫长无边，黑色的夜笼罩了村庄，榆树林里一片深不见底的黑。院子，枣树，屋子都在夜色里沉寂。世界已经抛弃这个地方，对于沉入深夜腹地的村庄，每一处都是无人之境。我不知道夜到多深，把书翻看一遍，再看一遍。把本子上的记录背得滚瓜烂熟，闭着眼默念：最是那一低头的温柔/就像一朵水莲花不胜凉风的娇羞/道一声珍重/道一声珍重/那一声珍重里有最甜蜜的忧愁。我仿佛看到晚风中的水莲花在碧水之上漂浮，荷叶游荡，水流清冽。闭着眼想象，一直闭着眼不睡着。眼前是汪洋的水面上莲花朵朵。

灯光已经吹熄，思想还在飞驰。沉浸在诗文里，那份意蕴包围着我，那些词句，优美得惊心。

我没有睡着，我听到院子里有轻飘飘的脚步，一步一步轻轻移来，从榆树林里，走过来。我屏住气，睁大眼睛，我似乎看到有一个黑衣人驻足在窗边。窗边没有动静，我看到那人在侧耳细听。我抓紧被子，大气不敢喘。是的，有人。那轻轻摩擦地面的声音和空的夜完全不一样。我的耳朵灵敏，我的心智也萌发得早。我预感到是图谋不轨。我静等着，心里充满恐惧。

我听到轻轻敲窗的声音。我怕。身体缩在一起。我咬牙不出声。窗口轻轻地敲了一下。试探。我呼吸都不敢了。我确定窗外有人。是的，有人。深夜，窗外的人，是坏人。我已经浑身战栗。我醒着，我是醒着，我惊恐地、敏锐地听窗外的动静。

一会儿，我听到门哗啦响了一下。我一动不动蜷缩在床上。是的，是门哗啦响了一下。外面的人在拨门插。那道薄的门，那个细细的门插，鬼都挡不住的门，任何人都能拨开的门插。三下，只要三下即可拨开。我知道，我清楚这门的薄弱，什么都挡不住，那门插在门后，虚设一样。

哗——啦——门插响第二声。第三声，门要开了。门就要开了。我在恐惧中爆发。一股怒火从胸口升起。我破口大骂：哪里的野狗！滚！滚蛋！！赶快滚蛋！！！

我的声音凄厉，虎狼一样恶声毒语，恶恨之语气深重，狠狠的语气里有一把掐死他的意图。

我听到咚咚的脚步向西南而去。

脚步声远了之后，我躺在床上瘫痪了一般，冒出一身冷汗。我的眼睛直勾勾地看着屋顶，黑夜吞没了黑夜里的我，无声的泪顺着眼角流到耳边。我知道人之恶，对任何人都会下毒手的。此世之艰难，唯独这黑夜知道。

点亮灯，我战栗着，起来，端灯走到门边，我看到门插已经脱离挡拦的边缘，是的，再一下门就会打开。我知道，我清楚这张门的简陋和不扎实，它毫无防范之力，完全是一个虚掩之门。我心里后怕，重新把门插插上。凝望着门，无法入睡。

这个事让我的心再也无法安宁，黑夜成为最大的恐惧。我不敢入睡，我无法入睡。夜的每一个方向都有脚步走来，风也带着隐形的危险向我传递人的脚步。我如惊弓之鸟，任何的风吹草动都是冲着我来的，恐怖如毒蛇信子。梦里都是挣扎，撕咬，呼喊，泪水涟涟。

我睡下起来，起来睡下。我来来回回折腾了几遍，父亲沉睡着。他不知道发生了什么，就在他身边，他的女儿惊恐万状，他不知道。他的世界如无风的春天一样安静，安静是安静，骚扰是安静，雷鸣也是安静，狂风暴雨也是安静。他什么都不知道，不知道啊，我的父亲。不能保护女儿的父亲，他无法知道的世界里正发生着非人的恶，他无法知道啊，我的父亲。我看到他盖着的袄滑下来，给他往上盖盖。他没有感觉到我的手在动。他沉睡着。

我四望空寂的屋子，没有任何可以抵挡险恶的东西，甚至没有一个棍子，一把扫帚。空手的我将何以抵挡这外力的欺负？我茫然四顾，夜的黑沉中无数张牙舞爪的魔鬼向我露出狰狞的假笑。我手足无措，冰凉的冬天的夜凉在我身体里旋转，我再次泪水盈满眼眶。我觉着好苦，好难过，好无依靠。

母亲走后，我从来没有如此孤寂无依。仿佛这个黑夜要把我吞噬，要把我一口吞到蛇的腹部，虎狼的牙齿里。我低低地吼叫，在内心呜咽。命运的欺凌竟然这样惨无人道。黑夜给了我一双警惕的眼睛，我再也无法入睡。

老虎也有打盹的时候，我无法一直和夜抗衡，我要迷瞪一下眼。在我将要进入睡眠时，我会激灵醒来坐起。这是被恐吓之后的条件反射。无法睡着，更怕睡着，一闭眼，听到门插动，一下，两下，只要三下，门就会开，人就会撞进来。我疑神疑鬼，无法入睡。

我在屋子里四处观望，我端着灯，找能够把门堵结实的东西，椅子搬过去，木墩子放上去，不结实，这些东西都不能挡住门。我想到最可怕的是开门的时候，门打开的时候我还在沉睡中。是这样，如果我在沉睡中，我将会被万恶的人凌辱，我将会无还击之力。我必须警醒着，一直警醒着，时时刻刻警醒着。唯独醒着，我才能与恶抗衡。

我看到屋子里的热水瓶，把热水瓶放到木墩子上，只要门动，热水瓶会掉下来，会发出响声，这响声能惊醒我，只要我醒着，我不怕。我看到案板上的菜刀，我把菜刀抓在手里，我会向靠近我的人砍去，我会，我一定会。我放下灯，把热水瓶靠紧门后，热水瓶的爆炸，我会醒，只要我醒着，我什么都不怕。

那夜我手里攥着菜刀睡着。

天明我还睡着，父亲起来了，他看到门边放着热水瓶、木墩和椅子，他没有喊我，把热水瓶、木墩和椅子挪一边去，他打开门，出去了。

做早饭的时候，我还睡。父亲找刀切面条，他从堂屋到外面，从外面到堂屋，他找了五遍，他还在找，他不喊我，他没有到我床边看看。他找不到刀，奇怪了，刀怎么会没有了？

我的父亲一早上都在找刀。他没有找到刀，他用锅铲切面条。做好饭，父亲喊我吃饭，喊我吃饭的时候，他看到我手里的刀。他没有提找刀的事。

以后的夜晚，我把椅子、木墩放在门后，我把脸盆放在木墩上，脸盆里放上锅铲，放上小铁盆。这些能发出声音，摔不坏的铁质在门后作铃铛，随时喊我醒来。我睡觉的时候，依然是刀不离手。我已经决定，只要有动静，我会拿刀砍过去。

冬天的夜长，我熄灭灯不睡。我闭着眼看到一片黑暗，我睁着眼看到的也是一片黑暗。在黑暗中我听到屋外的风贴着墙走动，听到寂静的夜空传来星星的歌声，听到枣树上鸟雀的呓语枯枝的叹息，听到雪花飘落在院子里静静融化，听到屋后空荡荡的园子里那株向日葵的枯茎坍塌的声音。很多个夜我听到各种声音，猫和老鼠在对视，鸡的梦中春天来了，惊蛰到了，小虫子飞出来，落在鸡的翅膀上。我不知道这些声音来自屋外还是来自我的内心，我聆听到天籁，内心激动，无法入睡。

脚步声再次响起。还是那样轻，沿着夜的边沿向窗户靠近。敲窗试探：笃——笃——声音很慢很轻，举起手，很久才落到木头窗边。两声，像暗号一样，他只于他内心接听。我迷糊着，醒了，立刻完全清醒，来了精神。我多天等待的这个事情要发生了。我有点亢奋，黑夜并不那么可怕，可怕的是胡思乱想终于成为现实。我紧张好奇，不再害怕。我已经操练了那么多天，我决定实施。

敲窗试探我睡着没有，我知道了敲窗的用意。憎恨已经充满我的胸膛，我忍着。已经不害怕，有了一种抵御和报复的力量。只要你敢来，我会砍死你。那种不怕、决绝、愤慨超过了恐惧。

我的耳朵能听到夜空的呼吸和露珠的降落，风吹动屋檐也在耳边轻微地响。窗口外的脚步声，一下一下，噗——嗒——

噗——嗒——从西南而来，我听到脚步声的起落。抬起很轻，落地很轻，我听得见，怎样行走我都听得见。我的耳朵已经敏锐到神经过敏，最细微的风过树梢我都听得清，那噗嗒噗嗒的脚步声在深夜很响。脚步声沿着墙往门边移来，沿着墙边经过窗下，试探之后，手指扣动门插，如霹雳一般的声音拨动夜的肋骨，枣树上的鸡站起来，没有扇动翅膀，它扭着脖子打鸣，一声长鸣，刺破沉寂的夜晚，那声音高亢、愤怒，剑一样刺向夜晚的恶灵。门缝里的手哆嗦，缩回去，野狗一样弯腰沿着墙根向东边的榆树林跑去。公鸡又一声鸣叫，全村的鸡都在叫。

恶棍最后一次来是快到腊月的时候，寒冷冻僵了大地、树木、屋子，硬邦邦的木头，硬邦邦的路、墙头。寒冷在屋里屋外漫延，我知道无处可躲，这夜的寒和人间的恶。我在家，在我的床上，我和衣裹被睁大眼睛。每一个夜晚我都不睡觉，我等那个恶棍从他家即将灭绝的庭院走出，如此猪狗不如的东西，我早已经不害怕，只有砍杀他的念头。

每一次都是先敲窗，两下，轻轻的两下，定他的心，试探屋子里的动静。那是个无恶不作的心，是心虚。两下敲窗之后，腾空一样来到门边。我还是听到了从窗口到门边走了四步。左脚先抬起，落下才抬起的右脚。如此敏锐的声音我听得见，我早已胆识过人，何惧一个深夜的恶魂。我只等他过来，磨得锃亮的刀会对着他的头砍去，是的，我一定会砍去。愤怒早已充满我的胸口。

拨门插，很轻很轻的手法，把门插从下面托起来，往外移动一点点，放下，再托起，再移动，三下，门插滑过另一扇门，门外的人推门即可进来。我还是不出声。我连呼吸都不需要了。我是黑夜的一部分，如果黑夜是液体的，我已经融入液体里，完全浸没到里面，没有一点痕迹和声息。

那恶人继续。他像推开黑夜的门一样推动我家的门。在他的意识里门应该是无声的，直到我床前都是无声的。他无论怎样都想不到，门推开的瞬间，巨大的声响在黑夜里雷鸣一般响起：哗——啦——哗——啦——一系列的碎响在死寂的深夜发出刺耳的爆炸，迸射出火花，在夜空炸响。我举着的刀在床前，我的刀没有落下。我听到门外噔噔，噔噔的奔跑声，似有一把枪对准他的脑袋，那恶人落荒而去。

自那夜以后，夜夜安宁。我的菜刀还在我手心里，从未松手。

六

我父亲在这个新盖的屋子里住了四年，四年屋子还很新。屋顶上的草还能遮风挡雨，墙壁坚固，没有上漆的屋门还挡过恶人和野狗。我在这个新盖的屋子里住了六年。我比父亲多住了两年。这两年，我在凤鸣沙发厂上班。我回孙庄，回到屋门口，从墙壁上的砖缝里找到钥匙，开门时，发现门上的锁生锈了，打不开。我到老木匠的儿子家，老木匠的儿子倒给我半瓶子煤油，用小棍蘸点滴到锁眼里，好一会儿，才把锁打开。我把煤油放到东边灶屋的墙角，准备下次打不开锁的时候再用。

东边灶屋的屋顶漏雨了，一个窟窿。灶屋里锅还在，锅盖还在，新买的风箱没有了，一个花瓷盆也没有了。勺子、铲子、油瓶、筷子都在，父亲的身影，我的呼吸都在。阳光在我身后，我觉着冷。月光照在院子里，我觉着凄凉。我站在灶屋里看看墙壁，看看屋顶的窟窿，我想大哭。

进到堂屋里，空的堂屋，每一个地方都是父亲的身影。当门的板车床在东墙边，西墙上是我的床，床前的窗下是我写字的箱子，上面铺着旧报纸，报纸的边沿卷起来，有了破损。床上的铺盖我带到厂子里，床上只有一张破席。床那边的缸不在我家，寄存在我嫂家，连同他们给的粮食。我伸手摸摸墙边的报纸，报纸潮湿，报纸上的字迹模糊。一抬头看到屋子的梁，苦楝树的树皮黑黝黝的，映照白天的日光，看得见树身上苍茫的岁月痕迹。它在屋子里撑起前墙和后墙，屋梁稳稳地横着，屋顶的椽子擎着。屋子稳固结实，在这老宅上耸立。屋子没有了人的气息，一股股木头朽了的气味和潮湿的霉味冲着我的鼻子。床是潮的，木箱是潮的，案板衣服是潮的，它们在久未开启的屋子里出汗，木头从木头上长出丝丝缕缕的菌，砖头从砖头上长出毛毛，一根一根勾连不断，衣服从衣服上长出盐，白色的盐，腐蚀着布。我环顾屋子里，每一处都是我亲手抚摸过的地方，每一处都是落过我眼光的地方，每一处都听到过我的声音，每一处都带着旧日的面貌重新在我眼前翻演一遍。我不知道我该怎么办，这个地方，我该离开，还是该留下？这是我的地方，我居住的地方，睡觉吃饭看书写字幻想哭泣的地方。我走了，这里什么都没有了。这些不多的旧物，在这里死亡。

我的泪淌出了眼眶。我的书在一个纸箱子里。我带走了我的书。从这里我带走的只有我的被褥和我的书。其余的都留在这里，包括母亲的木箱。

我在厂子里两年间，回家就回这里。不在屋里睡，也回这里。不回这里！我回哪里？这里是我的家，父亲不在了，没有一个人在家，我还是回这里。我从墙壁的缝里找到钥匙，是的，我把钥匙放在墙缝，到东边灶屋找到煤油瓶子，蘸点煤油滴到锁眼里，滋润一会儿，把钥匙伸进去，打开锁，推门进去。我像先前一样开门进去，我看到木头长着木头的故事，砖头长着砖头的传说，木箱纹丝未动，衣服在布上长出属于衣服的前尘，旧报纸上写着多年前的新闻，字迹从纸上掉下，一个个残缺不全的字，无法表述通顺的文意。父亲的木板床塌了，好好地塌了，没有人碰一下就塌了。床上的衣物烧掉一些，剩下的我带走，我带走一个父亲亲手织布做的被里。粗布被里，厚厚的布，布上有四种花纹，是四种织布方式。我一直带着，带到工厂里，带到我新的家，家里是新屋，把新屋住旧，拆了旧屋，盖了楼房，我还带着父亲织的布，每年六月拿出来晒。我看到布，看到父亲的手一梭子一梭子织布。

离开厂子嫁到一个叫朱楼的村庄，有了家、爱人、孩子。女人不是一个家，是两个家。心里还有一个家。我要回家。清明节，我回家。先上坟，再到家看看。屋成了老屋。屋露出老屋的形态。开头几年，钥匙还在，煤油瓶还在。灶屋完全塌了，屋顶塌了，墙塌了。我从塌的泥土碎草下找到煤油瓶，把锁滋润一下，打开。长着白色盐巴的屋子，屋顶漏了，苦楝树做的梁直直地拉着墙。墙还是墙，墙上的砖长着盐。我把箱子搬到我嫂家。床搬到我嫂家。屋子空了。霉醭的气息从屋顶的洞冒出，天上的光透进来，屋子里亮得刺眼。我不心酸，我来不及心酸。下一次我再来，我看到墙塌了，砖头没有了。后组人说砖头是后组八十二口人的，不能随便拿走。大家这样说，不知道砖头谁拿走了。我再去时，一块砖头也没有了。墙没有了，屋梁没有了，椽子没有了，草没有了。一堆突兀不平的土摊在地下，我站在最高的地方想：这是我的家，我的床铺在这里，我睡在这里。我蹲下，亲近一下我的屋，我的床，我睡过的地方。

我泪如雨下。

二十年弹指一挥间。孙庄还是孙庄，只要孙庄在，我就要回孙庄。只要我不死，我非要回孙庄。回孙庄，我找我住过的地方，我找我的屋矗立的地方。我看到新的墙，前面后面都是。我住过的地方，我的屋矗立的地方，是新的墙。我什么都找不到。

我看到枣树，一株枣树在地下站立，那个站在屋角的枣树在。枣树是我回来见到的唯一的记号。我用什么辨认我的故地？这片新的墙与墙之间，我已经闻不到任何以前的气息，也没有了任何记忆中的痕迹。

女人，没有故乡。一个没有根的女人，什么都没有。没有童年，没有故地，什么都没有。

第七章

学生生活

一

我八岁上小学一年级。小学上五年，没有上过幼儿园。十三岁上初中，在许庄上。许庄离孙庄三公里，经过魏楼、王堤口、高庄，到许庄。

冬天去上学时大人还没起床，我起来，没有时间概念，背着书包迷迷瞪瞪地去喊云，云迷迷瞪瞪起来，我们揉着眼，脚习惯着出村的路，从云家往北，再往东，走过枣树林，走过桑树林，拐到东去大官路上。路边有柳树，是老柳树，树冠膨大，树身粗壮，矮矮墩墩的，夜影里看黑黝黝。我和云从柳树下过，每天经过六趟。

村里男生有六人，三个小名叫三的，另外一个叫平稳，一个叫玉祥，一个叫幸福。三个三里有一个矮个子，学习好，得罪了平稳，平稳要孤立小三。初一夜里上灯课，九点放学。平稳在路上揍小三，不许他一起走。小三告诉老师。老师叫王光明，在王堤口村。我们上学经过他家门口，看到他家在一个水塘之上，高高的一个院子，西边和南面都是水，夏天水里有莲花，水碧绿，有鸭子在水里游。水往村外流去，站在王老师家，能看到出村的水边长着茂密的芦苇，夏天芦苇翠绿，半个村庄都是绿的。

我们从水塘西边走，在路上看到王老师家用篱笆架起的院子，里面有梨树，树身矮小，树冠膨大，春天梨花雪白，一片耀眼的雪花一样怎么都不融化。王老师矮个子，瘦瘦的，脸色白，喜欢笑，没有脾气，女生不怕他，男生更不怕。他管不了平稳，平稳比他个子还高，宽阔的胸膛，粗壮的拳头，我们觉着王老师有点怕平稳，不说他，他上课睡觉，考试成绩差，都不说他。平稳坐在最后一排，天天上课睡觉。我们都习惯了他睡觉，也习惯了他不做作业，当他是班里老大。

王老师把我和云喊出去，他说：下了灯课让孙一山跟你俩一起走，好不好？我们说：好。王老师告诉了小三。小三和我们俩一起回家。第二天平稳喊我和云，告诉我们俩：从今天夜里开始，你们俩跟我们一起走，不能让那个熊小子跟着。我们相互看看，点点头。我们不敢得罪平稳，也不敢去告诉老师和小三。

晚上下了灯课平稳喊我和云跟他一起走。我们不等小三，跟在平稳他们后面走。出学校应该走往西去的大路，平稳不走大路，他带我们绕到学校南边的大堤上。从学校往南是许庄的地，黑夜中田地里一片模糊，我们从地里穿过去，爬到堤上，从堤上往西走。我不知道小三跟在后面没有，平稳喊着：快——快走——我觉着像电影里被鬼子追一样，有点惊恐，有点新奇，还有点喜悦。脚陷在土里，鞋里灌进去土，也不停下，在黑夜里慌里慌张地往前跑，觉着后面有人跟来。跑到堤上，堤上的槐树稠密，高的矮的灌木，带着刺，划拉着衣服，刺刺拉拉的，也不管衣服刮烂，跟在一群男生后面跑，从堤上下来我们站在孙庄的地里，站在地里，模糊中知道孙庄在西北方向。黑夜里看不到村庄，只是知道村庄的方向，我们在黑咕隆咚的夜色里趺趺撞撞地往前跑，惊险而刺激。我们应该从东边进村的，跑了很久，我们站在村子南面。

时间和我们没有关系，天地都在混混沌沌中。不知道夜到多深，村庄里没有一点声息，村庄和天空大地融在一起，村庄是一个停住呼吸的昆虫，正呼呼大睡。进村后我们各自向自己家的方向走去，也不知道那个小三怎么回的家，我们都心惊肉跳地摸到了家门。父亲已睡。他沉在他的寂静里。我找火柴点灯，屋子里有了光。父亲醒了，他翻一个身，抬头看看是我，他说：饭在锅里，还热，你吃吧。

我去灶屋里，在锅台上摸到火柴，点亮灯。灯放在锅台边上，有蛐蛐从我手边蹦出去。掀开锅盖，锅盖上的气流水流下来，蛐蛐也从锅沿上蹦起来，长长的须在灯光里一闪，跳到不知什么地方去了，还有大胆的，在锅沿上趴着一动不动，鼓起的眼睛黑亮，用手去捉，蹦跑去。摸摸锅台，锅台是热的。父亲吃过饭，锅底填上碎草，碎草闷在一起，不断底火，锅里的饭在保温状态。锅里是糊涂，箅子上放一个馍，碗里有咸菜。我拿勺子舀糊涂，喝一碗糊涂，吃两口馍，去睡。

在许庄上学一天来回六趟，我和云形影不离，我们没有选择，必须在一起，抬杠争吵生气后还是在一起，我们不怄气，云不计较， 我也不计较。早饭午饭回到家立刻吃饭。父亲做好饭等我。他手上带着面，指甲里有，手背上有，洗过手，手臂上还有面，没有洗干净的面，很白。身上也有，衣服袖子上有，裤子上有，鞋上也有。他蹲在槐树下，吸烟，望着榆树林——我放学回来的路口。

我走到枣树林看到父亲蹲在槐树下，我知道父亲做好饭在等我。云往南去，我往西去。父亲看到我回来，站起来，我看到他站了两下没有起来，扭身扶着身后的槐树站起来。他去灶屋里盛饭，端出来，放在槐树下凉着。我要吃不热不凉的饭。我上初中后，父亲再不敢晚做饭，他时时刻刻守在家看天，看日头到了哪里。他知道去许庄上学路上时间长，晚了不行，要吃及时饭。饭后，我和云几乎同时走出家门，在榆树林或者枣树林相遇。我们沿着榆树林的斜路往东去，有时从桑树林地边走出去，到地头蹦过一条沟，能近几步。

进入夏天，太阳暴晒在路上。从许庄到高庄、到王堤口，一路上没有树，赤白的路晒热，热气直往脸上冲。从王堤口到魏楼也没有树，明晃晃的太阳火辣辣地照着。慧从她姥姥家转学到许庄，慧的母亲中午不给慧做及时饭，给慧准备了一个瓶子，瓶子里灌上水，再带一个馍，慧中午不回家吃饭，慧说路上热死人，还不如不走好。

云从家里带水带馍，中午不走。我回家告诉父亲我中午不回家吃饭。我把我的话写在纸上，告诉他带水带馍。父亲没有说话。

第二天早上我上学时，父亲把烙饼和一瓶水给我放好，让我带着。我看到他把梁头上的篮子取下来，里面有烙饼，有一个绿瓶子。我不知道他从谁家找来的瓶子。瓶子是好东西，村里十家有八家找不到一个瓶子。我的父亲能寻到一个瓶子。堂姐家会有，后�家会有，全稻家也会有。父亲只要去要，他们都慷慨。

父亲把绿瓶子用绳子拴上，打两边都有结的那种拴法，瓶子提着不歪。烙饼用布包着，装在书包里。我收拾好，慧和云都在榆树林里，书包鼓着，手里提着瓶子。她俩笑眯眯的，看到我也提着水，知道我也学她们了。

中午放学后，同学都走完。王老师问：你们不走？我们说：不走。王老师说：不走吃完饭睡一觉，也不错。天长夜短，睡一会儿吧，别到处乱跑啊。我们说：不乱跑，就在教室里。

学校静下来。前面院子里有一个住校的老师，是初二的班主任老师，深居简出。他不出来，我们成了王。云搬桌子，把桌子拼成一个饭桌，慧搬桌子，拼一个床。教室里的桌子空空的，是一张板，没有抽屉的那种桌子。放学后同学都把书本带回家。两张桌子拼一个床，我们先吃饭，吃完饭睡觉。

我的烙饼是鸡蛋饼，里面夹鸡蛋和油盐。没有鸡蛋的时候父亲也烙咸烙饼，两层，有油盐，凉了也香。慧带发馍，云也带发馍。我觉着我的烙饼好吃，慧和云也觉着好吃。我们叫鸡蛋合，松软香酥，我没有吃够，天天想吃。父亲有时打一个鸡蛋，有时没有鸡蛋，做油盐的也好吃，有味，叫擦馍。擦馍是做好烙饼后，再加油盐，把盐撒在烙饼上，油倒上去，拿起另一个烙饼擦均匀。

烙饼在鏊子上做，多是两个人配合做。一个烙的，一个烧火翻饼的。父亲一个人做。他先和面，把饼烙出来，一个一个搭在案板上。找砖头、支鏊子、抱柴，把翻饼的竹坯子放在一边。再点火烧火，烧热鏊子，把烙好的饼用烙饼柱子挑起，放到鏊子上，一边烧一边翻。烙饼在鏊子上，变了颜色，起了泡，有了点点的煳星，火急了，抽出来一些火，火弱了，烙饼不熟，慢慢烤。父亲拿着竹坯子在鏊子上转动烙饼，手法娴熟，莲花一样好看。父亲还不时在上面按按饼，那些小泡鼓起很高，按也按不下去。烙饼熟了，他轻轻一挑，挑到馍筐里。烙六个饼，做三个鸡蛋合。吃饭时，父亲看着我吃，他说他一会儿再吃。上初一时粮食还不够吃，要吃棒子面和红薯干面，烙饼需用好面，好面不够的时候，好面裹住黑面，叫包皮烙饼。包皮烙饼难烙，烙着烙着面散开，断裂，落不成饼。父亲会烙包皮馍，看上去和白面馍一样，外面是白的，里面是黑面。

自从慧转学过来，我们上学有了许多新办法。先是带馍，后来冬天我们住在学校里，下午上学去的时候带晚上的饭，只带馍，许庄的同学把我们的瓶子带回家，给我们灌热水。老师给我们找了一间屋，孙庄的三个学生，魏楼的三个，六个女生住一间屋。带去了床和被子。

那时候许庄有两班唱大戏的，正在学戏。大戏又叫打戏，每一个学戏的人都要挨打，不打学不出来。许庄的同学都跟着学会很多唱段。一个叫小莲的，学唱黑头，在班里沉着声音唱铡美案，我们都笑，她越发起劲，锣鼓夹板的声音也学，哐——哐——嚓！哐——哐——嚓！她在老师讲课的讲台上唱得有声有色，下面的同学看着她出洋相，哈哈大笑。文静的红萦也会唱，她唱姜桂芝找女婿、穆桂英挂帅里面的那些段子。

夜晚在我们寝室里闹，小莲站在床上唱老包腔，浑厚低沉，像一列火车开过黑夜的村庄。唱老包腔的小莲长得瘦小，细长的身材，像两根高粱秆。她的脸小眼睛大，嘴唇薄薄的，看人先微微一笑，露出一嘴黄牙根。后来小莲嫁到赵庄一个包子铺，我遇到她，扎着围裙在街头摊子上卖包子，手里拿着抹布，在抹桌子，眼睛还是那样大。

许庄的同学会唱戏，外村的同学也受感染，会哼几句，课后把戏词写在练习本上，花木兰和四季歌在一起。打金枝和外婆的澎湖湾在一起。我们遇到什么写上什么，放学路上我们也唱，唱腔唱调和舞台上差不多，没有那么字正腔圆，也有几分神似。小莲红萦还会缝制头上戴的花，女戏子压在额头鬓角上的花，一串串的，压在额头上面，鬓角两旁，确有几分神似。夜里她们不回家，在我们寝室里床上闹。小莲给红萦扮装，头上戴花，穿上父母的肥大褂子，袖子要长，像水袖，飘来飘去，拂袖的样子，很像。小莲戴了老包的帽子，腰里架着官带，走起来，腿抬很高。我们嘻嘻哈哈玩半夜。

一夜，慧去厕所，半夜，校园寂静，坐落在村子边缘的学校像旷野无人的寺庙一样荒凉。寝室到厕所三十米，在学校最前面东拐一个角落里。男生厕所、女生厕所、老师厕所一墙之隔。从北边去女生厕所要经过老师厕所，从南面去老师厕所要经过女生厕所，男生厕所在最东边。慧走过老师厕所走进女生厕所门口时大叫一声，飞跑回来。她回到寝室喊醒我们，大惊失色地告诉我们：厕所里有人！厕所里有人！我看到了，蹲在里面，漆黑一团。

谁？我们问。

看不清，看不清是谁。慧的声音有点颤抖。

我们开始猜测。学校里只有一个住校的老师，初二的班主任，会不会是他？他许多年都在和媳妇离婚，一个人住在学校里，独来独往，不和老师在一个办公室，不回家，不与人交往。他自己住在一间屋子里，办公，休息，做饭，吃饭，睡觉。他神秘、威严、可怕，我们视他为怪人。除非是他，太可怕了。

第二天告诉王老师，王老师说你们回家住吧，不要在学校里住了。

慧开始从舅舅家里要来一辆破旧的自行车，云也买了一辆旧二手自行车。魏楼的闫雪菊和闫玉荣分别有了车子，我没有车子，还是走着去上学。

那年我学会骑自行车。晚上灯课后她们不骑自行车，天黑看不见路，都牵着车子走回来。我们一起走回来。我主动给慧牵车子。我对自行车充满了向往。牵车子也过了一把自行车瘾。牵了几天车子，忍不住用一只脚在脚踏上练习，一只脚蹬地，慢慢向前滑走。慧说：想学车子先学会掌把，掌住把就会骑了。我抓住车把，继续一只脚在脚踏上，一只脚在地下蹬地。不久我飞身上车，摔一两次，慢慢学会骑自行车。

初一后半学期在路上和一个叫小樱的一起走。小樱家在王堤口，我们一起从许庄往回走。小樱黑瘦，嘴巴噘着，眼睛小小的，她很会说，告诉我她哥哥有许多书，一箱子一箱子的，画书、大书都有。我问他有《红楼梦》吗？她说有。问她有《水浒传》吗？她说有。我问她四大名著都有吗？她说都有。我简直被她征服了，被她家的书征服了。没有她家没有的。我那么相信她，那个小小的人儿，扎着两个翘翘辫，说话慢声慢语，毫无夸张虚假之意。其实都是假的，我还是那么信服她，她简直不知道《红楼梦》《水浒传》是什么，她竟然敢说有，四大名著也不知道是什么，她照样说有。我照样相信她的话，喜欢听她说有。我们就像瞎子说看见光一样，我们在美好的想象中充满希望。

我说：你家的书借给我一本行吗?

她说：行，那是我哥哥的书，等我哥哥回来了，我就给借给你。

我问她：你哥哥干什么去了?

她说：哥哥去新疆了。

我问她：你哥哥什么时候回来?

她说：过年的时候回来。

我确定她家有书，确定她哥哥回来那些书就能借给我看。每天在路上我们就讨论她家的书，她说得绘声绘色，在哥哥床底下有四箱子书，床头上有一箱子，桌子上还有一箱子，她哥哥的书都在箱子里，箱子都锁上了，哥哥来了才能打开。

我觉着很好，和樱子一起放学回家很开心。路上稀稀落落走着放学回家的学生，三三两两，走着玩着。路边的庄稼冬天是麦子，秋天是玉米棉花红薯。我们不管地里种植什么，有蝴蝶的时候去追蝴蝶，有时也遇到一只刺猬，蛇也会在路上出现。夏天水多时，走到高庄要蹚水，挽起裤子，脱下鞋蹚过去。一天天寂寞，寂寞得从容，不想明天。明天来了继续从容。

二

上初二时我们跟张老师上课。他是我们的班主任。那一夜的阴影还没有散去，看到他，想到暗夜里蹲在女生厕所里的人，黑黢黢面目狰狞，是不是他？

初一时看他骑一辆擦得干干净净的自行车从学校里出去，冬天穿一件黑色的呢子上衣，身材笔挺，眼睛直视，一直往前走，牵车子走也直挺挺地目不斜视前进。有时一个人从校园里走过，目光坚定，步伐稳健，给人一种拒人千里之外的感觉。

我们跟他上课后才知道他会笑，也看到了他的正面脸庞。他很会打理自己，有洁癖一般，身上一尘不染，头发一丝不乱，裤子前面永远叠着稜角，上衣永远挺括。他的脸色发白，那种苍白，是不健康的白，又是那种足不出户捂出来的白。没有一根胡茬，脸上刮得干干净净。高鼻梁，大眼睛，双眼皮，长脸，长头发，有时会甩一下头。黑呢子上衣里面是白衬衫，洁白，从来不脏。他笑的时候脸颊上有皱。他不经常笑，偶尔露出一下笑容，也露出他的牙齿，牙齿也白，他不抽烟。有良好的生活习惯。做我们的班主任后，我们对他充满崇拜。他会唱歌，会说普通话，念课文用普通话，讲课带方言。最吸引我们的是他会讲国家形势和国际形势，把报纸上的新闻讲给我们听。像传奇一样的张老师，还会武术，带了一班徒弟，是许庄的和王堤口的同学，放学后他们练武术，多在夜里练武，有男生有女生。他们给他带南瓜、冬瓜、白菜、红薯、油，早上他没起床已经放到他门口。

我们上课的时候，他媳妇来闹。我们没有看到他媳妇的样子，他正讲着课突然停下，听到门外有争吵的声音。有同学站在窗口上往外看，张老师把他媳妇拽到屋里，他们在屋里很久，早上放学的时候同学们看到那个女的走了。学校里都传张老师媳妇来闹了。好奇，神秘，不可告人，我们都觉着张老师更与众不同。他独来独往，独自在一个屋子里，从来不去大办公室和老师们在一起。他的奇怪令人不安，又充满神秘。

上初二时我的学费是七块钱。我没有七块钱，我父亲也没有。我父亲没有就是家里没有。没有钱老师也没说什么。班里还有贫困生慧，慧交了五块钱，还没有交够。张老师在班上说没有交够的同学接着交，这星期六截止。我觉着是在说我。又不是在说我。我没有交一分钱啊。没有说我，我也觉着丢人。回家把要学费的事写在纸上，给父亲看，还写上星期六截止。

父亲没有说话。我也没有说话。我只是把事情告诉他，没有钱我不管，他去想办法。一直到上初中二年级，我还是一个不懂事的小孩子，没有生活艰难的意识。把所有困难的事情告诉父亲，向他提出要求，等他解决。

第二天我照常去上学。夜里有灯课，灯课是自习课，同学们自由学习。老师不在教室里。

晚自习教室里寂静。我们班在两排房子前面一排的东边。在教室里，我听到喊我的声音，从远处传来，高亢、强烈的呼喊震动我的耳膜，我站起来，四望，我听到是父亲喊我的声音，声音的来源很远。我听出来是在远处。我受惊的小鸟一样奔出去。我从教室里奔跑到夜晚的校园区，从前面的一排房子跑到后面一排房子，我什么都看不到，黑色的夜遮挡住我的眼睛。我在黑夜里寻找我的父亲。他在哪里？我不知道到哪里去找他。这时他喊我的声音又响起：

“臭妮——”声音坚硬，不可抗拒。我必须向那声音奔去。我寻着声音的来源一直奔到他面前，抓一下他的手，他知道我来到他面前。

父亲在学校后面的路上站着，他不知道到哪里去找我，他站在学校后面喊我。夜色笼罩了他的身影，他是一片模糊。他说：臭妮，给你学费，七块钱，交给你们老师。他还说把家里小公鸡卖了。那年养成了两只公鸡，不下蛋，卖了。

春天父亲赊了二十只小鸡，养活五六只，父亲说：到八月十五杀一只小公鸡给你吃。中秋节时父亲说：我逮住称了一下小公鸡，长到一斤三两了。太小，还不到两斤，等大些再杀了给你吃。我又不想吃肉，杀公鸡不杀公鸡我都不在意，我只是有点想要公鸡毛，想做毽子的情结还在，我也不想杀公鸡。

父亲去卖公鸡。他卖了一天？到哪里去卖？怎么卖的？我都不知道。也不知道他怎么夜里到学校里来找我。他是从家里来，还是从集市上来？我不知道。和他交流不方便，我不问他。我拿了钱去学校。父亲走了。

我把钱交给老师。老师说：你父亲送来的？

我答应一声：嗯。

老师说：你要努力学习啊。

我继续答应老师：嗯。

老师又说：你看你父亲多不容易。

我还是：嗯。

钱交给老师。我回到教室，坐下。心里有隐隐的不安。我知道那天是星期六。老师没有说学费的事，几天都没有说学费的事，我忘记了老师说星期六截止的话。老师大概也忘记星期六截止的话。我知道慧还没有交，徐莲也没有交。我的父亲记着星期六截止的话，半夜三更地送钱来。

那年张老师布置了一篇作文，作文的命题是：记我熟悉的一个人。我写了我父亲。我写得不好。张老师给我修改得好。修改后的作文作范文在班级里由张老师用普通话读出来。全班同学都感动了，我趴在课桌上泣不成声。我发誓长大了要报答我的父亲……

那篇作文对我影响之深，永生难忘。对我从事写作，对我的人格都产生了影响。我也深刻地意识到我父亲的艰辛。初次朦朦胧胧地知道了关于生存的苦。

一直到初三我才真正体会到人情冷暖，触摸到被排斥被压迫被嘲弄的感觉。刺激到我的灵魂，我沉睡的灵魂开始苏醒，知道了人之卑微，人之由贫而低贱，而被踩在脚底下的滋味。

初三在赵庄后面的两间破屋里上，是临时找的两间屋，在赵庄高中部后面一角落里。什么都没有，没有教室、没有办公室、没有食堂、没有寝室、没有厕所。没有老师，半学期都没有英语老师，化学老师也等了两个月，物理老师是从某学校抽上来的。老师上课骑自行车，车把上挂一摞讲课的书。老师讲完课带书回家。没有人管我们，我们在教室里吃馍喝凉水，也去街上乱跑。厕所在很远的高中部旁边。喝水到学校西边的居民区压井水喝。父亲早上给我五分钱，我带馍去。我没有自行车，素素、慧、红都有，我千方百计想坐她们的车子，慧的车子总打爆。红不愿意带我，素素也不情愿。我眼巴巴地看着她们从我身边过去，期待她们喊我上一下车子，到半路上我会带她们。她们不肯喊我一声。有时也喊，我说你们先走吧，我一会儿就到家。她们就真的走了。她们再说一句：上来，一起走。我会上去。从赵庄最北边的学校到我家有八公里。我徒步走。带着馍和五分钱。五分钱中午买一碗水喝。一碗水一分钱。五分钱买五天。后来我遇到娥，娥住在供销社里。我跟她住到供销社里。

娥的父亲在供销社上班，有一间屋子。娥看我无处可去。她心软，喊我跟她住。没有住几天，娥开始不喜欢。我看到她的四方大脸很难看，对我翻白眼，恶声恶语。我每天晚上跟在娥身后到供销社去像一个贼跟在好人身后。娥在供销社吃米饭，打供销社食堂里的饭。我在路上啃块干馍，水都没有。娥打来饭在桌子上吃。我一进屋就趴在床上睡觉。她喊我我装睡着。我怕她让我吃她的饭。我的存在已经让她讨厌。我装睡觉她还是觉着不舒服。可是我没有地方去，赖在了她那里。我甚至不敢出门上厕所，我怕她关门把我关在外面进不去。她无法喊醒我，假睡的人难喊醒。我以为她是试探我，每一回她开吃之前都会喊我一声：雪，起来吃饭。我不醒不答应。她嘟囔一句：这家伙睡着了，睡得死，喊都喊不醒，我吃了。我咽一下干涩的喉咙，眼里满是泪水。

娥很美，饱满的额头，白皙的脸，薄嘴唇，双眼皮裹着大眼睛。把头发全部扎到脑后，露出大大的脑袋。她原本就很骄傲，有一个在供销社上班的吃计划粮的爸爸，老师也看重她这种有社会地位的人。我算什么呢，孤弱的一个人。我们在一起是一个丑小鸭一个美天鹅。这样比喻一点也不过分。有一天她终于不能忍受了。她大吼一声：孙爱雪，把这个吃下去。我傻傻地愣住，不敢动。你吃不吃？你不吃我倒地下了。没有等我说吃，她把饭和菜倒到地下。米饭和烧得通红的茄子猪肉在地下流着紫红的水。

我战战兢兢地看着，恐怖极了。

我们的友谊没剩一点了。没有等我们搬去新学校，她突然离开了学校。从此没有了她的消息。我却如此深刻地记住了她，她的美丽的脸庞，她的高高的饱满的额头上没有一丝刘海。

我晚上回家。八公里一步一步量。偶尔遇到慧，她带我一下。慧的自行车外带上绑着绳子，转起来绳子花朵一样飞扬。父亲蒸发馍花卷给我带着，给我一毛钱，钱多的时候给我两毛钱，让我买碗粥喝，粥五分钱一碗，能买五碗茶。我不舍得买粥，买茶。觉着茶也贵，跑到人家家喝井里水。井水不要钱。那年我得了痢疾，拉了一个多月。下课去很远的厕所，回来上课了，老师在教室里眼光狠狠地瞪我。在上课的时候敲我的鼓。我还是要惊恐地看着老师，对老师说：老师，我上厕所。老师不耐烦地说：去去，下课干什么去了！

我一溜小跑到厕所，我看到拉出的脓血。我害怕了，给在城里上班的兰姨写信，告诉她我病了，得了痢疾。兰姨给我寄来药。兰姨是母亲的姨表妹。母亲已经死去多年，俗话说：姨娘亲，死了姨娘断了亲。兰姨在我母亲死后几乎不联系。姨姥姥心好，我父亲带我去，把我寄存在姨姥姥家，认得了兰姨。

后来又咳嗽。夜里咳嗽，白天上课咳嗽。蒋老师是我们的班主任，他说咳嗽可以吃一种黄色的小药丸，吃一粒就好，买来吃一下。

我不知道买药吃。我怎么知道呢？没有人告诉我买药吃。蒋老师说后，我去赵庄南头的药铺买药，买了三粒咳嗽药，一毛五分。吃了一粒，不咳嗽了。剩下的两粒没有吃，包在一个白色的纸包里，收着，后来不知所终。

在赵庄高中部后面上了两个月课后新学校盖起。新学校在段堤口和许庄两村后面的田地里，一溜九间坐北朝南的房子，整个赵庄公社招收两个班的初三学生。一班二班在东西两边，中间是老师办公室。食堂和宿舍在教室后面，是一溜旧房子，一间女生宿舍，一间男生宿舍，一间食堂。宿舍和食堂是土屋，墙上掉着黄土。宿舍里没有床，老师说同桌同学相互组合睡一起。我和邵霞霞坐在一个座位，她家在邵庄，她说她家有床，我说我家没有。她说：到我家拉床吧。

我们一起去她家拉床。

邵庄在赵庄北边，我从来没有去过邵庄。一直往北走，走过公路，走过一段低洼小土路，走过田间的羊肠小道，路边的村庄仿佛在一个深的盆里蹲着。

邵霞霞家没有人，我们开门进家，从屋子里抬出床，小床，矮矮的，窄窄的，四个腿细细的，看上去经不起我们两个人睡在上面。我们把床放在板车上，我拉，邵霞霞在后面推。路上还有邵庄的同学一起拉床，我们一路浩浩荡荡，好不气派。

从进入寝室开始就生发矛盾。抢地盘和挪移床铺成为矛盾的导火索，空中拉扯绳子、墙上挂包包和衣服也成为争抢的矛盾。狭小的屋子里铺满床，中间只能容一个人通过的过道摩擦着床头上的枕头。不怀好意的同学故意撞掉，嫁祸于人。争吵声，谩骂声不绝于耳。

我们那一届学生是第一年实行初中三年制的学生，从老师到学生都是混乱不堪，老师是七拼八凑来的，学校是七拼八凑的，学生也是七拼八凑的。全公社各自学校里的学生都有，有的甚至蹲级蹲了五年，那个叫张慧颖的是老蹲级生，具体蹲了几年她不说，我们猜测也得五六年了，三年四年的老鸡头也有几个，原来是从初二考高中，现在又多了一个初三，我们都不自然。班里老油条很多，新生也很猖狂，一个个都是针尖对麦芒，谁都不能见谁的茬。这一年我深刻体会到了冷漠和嘲弄，压抑和欺凌。

我和邵霞霞在一起几天就出岔子了。她拒绝我睡在她床上，意思是我拿的被褥少，天冷了和我在一起睡她嫌冷。我只能拿出一个被子和一个褥子。九月，夜里凉了。父亲拆洗得干干净净的被子和褥子邵霞霞嫌薄，嫌少。她说她要和她村上姓邵的那个女同学一起睡。让我自己睡，睡在她们两个人中间的床棢上。我挤在她们中间。挤在她们中间还要使坏，把我褥子扔出去，把我的被子放到小翠的床上。小翠是寝室里的母老虎，得罪她等于得罪山大王。她恶毒凶狠，不择手段，在寝室里能骂一夜不眨眼不住嘴。得罪她的同学把她骂人的事情报告老师，老师不批评她，还封她当了室长，她更加放肆，对谁都是眼瞪着，等你给她上供。我们带白面馍馍的要给她吃，有咸菜也得给她。打饭的时候她要打最稠的。邵霞霞把我的被子放在她的床上无疑是让我得罪她，我会吃不了兜着走。我在寝室里是老鼠，处处挨打被训斥，我不敢得罪任何人。小翠看到是我的被子，一脚踢到地下。我捡起来，一声不响地抱起来，问都不问是谁踢的。我看到，睁大眼睛看到也不敢问。受气，是不言而喻的。都看到我受气，都不敢说话。我也不敢说话。我在寝室里晾晒秋裤，小翠骂我：哪个叫花子的秋裤晾这里？赶快拿走，不拿走扔井里去了。我们寝室外面是一口井，我们在井边打水洗衣服。听到小翠骂，我赶紧爬到床上从墙边绳子上拿下秋裤。秋裤并不在她床头上，在寝室里也不行，秋裤烂啊，补着补丁，难看。我也不敢晒在外面，怕更多人笑话。

我实实在在地刻骨铭心地记住了人与人之间的差别。记住了穷的意义。记住了侮辱、羞辱、耻辱、卑微之于人一个个的打击。我突然就长大，懂事，开始躲避友情，又深切渴望友情。孤独占据我整个心。我所遇到的每一个人都让我都心存戒心，保持自己的自卑和低落。我也第一次意识到我的耳聋的父亲邋遢的父亲是丢人的。他去了学校，我正上课，他站在教室门口喊我：臭妮——

他的声音粗糙粗粝粗鲁。他用那种高亢又沉闷的声音喊我。我处在那样一个境遇里，本来已经被所有同学看不起，老父亲又衣衫不整，胡子邋遢老到学校里来，来了还站在教室外面大声喊：臭妮——我的脸腾地通红，站起来就往教室外面跑。全班同学都知道我叫臭妮，都知道我父亲又老又邋遢。

外面下着雨。父亲站在雨里。他身上披着一个麻包片，淋湿透，往下滴着水。他拿着一包馍，包在布里，抱在怀里。他站在雨里，雨水从头上流到脸上。脸上的胡子都湿了。他抓一把脸上的水，看到我出来，把馍递给我说：这几天都有雨，你不用回家拿馍了，我给你送来了。

我是每个星期三回家拿一次馍。父亲会看天相，他知道有雨。我接过馍，推他回去。他说：馍里有两块钱，你别拿掉。我还是推他快走。他转身走了。我的心既疼又怨。我的确感觉到了老父亲又老又邋遢，我也怕同学知道我父亲又老又邋遢。在我看到父亲的那一刻我绝对没有厌烦和躲避，我只觉着我和我的老父亲一样可怜可悲，我们都是异类，都是被人看不起的人。都是在异样的眼光里屈辱地活着。我这样感觉着。我知道我的父亲不是这样的感觉，他不畏人言，他什么都不怕的。而我那时候是怕的，是畏惧的，活得小心而胆怯。我推我的父亲赶快离开，我不想我的父亲遭遇那些冰凉的目光，我也不想我更多地被同学议论和嘲弄。我想他快点离开，我觉着我的心十分寒冷。是的，我浑身寒冷。我的饱经屈辱的心沉在万丈深渊，不可自拔地被隔离被孤立被友情抛弃。我没有友谊没有爱，我失却一个女孩成长过程中的一切美好。我的父亲不知道，我突然就懂事了，我突然知道我们父女的命运那样顽固地被人耻笑。我不愿意父亲被他们多看一眼，被多讥笑一下都是我不愿意看到的。他走了。我灰溜溜地回到教室，馍已经送到寝室。第二天所有住校的同学都淋雨回家拿馍，我没有回家。也有家长一早送来馍的，和我一样在学校里没有回家。

三

我睡在邵霞霞的床帮上。邵霞霞圆脸，小嘴，腮鼓起，鼻子尖细，眉毛似有若无，三角形眼眶里一对圆溜溜的大眼睛，白眼珠多于黑眼珠，亮如剑，狠如刀。我睡在她和小翠的床中间，小翠不喜欢我，她厌烦我。在两边共同敌对的夹缝里，邵霞霞的白眼球枪子一样射向我。小翠的恶言恶语则直接对着我吼叫：谁的破袄，快拿开，我扔出去了。我连忙坐起来拿走。冬天的夜里我一个薄被和棉袄盖在身上，掉到了小翠那边，小翠故意地大声叫嚷。鞋子放在任何一个地方都是错的，或者被一脚踢到了小翠的床边，她给我扔出去。床底下是我们放脸盆的地方，我没有床，脸盆没地方放，我放到门后面，不知道怎么挡住了门，小翠号叫：好狗不挡路。她骂我。我不敢对骂，把盆放好。寝室里少钱少馒头的事情经常发生，谩骂一次次响起。慧慧和所有的人不搭腔。她蹲了至少四年初中没有考上高中，人人都讥笑她又老又笨，长得也难看，胖脸胖身体，个子不高，偏偏长一个老太太嘴巴，她知道同学都笑她，她不和任何人争辩，独自来去独自学习，夜里点蜡烛在被窝里学习。小翠骂她是猪，明目张胆地骂她。小翠也是蹲了两年级，并不光彩，却还照样骂人。在这混乱的十几个人住在一起的宿舍里，我受够了。和邵霞霞彻底决裂，她把我的被子和褥子从床边扔到地下，下最后通牒令让我滚蛋，她说她受不了我夜里翻身碰到她的响动，受不了我在床帮上挤到她的感觉，受不了我蜷着身子睡觉背对着她的样子。反正是她看不惯我任何的行为，甚至看到我赤脚穿破棉鞋都觉着恶心，连袜子都没有。头发掉在她床边都要被骂：这是谁的驴毛？掉我床上了。我恼了，豁出去了，用准备无处可住的代价和她决战。我一把抓住她的小辫子，啪啪对着她打去三拳：我让你骂，你再骂一句试试！我个子比她高，身材也比她壮，一腔怒火下我力大无穷，把她抓倒，按到床帮上狠狠地揍。我恼了，我被压制的性情爆发了，我要揍死她。小翠傻眼了，邵庄的几个女同学拉住我，邵霞霞才得以脱身，她头发蓬乱地望着我，不敢还手，也哭不出来，瞪圆眼看我，她终于知道我的厉害，我不可以被她们一直欺负的。后来打饭的时候，没有谁敢慢待我，不敢再光给我打清汤。但是我已经不能住在寝室里，我住不下去，小翠和邵霞霞彻底把我赶出来。我住到了段堤口段艳琴家。

段堤口在学校之南，321国道南面一片广阔的田野，田野之南是段堤口。段堤口在太行堤河之下，一片茂密的树林掩映着这个荒野中的村庄。段堤口和许庄隔一条小河一块玉米地，两村像一个村，彼此每家都熟悉。

段艳琴和我从初中二年级开始做同学。段艳琴和我的好同学段新云是隔着一条路的邻居。新云和我从初一到初二在一起，初三她没有考，接班去矿上上班。段艳琴孤傲，轻易不与人交往。她眼睛有点小，眯着，带着很傲气的样子。她母亲是大队妇联主任，家境好，艳琴又是小女，很娇贵。我和邵霞霞打架之后没有地方睡了，同学都知道，艳琴也知道，回家说新闻一样和她母亲说了，她母亲说：让她到咱家来住。一个苦孩子，怎么能没地方住。

艳琴到学校里特地告诉我。她不太和我说话，她在一班我在二班，她从二班找到我，告诉我这个消息，我突然觉着是喜从天降，真的是天无绝人之路。我当即搬到艳琴家去住。

艳琴家三个女孩，没有男孩。早年，艳琴母亲一直不生育，抱养了艳琴的大姐，后来生了淑霞和艳琴。老大老二都没有读多少书，艳琴读到初三，最多。艳琴的母亲胖胖的，一脸皱纹，是饱满的智慧。眼睛里始终带着深深的忧虑，嘴巴鼻子都带着和善的温情。她说：你早些时候来啊，我一直想去看看你，艳琴告诉我说你在许庄上学，我想去看你。你不知道，你小时候，我就在孙庄工作，和你姐姐在一起，我见过你，你家的苦，我知道的。你看这孩子，长这么大了。那时候，你这么高，你父亲领着你，唉，苦孩子。你姐姐可好？你不知道，那时候我和你姐姐都在一起开会，早知道你的，你到家里来啊，你这苦孩子，住这里吧，和艳琴一起住。唉，苦命的孩子——

我在的时候她的大女儿已经出嫁，还有老二淑霞在家劳动，艳琴上学。那时候我始终没有叫过她什么，她说：你喊我姐姐，我和你姐姐在一起工作，喊姐姐就行。我不喊。她都五十多岁了，我还和艳琴是同学，我怎么喊她姐姐？我什么都不喊，我喊不出来。

艳琴一家人住在三间堂屋里，西间是杂物，当门是一张桌子和椅子，我们都住在东间。淑霞和她母亲睡东间北墙上的大床，我和艳琴睡东墙边的小床，大床和小床顶着铺，床上堆满被子，厚厚的被子发出暖和的气息，拥挤也温馨。艳琴和我起来上学走，她们俩不起，继续睡。艳琴的母亲每天早上醒来喊我们起床，一遍遍喊我喊艳琴。我们迷迷瞪瞪揉着眼起来，在外面洗一把脸，背着书包上学去。

段堤口上初三的学生多，男生女生有二十多个，早上去时和放学时路上陆续不断一起走着。在这两个班的同学中，来自赵庄各个学校的学生都有，大家彼此不熟悉，也没有友谊，而段堤口的学生大多是从初一一起上过来的，有同学友谊，在一起，觉着亲切。知道我住在艳琴家，一起走，没有隔阂和疏离。

我一向小心谨慎，在艳琴家也是这样，生怕哪一点让人不高兴了。我时刻检点自己，小心别做错事情，尽量减少麻烦。所以到艳琴家我就钻到被窝里睡觉。艳琴到家要吃晚饭，她母亲要招呼我也吃饭，我说我在学校里吃过了，还撑得难受。我饿也不说饿，要说撑得难受。艳琴的母亲和善慈祥，说我太老实，一点不泼辣。我笑笑。不言语。我不敢多言，我怕说错话，人家厌烦。艳琴的母亲不厌烦我，看我很亲，还说星期天让我带我父亲到她家去吃饭，我不敢。我竭力减少她们对我的照顾，我能够在她家有一席安身之地，此生已感恩不尽。

晚上回去，艳琴的母亲会给艳琴留着白天买的好吃的果子。她也给我吃，吃了一回，两回，还给。我老是吃人家的果子，心里很不安，我怕她们厌烦我，回到她家，艳琴去厨房吃饭的时候我便钻进被窝，钻进去就睡着。有时她们吃一个苹果，吃几个杏，也吃几粒枣子。艳琴的母亲喊我，我不醒，我装睡着。那夜在艳琴家屋后放电影，电影放得很响，我不看电影，到家就睡。艳琴的母亲和淑霞看电影回来，电影没有结束，她们回来，给艳琴温饭。屋后的电影在继续放，艳琴的母亲拿出果子，艳琴和淑霞分吃果子，一边吃一边说电影。我醒了，装睡着。我知道她们夜里会吃果子，我怕她们让我吃果子，我倒下就睡着，艳琴和淑霞吃果子的时候说我：你看她睡得多死，喊都喊不醒。爱雪，醒醒，醒醒，吃果子。我不醒。我不想吃，让她们怎么都喊不醒。这一回艳琴的母亲说：你看爱雪困得，这样也不醒，她能睡着。她们吃果子的声音和后面放电影的声音，她们说的每一句话，甚至呼吸我都听到，但是我不能打破人家一家人的秩序，不能因为我的入住让人家有半点不适。我已经住在人家家，怎么可以再吃人家的果子？我吃人家的果子，吃一回两回，再吃，人家会烦，我不能让人家烦，不能有一点点让人家觉着不自然的地方。

我这样小心地过完我的初中居住生活。

我和艳琴一家结下深厚情谊。我毕业后还去她家，住在那里，我们一起做油饼吃。艳琴的父亲是一个老实人，一年四季在看闸坝，夜里睡在闸坝里。他回家吃饭，看到我来了，笑笑，也不问什么。我也对老实人感到亲，不觉着可怕，心里感觉到踏实。艳琴的母亲对他极好，夜晚走的时候，给他带着茶水，把衣服给他拿好，手电筒递到他手里。那个瘦高的老人一脸的皱纹，我一直没有忘记他对我的笑。我住在那里时， 我渴了偷偷地去喝凉水，我也不敢倒热水瓶里的热水。我怕人家烦。其实这些都不算什么。我小心谨慎惯了。被寝室里的排挤吓怕了，生怕没有地方住。后来我毕业和淑霞在一起，我们在饮料厂上班，淑霞更是一位贤淑温和的人，不生任何枝节，从来不会惹是生非，顺从而大气。她长得也好，我们在一起我觉着平等，没有压抑感。我被这种美好感动着，觉着世上人都像淑霞这样多好，一脸的平和。

我第一次去徐州是淑霞陪我去的。我去听课学习。那时候我已经喜欢写作。我拿到通知，让我去徐州学习。我没有去过徐州，甚至没有坐过车，更找不到徐州。艳琴的母亲怕我出去不安全，她让淑霞陪我去。并且安排我们晚上住在她村上的一个家在徐州的熟人那里。

是夏天，我和淑霞去徐州。我们找到那栋十四层的楼，不知道坐电梯，一直爬到十四层，没有找到讲课的地方。我拿着通知，在空荡荡的大厦里面举目张望，我们问了人都说不知道。我不知道怎么那么莫名其妙地接到通知。我正狂热地热爱着文学，希望找到一线希望之光。来到徐州，我知道我错了，这么盲目地乱跑。后来知道那个课不在那个楼里讲，换了另外的一个地方，因为离得远，没有办法另外通知我，再写信通知要三天后我才能接到。所以我没有找到地方。

我们在大街上晃荡一阵子，淑霞说去她亲戚家吧，住下明天回去。我跟她去她亲戚家。在徐州西南一个地方，我们坐车去，一直坐到那家小区门口的市场上下车。我们穿过那些商贩，进到一个高楼里。那家居住在六楼还是四楼我忘记了，淑霞去过，她领我爬上去，人家大吃一惊，这个时间，天快黑了突然闯进去两个女孩，他们很惊异。淑霞告诉那个长得得体也宽厚的男人说：她来徐州学习写作，我陪她来，天晚了，我们回不去了，在你这里住一晚。那人很热情，连忙说：好好，里面来，里面来。我们进去，坐下。那人急忙去多加饭菜。

淑霞在路上说：没事，他人很好，我在他家住过。我一点也不知道去什么地方找什么人，贸然就去了，弄得人家真的有点措手不及，急忙下去买馒头，买菜。

晚上我和淑霞打地铺睡在客厅里。大约那家就一张床，很窄小的房间，里面干干净净。我们铺了凉席，那人把家里唯一一个电扇放在我们头顶。他说：天热，你们吹吹风。我看他弯腰把电扇搬过来，支在我们头顶。那是一个很好的男人，细致，宽厚，儒雅。我觉着太不好意思，就那样住在那里。两手空空，我还是个陌生人，不问是谁，就住下了。淑霞回来还对我说：他人很好，没事。

那夜真的很热，我觉着楼上的空气都凝结了。那人夜里穿着长短裤，白背心，站在阳台上没有睡。他把他的电扇给我们了，他热得睡不着。

我不知道那人叫什么，在徐州干什么，住在什么地方。也不知道他和淑霞家什么关系，一个素昧平生的人，我竟然能住到他家。

第八章

1988年的春雪

一

1988年，我二十岁，高、瘦、弱。旧衣服掩饰不住一个女孩的青春气息。冰糕厂里四十多岁的厂长看我的时候露出一种下作的表情。我冷然，见他讪讪地垂下眼帘，一脸诡计。一瞬间，我感觉到危险的信号。我有强烈的直觉，像空气中有异味一样，我嗅到狼的气息。

家里没有钱。父亲没有钱。我没有钱。要生活下去，我必须在亲戚介绍的冰糕厂干活。

在孙庄，我没有见过烫头发，没有见过女孩穿西服。到冰糕厂，我遇到小梁，小梁是冰糕厂里女会计，烫头发，黑西服，里面是大红的衬衫。她笑盈盈地迎接我，还有一个叫小水的也在，是工人，雪白的牙齿，露出清水芙蓉般的天然秀美。她对我笑笑。我对她笑笑。

冰糕厂还没有开始生产，我们做开工前的准备工作。爬进机器里清理垃圾，刷大池子里的脏东西。厂子里每人发了一双靴子，一件白色的大褂子。

小水有对象，明年结婚。小梁正谈对象。小水和小梁每天都露出洁白的牙齿微笑。她们问我有对象吗，我说没有。她们说；给你介绍。我说：不急。小水一身红衣服，小梁一身黑衣服。她们一黑一红，身板挺直。我穿着兰姨给我的枣红花格小翻领上衣，裤子屁股上补一块补丁。我和她们站一起，一点都不协调，我有点自卑。

从孙庄到孙楼，隔一个丰邑。从孙庄到丰邑22公里，从丰邑北关到孙楼8公里。干到第10天，3月19日，我想家，想父亲。我想回家。20日，下雨了。春天的雨，雨线在空茫茫的天空连成一张厚网，无数的水柱速速地下落。全世界都是雨水。全世界都是雨声。我在雨水的包围里，听雨直击我的内心。我想家，想家里柴草淋湿，想父亲在雨水里，没有一口水吃。我内心咆哮，比雨水强烈。

我站在冰糕厂门口，我想回家。我要回家。一刻不能停留。我的心被一种强烈的力量拉走，必须走，必须。

冰糕厂在公路边。我在路边站着，一直站着。我等回家的机遇，心里是巨大的不安和恐惧，似乎有什么要发生，这样的雨，不寻常的天摇地动。我觉着对我意味着一场灾难，我要回家，回家。我一遍遍在内心呼叫着。

公交车从南边驶来，在雨中犹如一头困兽，缓慢驶来。

我有五角钱，我握紧钱，用这些钱回家。

车来了，我冲到路上，挥手叫车停下。大雨如注，猛烈地砸在我身上。车在我身边慢行，车门打开，我一步跨上去。

到车上，我用胳膊擦脸上的水。身上的衣服湿了，眼里不知道是雨水还是泪水，眼角涨疼。一角钱坐到丰邑车站，两角钱坐到赵庄。

到赵庄，雨停了。我走回家。从赵庄到孙庄4公里。一辈子最长的路。

我从小路回家。走下公路，小路上是泥水，田地里一片汪洋。段堤口在水里，从段堤口到许庄一路是水，看不到桥，从水里蹚过去。王堤口庄里是水，水塘和水在一起。我知道路在哪里，上学一天走六趟，我走不到水塘里去。

走过榆树林，我看到我家湿漉漉的屋子，看到院子里发出新芽的枣树，雨淋湿了树叶，水在树叶上噙着。家门敞开，从敞开的门里我看到父亲睡在地下。

我一步跨进屋里，我的父亲睡在地下，头抵地，脸贴地，身体蜷缩着。我蹲下，喊他。他蜷缩在一张席上，眼睛紧闭。旁边是碗，碗里一个长醭的馍，乌黑。灰黑的醭，遮盖住了馍的颜色。时间的菌，在碗里长出灰黑色的绒毛，长出人间苦难的花。

我喊他：大？大大！我推他的身体。我的声音已变，哽咽，哭泣。泪水江河决堤一样涌出。

他有了意识，抬眼看到我，眼睛里闪过一丝光：臭妮，你回来了？

声音轻如地穴发出。

我说：我回来了。你怎么了？大！

我知道他听不见，我还是用声音问他。他知道我问他，他不说话，紧闭着嘴。蜡黄的脸只剩下戗在颧骨上的骨头和一脸灰白的胡子。他眼窝深陷，眼眶鼓起。嘴陷下去，腮边一个深窝。四肢干柴一样把他搭成一个人的模样。我扶他坐起，想搀他去床上。他有气无力地说：我歇歇，歇歇再上床。我扶他坐着，他身体歪到我身上，头垂下去，眼睛紧闭。

我害怕。他怎么成了这样？我走的时候好好的，他好好的，十天，他怎么变成这样？冬天，他怕冷，一到冬天不早起，我每天端饭到他床前，在床上吃，他说到春天就好了。春来，他起来，走走，也能做饭吃，我才走。

我担心他，下雨更担心。有一种感应，是上天传递的感应，这个雨天，我听到父亲在呼喊我，呼唤我回家。我一刻不能在外停留。

梅英来了。她看到我，我看到她，我们看到闭着眼的父亲。我哭了。她哭了。

我们含泪把父亲抬到床上。我清理地下的秽物。

梅英说：你回来了。你终于回来了。我是来看看你回来了没有，你再不回来，我去孙楼叫你。我给你写了信，还没有到。

我没有看到信。我一定是听到家里人叫我的声音。我归心似箭，立刻回家，一秒钟也不能耽搁。我隐隐约约感觉到这个雨天是有什么事要发生。这场雨，是呼喊我回家的声音。

给你十块钱，你拿着，先看着病，再想办法。还有，你去大队里要点钱，你家这样的情况，大队该给看病钱的。你去找试试。梅英说。

我点点头，决定去找大队。

给父亲烧了一碗面条，打一个鸡蛋。他吃几口面条，鸡蛋没有吃。他说便秘，不能吃。

安顿好父亲，我去找大队书记。书记家在村子前面。走过慧家门口的斜路，往南经过三宝青蓝家，经过会计丰文家，往西，是大队书记家。大队书记在家。他家屋多，有堂屋西屋东屋，庭院很深。我往院子里走，越走脚步越沉，我站在他家院子里。我看到屋里觥筹交错，酒肉气味弥漫出来。我站在门外，不知道是进去还是回去。

我站着。书记媳妇出来了。高大微胖的一个鼓腮女人，她问我：有当紧的事吗？我说：有。她说你到西屋里等一下，我喊他出来。

我退到西屋门口，站住。等他出来。

我觉着梅英的提议是一个虚幻的泡影。我没有一点信心，不抱任何希望。我早已经感觉到这丢人现眼的事情是会毫无结果的。只会徒然地伤害我的自尊心。我怀着破釜沉舟般的决心来求他，为我老父亲看病谋一分半文，我不觉有伤尊严。只是经过多次被其拒绝之后，我觉着我已经没有脸再到这里来了。内心无比悲凉，心情沮丧到极点。毫无办法，毫无办法。在穷困之时，人无尊严可言。

书记媳妇把书记喊出来。我说我父亲病了，没有钱看病，大队能不能借给点钱？

他说：大队哪里有钱？管你家吃管你家住，哪里有钱管看病。

我没有说要钱，我说借钱，借钱也没有。

我脸皮薄，经不住人家一句难听话，也不会辩解。扭头出来。出来便哭。我只会哭。哭得无声无息，满脸泪水。抬手擦去一把又出来一把。眼睛是两眼泪泉，直往外冒。

回来写日记，对着本子一边写一边哭，蓝墨水湿了，字迹模糊一个又一个。我写道：软弱的我泪水滂沱，不能自抑。没有钱，没有钱，没有，唉，天哪……别再奢望什么了……

天黑，我出去。我去借钱。洪华借过我五块钱。我出门往西，走到洪华家。我问洪华家有没有钱，借给我点，我大病了，我明天去给他看病，没有一分钱。我不说要钱，我说借钱。

洪华家三个孩子，一家人围住案板吃饭。小孩一脸饭疙疤，鼻涕流到嘴边。洪华敞开怀给最小的孩子吃奶，拉长的奶布袋子一样塞进孩子嘴里。洪华带着四川口音问我啥子时候回来的。我说刚回。我又说一遍：我父亲病了，明天去看病。还没有钱。

我正说着洪华对着怀里的小孩啪啪两巴掌，骂小孩：娘屌，咬死我了。小孩丢下奶头哇哇哭。洪华一把把他推到地下：哭，滚一边去哭。

案板上，老大和老二因为争一根细粉条把筷子扔了，老二抱住菜碗，要砸向老大。洪华对着老二的头上去就是一巴掌。

我窘迫地站着，看着乱成一团的孩子。退出来。

夜黑了，村里路在屋墙后更黑。我从洪华家门口的胡同往南去。走到慧家门口，慧家没钱，我知道。走过去。兰芝家没有钱，三四个小孩，男人没用，他家没钱，我知道。小宽家有钱，是的，我能想到他家有钱。他妈妈的眼睛很锋利，我畏惧她，不敢去她家。我走过小宽家。荣军家没有钱，荣军家两个病人，荣军的母亲一脸愁苦，从晨起到暮落，我没有见过她笑。我走过去，前面是凤云家。凤云家大概有。我想她家有。我觉着她家能借到，凤云的父亲宽厚，母亲仁爱。姐姐善良。凤云和我一起玩得好。

我抬起右脚，放下，抬起左脚，我觉着这是我唯一可以迈进去的家门。我必须进去。我左脚进去，右脚也跟进去。我对凤云的母亲张口说：我父亲病了，明天去看病，家里没钱。说完我低下头。

凤云的母亲张嘴看看我，惊愕之后立刻去掏钱。她打开一个布包，布包在我和凤云睡觉的床头柜上的筐下压着。她的手指很长，筋骨明亮，微驼的背前倾，脖子也前倾，她使劲看着布包，打开，抽出一张十块的，又抽出一张十块的。布包里，最大的票子是十块的，余下的五块、两块、一块、五毛、两角、一角、五分、二分、一分。零零碎碎，码得整整齐齐。她说：看看，是十块不？是两张不？

我诚惶诚恐，连连说：是，是十块的，是两张。

握紧钱，我激动得心要跳出胸口。我觉着凤云的母亲是圣母，世上再也没有的好人。

我带二十块钱去赵庄医院给我父亲看病。借一辆平板车，车上铺席，再铺一个被子。把车子停到屋门口，我半托半抱把父亲从床上移到车子上。父亲说：不行了，臭妮，看也白搭了。瞎花钱。

父亲的话，瞬间使我的心冰凉。我觉着天色好暗，我觉着我走不到赵庄，我会把父亲拉到路边的沟里去吗？但我心里有十分清晰的声音在呼唤：父亲能好，他一定能好。我责备他：说什么话，不要乱说。说什么啊！

他听不见，我看到他灰黄神色里的黯淡，眼皮都不愿意抬一下。他很轻，我能抱起他。我怎么没有发现父亲已经枯瘦如柴？他只剩下一头一脸蓬乱的头发和胡须在恣意生长。

二

赵庄医院敞开的大门对着一排长着白杨树的大路，大路宽阔，南通太行堤河，北通首羡。路是土路，路上行进的车子多是板车，偶尔驶过自行车。路上的人走着，肩扛一袋红薯干，到赵庄集上去卖。也提了草鸡蛋，蹲在地下买，三分钱一个。

医院两排房子，前面一排是住院病房，后面一排是诊断室。没有B超室，没有CT室，没有磁共振，没有救护车，没有住院食堂。医生穿白大褂，胸前挂听诊器，护士穿白大褂，不戴护士帽。护士很少，不推小车打针，白色的茶缸在托盘里，抱在怀里，去病房打针。

先挂号，在医生办公室听诊。我向医生阐述父亲的病情，我只知道他吐，不能吃饭。我不知道他哪里不舒服，也不知道他在家怎么吃饭。我回来，他已经不能起床。

我后来知道是胃病。那天拉他去医院，我不懂病，不懂病的危险。我只有一个思想，我不能没有父亲，我要想尽一切办法给父亲看病。我觉着那些医生是神医，病人来了，他们看一下就好。我不懂，人之老，人之衰，人之生命的最后有多渺茫。我把父亲交给医生，我心里的恐惧减去一半，我相信医生是华佗再世，能妙手回春。

父亲听不到医生问什么，我说他不能吃饭，身体虚弱，站不起来。医生听他的心跳，听肺部。我不知道医生听到什么，不知道父亲身上哪里难受，他无法和我和医生沟通，他也不想说，什么都不想说。胃疼，他沉沉地说出两个字。

医生写了单子。我们去化验小便，化验血，拍一个片子。

父亲不能进食，他的胃有病了？大约是胃出毛病了？我在等化验单的时候想。

1988年3月22日，我把父亲交给医生，我告诉医生，用好针好药给我父亲看病，看病的钱，公家给报销。无论花多少钱，一定得给他看好。我说得郑重其事，那样肯定那样真实。包括公家给报销这个事。

那天我口袋只有二十块。我这样对医生说。对医生说得斩钉截铁。我恐怕医生不舍得用好针药，看到我们父女的穷困，会觉得我们看不起病。

把父亲从后院门诊室拉到前院住院病房，在病房里住下。病床没有铺盖，把带去的被褥铺上，父亲睡在床上。他脸色蜡黄，眼睛无光，嘴紧紧地闭着。他任由我脱下他的鞋子衣服，完全没有力气配合我，也没有力气说出一句话。

护士把水挂上，我提着的心放下些。我那样信任那些药水，我相信那些药水能把软绵绵的父亲支撑起来，每一滴都是血浆，能在他身体里流淌，给他新生。

他什么都不说，痛苦的脸和扁下去的身体只剩一张皮。我看着躺着的父亲紧闭的眼睛，他的精神低落到丧失对生的勇气，完全在半昏睡状态里承受着痛苦的折磨。他的脸上，不向我暴露出痛苦，他忍住，闭上眼，闭上嘴，不呻吟一下。

我不知道父亲多少天没有进食了。中午同室的病人在吃饭，我问父亲吃什么，他摇摇头，我说吃一点吧，我推推他，他睁开眼，我用眼神暗示他吃点饭，又指指嘴，比画给他。他默然，用眼睛看了看旁边的麦乳精。我用缸子冲一点麦乳精，递给他， 他喝一口，摇摇头说：不能喝，不能喝。想吐。

父亲不能吃饭。我忧心忡忡地看着他，他说：臭妮，没事，我没有事，你别怕。打几天针能好。

父亲说着闭上眼，去睡。他一直睡，大约也没有睡着。不愿意睁开眼看。

下午没有针，我出去买饭，还有一块钱，买一个烧饼，喝一碗水。一个烧饼五分钱。我去文化站，内心深处渴望有援助之手，但我不敢给任何人张口。文化站里有站长宋清风，写字的刘广连，创作员齐云溪。平时常去，对我很好，我敬仰他们是有文化的人。那时正学习写作，也拿习作给他们看。其实，他们看重的是我爱好写作这一面，至于家庭情况，深表同情之外，并无他念。

我像饥饿的老虎，到处嗅食物的味道。他们像我每次去一样看见我说：来了。宋清风坐在椅子上看报纸，刘广连在内里一间屋子里做瓷像。齐云溪不在。图书管理员在打扫卫生。我拿起桌子上一本《人民文学》翻了翻，又看看刘广连做的瓷像，在一个个盘子里，有毛泽东，朱德，周恩来，也有戏曲人物，有文学作品里的人物林黛玉和贾宝玉，《水浒传》中的武松等。没有歌星和电影明星。他看我伸头看，说：给你做一个吧？我勉强咧嘴笑一下，连连说：不做，我不做。我退出来。我的事情我心里清楚，我希望他们问我来干什么，有事吗。我会说我父亲住院了，然后希望他们问我有钱吗。我会说，钱不多。他们会说借给我，我便借。可是他们都像不再关心我一样各自忙着，故意躲开我似的。

我无精打采地离开。下午的赵庄街上人不多，小摊都撤走了，店面有开门的有关门的。卖饭的也把桌子凳子收回家里。

大街上空荡荡的，供销社的大门开着。我想给父亲买双鞋，买双袜子，还想给他买个衬衣，我没有进去，从供销社门口经过，向里面看了看，商店里没有一个人，营业员站在柜台里面说笑。

我从街上往东，走过收购站，走五六米。路北是赵庄人民公社的大牌子。我进去，从敞开的大门小心谨慎地走进去。公社大院庄严神圣，我畏惧那些当干部的人，觉着他们的眼睛都是往天上看的。公社大院里一片寂静，敞开的小门里也没有人，两张办公桌寂寞地对望着。我在一株梧桐树下站住，我去找谁？谁能帮助我？村里人说：你去找公社。公社管你家吃的穿的住的，公社是一个地方代名词，在村里人眼里是救济部门，他们不知道民政局，我也不知道有民政局。我们知道公社。公社是最高上级。

此刻公社在我眼里是两排房子，是空空的大院子。我看不到一个人。也无法找到一个人，找到人，我也不知道怎么说求助的事。我茫然四顾，一种被人类遗弃的感觉油然而生。下午的天色还亮，梧桐树下一片浓郁的阴影，我感到冷，心灰灰的，浑身软绵绵的，没有一点力气。

在我站着的梧桐树一侧，有一个圆门，通向另一个院子，是派出所。这时于昶从里面走出来。他看到我，直接向我走过来。他认识我。他问：你在这里干什么。我看他一眼，低下头，突然泪水奔流。这时我看到一个人都会觉着是找到人类了，听到人类的声音了。是向我发出来的人类的声音，我会号啕大哭。我忍不住泪水哗啦啦流。他惊奇地看着我，他问：怎么了？发生了什么事情？

我抽噎着告诉他我父亲住院了，没有钱看病，我想找公社求助。

于昶爱好写作，在通讯报道组里。他知道我。他说：别哭，我告诉你一个办法，明天一早，你早来，去找一个姓程的干部。他负责批条子，发救济款。只是他的权限不多，三十二十块的，要想多批点，你去找刘书记，他现在不在，你去他家，他家在公社家属院，前排最西边第二个门。

我透过泪光看到于昶那张好看的脸和他说话舒缓的声音，我像抓住救命的稻草一般看到希望的光。

他说完走了，从公社大门走出去。我回过神，回忆他的话，我记住了去找刘书记，去他家找他，在公社家属院西边第二个门。

公社家属院在赵庄西边最边缘的一片房子里。一排排红砖红瓦的房子，带一个小院，有大门。大门都关着。我沿着最前面的一排房子往里走。一样的房子一样高的围墙，小路很窄，地下是下水道铺的水泥板，走在上面，咣咣叽叽地响。我的脚步很轻，我怕被人看到，我怕被人听到我去找刘书记的脚步声，我像做贼一样在窄的小路上东张西望。我两手空空，带着一张愁苦的脸和一双欲泪的眼睛，还有一身暗淡的衣服，磨破的布鞋，烂开口的布在脚上一扇一扇的。我的头发很长很乱，在两个耳朵边用皮圈套住。我像一个叫花子，在这干净、新颖、别致的家属院里游走，不是穷亲戚也是要饭的，或者是小偷。我怕见到人，赶我离开这里。

我一直走到最西边，找到第二个门。红色的木门关闭着，墙上爬出来葡萄的枝叶。我站着看，犹豫一下，过去敲门。轻轻地敲。里面没有动静。此时大约下午五点，3月的天色还明快，家里应该有人并且不会休息。我继续敲门，手上的力气大一些，响声大一些。没有人应。我开始犹豫，想回去，又不甘心。回去怎么办？这是没有办法的办法。我硬着头皮再去敲门，这次更大力气，更响。还是没有人应。我看到门是从里面关住的，外面的门锁空挂着，没有锁。我横下心，使劲推一下门，门吱一声开了半扇，门没有插，是掩上的。我进去一步，在门边喊：有人吗？

一个女人已经站在西边屋子门口探出头，她质问我：干什么的？你怎么进来的？

我说：我敲门了，敲了几遍门，你没听见。门没锁，我一推，开了。我——我找刘书记。

找刘书记什么事？她的脸色不好看，语气也不好听。我看到了她不好看的脸，听到了她不好听的声音。为了钱，我小心回答她的话。

我说：我家在孙庄，我父亲病了，没有钱看病，我想找刘书记批点钱。

在我一进来的时候，她已经上下把我打量一遍，看我的穷酸样，早知道没有什么好事，勉强听我说完话，她说：刘书记不在家，出发了，得几天才能回来。

我看到她不耐烦的脸，我也知道她厌烦我这样的人。我还是强行扭头往屋子里瞥了一眼。她立刻不高兴地说：给你说不在家，不在家，你还不相信，还骗你咋的？

我站在她家大门里面两步远的地方听她的每一句话都是驱逐的意思，像驱逐一只臭虫一样。我没有往前走一步，我无法向前走一步，她的脸色冷漠，她的话语生硬。我在她逐客令一样的话语落下之后立刻退出来。退出大门之后，泪水再次涌出。

暮色在我模糊的眼前昏暗，所有的门都向我关闭。我抹着泪，抑制住内心的悲哀，一步步走出公社家属院。我走过小桥，站在赵庄大街上的十字路口，往北去是去医院的路，往南去是回家，往东去是空旷的赵庄大街。身后是沉入到暮色中的公社家属院——一片涨起的暗绿。我寸步难行，无路可走。我想坐在桥头，把身体依靠在桥栏上，我满怀的悲凉、愤懑和憎恨，呼天天不应，叫地地不灵。我不知道我怎么回医院，怎么面对病重的老父亲。我要给父亲看病，来的时候发誓无论多么难都要给父亲看病。这样两手空空，我拿什么给父亲看病？父亲养我二十年，我为他做过什么？我又能为他做什么？

这时从赵庄大街上过来一群人。影影绰绰走过来，暗影中一个人对另一个人说：看，那里有一个女的，小妞。我们过去玩玩！

你敢过去吗？你不敢过去。

你敢过去？你敢过去，我们都敢过去。

小妞，怕什么，我敢摸她，你们谁敢？

那几个人说着向我走过来。我听到了他们的流氓语言。我满怀的愤懑和憎恨，我要爆发，我要把我憎恨的拳头挥向任何能挥向的地方，何况来了一群流氓，我正无处发泄。我呼地站起来，没等他们靠近，我对着走在最前面的一个人上去就是一拳，接着又是一拳，边打边大声地骂：欺负姑奶奶，你们敢欺负姑奶奶，你睁开眼看看，看姑奶奶是好欺负的吗！我要杀了你们，杀了你们，你们别跑，我杀了你们……

我的声音悲戚，恶狠，我的拳头猛烈地揍向那人的头顶，我窒息的、悲怆的内心爆发了，我怕什么？此刻这个世界我都想砸个窟窿！我会怕你们几个流氓！！姑奶奶死都不怕，和你们拼了……

那群流氓落荒而逃。

那夜月色浑浊，星光暗淡，赵庄在灰暗中变得面目全非。

三

1988年3月23日，一个清新宁静的黎明带来又一个阳光和煦的早晨。医院里一片寂静，病房里病人在沉睡，陪护人也在沉睡。我靠在父亲床边躺着，看着天色从窗口明亮起来。父亲一直睡，他似乎已经在深度休眠里，没有疼痛，没有感知，他就那样睡去。胃痛发作的时候，他干呕，大口喘气，一脸痛苦。在他发作的时候，我感觉到病情严重，在他睡着的时候，我松懈了一些。脑子里一直想钱的事。我怕医生知道我没有钱，他不给开针药怎么办？

我站起来，走到门口，门口墙边有水池，水池里有压水井，我在压水井上洗一把脸，冰凉的水浸透脸上的倦意，我有了精神，睁大眼睛看看天，天明了，医院里有人起来去厕所。

我端缸子到街上去打粥。昨天父亲一天没有吃东西，我吃了一个烧饼，夜里吃了一个病友给的鸡蛋，鸡蛋给父亲的，他说不能吃，吃了会吐。那女人说：你吃吧，我看你也没有吃什么。我笑笑说：我吃了，我在外面吃了。她有点疑惑，没好再问我。夜里我饿了，把鸡蛋吃了，喝了几口水。

赵庄桥头上的包子铺正在打包子，桥边小桌子上有人在吃饭。粥在白布包的大粥缸里，旁边有油茶，装在特大壶里。用花生、海带、面筋烧制的油茶从壶嘴里倒出来，滴几滴香油，八分钱一碗。买一碗油茶，父亲喜欢喝油茶。他不喜欢喝粥。一碗粥五分钱。我想喝一碗粥，没舍得买。买五个包子，用纸包住，带回来。

父亲醒了，他的眼睛塌在眼眶里，无力的眼光在找我的身影。看到我进来，他喊我：臭妮，扶我一下。我放下饭，去扶他。他下来，我给他穿鞋，扶他去厕所。他说：我去就行，你不用扶。我坚持扶他，他发火，一脸怒气：说不用扶了，咋不听！

我松开手。他一点一点挪出去，到门边，扶住门。我在后面跟着，伸手想去扶他。他在摇晃，我的心也在摇晃。我的手就在他身后，我没有敢搀扶他。厕所不远，在水池西边，低矮的墙头下砖块在地下凌乱地堆着，墙头的遮拦处已经坍塌，红色的蓝色的砖粉碎成红色的蓝色的碎末。父亲走到砖头边，远远伸手去扶墙，手触摸到墙，沿着墙进去。

我在外面等他。我沮丧地等他出来。我为我是个女儿而悲哀。他出来，一脸蜡黄，大口喘气。我嘟囔他，我知道他听不见才嘟囔他：扶你怎么啦？摔倒怎么办？你看看这脚下什么都有！父亲听不到，看到我的脸色，我的脸色一定带着情绪。他知道我在抱怨，他说：我能走，打一天针，身上有点力气了，也想吃一点饭。

父亲的话，一下子给了我力量。没有什么比他能走动，想吃饭再好的事情了。

我端水给父亲洗脸洗手，扶他坐到床上吃饭。他看到是油茶，脸上露出喜欢。他脸上露出的是喜欢，一点点的喜欢。我看到了他的愉快。

我把油茶端到他嘴边，他说：我能喝，不用你端。我从缸子里倒出一点递给他，他喝一口，他说好喝。他把碗里的油茶喝下去，我递给他一个包子，他也想吃包子，想吃一个肉包子，我给他一个，他吃一口，说：不能吃。我说：再喝点油茶？我指指缸子里的油茶。他说：油茶也不能喝了。想吐。说着他掀开被子，要下床，我赶紧扶他。他下来，趿拉住鞋，抓住我的胳膊往外走，刚到门口，喝下去的油茶全部吐了出来，吐出来的还有黑色的秽物。我闻到一股难闻的气味，我看到父亲的脸变得扭曲可怕，混乱的胡子都翘起来，沾上吐出的食物。

我给父亲擦嘴边吐出来的食物，那些黑色的秽物让我心惊。我一直记得那些黑色的东西，在他胡子上，在地下。我端水给他洗干净，扶他上床。去清理门外的东西时，我的心收紧了，我好怕，我开始有了不祥的感觉，万一父亲的病治不好，他会不会……我不敢想，我真的怕。我心里冷冰冰的，整个人如在冰窟。我不敢声张，不敢思忖，欲流的泪水也强行压住。我只觉着天地都是灰暗的，没有了春天的暖意。

父亲喘息一阵后平息下来，他说：你把油茶喝了吧，我不能喝。

我看着油茶，没有食欲。我不能喝油茶。我的胸口堵满了无形的东西。我愣愣地看着他，他的眼睛还亮着，眼里有光，很短很浅的光。他能看到我，他能不能看到我灰沉的内心？静息一阵，平静之后，他说：喝一点白饭，试试行不？我立即点点头，慌慌地说：我去买。

我端起缸子往外走。缸子里还有油茶。八分钱的油茶，我不能倒掉。在水池边，我喝下去。我感觉到一阵猛烈的反胃，我抑制住自己的冲动，绷住嘴巴，把内心的慌乱和惊惶压下去。我刷干净缸子，匆匆地去买粥。

包子摊上人多了。卖包子的老头秃顶，矮个子，胖乎乎的脸，腰里扎着白围裙。他看到我又来，说：油茶好喝，再买一碗？我说好喝，明天再买油茶，这回买粥。

好嘞，一碗粥。

老人给我舀粥，他的舀子一舀子是一碗，一碗五分钱。我的缸子大，一舀子不满。他微笑着，似乎有点歉意地说：舀子小了，不满，再给加点。他舀出粥，白色的粥缓缓地加满缸子。他收我五分钱。

我突然觉着这个善心的老人是世上慈爱的化身，那张笑眯眯的微胖的脸带着善人才有的佛性。我对他笑笑，离去。

买来粥，父亲喝了几口。他说：少喝一点，别吐出来。

父亲想吃饭。他有想吃饭的愿望，在他的意识里，他知道只有吃下饭，才能活下去。他是在想打了针，会好点，是能够吃一点了，强吃也必须吃。父亲的脑子很清醒，他知道病着也必须吃饭，唯独吃下饭，人才有精神。

我病的时候，他说我：吃一点吧，孩子，强吃也得吃，不吃咋活着！

父亲是坚强的。他内心坚强，清醒，他无畏病痛，只要活着就要坚定地活着，想尽办法活着。虽然，病痛折磨着他，但他不怕。

这次吃下去的粥没有难受，我心里稍稍安慰些。拿枕头垫在他身后，让他休息。我还得出去，我要去公社，去找那个姓程的干部。这是最后的办法。我最后的期待，绝望中的一丝光明。

出医院大门向南，走到桥头往东，赵庄大街上吃早饭的人三三两两走出来，店铺的门还关着，供销社旁边的杂货店窗口上宽大的木板一张扣着一张。街边有三家包子锅，两家卖油条的，搭着敞篷，敞篷熏得灰黑，桌子板凳也油汪汪的。打包子的都是老头，都秃顶，都围着白色的围裙。炸油条的都是老太太，长长的筷子从锅里夹出油条，油条金黄酥亮，在铁箅子上搭着。看到油条，想着父亲好了买油条给他吃，他也喜欢吃油条，过年的时候自己看着书炸油条，炸的油条不起，硬硬的，他吃得津津有味。他说：没起好，味道一样。我笑他不会炸，他说料子的比例没有配好，头一回，没有经验，洋碱放少了。是啊，书上是几克几克的，他的手怎么能拿捏正好。他想吃街上卖的油条，又不舍得买。他一直想吃，我知道的，他喜欢吃油条和油茶。等他好了，我买给他吃。我想着，觉着该给父亲做很多事。看到街上卖的，都应该买给他，吃的穿的，他想吃没舍得吃，现在，他病了，只能看病，看病还没有钱……

公社大门敞开着，一个圈起来的院子对着街面，门两边是用砖头砌起的垛子，挂着赵庄人民公社的牌子。牌子是那种竖长牌子，白色的牌子，黑色的字。我直接进去。1988年的我没有手表，不知道几点，医院里病房也没有钟表，医生办公室里也没有。我到公社时，公社食堂里在吃饭，稀少的几个人，每一个屋子都关着门。我看看那个于昶走出来的圆门，圆门里寂静无声。我来早了，公社干部还没有上班。

我走回来，到邮局里看看邮递员小刘在不在。我寄出去两篇小说，我希望小说能带给我一份希望。我每天都盼小说的消息。我不在家，小刘找不到我，我怎么知道小说的消息呢？我暗暗想着小说发表了，会给我寄稿费，有了稿费也能给父亲看病了。那时候还没有发表过作品，不知道发表作品和给稿费中间有一段时间，我想着稿子只要发表出来，立马寄给稿费，像买东西那样一手交钱一手交货。我没有可以期盼的希望，唯独我的小说发表，是最大的希望。

邮局在赵庄最南边，丰邑公路北边。两间破旧的屋子里，小刘和另外的一个人正在分拣报纸和信。我站在门口问小刘：有我的信吗？小刘看到我，问：来这么早？我说：我父亲病了，在住院，家里没有人，有我的信，你给我留着，我来拿。他说：好，我留着等你来拿。

我交代好小刘，赶紧到公社去，我怕我错过了程干部来上班的时间。

我站在食堂和办公室中间的路上，我猜想程干部可能从这条路上走过来。我仔细观察了，看到从食堂出来的人必须经过这里向各自的屋子走去。我不知道哪一个是程干部，我隐约记得那年到我家去盖房子的那个人便是。我在每一个人脸上揣测。我觉着那些走过去的人都不是，他们不像，要么身材矮小，要么胖墩墩的，要么脸上带着傲慢，要么就是低头匆匆地进入一间屋子里。他们不是，我没有上去问，却那样肯定他们不是。我似乎预感到和程干部有缘分，我一看到，就会知道是他。我一直站着等，眼睛里充满隐隐的期待。眼前也晃动着那年那个去我家的人的形象

直到一个高大英武的中年干部和身后几个人一起走来，我一眼看出他是，他肯定是。我从他棱角分明、深邃明澈的眼睛里看到柔和的光。我直接迎上去，他正大步流星地走来，看到我，他不禁倒退了一步，站住，惊愕地看着我，紧紧地盯着我，他在他记忆里寻找我的印象。我递上一个纸条，是大队会计写的救济条子。他打开看一下，神色严肃，脸色铁青，他看完，望着我，脸上有了一缕温情，他说：你是——是你们爷俩吗？我说：是的。他说：是个苦孩子！我和秦书记去过你家。他转身对身后的人说：她太苦了，住的屋子眼看要倒，我们让她马上搬出来，立逼大队盖屋。

他果真是程干部。他记得我，知道我家的苦。是的，他是那年去我家的那个人，给我家盖房子的那个人。他还记得我。

他当即掏出笔，站在那里给我签字。他说：去那边财政办公室找毕助理盖章，再到小高那里领钱。我只能签这些，这是我最大的权限了。我觉着亲，觉着了仁慈和关爱。心里有温暖涌出。

他把条子递给我，我看到上面写着三十元。

我拿着条子到毕助理员那里盖章。几个人在屋子里说话。我有点害怕，怯怯地喊一声：给盖个章。有人翻眼皮看看我，有一个人走过来，接过去条子，到里面去了。另有一个人看到是我，问我：那天《解放军文艺》编辑部的人找到你了吗？我

说：找到了。那人露出七分惊奇，三分羡慕的目光。这道神奇的目光给我了勇气，我觉着站在那里腿不抖了，腰也直了些。我像是压瘪的气球又充进去一些气，呼吸顺畅一些。我想起沙老师，从北京赶来看我，在公社里问我的住址，在公社里一些人的心里起了波澜，这个贫苦的小女孩还有着令人刮目相看的一面呢！那时候我已经开始写作。并且有人关注，甚至被一个北京前来的寻访，应当说是不同的。那一刻，这一丝文学的幻想，也给了我勇气，给了我做人的尊严。我终于找到一件遮挡羞辱的体面事情了。

拿着盖好章的条子，我到高燕办公室领钱。程干部说的小高叫高燕，是我的同学，初一初二时的同学，她没有考上初三，接父亲的班，在公社上班。她打扮很时髦，烫着披肩长发，穿高跟鞋，裤缝笔直的喇叭裤，上身是紧身的羊毛衫。她上学的时候成熟早，不喜欢我们这些小土妮，喜欢独来独往。上班后我们不相往来。

我把条子递给她的时候，她露出怎么都刷不掉的黄牙根对我努力笑一下说：你认识程镇长？我说：不认识。

她拿出三十元递给我嘟囔着：程镇长心眼就是好。

四

24日大清早我回家拉东西，炉子和锅，面和油等。我拉空板车回家，先走大路，从赵庄粮管所拐到小路上。走大路到家五公里，走小路四公里。路上经过段堤口、许庄、高庄、王堤口、魏楼。

出医院大门时天色黑蒙蒙的，路上没有一个人，从医院往南的路宽阔干净，白色的土路在黎明的夜色中明亮。走到赵庄南边，往西去是通到山东的321省道，那时候还没有修宽阔的大柏油路，是一条小柏油路，小柏油路比土路平整。我拉板车走在柏油路上，没有沟坎，车子像自己往前走，走柏油路不用费力气。下车到土路上，车子走得缓慢，不用劲，它一步不肯往前走。我拉着走一段路，推着走一段路。三月天隐隐约约看到地里的麦子长势很旺，路边的柳树一条条挂下来，路更窄，阴影更深，我小小的身影埋在无声的阴影里，在渐渐明亮的天光里一步步往家赶路。车子不肯往前走，我拽着它使劲走，仿佛身后有鬼跟踪。

走到许庄时天色大亮，庄上有人走动，扛着镢头下地锄草的人正往村外走。在王堤口路上，我看到地里各处都晃动着人影，我一路小跑的脚步开始放慢些，心里的紧张也松弛下来。

我到家时太阳还没有出来，早晨湿漉漉的，榆树林里一片幽暗。到家打开门，把炉子装车上，把屋角的几十个煤球装上，把面装上，把刀勺子筷子都装上，又装一个盆，盆里放油盐。想想还缺什么，再带点粮食，到粮管所换几把挂面。

我回到医院时病人都还没有醒来，陪护人有起来的，到处走，出去买饭，自己做饭。医院里有饭味飘出来。炉子在病房里，是那种小小的用电炉丝简单盘制的炉子，烧完饭放到病床底下。有的炉子要拿到屋外去烧，下雨的时候放到病房一角。像我家的煤球炉子就得拿到屋外去烧。烧无烟煤。无烟煤也呛人，病人嫌有气味，医生和护士似乎不管这些事情。

病房里住院的不多，一个屋子里三张床，住两家，也有住一家。医院允许那些长住院的自己做着吃。在赵庄住院的都是各个庄上的穷人家，得了病更穷，做饭吃，能节省一点点钱。1988年生病的人少，住院的几乎都是大病。去县城看不起，就在赵庄看。人生了病，一般在村庄里卫生室吃点药，严重的打一小针。到赵庄医院来看病的都是疑难重症，村卫生室看不好的。一般病在赵庄医院检查过，大多是开了针药回家打，不住院。住院的都是严重的，无奈之下尽心看看。住院部的医生轻松，护士也轻松，病房从不紧张。

经过粮管所时我换了挂面，走到邮局时我找小刘看看有没有我的信。小刘递给我一封信，是刘老师的。我打开看。刘老师告诉我，我的小说《长明灯》将发表在《扬州文学》，小说《婚事》发表在《大风》，两篇都发表，哪一个先发出来，那一个便是你的处女作。这一刻，我热泪盈眶，喜悦充塞我的心。我觉着天地都是新的，乌黑的天空洞开了一道光明的缝。

最艰难的时候，最困顿失望的时候，在医院这个沉闷压抑的空间里，在我心情低落到最恶劣的时候，小说的发表无疑对我是巨大的抚慰，我最深切的愿望是小说发表了，还会有稿费，稿费在这个时候是多么重要，我如此需要钱，我能够用我小说发表的钱给父亲看病，就不用发愁作难了。刘老师的信给了我希望，也给了我力量。刘老师在信中写道：看到曙光了，继续努力。是的，我看到曙光了。我的未来还会有光明，我一定会继续努力。只是现在我面对的是我父亲的病情，我需要钱给他治病。他还是不能吃饭，还是吐，靠挂水维持着。这样的情况我不能安下心。

中午我的朋友袁倩来了。她来看我父亲。村里媒人来了。来给我介绍对象。他说你也不小了，你父亲老了，你不能执拗你自己的思想，该还老人的一个心愿了。他的话很有道理。很有道理的话，我也没有听进去，他不止一次说过这样的话，其他人也不止一次说过这样的话。我不想处对象，我说我喜欢写作，不想早结婚，在农村，结了婚，就不可能看书写作了。从十六七岁，从我刚刚长高个子，就很多人打我的主意，想把我廉价地娶走。我知道他们的目的，他们看到了我的弱小，看到我父亲的年迈残疾。我抗拒着，从内心反感这样的婚姻。他们以为我出身贫寒，就可以随便找一个人家把我嫁出去，捞取他们的好处。并找出好些冠冕堂皇的理由劝说我，我一概不理。这个时候媒人又来，当我经历了一些世事后，在医院里，在为钱所困中，也在父亲衰老病重中，我第一次把婚姻的事情在脑子里过了一次。孤弱的我在医院，面对黑夜，身无分文，床上是奄奄一息的父亲，我无亲无故，没有一个人给我支撑沉重，没有一个人可以商量、可以倾诉、可以把担忧害怕诉说。我知道了更深的孤苦。我知道了此世的炎凉。知道了没有人管，没有人问的滋味。村庄里也有所谓亲人，都是一个个冷漠的脸，没有人来问一句。这时候，至少近亲应该来看看。还有我父亲躺在屋子里的地下，病了多久？没有饭吃，一块干馍在碗里长醭，没有人知道。倘若我不回来，我的父亲闭上眼，也不会有人知道。境地如此凄凉，我还有什么理由活得有滋有味地去写作？我应该以父亲的病危为重，了却他老人的心愿。而我的心，在如此的凄凉里，也想有一个肩膀靠一下。那一刻，我模棱两可地算是答应媒人看一下。袁倩也说有合适的说一个吧，你父亲都这样了。我叹口气，突然泪如雨下。袁倩也眼圈通红，她揉着眼说：不好不愿意就算了，不能过分委屈自己。我想哭，想大哭，泪就出来了。我不知道为什么想哭，想大放悲声。我只是让泪流出来，我没有敢出声，我知道我不能出声，我不能把哭声喊出来。

下午打针的时候父亲的胳膊胀起来，针头动了。我喊护士来重新打针，护士在左臂上打了四针都没有打进去，我看着针插进父亲长着老年斑的手臂，护士说他的手臂浮肿，打不进去。接着换右臂，右臂打进去，滴一阵，又胀，针头从血管里出来，臂上鼓起来。我去喊护士，刚才的护士不敢来打，换另一个护士打，她看看父亲的两个手臂，她说：手上不能打了，两个胳膊都肿了。护士说只能打脚上。我掀开父亲的脚，把脚面露出来，父亲脚面上的皮硬硬的，像皮鼓一样硬。护士在脚面上找血管，来回擦着那僵硬的皮，看不到血管，护士凭经验插上针，嘱咐我看好，再不能打，她也没有好办法的。脚上血管粗，水滴进去了。

看着父亲浮肿的双臂，我沉重的心更深地往下沉。我再次被不祥的预感折磨着。我很怕，心里充满恐惧，住院三天，打了三天水，没有减轻一点病情，还加重了，怎能不忧心？同屋的小孩下午回去，他们住了四天，回家再打两天针，是脑膜炎，感冒引起的，这么严重的病四天就出院了，父亲打了三天没有一点好转。

第四天病房里住进来一个喝农药的，住了一天，第二天换了病房。

村里父亲的相知知道我父亲在住院，来看他。全稻来了，他留下十块钱。他说他父亲要来，他没有让他来。魏楼的广金来了，给二十元钱。他站在父亲病床前，父亲看到他，眼睛里是绝望。广金黯然神伤，他拍拍父亲的肩，指指正打的水，意思是病能好。广金和父亲是一辈子的好朋友，他对广金说：熬不过去这一回了。说完扭过去脸，不看广金。广金眼里闪出泪花，忍住泪对我说：苦孩子，你父亲吃一辈子苦，好好给他看病，是你的亲人啊！我点点头，哽咽无语。留金来了，媳妇、小孩都来了。留金是父亲的叔伯侄子，是我父亲最亲的侄子。留下十块钱，给父亲看病。洪华来了，还给我五块钱，又给二十元钱，说：给二老爷看病，看好病回去还能给我们算卦。后运来了，他看看父亲的脸，他说：怎么瘦成这样？我说：吃不下去饭，还是吃不下去。他说：怎么会突然就厉害了？想不到，他没有病过，有病自己开个药方吃吃就好了，这一回怎么厉害了呢？他皱着眉，原来就愁眉苦脸的形象更阴郁了。他给我十块钱对我说：家里刚盖完屋，也没有钱，给你这十块钱先用着，我再来。我说：你拿走，我有钱，不要。他说：拿着吧，别嫌少。志千来了，他是刚换届的大队书记，家在魏楼，他给我三十元钱，是他代表自己给的，又代表大队给二十元。我嫂来了，她脸色沉重，眼睛像哭过，她什么都没有说，给我二十元钱走了。领海来了，领海是我姐的儿子。他留下五十元钱。

凤云和香菱带着东西来了。我手里有了一百七十五元钱，我把凤云的二十元钱还给她。凤云说不要，给二老爷看病了。我说：有钱看病了，你拿着，我没有了，再去借。凤云接过去，说：什么时候需要钱，你去拿。秀玲也来了，她带来两斤白糖，二十个鸡蛋。她说来看看，怎么病这么重？我眼泪汪汪，不知道怎么说。秀玲说：慢慢看，不着急。我点点头。

来了这么多人，那个喝药的也转移病房。我心里疑惑。我问医生父亲的病情，医生躲躲闪闪。一切迹象都让我心怀不安，有一种不好的预感，我心里忐忑。我拒绝这个念头出现，我不去想。不，不会。我的父亲能够看好，不会有事。他不会有事，我一定能够给他看好，我有钱了，我手里有一百多块钱了，我还会有稿费，我要带他去城里，去北京看病，一定给他看好。他不能离开我，不能！

黑夜来临，我看着把脸扭向一边的父亲，内心充满悲哀。病房里没有一个人。出院的出院，转病房的转病房。剩下我和父亲，在无声的夜里听一种可怕的声音在房间里游走。仿佛有一双手要把父亲带走，仿佛父亲听到了另一个世界的召唤，他平静的时候，脸上露出安详。我的心一刻比一刻紧张。晚上他只喝了两口水，什么都吃不下。我怕，我怕极了。病房里空荡荡的，斑驳的墙壁掉着白色的石灰，另外的两张床像两个空的壳，抽走了人的身体。冰凉而僵硬地横在一边。我躺在父亲床边的另一侧，不敢合眼，一遍遍在心底祈祷着，我祈祷上天慈悲，让我的父亲快快好起来吧，我愿意做牛做马，我愿意以我的生命换取父亲的生命。

夜里父亲说：臭妮，这样睡累，到那边床上去睡一会儿吧，我没有事。过了这个月就好了。

我没有动，我知道父亲心里还是有希望，他觉着能好。

我不想睡在那边床上，就斜倚在父亲旁边。

父亲又说：盖上点，别受凉。

我拉被子盖上腿。我穿着衣服，不觉冷。

我在想，父亲在，他在，他在啊。在我面前，在我回家的时候我能看到他，他聋，但他能和我说说话，他能关心我冷，他能问我去哪里了，什么时候回来。他不在，谁和我说话，谁管我冷不冷？我出去时，谁问我回来不回来？

夜无边，泪水一次次从眼眶流出，流到耳边，流进耳朵里。

五

在赵庄医院住到第七天，父亲的病情不见好转。我不再等，决定去城里找人看一下病情。我所能带去的只有父亲拍的肺部片子。医生说肺部有阴影，是不是肺部有顽疾？

丰邑有三家大医院，南关医院最大，我不认识一个人，中医院也没有认识的人。刘本夫老师的夫人王素华在北关医院里，是我唯一认识的和医院有关系的一个人。

刘本夫老师老家在刘菜园，隶属赵庄公社，离孙庄不远。刘老师在丰邑文化馆创作室上班，是作家。1987年，他创办了一个写作培训班。我正在丰邑南关菜市场附近学习裁剪，在裁剪学校门口的墙上，我看到招生简章，报名学习。

二十世纪八十年代文学的热潮空前高涨，参加报名学习的有一千多人，老师讲课的时候，礼堂里坐满了人。刘老师创办了《凤苑报》发表学员作品。每周讲课邀请全国知名作家。那时候作家是受人尊敬和崇拜的，文学爱好者也就趋之若鹜。一篇有影响的作品，无异于秀才及第。

刘老师从一千多名学员里发现我，他在《凤苑报》上发表我的文字，推荐到外地杂志发表。后来知道我的家庭状况，刘老师说：你的学费减免，以后你可以来听课。

刘老师总是微微着笑，和善多于威严，亲切多于严厉。我写小说，写好交给他，他看后，给我改错别字，改不通的句子。也把内容单薄，思想不深刻一类评语写在文字后面。刘老师很看重我，嘱咐我不能少了听课，再远也要来，再困难也要克服。刘老师请来了很多知名作家讲课，讲完课，就在他家设宴款待，他喊我去他家吃饭，刘老师说：你路远，别走了，跟我回家吃饭。一同跟他回家吃饭的还有两个男生。

刘老师的家在丰邑荷花楼后面，城河边是一条小柏油路，沿柏油路往里走，是一片居民区，一样的胡同，一样的房子，我记不住他家从第几个胡同拐进去，后来王姨告诉我，城河边上一共四个厕所，从南面数第二个，对着厕所的这个胡同便是。

刘老师家是一个小院子，进门是小圆门，西边两间小房子，北边两间正屋，一间客厅一间卧室，刘老师的书房在进门西边的那个小屋子里。

王姨身材不高不低，不胖不瘦。说话声音高，略有沙哑，眼睛大而亮，做事干脆利索，是那种有魄力有胆识的人。我第一次看到她，怯怯地喊了一声：婶。她说：在城里，不兴喊婶，喊我王姨。我喊一声：王姨。她微微一笑，露出半截雪白的牙齿。刘老师她不说刘老师，她说：你刘叔。你刘叔说话不多，每一句都啃到点子上，批评人也不留情面，不给人台阶下。我说多少回了，来的都是学生，刚起步，自尊心强，你不要打击人家的积极性。他还是那样，不改脾气。

王姨热情，不怠慢任何一个找她的人。在医院里，在家里，她的人缘好。我去丰邑唯独想到找她，我找不到任何人。她不是医生，是护士长。她懂不懂病情？会不会看片子？她不懂又怎么办？我去找谁？我找不到一个认识的人，我只能找她。

我带了父亲拍的肺部片子，去找王姨。

早上下了雾蒙蒙的小雨。空气是潮湿的，地下的土路也湿。树叶上有雨痕，天空阴沉着，看不到远处的天。我从医院回家，借车子，还要借一个雨衣。我步行回家。父亲一个人在医院里，夜里喝几口水，吃两口面包。他想吃面包，我给他买一个，放在他床边，想吃的时候，咬两口，放下，不能吃。胳膊的肿消下去一些，医生加了消肿的针。

我姐家的门没有开，我嫂开门了，她家没有车子。孙庄有车子的人家不多，我姐家有，在西边的屋子里，常并排放着两辆大架自行车，一个新的一个旧的。我姐不借给我自行车，她怕我骑坏。我站在她家门口看见自行车在那里停着，她说：坏了，不能骑。哪怕说过之后家里人立马就骑着赶集，她也会说坏了，她不让我骑。我不想借她的，除非在别的地方借不到。我等她家开门。我从门缝里看到车子在，两个都在，我只要一个旧的，一个旧的也能骑到丰邑。

我等我姐起来，打开门，看我在门口，问：你怎么从医院回来了？我说我上丰邑找人看看片子。我说我借个车子。她说车子坏了。我姐有点神经衰弱，撒谎都不会，还是车子坏了。我说我试试能骑不能骑，不能骑不骑。我硬借，我姐没有办法，她看我把车子牵走。她在后面喊：没有气，你打打气，别把胎赶坏了。我停下，到院子里找气管子。一个人不能打，要有一个摁住的，我喊红给我摁住，打到车胎摁不动。

经过我嫂家，借一个雨衣。我嫂也支支吾吾说我哥要带着去上班。我想不借了，也许下不大，就这样雾蒙蒙的雨，淋不湿。我扭身要走，嫂又说：你拿走吧，你哥淋着。我进去找到雨衣，穿身上，骑车往东去。

到赵庄我先回医院，给父亲炖一个鸡蛋。把鸡蛋打在碗里，兑水，搅开，加盐和香油，放在锅里蒸。鸡蛋蒸出来像豆腐，软软的，嫩嫩的，爽口好消化。闻着鸡蛋的香，父亲说：心里想吃，就是吃不下去，强吃一些，天天不吃饭，人咋活着。我端到父亲床前，放到一个板上，给父亲一个勺子，他自己吃。能吃下一个鸡蛋，我心里也觉着有好转。

一个鸡蛋没有吃完。父亲说：吃下去一半，只能吃这些，不能吃了。肚子里胀满了。

我烧了米粥，给他舀一点，他勉强喝了两口，也放下。我忧心地看着他，他说：臭妮，你别怕，我没事，天天喝点水也不会有事。我还能吃饭，吃一点也是吃了。

我摇摇头，又点点头。我指指我心口，又往东指指，告诉他我去丰邑。他说：去丰邑？去吧。我自己行。

我指指挂盐水瓶的木头架子，指指眼睛，告诉他自己看着打针。他说：我能看，我看着。打完了我喊人换针。你去吧。

我又到护士那里告诉护士我到丰邑有事，让护士多看着我父亲。护士很好，答应勤去看。

临走我扶父亲去厕所，他不让扶，他慢慢自己走出去，扶着病床，到病房门口，扶住门，走到厕所，扶一下墙壁。

细细的小雨无声无息地落下来，三十里路很长，我把雨衣穿上。冲进空阔的路上。一直往东，漫无边际的小柏油路上，走很远能遇到一辆长途汽车，路上骑自行车的不多，步行赶集的人也因为下雨而稀少了。

一直走到丰邑西关才看到大路上来来往往的人。十字路口没有红绿灯，很少的车随便通过。骑自行车的人速度不快，步行的人匆匆忙忙。

北关医院门口有寄自行车的，我把车子寄下，拿着片子进去找王姨。

王姨正忙。我喊了一声：王姨。她抬眼看到是我：你怎么来了？我说我父亲病了，在赵庄住院，想让你看看片子。我把片子递过去，小声对王姨说：你看看片子上的阴影是什么，不是肺结核吧？一直不能吃饭，会是癌吗？王姨看我一眼，不认识似的，她接过片子，举起来看，看后她说：你等一下，我找人看一下。

北关医院还是一个小院子，医生办公室和护士办公室紧挨着，病房则在另一排房子里。王姨一身白大褂，从后面看不出她有多大年龄。她像白蝴蝶一样优雅地闪进一个办公室里，我看不到她。她很快出来，微笑着，她对我说：是炎症，没啥事。打几天针就好了，别担心。

我露出一丝宽慰，接过她递给我的片子。只要父亲没有大碍，我心里不甚担忧了。我告诉王姨回去了，她留我住下。我说不能住，父亲一个人在医院里。王姨说：你回去好好照顾你父亲，你父亲抚养你长大不容易，他年纪大了，生病避免不了，看他需要什么，买给他，多孝顺一些。

我点点头，说：我回去了，王姨。

她说：路上慢点，这么远的路，一个人跑来，也不能停一下，真不容易。

我说：没事，我父亲在医院里没有人看着，不能停。

我回来，父亲的针还没有打完。父亲说我走后，护士来得勤，没啥事。

我点点头，心里颇宽慰。

隔一天，刘老师来看我父亲。刘老师一身城里人打扮，站在我父亲床前，问我父亲：好点了吗？我父亲看不清刘老师的脸，更不知道他说什么。他问：是小耀吗？我摇摇头，告诉他不是。他不知道是我的老师。他以为是他的在城里的外甥小耀。我父亲的三个亲外甥，没有一个来看他的。他们在城里，不知道父亲生病住院。他们一年来看一次父亲，过年的时候来，平常不来。父亲想他们。病了更想。从孙庄到丰邑，谁去告诉他们？

刘老师对我说：你要有个思想准备……我惊异地看着刘老师，预感到他要说什么。刘老师说：你父亲年纪大了，生老病死是谁也逃脱不了的自然规律。刚才我进来的时候遇到医生，我问了病情，医生说是肺炎引起心脏不好，胃部没有详细检查，他不能吃饭，胃也坏了。主要还是人老了，七十五岁，是老年人了，你也不要太过悲伤。

刘老师说得缓慢，我觉着他是在给我父亲下了定论，不，绝不会这样。我相信不会是这样，不是有医院吗？不是有很多人活到八十岁九十岁一百岁吗？我的父亲怎么能不好？他能好，一定能好，我不能没有他，不能。我摇摇头对刘老师说：你别说了，我一定给他看好，他受了那么多苦，我还没有孝敬他一天，他不能……

刘老师说：你冷静冷静，你也算长大了，是一个成年人了，你父亲能了心事的。

我的泪骨碌碌滚出来。我不懂，我真的不懂，我不知道我要经历和父亲生离死别的过程。刘老师告诉我这个话的时候，我一点都不能接受。那时候，刘老师已经暗示我应该给父亲准备后事，让我在心理上接受这一事实。但是我没有这样的思想，不认可这个事实。那时年少，没有生命的经验，也没有社会经验，想不到人老了，会离开亲人，离开这个世界，会说走就不再回来。这样残酷的事情，我不知道，一点都不知道。可是现实在我面前，让我措手不及地面对。王姨没有告诉我真实的情况？她告诉刘老师了？他们都懂，知道人到了这个时候，会走不归路。刘老师说了实话，我一百个不相信，不接受。我一直相信父亲能好。

在生命的历程中，有些事情，说与不说一样，必须亲自经历了，你才知道生命是会瓦解的，亲人是会突然消失的。没有人告诉我，我会抱有极大的希望。告诉我，我一样拒绝接受。孙庄的人，没有一个人告诉我，朋友也不告诉我。他们都是宽容的，看着我傻子一样离父亲越来越远。他们远远地看着，同情，怜悯，但是不告诉我事情的结果。而我什么都不知道，在成长中凭着模糊的触角，隐隐约约地意识到人生的离难在某一时刻会到来，这样的念头瞬间闪现也瞬间消失。我没有人生的经验，我不知道这在他们的思想上是多么正常且每一个人都必然经过这里。是的，是这样。但是，我不知道，我傻傻地做这样那样的幻想。父亲早已经说过：你在鼓中坐着。

后来我知道我一直在鼓中坐着。

六

1988年4月6日，农历二月二十日。那年立春早，2月4日立春，农历腊月十七。

1988年春天来得早，寒意去得也早。4月6日，清明节已经过去，春天的气息浓了，杏花粉白，桃花粉红。柳树绿意婆娑，榆钱树要长出榆钱。这样的春天，正常的气候应是暖风徐徐。4月6日，一场大雪笼罩了苏北平原。大雪铺天盖地，白茫茫遮挡住天。大团的雪花在空中旋转，降落。一簇一簇，仿佛那天上有无数的悲情，累积了一个冬天，最后才顿然倾泄出来。

我望天空，魔术一样有无数的白色的绢花从里面翻卷出来，连续不断，一直往外翻卷着，从看不见的地方，到我眼睛里，仿佛天空充满了悲切。医院里没有多少病人，门诊上和住院处一样荒冷安静。医生胸前挂着听诊器，护士在一遍遍烫着针头、烫着输液的皮管子。病人缩在空的病房里，打开炉子，关上门，驱赶着屋子里的冷气。板车在外面淋着，很快落满雪。陪护人冷得发抖，抱住炉子烤手和脚。医院里的土路瞬间白了，屋顶上的瓦看不见，全部落满雪。

大雪从早上七点开始下，没有声息，只见密集的、大块的、连续不断的雪急速地降落，一开始便带着席卷大地的气势翻卷而来。我惊异这雪的浩大和稠密，在这春天，清明节已经过去的节气里，世上罕见的雪，在我眼前滚滚落下。

这天我要去找钱。亲友们给的钱花完，公社也去了三次，程镇长说他不能再批，已经是最多的了。

从昨夜开始想，天明必须去找钱了。看到雪花降临，这纷纷扬扬的白色的天际的神物，是给我带来更多的灾难还是给我带来祥瑞？我只是觉着穿着一身春装的身体，冷得前心贴在后心，有刺骨的风，不动声色，在空气里往隔着衣服的皮肤上贴，直到骨髓里都是寒冷。

我还是要出去。从白色的雪上踏过去。我穿着旧布鞋，鞋面上黑色的布发白，起毛。裤子补着补丁，里面的秋裤两条改成一条。褂子里面是夹袄，夹袄是抽去棉絮之后缝在一起的袄的里和面。外面是别人给的小立领旧枣红褂子。两条小辫子，在肩膀上摇晃。路上没有一个人，街上没有一个人。路那边的杏花，雪凝结在花朵上，桃花上也结了冰块，绿的柳树上挂满白色的雪绒。街上的包子铺没有开张，桌子板凳在篷子底下堆着，篷子上的雪把篷子压下来。商铺的门紧紧地关闭着，石板搭起的案子上落满厚厚的雪。我缩着头，手抄在薄的袖管里，头上落满雪，脖子里也是雪，冰凉寒冷。

我再次到公社大院里碰运气。我在大街上走着，从北往南，从西往东，我只能走进公社大院。我怀着万分之一的希望在冰天雪地里踏进公社大院。我去找谁？我到哪个屋子里找人？谁凭空给我钱？认识的不认识的，他们有什么义务掏出钱给我？

公社大院在雪中一片洁白，院子是白的，路是白的，屋顶是白的，那株梧桐树是白的。做饭的伙夫在食堂门口扫雪，他前面扫过，后面又是一片白。他望望我，继续扫雪。我望望他，望望开着的关着的一间间小门，我不知道应该去找谁。我知道这个地方最大的干部是刘书记，可是自始至终我没有见到一次刘书记，我找不到他。我决定找他，只有他有权再给我钱。

我在那间挂着书记办公室的屋门口停住，门关着。敲门，一次，两次，门开了，一个戴眼镜的人打开门，他和颜悦色地问我找谁。我说找刘书记。他说刘书记开会去了，去县里开三天会，明天回来。我问他能不能批点钱给我，我说我父亲看病，没有钱了。他笑了，他说他不是刘书记，不当家，等刘书记回来他向他汇报。

我慢慢转身离去。雪花落在我身上。大街上空无一人，路上的雪厚了，我身上的雪厚了。我没有觉得悲怆，只觉得这雪已经把我的悲怆掩埋。我不哭，我也不低头。这里没有一个人，我尽可以张大眼睛四望这个空寂的世界。一切都没有生机，唯独这雪不懈地下。

我从东开始往西去。赵庄最西边的文化站在田野边矗立。古式围墙上有镂空雕花的扇形小窗，进去大门，一排房子红柱顶起，出厦带走廊的屋子高高在上，屋前一片翠竹，落满雪。花园台阶上，雪整齐地覆盖。进去文化站大门，我欣喜地看到文化站的门开着，这无疑是一个巨大的喜悦。我暗暗觉着有了一点点希望。我似乎觉着可以借到钱，有门敞开，就有希望。

文化站图书室一角的桌子上，云清老师在。他看到我进来，很惊奇。我告诉他我是来向他借钱的。他愣愣地看着我，用他那清亮婉转的声音告诉我：工资没有发，3月份的工资到现在都没有发，几号了今天？6号了吧？6号了还没有发工资。我笑笑说：没事，没事。

我慢慢退出屋子，转身走下台阶，这时泪水哗哗地落下。

文化站是我视为最神圣的地方，为文的人也视为最圣洁的人。我不能对任何人有怨气，我只觉着我找不到可以给我一丝丝希望的地方。我在绝望中仰脸望天，雪落在我脸上，洗去我脸上的泪。在无望中我张大眼睛，白茫茫的世界，我到哪里去？我去找谁？我怎么回医院面对病中的父亲？我下了最坚决的决心，我要给他看病，我倾尽全力给他看病，可是，我的力量在哪里？我拿什么给父亲看病？我拿不出看病的钱，我只会流泪，只会在无人的地方保全自己的自尊，还想什么文学创作，当什么作家！一切都是泡影，一切都滚蛋吧，我只要能给父亲看病！

我的所想在现实面前无济于事。人说贫家孝心，论心不论迹。纵有一万个心，不如一个行迹，唯独行迹，能够延续亲人的生命。而心，不起任何作用。

医院里又来了一个喝药的，要死不活，很多人按不住。他要以身殉情。家里人都来了，抓住他的胳膊，按住腿，抱住头。那个中年女人泣不成声：都随他，他想娶谁都依他，我死也不能让他死。你要是再闹，我去死好不？

很多人在看。医院里的雪踩化了，一片片黑，一片片黄泥水。

我看了一下回来。父亲的针开始打，护士打针的时候说：韩医生说明天可以出院了。

我不知道这个消息是吉是凶。我不懂，我也不知道看病看到怎样为出院的标准。而他们都知道，那时候他们知道父亲的病是看不好的，象征性地看看就是了。而我是觉着看病要看好的，我以为父亲的病已经看好了，是可以出院了。年少的我很傻很傻，心眼不多，没有心机，不懂事，什么都不懂。父亲的病没有好也不懂。我不知道，一点都不知道，没有觉着是没有看好，我以为是看好了。

我还是去问韩医生了，韩医生说再开些针药，回家打几天针就好了。

我当真了。我当真觉着回家打几天针，父亲就好了。我相信医生的话。

少不经事便是这样无知。我没有亲人，父亲没有亲人。父亲任病魔吞噬他的身体，我任事态自然发展，并不知道经验的做法。没有人告诉我怎么办，没有人告诉我继续去大医院看病，最主要的是没有钱继续看病。当时医生说能出院了，我心里还有一点轻松，正没有钱，没有借到钱，现在可以出院，是真的很巧啊。

我也有过去县医院看病的想法，只是想了想。我撑不起去县医院看病这件事。我的确撑不起来。没有钱。也不知道怎么去。那时小，那时没有成人的思想，二十岁了，还没有真正意义的大人行为，没有经历过大事，不知道怎么承担。只是心在想。只是有这样的想法，没有力量去实现。

下午雪停了。遇到孙庄在医院住院的人，他说他回家，问我有事没有事。我说：你到我嫂家，捎二十块钱来，明天出院要结账，我没有钱了。

那人晚上从家回来，捎来五块钱。

五块钱结了最后一天打过的针药钱。回家打的针药没有钱付，医院不给，医生说有钱了，再来拿。

我想等回到家有钱了，再去拿针药。先出院再说吧。

头天晚上我把车子上的雪扫下来，第二天车子冻干了。我把席铺上，把被子铺上，把父亲搀扶到车子上。把炉子、锅、碗、勺子、筷子，没有烧完的四个煤球，挂面、快空的油瓶、吃剩下的一把挂面，都装车子上，把父亲的衣服鞋子，我的本子、笔、梳子也装上。

我拉父亲回家。路上有雪，我在有雪的路上前行。

我的鞋湿了，我的裤腿湿了，背后的夹袄也湿了。

第九章

艾草飞翔

一

父亲在板车里，在一张旧的棉被的包裹里，他蜷缩在里面。人世的七十五年蜷缩在里面。我两手抓住车把，绳子勒在我肩上，我拉父亲回家。从赵庄医院到段堤口到许庄，到高庄，到王堤口，经过魏楼，回孙庄，回家。

父亲在车子上，他和炉子煤球米面油一起在车子上。他的眼睛闭着，脸半遮在被子里面。他一路上一言不发。在赵庄医院收拾东西，他也一言不发。我说：回家。他听不见，他知道我收拾东西要走。他什么都不说。我扶他下床，他说：我能走。他自己下床，走出病房，走到板车上，躺下。

我拉着父亲进村，从枣树林里经过，从榆树林里经过，我一身泥水，车子轱辘一步不肯转圈，死死地粘住地。遇到红霞，她在院子门口吃饭，红霞放下碗，在后面帮我推车到家。

打开门，父亲掀开被子，起来，自己走进屋。红霞说：老爷爷好了？我说：好了。

我扶父亲从车上下来。他不让我扶。他说：我好了，我能自己走。红霞问：好了吗？能走吗？他说：好了，能走。他表现出一个健康人的形象，直直地站着，一步一步迈到屋门口。

我搬一个板凳给父亲，他坐下，抬眼看看屋，看看我打开门的屋里面。屋里一股潮气，我敞开门，透透气。把父亲的被子、棉袄、枕头、鞋晒在外面，我的床铺也晒出来。阳光半明半暗，一丝丝暖寒参半的风从北边吹过来，父亲坐在院子里能看到我堂姐的家，能看到我姐家里人出来进去。也能看到我嫂家门口的路，看到路上人走动。

父亲回到家精神明显好了，他坐一阵，站起来，他说去枣树林里走走。我拉住他，不让他去，刚下过雨，地黏，他走不了路。父亲说在路上走一下。

我给他找一个棍拄着，他慢慢地向北走去。

院子还有雪。小民家猪圈后面的雪还很厚，红薯窖敞开着口，雪下到红薯窖里面去了。我扫雪，把雪赶到一起，培成一堆。把车子里的东西卸下来，一样一样放好。把父亲要洗的衣服放一边，吃过饭到小河里去洗。

父亲走到我姐家门口，在门口那棵枣树下站住，他望着我姐家。我姐家里没有一个人出来。父亲叹口气，往北去，沿着我姐家的屋山往北去。北边是我嫂家，红木门紧紧关闭着。我嫂不在家。父亲从我嫂家往东走，转到南北路上，走回来。他回来对我说：臭妮，把床铺上，我到床上躺一会儿。

他累了。

村里人来，二婶、厚莘、敦义，西队里人，村子前面的人，站在屋里，看我父亲。他紧闭眼睛，我推醒他，他看看来人，张张口，想说什么，没有说。来人多问：二老爷能吃饭吗？能吃半碗饭吗？不能吃饭？这可怎么能好？

二老爷咋瘦成这样了？人老忒快！才几天，人都不行了。

看他是没有精神，眼睛不抬一下，唉——

……

我不喜欢人们这样议论，这些话刺耳。我拒绝听。我说：他能吃一碗饭，他能吃很多，医生不让他多吃，他的胃刚好，先少吃。

他们闭嘴，不再说。他们听出我话里的激愤。

我以为他们是说父亲不行了，要走了。他们哀哀的好心对我是刺激。他们的好心，我不要。我的父亲没有事，会好的，一定会好。我相信他会好。

这时候，他们在悄悄议论父亲的病重，议论父亲的可怜。没有一个人告诉我该怎么办。没有人说一下具体的事情，没有人告诉我什么是我应该做的。我没有这样的人生经验，我毫无意识。我不知道我应该为父亲做怎样的准备。我只是在感情上不能接受父亲病重到无可治愈。我无法接受任何这样的言语，它会刺激到我。我姐我嫂都不说。村里亲近的人不说，远的更不说。他们远远地看着，露出同情的神色等待着事情的发展。事实是他们心里都清楚，都知道应该怎么办。唯独我不知道，我只知道围着父亲哀伤，要父亲好起来。后来我明白，她们有她们的想法，她们知道避开，知道不能靠近，知道远离是最正确的。而我不知道，什么都不知道，不懂。我嫂我姐都知道父亲生病是一个事，一个大事。那样的状况下，成为问题的是，父亲危重之时，没有人承担。这个是大事，是不可避免要面对的事。一个人病危了，没有儿子承担这个事。而我是女孩，女孩算什么，女孩不能承担这种事，且是一个没有任何经济能力的女孩，用什么承担这样的事？她们也不能承担。她们在村庄固有的风俗道理上不应该承担，所以她们有理由远离。可是她们是最亲近的人——我堂哥堂姐。远离又不是，承担也不是。总之是我父亲的事情没有人能承担。归根结底，还是我。我要承担，不能承担也必须承担。

村里人在看事态的发展。似乎没有什么道理可以讲。这样一个孤老头子，轮到谁身上都会成为一件引人注意的事。我父亲还有一点点土地，这点土地应该还有人要。这就是一个继承的问题了。我不在继承人之列，在以往的村庄的规矩中。我哥我嫂都不属于民间意义上的继承人。我父亲的叔伯兄弟的儿子可以，是唯一一个具有继承人资格的人。他也是一个厚道的人，似乎也在左右为难。深浅不是。所有的人都深浅不是。包括我姐我嫂我父亲的叔伯兄弟的儿子。局势是这样：大家可以承担，也可以退避。最终是都在退避。没有人积极地承担这件事。多年之后我父亲留下的那一点点土地和树木，成为战争的导火索。他们因为争树木找到我，还打了架。要我写了父亲和我是后组八十二口人养着的，土地和树木属于八十二口人的。是的，事实是这样。我写了。我不知道我家的地谁用了，包括自留地和村后的菜地，菜地里栽了树，树木葱茏，高大粗壮。树成材了，土地也有了用处，有了混乱的争抢。

我父亲病重的时候，没有人承担。我看着被子里蒙着的父亲，他蜷缩在里面，从赵庄医院回到家，从一个床躺到另一个床，他躺着，无力站起来。是我，是我一个人在赵庄医院，一个人拉父亲去看病，一个人拉他回来，一个人去借钱。

村人的话还是在我耳边嗡嗡地响，我心里发毛，乱七八糟。饭吃得味同嚼蜡，院子里的枣树发出一树绿叶，榆树林里空气清新，春天生机勃勃，我的心却是死去一般。

去洗父亲的衣服、被子。在小河里，我望见水中我憔悴愁苦的脸，人也瘦了一圈，眼圈都是黑色的。水清澈，柳树在水里晃悠。父亲的衣服浸泡进去，黑黑的一片。我心乱如麻。

第二天媒人来了，带着礼物，看我父亲，给我说媒。他说：你父亲这样了，你还不了他一个心事吗？我不强迫你，你不小了，该懂事了，你觉着合适我说，不合适不说。我带来了相片，你看看。

他留下礼物和相片，走了。

父亲又以为是他的外甥来看他。我没有告诉他是说媒的。我看了一眼相片，想哭。相片上一个瘦弱的男子，小脸小鼻子，大嘴大眼睛，我不想研究他是怎样一个人。我不知道我在做什么。我需要这样完成父亲的心愿吗？父亲希望我这样吗？孙庄的人以为应该。我是应该顺应这样的意愿？我顺应了这样的意愿，父亲的心事能了吗？

父亲比在医院好一点，能吃一个鸡蛋，半碗方便面。他想吃甜食，吃下去，便吐。我不让他吃，他生气。吃一点，他觉着糖稀好吃，梨好吃。他坐在床上，累了起来走走。他去了一次我姐家门口，又去。去了一次嫂家，还去。

他想去她们家。想见她们？

他看到进来男子，说是小耀。他想他外甥。

他提到二姐。他说：二妮来了吗？二妮该来了。二妮明天来？后天来？

他念叨他的亲人，不多的亲人。我不懂他心里想什么，他不知道他们不来吗？他是太想他们了。他是有了别的想法？他们都在县城，平常不会来的，只有过年的时候，来一次。

第二天我到孙楼去。孙楼还有我的东西，我去拿。也给厂子一个交代，不在那里了，要说一下。

小梁和小水都在厂子里。我说我不干了，我父亲病了。我来拿我的东西。小水抱住我，留我：别走，我们的缘分才刚刚开始。

小梁说：真舍不得你走，刚熟悉，就离开。

我说：我父亲好了，我再来。

小梁给我算工资。我干了十一天，除去吃饭，小梁发给我十七元五角钱。

我装好我的书和衣服。我把一双新发的胶鞋留给小梁，把白色的工作服留给小水。她们送给我一张她俩的合影。小水说：留个念想吧。

我走了。

经过城里，我到刘老师家去，我想问问刘老师那两篇小说什么时候发出来。其实我是想知道他们什么时候给我稿费。医院里的针药，没有钱不能去取，回到家没有打针。我想把针药取来，接着打几天针。

到刘老师家，刘老师在里间写作。王姨在家。王姨轻轻地摆手，示意我不要惊动刘老师，刘老师在写作。他写作的时候，不喜欢人打搅，自己也不出里间的屋门。

我和王姨在进门的走道里轻声说话。王姨问我父亲的病情，我说吃不多饭，吃不顺还是吐。王姨说你要做思想准备，人说不行，快得很，你措手不及。

王姨皱着眉，露出对这种措手不及事情的担忧。

我说：我觉着他能好，不相信他好不了，我还给他看，一定能看好。

王姨无语。

我没有见到刘老师，没有问到稿子的事。

天晴好，阳光暖融融的。村子里来了赊小鸡的。父亲说：买几个小鸡喂吧。村里人在慧家门口挑拣小鸡。他们挑拣完，我收了筐底，全部买下了。数了数五十只。筐底便宜，赊账和现钱一样价，一毛五一个。我说我没有钱，得赊账，秋后还给你。那人把小鸡账记在本子上，记我父亲的名字。父亲还说：臭妮，你在后面园子里种上南瓜，地里埋了死狗死鸡，地壮，肯结瓜。

春天，父亲每年都种南瓜。他记着地里埋了死狗死鸡，地壮，结出的瓜个大。他眼睛里露出光芒，自从生病后从来没有见过的。他要到后面去，我给他棍拄着，他不要，慢慢走过去。

春深了，下过雪，地滋润透了。用铲子挖开，松软的泥土黑亮。我把南瓜种在东边，冬瓜种在西边。屋后的小榆树比屋高了，父亲站在榆树下，看这片地，看西边的那棵枣树。他脸上的皮松弛下来，胡子灰白，也长。我想他好了，去赵庄，给他刮胡子，理发，做一身新衣服。

我嫂种棉花，喊我去栽棉花。她的活多，干不完，没有人给她帮忙，她喊我。父亲住院后她没有喊我了。我回来了，我刚回来她喊我去干活。

她喊我去干活的时候一脸苦情。我觉着她不容易，我必须帮助她。我心甘情愿地帮她干活。我本真上不想干，干活很累，给她干活更累。从河里往上提水，也担水，我担累了，用一个胳膊提水。把一杈子一杈子棉花苗从地南头挎到地北头。蹲在地下栽棉花，三亩，四亩都栽过，一天干不完，两天，一直蹲着，腿酸了，腰弯得直不起来。干完活，她给我两个馍，说：回家烧点水行了。有时也不给，没有馍的时候，她回她家擀面条，我回我家擀面条。

父亲在家躺着，我干活没有心，一晌回家两趟，给父亲端点水，看看他上厕所有没有事。他不知道我去干活，想吃一块糖，他说嘴里苦，找不到，拿碗倒水的时候把水壶打了。他发脾气问我：跑哪里去玩了？家里有病人不知道！一个水壶，一块八毛钱，还得再买一个。

我说：打就打了，发脾气干啥。我说他听不到，看到我张嘴，知道我争辩，不说了，他一脸的青紫，还没有散去怒气。

我出去时父亲喂小鸡，他坐在板凳上，拿米撒给小鸡吃。枯瘦的手像干棒一样细长，指甲很长，很硬。我回来他说：这五十个小鸡长大，能长成三四十个草鸡，一天下三十多个鸡蛋，吃不了，拿集上去卖，够零花了。成了公鸡，八月十五能卖钱。

我对他笑。我的笑一脸灿烂。父亲的嘴角也露出笑，胡子抖一下，眼角眯起来。

陈楼的剃头师傅来了。在慧家门口西边的空地里支上盆架，放下椅子，村里人去剃头。我过去对他说：我父亲也想剃头，你到我家东边榆树林里去吧。剃头师傅看看我手指的方向，隔着慧家扒倒的残墙看到我家的屋。老人点点头说：一会儿去。我知道你父亲，孙庄的能人。

我回家在纸上写给父亲：陈楼的剃头师傅来了，一会儿给你剃头。

父亲抓抓头，摸摸胡子。他说：把胡子也刮刮，利索利索。

剃头师傅从我家后面的路上过来。在榆树林支上摊。盆架放下，椅子放下，磨剃头刀子的布挂在榆树枝上。父亲看到剃头师傅，哈哈笑说：很久没有见你了，生意好着嘞，伙计。老人看一眼父亲，大吃一惊：老伙计。你咋这样了？病了？你瘦完了！光剩着一脸胡子和一头头发了。

父亲只是笑，不答话。我说：他病了，刚出院。

老人磨着刀子，啧着嘴，一脸叹息：伙计，爱惜好自己，年纪大了，经不住一点儿了。

父亲张着嘴笑，一脸坦然。

老人捏着那种厚的宽的短的剃头刀子从父亲头上刮过一道，厚厚一层灰白的头发落下来，头上是一道深的沟。一层一层的头发落下来，父亲的头上干净，光光的，小小的，像一个小小的球。刮完脸上的胡子，父亲的眉上一根长长的眉发伸出来，奇怪地伸出来。父亲的脸也小了，眼窝深陷，两颊深陷。脖子细细的，耳朵边的皮肤下垂着。父亲从头上开始缩小，他小到面目全非，让人不敢看。

烧了热水，在洗脸盆里洗了头，打了剃头师傅的洋碱，头、脸、脖子都洗了。剃头师傅给洗的，手很轻，很轻地抚摸着父亲的头和脖子。把那块白色的洋碱在头上打出沫，抹得一头一脸一脖子都是，再洗去。

洗完我给他三毛钱。他不要，我硬塞给他。我口袋里还有十几块钱，是冰糕厂发的工资。

二

1988年4月15日，我父亲开始在家打针。我要接着给他打针，医生说了，在家打几针就好了。我想着父亲再打几针就好了。他会好的。会的。我一直这样想，从来没有过别的想法。我的确是这样一个想法，唯一的想法。二十岁的我还是这样单纯，不开窍，不长心眼。孩子一样依赖着父亲，确信父亲的病是睡着了，天明之后他会醒来，醒来一切如旧。我的曾经敏锐的感觉这时候是迟钝的，没有反应的，我在自己想象的虚幻中试探命运的方向，模糊而无知。

盐水缓缓地流入父亲的血管，父亲闭着眼躺在那里，他身上盖了一个我刚拆洗过的被子，在被子里面，瘦小的他看不出身体的结构，刚剃过头，睡下也戴着帽子，帽子在头上大出一圈。脸瘦成一条，脖子细长，嘴大，眼睛大，两颊塌陷下去。

父亲夜里又吐了。他想吃甜的，给他喝了一点人参蜂王浆，喝完便吐。去厕所的时候，摔倒在地下。那一刻我没有在，我回来，他在地下，扶着墙爬不起来。他越来越虚弱。我去喊村里医生后库。后库一脸愁眉不展。他紧缩的眉头对着那些针药从来没有舒展过。我看到他一脸随时聚集在一起的皱纹，心里打鼓，紧张得要窒息。他为什么不会笑？他笑的时候也是冷笑或者狞笑。他不停地啧巴嘴，不停地叹息。大病小病都是这样啧嘴叹息。仿佛每一种疾病都是难以下手的顽疾。他习惯这样的表达，习惯这样的束手无策。我觉着他是一个无能的医生，他救人，带着冷酷的表情。我去喊他，他不得不来，却十二分地难为情，勉强来。就像每一种疾病都是无法治愈的，他又不得不去治疗。

我把他不情愿来想成是因为我家穷。他愿意给富人看病，不愿意给穷人看病。穷人请他，他多不想来啊。

父亲没有生病住院之前有事情不找他。父亲和王堤口卫生室里业昌是朋友。

后库插完针就走了。走了不来。打完，我给父亲起针。

父亲问我是几号了。我告诉他二十四号。他说：好歹就这几天。

我心里一惊。他知道自己到了大限？父亲会算命，他相信算命。他算过了？

他说：过了这个月就好了。

我去翻日历。日历在我床边。农历二月是二十九天。还有五天，这个月就出去了，出去这个月，父亲就没有事了？

父亲又问我：你姑姑知道我病吗？

我摇摇头。

父亲说：去把你姑姑叫来，来住几天。

我点点头。父亲怎么老是思念他的亲人？在这个世上不多的几个亲人，他一一念叨，他有了怎样的心理变化？他看到了什么？他想到了什么？他知道什么？而他不和我说。他是想到了生命的结束。他心里什么都明白。只是我什么都不知道，不明白。

我想等父亲病好了去叫姑姑。父亲说了，我要去做。

父亲的病没有好转，反而更恶劣。勉强吃一点，便要吐。

17日早上喝了一点咸汤，吃了一个鸡蛋。中午吃了一点方便面，喝一点汤水。晚上又难受，打嗝，没有吃。那天他开始说胡话，我认为是胡话：臭妮，我不行了，不要给我打针了，打针没有用了。

我对他皱眉，露出生气的表情。他说：傻啊——你，你傻。你什么都不知道。你二十岁了，还是个小孩。不明白人世的事，唉——

我对他摇头。我把我想说的话写在纸上，我写：你会好，你一定会好。他看一眼，头扭到一边去。一脸痛苦。我又写上：你首先思想上好起来，才能战胜病魔。父亲的脸更痛苦了。眼睛紧闭。

那一刻，父亲一定觉着这个傻孩子傻得离谱。人都到这田地了，她还说这样不着边的话。一个愚钝的孩子啊，什么都不知道。

我不知道生命是怎么慢慢衰亡的。也不知道人在衰亡之时应该做什么。生命意义上的责任和世俗意义上的责任我都不懂。我无法安抚父亲。父亲也不对这个无用的小女提出任何要求，他是失望的，一定是失望的。那时候是，从我一出生他已经对我失望，对这个性别是女孩的孩子失望。她不能传承他的家族香火，不能承担家族的责任，他对她有什么希望呢！他不苛责她，唯独疼她。

隔一天，一大早，父亲说到我母亲，他哀哀地说：我只说我先毁，谁知她先不行了。你娘跟着我，没有过一天好日子，没吃一顿饱饭，要了一辈子饭。她做了个梦，对我说：我梦见咱分了一院子玉米，都抱在怀里，一辈都吃不完的玉米……父亲声音沙哑，他哽咽着，抬一下手，想去抹眼泪，我的泪滚下来，扭过身，抹一下。

父亲又说：我一个顶天立地的男子汉怕什么，受一辈子罪，我不怕，我什么都不怕。唉，你还没有长大，还不懂事。现在，你不知道事情到了怎样的境地，像个小憨子。病人一天天吃得少了，减弱了还看不出来？我怕事情不圆宽，叫你做个准备。

父亲给我说这些话。他不是在说胡话，他心里最清楚，他是在明明白白地告诉我他的日子不多了，要我做准备。他已经考虑到最后的事情，这时候，他想到我母亲，想到在他最后的时候，我应该怎么办。他已经清楚地看到一切，他一生的悲观失望，这时候更甚。他没有儿子，老来凄凉已经注定，他不怕这个凄凉，他唯恐女儿犯难，不会做事。他担忧他走后，我做错事。

我不按常理出牌。事实是我真的不会做事。我的良知和我的性情在这时让我扮演了一个无知者，一个憨子傻子。

我在心里隐约、偶尔闪过父亲要死了的念头。我立刻拒绝这样的念头在脑子里存在。我抗拒着父亲大限来临这一事实。与其说是不接受这个事实，不如说我不能离开父亲，二十年，父亲在这里，家在这里，我能找到一个亲人，能找到一个家，没有了父亲，谁在这里，这里还有家吗？我将何所依？

父亲说我憨，说我心里没有底。村里人也会这样看我。刘老师和王姨让我做个心理准备。我无论怎样都不能接受这样的想法。

多年后我知道我是错误的。我那时候是感情用事，意气用事。没有给父亲料理好后事，甚至在他活着的时候没有给他做送老的衣服。这一点是不对的。那时候我不承认这个事实，绝对不承认这个事实。我竭尽全力给父亲看病，我这样想着，要给他看，要给他看好，一定能看好，他能好，我就这样一个愿望。愿望只是愿望，我凭我的想象这样做着，又没有能力，也没有钱，不能带他去县城看，去市里看去省城看，哪里都去不了，只是在家打针，后库还不情愿。

还有一点，那时候我真的不知道他们所说的做好准备是把父亲的后事做好，所谓后事便是人临去时穿戴的衣物。这一点很重要，在乡俗里，人要在还有一口气的时候穿戴整齐，嘴里含住钱，手里握着钱，拿着打狗饼子。最最重要的是穿衣服，要趁身体温热的时候穿上，才不赤身走。人体僵硬之后，穿不上衣服，是一大忌讳。那时候不知道这样做是好，我畏惧这样做，且抗拒这样。我害怕这个事实，逃避着。没有人给我做决定，我不懂，只是感情用事。

父亲说了那样的话，是最后的话，是遗言。他已经明白地告诉我该怎样去做。而我却是那样愚钝，没有理解父亲的意思，不知道怎样去做。傻女孩啊，点破了还不知道！

我去了姑姑家。我告诉姑姑：父亲病了，在医院住了半月，回来又打针了。他想你，去我家住几天吧。

姑姑脸上每一根皱纹都是惊奇，她张大嘴，瞪大眼，她问：他啥样了？还能吃多少饭？他病了，我怎么不知道？没有人来给我说。我老了，走不去了，我啥都看不到了。

我说：他不能吃饭。吃了吐。也不能起床走，天天想亲人。

姑姑眼里含了泪：饭也不能吃了？没有人管？谁给他看

的？你自己？你哥没去？你姐没去？你看看，你看看，苦孩子，谁中！亏得拉巴你，中用了。中你爹的用了，跟前有个亲闺女啊。姑姑还不如他，他有个亲闺女，我连个亲闺女都没有，死得比他惨，命孬啊！

姑姑的泪一串串落下来。姑姑动了真情。姑姑一辈子铁石心肠，没有她怜悯的，也没有她同情的，她极少流露感情。她经历太多生命的残酷，她的心早已经麻木，不为任何悲情所动。人非草木，孰能无情？姑姑这时候心里有了悲凉，她也到了年老悲凉的境地，她看到兄弟的悲怆，想到她的悲怆，人之老，最悲苦的莫过于没有亲人在身旁。

姑姑说她要收拾好家里事情，再去孙庄。

天快黑了，我挂心父亲，急急地回来。

临来，姑姑从大襟褂子里面的口袋里掏出二十五元钱。姑姑把钱递给我，姑姑说：再给他花几个钱吧。他疼你，有钱花你身上，自己不舍得花一分。还说什么啊！

从姑姑家回来，走小路，从沙窝里蹚沙子走回来。天色已暗淡，沙窝里梨树伫立，昏暗的光线里茫茫沙海没有一个人，梨树挺直，屹立不动，连一片树叶都不动一动，唯独我在这沙粒里在梨树下行走。我一直往东走，我知道孙庄在东边。我不敢四处望，也不敢停一下脚步。沙窝里的梨树长得非常相似，所有的梨树都一样，粗细大小一样，枝杈伸展的一样，在夜色升上来的时候，看不出我走过的路和没有走的路有多少区别。在沙窝里迷了路，我会走不出来。我会辨不出方向。

后来在梦中我常常会在沙窝里迷路。我怎么都走不出那些梨树林，走不出那么多堵在前面的沙土。我在梦中惊醒，想起我去姑姑家经过的那年黄昏中的沙窝。

三

18日，父亲说：你去王堤口，把业昌叫来。

业昌在王堤口行医，开中药房，也有西医。父亲和他交情深，相信他的医术，常和他切磋医学知识。

业昌家住王堤口西边一个高地上，门前是一片树林，我上学每天经过他家门口。他认得我。我去时他在家，我喊他：叔。

他抬头看到我，问：你父亲好点了吗?

我摇摇头，泪骨碌出来。我只哭，不说话。他知道我父亲病了。孙庄的人都知道，附近村的人也知道。

别哭了，我去看看。过一会儿，我过去。

我哽咽着说：他一早说让我来喊你去，叔，你去给他看好吧，他越来越厉害了，叔……

唉，我会尽力给他看。你先回去，我一会儿去。

我早饭后去王堤口，一中午过去，他没有来。下午我又去。天快黑了，父亲一天都在疼，脸色难看，他扭着脸，往里睡着，疼受不了时，呻吟一声。他的呻吟，每一声都从我心口经过，那不是声音，是刀割一样经过我心口。我听不下去，眼巴巴地盼业昌，我似乎觉着只有业昌来了，父亲就不疼了。业昌来了，父亲就有救了，父亲相信他，他会一下子把父亲看好的。我想得如此天真。

一天都在盼业昌。我神智失常一般，想这想那，想到请不来业昌，业昌没有来。他不来。他也不来。谁还能救我父亲？我的泪哗哗地流下来。我一把一把抹眼泪，在屋里屋外走来走去，把地扫了一遍又一遍，呆呆地看破旧被子里裹着的老父亲声音枯竭地呻吟，我捂住脸，坐在门槛上，头靠住门，任泪水一道一道流出来。

医生不来，为什么不来？连个医生都请不来，我还有什么用？看着父亲疼痛难忍，他隐忍住，不让声音从嘴里发出来。他翻身，不让我看他的脸。把头掩在被子里面。午饭时喝几口水，吃不下去。他问我：业昌在家吗？我点点头，没有说话，看着他，看着他哀戚的脸，无神的眼里一点点微弱的光芒，我眼里的泪又淌了出来。

我看着他，流泪。

父亲不说话，扭过去脸，背对着我。我看到他细细的脖子，光光的半截后脑。帽子向前歪去。我给他盖好，扶正帽子。默坐着。垂泪。

空的屋子，空的院子。枣树在外面开花结枣了，去年父亲站在枣树下说：今年的枣子要结多稠啊，你看枣花开那么多！

此刻父亲正受难。我不能替他，不能减轻他的疼痛。他忍不住了，从压制的喉咙里吁出来疼，那么深的疼。我也疼。我站起来，坐下，屋子里光线在暗，我一次次到门口望，榆树林里没有人，整个村庄都沉浸到无声的世界里。那些树冷冰冰的不开口，那条通到村外的路上，没有一个脚步走过来。我觉着这个路不是路，是人间冷漠的刀剑，直刺进我的身体，我的胸窒闷，不能呼吸。我的泪在流。我不敢走近榆树林，我听到树顶冷漠的呼啸的风。

我来回走。父亲又问：你去的时候，业昌在家吗？

我无法回答父亲。我没有摇头也没有点头。父亲不再问。

父亲心里明白，不要我说。

天快黑了。榆树林里一片蒙蒙的阴影。我决定再去王堤口。有了这个想法，我小跑去王堤口。出村一直往东，飞一样走，也是跑。一路上泣下如雨，速速地落下来。我无用，我不能救治父亲的病，连减轻他痛苦的力量也没有。我只会哭。把一辈子的泪流完，把身体里的血哭出来。

到王堤口村前，我抹抹脸上的泪水，揉干眼睛里的泪花。我的脸肿了一般。我爬上高岗，走到业昌家。看到业昌，泪水又淌出来：叔……我说不出一句话。

唉，我去赵庄了，下午有病人，唉。走——走——走走——我去看看。

业昌急急地跟我一起来。

到家，业昌喊我父亲：老伙计，到我那里去玩啊！

我扶父亲坐起来，告诉他王医生来了。他看到王业昌，眼里一亮，伸手要抓业昌，业昌抓住他，指指他的脸：瘦完了，没有一点肉了。

父亲轻轻叹口气：不能吃饭。早就不能吃饭。

业昌掀起父亲的衣服，摸摸他的肚子，按按各处。他说：没有肿块，还是肠胃虚弱，打针看看吧。业昌说了一些安抚的话走了。

这时候我觉着父亲还会好。我还是相信他会好。

父亲喜欢喝咸面汤，我烧一碗，打一个小鸡蛋。端给他，他喝一口，不喝。他说：业昌也没有好办法。这时候谁都不会有办法了。

我推他，责怪他胡说。他说：臭妮，我不怕。你的事，要等我走了。我算过。

我又推他，不让他说。他瘦小的脸很平静，自言自语：臭妮该懂事了。你懂事了，我也放心了。你只是急，还是急躁，性子不稳……

我不听他说，把碗收走，在外面吃几口饭。吃着哭着。不是觉着我和父亲孤苦伶仃可怜，是想父亲的话，他牵挂我。他要再陪我过几年，看着我过好，他才安心。

而我没有成家，要成为一个孤女。他想到了，那一刻。到那样的时候，他想到的是我，我没长大，不懂事，他心不安宁。

四

姑姑来了。八十六岁的姑姑小脚，走路颤巍巍的。姑姑站在父亲面前，父亲蜷缩在一条褪色的枣红色棉布硬棉絮下，他睁大暗淡无光的眼，刮得光光的脸上，只剩下僵硬的骨架。姑姑看到瘦得还剩一张皮的父亲，她老泪纵横。

姑姑缓慢地伸出手，一只手去抓父亲的胳膊。父亲的胳膊像放在床上的一截木棍，姑姑一只手握住父亲的手，另一只手伸过来，姑姑两只手捧住父亲的手。

姑姑一脸白色的皱纹，薄薄的嘴唇撇着，悲苦从那里漫溢出来。眼睛里浑浊的泪扑簌簌地掉下来。

父亲看到姑姑，他定定地望着她，要记住她的样子，似乎是忘记了她的样子。他看了很久，眼睛里有了想说的话，他说：你来了。来了，住几天再走。我不行了，我怕吓着臭妮，她小，没经过事，她害怕，你和她做几天伴。

姑姑呜呜咽咽，语不成声：你咋能比我先走！我一个孤老太太，该先走的，我走吧，你们爷俩有个伴！我活着干什么，我活得一点味都没有，还不如我走……

父亲扭过脸去。把他的手抽回去。细细的脖子对着姑姑，蜷曲的脊背对着姑姑。父亲还能任性一回，在他的老姐姐面前。

姑姑自言自语，独自淌完泪，她坐在当门的板凳上问我：爱雪，咱咋吃饭？

我说：姑姑想吃啥？

姑姑扭脸看看屋里，屋里有小梁和小水拿来的鸡蛋白糖，有麦乳精和蜂皇浆，有方便面。姑姑说：给我煮两个鸡蛋就行，你看着烧点汤水炒点菜。

姑姑命苦，没有亲生的儿女。姑姑却天生有一副富贵人的面相和享受富贵生活的姿势。姑姑端坐着，以一种理所当然的表情等待我做饭。刚才的悲情场面仿佛不是发生在她身上。她完全忘记旁边躺着的弟弟游离在世界之外。她剩下努力活着——以最残忍的人性之态活着。

我煮三个鸡蛋。给姑姑两个，给父亲一个。姑姑先吃鸡蛋，细长的十指骨节突起，手捏着鸡蛋微微地抖。她剥下鸡蛋的皮，完全剥下，五指托着鸡蛋，放在嘴边，咬一口，细细慢嚼，说是嚼，其实是在嘴里反复搅拌。姑姑的牙没有几颗了。

我把父亲的鸡蛋剥开，剥去一半鸡蛋皮，递给父亲。他坐在床上吃。我给他端着汤碗。他坚持自己吃，不让我喂。他说他能拿住，能吃。

父亲的牙也没有几颗，嘴里长牙的地方是豁口。长着的牙，很长，发黄，孤孤地立着，很多年嚼不动硬的食物。他也是用牙花子把鸡蛋啃下来，在嘴里抿一下，一挺脖子，咽下去。父亲和姑姑一样，喜欢吃煮熟的白鸡蛋，父亲和姑姑说过一样的话：白鸡蛋吃着香。

父亲吃半个鸡蛋，不吃了。他喝两口水，使劲咽下。水也喝不下去。

姑姑吃两个鸡蛋，喝一碗面水，半碗菜。姑姑说：人是铁，饭是钢。一顿不吃饿得慌。

父亲以前也说过这样的话。

吃完饭，我收碗洗碗刷锅。姑姑说：一会儿去给你姐你哥说我来了。

我说：嗯。

洗好碗。我去我姐家。我姐坐在堂屋里吸烟。她的一条腿跨在另一条腿上，一手抱着腿，一手抽烟。瘦的胸前伸着，烟雾从她眼前飘走。她正神魂迷离在烟的麻醉中。

我从她跟前走过去，到屋里，看看，没有红，我问：红没在家？要是红在家，我会问：香没在家？我会装，装找红和香。我姐不理我。她吸烟，姐夫说：红出去了。

我在屋里站一会儿，走到大门口，四下望望，回去。临走，对我姐说：咱姑姑来了。

我姐扭脸看我，烟夹在手指上。她白皙的脸上充满质疑：她咋来的？

我说：我叫她来的。她想来住几天。

我姐吸一口烟说：来住几天吧，也没有个亲人，是个亲人。夜里给你做做伴。老王来了吗？老王知道我叔病吗？

老王是姑姑的侄女，姑姑从小当闺女养大的侄女。

我走了，我姐接着吸烟。

我走到我哥家门口，我不想进去。我在路上向家里面看，我哥我嫂都在家。我嫂见了我，她会喊我干活。我怕干活。我怕见她。她像赶鸭子上架一样赶我去干活。

我看到我哥想出来，我从他家门口往西去，走着回头看看我哥出来没有。走不远，再回来。我在门口碰到我哥，像刚刚遇到一样，我问我哥：干啥去？我哥说：下地。巴子地一地草，你嫂要去喊你，我说叔病了，不喊你了。我说：我没事就去巴子地薅草，不用喊我去，我知道。我说完要走，要走又回头对我哥说：咱姑姑来了。

我哥愣一下问：她咋来的？我说：我拉她来的，她想来住几天。

我哥木讷。不会说话，也不会做事。他不去巴子地，回家去了。

我嫂出来了。她问我：咱姑姑咋来的？我说：我拉她来的，她想来住几天。

我嫂跟我一起到我家。姑姑坐在堂屋当门的板凳，愁苦的脸皱纹密布。

我嫂进去喊：姑姑，你来了。

我姑姑抓住我嫂的手：吃饭了吗？咋吃的？我来住几天，你叔想我，我给雪做做伴。雪一个小孩，也没个做伴的。

我嫂说：住几天吧，这里没地方住，住到我家去，跟我吃饭去。

姑姑装聋问：你说啥？聋了，耳朵听不见。

我嫂低下身子，附在她耳边，声音大一些重复刚才的话。

我姑姑笑了：住你家去？跟你吃饭？你看看，你想得多周到。你忙得不得了，还得伺候我，我又不能给你帮忙。

我嫂说：你先和我叔说说话，晚上我来喊你。

姑姑说：好，你去忙吧。

我嫂走了。姑姑问我：给你姐说我来了吗？

我说：说了。

姑姑等我姐来看她。姑姑似乎有话给我姐说。姑姑又不去我姐家。姑姑古里古怪的，我不懂。

晚上我嫂没有来喊姑姑。姑姑也没有等我嫂来喊她。她吩咐我做饭，端给我父亲吃，端给她吃。姑姑胸有成竹，娴熟的人际交往，到老都是那样矜持有度。

第二天姑姑在门口遇到我姐。我姐大声说：你来干啥？还得招呼你！这里哪里用到你？你看看都在家，那么多人，你来，你能干啥？你看你迂的，走都不能走了，八十多的人了，这时候还来住，以后会去叫你来住几天的。

姑姑说：你说正想去叫我？雪叫我来的，我来给她做伴，你叔不行了，她不害怕？没有一个人陪陪她，她心里啥味？一个苦孩子，谁可怜啊！

我姐去口袋里掏烟，抽出来一支点着，深深吸一口，吐出一口烟，带出一缕怨气。姑姑绷紧嘴，一副沉重的表情。我姐一口一口快速地抽烟，一会儿她脸上缭绕着青灰的烟雾。我姐不说话，浓烟里看不清她眼睛里含糊不清的光。

晚上我给姑姑脱衣服，她的大襟褂子很肥，扣子是盘扣，我一个一个给她解开。她的脚脖上绑着黑色的绷带，一圈一圈缠绕着。我给她解下来。小脚三寸长，鞋一点点，尖尖的，巴掌大小。

姑姑躺下便睡着了。

晚上父亲吃半小碗稀饭，鸡蛋不吃，吃两口面包。

姑姑在屋里睡着。屋子里睡了三个人。屋子里有了多人的呼吸。屋里不空了，也不沉寂了。

姑姑睡下，父亲也稍稍平息。我走出去，走到榆树林里，榆树林里厚厚的阴影笼罩住天地。抬头从树的缝隙能看到天上微弱的星光。天上的星星记得人间的苦难吗？一个人是一个星星？父亲是哪一颗？我是哪一颗？亮的星会亮多久？暗的星和亮的星能互相照亮彼此的哀伤吗？

尘世如此冷酷。亲人如此不能长久在一起。我将何所依？

泪水如夜间的露珠，一滴一滴聚集在榆树叶上。泪水落到干的地上，瞬间消失得无影无踪。地下的土是苦的，结出的粮食都是苦的。我走到枣树林里，坐在枣树下哭泣。这些枣树，父亲的枣树，在黑夜里如魑魅游弋，狰狞可怕。

我转身往回走，后面似有人呼喊：哪里去？你到哪里去？！

我加快脚步回到家，屋子里灯灭了。我划亮灯，我看到父亲半歪到床前，一手抓住床帮，身子已经在地下。

我扶他起来，托他到床上。他轻得我能托起。

父亲的脸色发紫，眼珠一动不动。他不能喊我，张大嘴喘气。

我看清他的样子，心提起来，手也慌了。我喊姑姑。姑姑坐起来，问我怎么了。我说父亲掉下床了。姑姑问，没事吧？我说：他不会说话了，眼也不动。姑姑说：别动他，稳一会儿看看，若不好，你快去喊你哥，把长份也喊来。

姑姑，他不会有事吧？他怎么了？刚才还好好的，姑姑……

姑姑说：也许不要紧，今天说话还很有劲，还没有断饭，不要紧，稳稳，稳稳。

我急出眼泪。浑身哆嗦。冷气从后背冒出来。

臭妮——臭妮——

父亲喊我。他慢慢缓过来。我的泪哗哗流出来，趴在父亲身上哭泣。

五

姑姑对我说：该给他准备后事，万一一口气上不起来，啥都没有，咋办？

我无语。

我没有钱给父亲准备后事。

我不敢去村卫生室。我躲避着后库。他来打针。打完，叹口气，对我说：想办法把针药钱结一下吧。我也得进药。

我说：好，我去借钱，借到钱给你结账。

我给谁借钱？我父亲病重了，他要死了。他没有偿还的能力，我是一个女孩，女孩，最不可信任，嫁走后不是孙庄的人。孙庄没有孙建魁这一家人。所有帮助的人，给钱的，都是不打算让我还的，给就给了，是善心，是怜悯，是敬佩这个老人可怜这个孩子。不给的，也是正常。这是要消失的一家人，这是和这个村庄再无瓜葛的一家人。

我已经觉着了冷漠。是作为女性的悲哀。孙庄拒绝和这个女子深交。她不属于这个村庄，不能在这里扎根，她终究要离开，要把孙庄抛弃，孙庄也把她抛弃。在这互相排斥的过程中，人们的脸上有了冰冷，有了残酷，于是拒绝相助。

我想过，倘若我是男孩，孙庄人不会离弃我，我是孙庄的一分子，我永远在孙庄扎根，即使穷，也会有人和我相交，孙庄人也遵从古训“父债子还”，我不会离开孙庄，我父亲欠的账，他们能找到我还。二十岁也是大小伙子了，能顶天立地，能承载父亲的一切后事。还会有人自动送钱上门，帮助料理后事。在村庄，有这样的古训，谁家遇难了，周围的人，手里阔绰的，会在夜间亲自送钱去，危机之时，援助的手很多，交情也会变得深厚，当自己遇到危难之时，同样也会得到相助。而女子，谁与你交？不知道你是谁家的人呢。远嫁他乡之后，我也找不到你，你怎么回报乡人对你的恩惠？

在孙庄我无法开口去借钱。我无法借钱还有一个原因，我已经长大了，二十岁了。到了嫁人的年龄，最好的办法是我嫁的那家人，拿钱给父亲看病，这是最合理的。我没有钱，我家穷，我还有青春和面貌，这是最值钱的，最好交换的。很多人心底有这样的想法。媒人更有。媒人很早就这样说：你和你父亲一起多受苦，说个婆婆家，人家疼你。也有个像样的家，你父亲也跟你享福。

我很早讨厌这些媒人。我不理他们。我觉着拿我的青春去交换父亲的享福是耻辱的。我父亲也不答应这样做。来说媒的人和父亲说这事，父亲笑笑，说：臭妮还小，晚两年再说。

我吃孙庄人的粮食，住孙庄人盖的房子。孙庄人把我养大，而我却死死地赖着，不肯嫁。父亲都这样了，还不肯。这里已经没有我的土地，没有我存在的地方。我的根到我父亲这里已经断了，他是绝户头，我什么都算不上，一粒无根的萍，漂浮不定。所以我无处可以借钱，我不是说人们怕我，根本就没有一个女孩借钱这个道理，说借，如同去说给人家要钱，你不会还的，你没有偿还的资本，你是要离开孙庄的人，没有人指望你还钱。你出嫁走了，你便不是你，是人家的人，到人家家，你挣的钱也不是你的。村人有这样的思想，一代代传承着。

我处在这样的境地里。我没有脸给人借钱。那些交好的人家都送过钱，我再去要，我张不开口。姑姑在逼我，后库那张不会笑的脸在我面前摇来晃去。

我想到刘老师，我唯一能求助的人是刘老师。刘老师像一道光在我眼前闪亮。刘老师对我有深深的同情心。他看重人才，正直仗义，对穷苦的人最好。他没有看不起我和我父亲，这让我感动。我觉着刘老师是能信赖的人。他能帮助我。这样想着，我还是不敢去找刘老师。我有七分把握，刘老师会帮助我，我也害怕刘老师当面拒绝。那么我对这个人间的希望会一下子坍塌，会彻底地绝望。为了不至于难堪，我决定以写信的方式向刘老师求助。

信写好，我没有去寄。我没有勇气去寄。我怕刘老师也不借给我钱，那样我的心会完全凉透。刘老师是我最信任的人，他是我文学的领路人，文学是我的信仰，刘老师让我失望，我的信仰，也会土崩瓦解。我犹豫着，直到我父亲又说胡话：臭妮，你心里有个准备，我好不了，该走了。我走后，你跟姑姑去住，好歹也是个亲人。

我坐在父亲床前，我推他的胳膊，不让他说。我不听他说这样的话，我当他是说胡话。

姑姑也说：雪，你不憨，你看看他啥样了，一顿吃一点，有时也不吃，人说不行很快，你要有打算。你爹不能光身子走。

我的头大了，心乱如麻。脊背冰凉。满腔的愤怒。姑姑也说这样的话，姑姑也咒父亲不能好，姑姑太狠心了。

那时候我不分好歹，不懂好话孬话。只要说父亲不能好的话都是诅咒话，说准备后事也是坏话。我激愤、恼怒，看谁都带着嘲笑我的表情。

我表面上还是服从了他们的话，内心反抗着。为了钱，我把写给刘老师的信寄了出去。信里写了苦楚，写了没有钱，请老师帮助。

这封信有多少希望借到钱？我不知道。心里没有底，我只是凭着万般无可奈何的状况下给老师写信，走投无路，眼看老父亲气息奄奄，而身无分文。对着悲怆的夜哭泣，一次又一次哭。

1988年4月22日中午，父亲在床上挂水，我拿一个他的棉袄给他拆。拆下来，洗好，我给他缝制好，我想他明年冬天要穿，我想着自留地里割了麦子栽棉花，父亲的棉裤里面的棉絮都是黑色的了，给他换新棉絮。我长大了，我能给他做了，我会做棉袄棉裤棉鞋，我给他做，冬天给他穿暖和，床上给他买个床单，褥子就干净了，他一辈子没有铺过床单，他好了，有钱了，我给他买。我心里还是和父亲一起过日子的打算，我把父亲的衣服一件一件收好，把他的鞋也刷好。他病好了，再穿啊。

姑姑在一边看着我，和我说她侄女的事情。她说：老王（姑姑的侄女）不是我亲闺女，二妮（姑姑抱养的女儿）也不是，我没有一个亲人，没有一个中用（指儿子）的。我的地，我的宅基地，你姑父一辈子攒下的家业，都给人家了，没有一个中用的，人家看着你东西，眼热，手痒。东西有人要，爬不动的老人没人要。没有后，咱孬，谁看你是人？

姑姑和我说话，榆树林过来两个人，前面的一个不认识，后面的是刘老师。我惊呼：刘老师。

刘老师和另一个人一人牵着一辆自行车，他们从榆树林里的小路上问过来。刘老师给我介绍另一个人：这是刘新华老师。我喊一声刘老师。忙请老师到屋里坐下，倒上白开水。

刘老师看看我父亲，看看我住的地方，嘴里发出轻微的叹息。他问父亲：怎么样身体？

父亲看着刘老师，眼睛里有疑惑，他定定地看着，猜疑着，眼睛里没有光。我拿纸写给父亲：我的老师来看你。父亲还能看见字，还能理解字的意思。看后，他伸出一只手，想握一下老师的手，刘老师赶忙站起来，抓住父亲的手，对他说：打打针就好了，好了到城里去。

父亲听不到，眼睛看着老师，眼角有浑浊的泪。

刘老师说：我来一是来看看你父亲，他一辈子把你养大不容易，你要争气，要有出息，才能对得起他。

我点点头，泪水涌出来。我忍着，眼眶潮湿。

刘老师声音不高，说话也慢，他还说：二是给你送点钱。你写的信我看了，我的钱也不多，不能帮你很多，只是一点微薄的心意，能帮多少帮多少。人在危难之时，一定要伸手相助。

刘老师微微有一点笑意，他掏出一扎票子递给我。

我有点拘谨，怯怯地，接过来，无语凝咽。我一句话也说不出来。我无法说话，我心里只有感激。我觉着说什么都是废话，在那样的境地，老师走四十里长路奔波而至，来看我父亲，带来我求助的资金。滴水之恩，当涌泉相报。我暗暗地咬紧牙关，我在心里滴泪，告诉自己：老师的恩情，我将永记心间。

两位刘老师从我家到别处还有事，他们到那边吃饭。

老师走后，姑姑问：这两人是谁?

我一边数钱一边说：是我老师，来看我父亲，来送钱，送来二百元钱。

是二百元钱。老师送来二百元钱，在猪肉八角钱一斤，鸡蛋五分钱一个的1988年，老师一月的工资还不到二百元钱，他家的日子也不富裕，还有两个孩子在上学。

姑姑说：到啥时候别忘了人家，人家周济咱了，咱可不能没有良心！亲的近的又能咋样？到哪里也不能忘记人家！

我点点头。心里默默地说：老师，放心，我若不能用钱还报老师的恩情，我必用一辈子的努力实现老师对我的希望，然后用文字表达对老师的尊重和爱戴。

我用老师送来的钱把医院里的账算清，后库再来挂针的时候，眼角的鱼尾纹没有那么生硬了，有一点点柔和，问了一声：怎么样了，二老爷？不好接着挂几天。

我心里有了瓷实和稳妥，惶恐不安也减轻。对后库也不觉得那么恐怖了，也敢和他说话，描述病情和要求针药换一下。

没有钱没有人看起你。后库再来打针，打完不立刻走，站着看了一阵子，看水滴得好，才走。

六

在家打七天针，停针一天，父亲的病愈发严重了，吐黑色的秽物。喊后库来，后库说不能再打针了，去做个钡餐检查一下。二老爷身体虚弱，怕撑不下来。

那怎么办？我问他。他皱着眉叹口气：没啥好法，给二老爷买点好吃的补补身体，再去检查。

我说：他不能吃啊，先能吃饭才能补补身体啊。

后库说：他的身体亏，不是一年两年了，二老爷一辈子没少吃苦。看看吧，看看再说。

二十岁，我对每一句话都只听话面的意思，话里的意思，我听不出来。我不知道他言外之意是什么。我没有经历过这种事情，不知道人是要死的，无论亲人，无论多么需要的人，他都要离开你，永不再见。我也不知道这个死意味着什么，我还没有恐惧，没有真正感觉到生死离别的疼。最不可理喻的是我没有意识到父亲会离开我。我没有这样的意识。

姑姑说：不用检查了，好了。

我惊奇地看着姑姑。父亲好了？是严重了，姑姑怎说好了呢？

媒人又来。问我看了照片有什么意见吗。我没有说话。媒人说：L后天回来，你们见个面。媒人还说：你父亲这样了，你不该了他一个心愿？

我突然觉着我抗争了那么久的爱情，一瞬间土崩瓦解。我正顺应着人们给我设计好的路往前走，若不走，真的是大逆不道。

没有人站出来给我说话。二十岁我什么都不懂。

有一个人告诉我：你父亲要死了，死之前，你要让他合眼！

现在我写这个文字，我写我的婚姻是为了让父亲合眼，这是对父亲的不恭。不，不是这样。我的婚姻，是被逼迫的。我这样写最合理。谁在逼我？媒人？他无权。但是有重重的力，推我，推我走违心的路。

在这样的时刻，媒人来。没有一个人给我说一句话。没有人问我：那边家庭怎么样？L是干什么的？你们了解吗？

这次婚姻给了我“自由”，我选择的“自由”。这个自由是毫无自由的自由。

我是哭着去和L见面。是我去他家见他。这在村庄里是没有的。媒人喊我去，我去了。我一路哭泣，泪水哗啦啦地流。我不知道我这一生还有什么意义。我已经感觉不到活着的意义，我父亲已经不能吃饭，他在疼痛中，神志清楚的时候说胡话，告诉姑姑：你别走，你在这里给臭妮做伴，别吓着她。

姑姑点点头，努努嘴，责怪他：这样了，还疼闺女。

姑姑学给我这话，我看看父亲，他平静地躺在板车改成的小床上，时间缓慢地从他身上过去，一晃二十年过去，一晃七十五年过去。二十年，他养我，把我养大，我又为他做下什么？我单单是他的心愿都没有给他了却一桩。这回定要去做一次冒险，用我唯一的资本，换来父亲的欣慰。也是用这唯一的方式，向所有的人表明我的孝心。

我去了，回来。我大致看到了一个人，认定此生就此完结。什么都不想，什么都不要求，我已经没有权利要求。最主要的我不知道我还能要求什么，还要怎么样？我父亲如此不堪，我只是把我此生奉献出去，换取所有人对我的宽容。对我不要指责，也不要抱怨，我已经尽了我的最大的力。我没有任何资本了。

姑姑不言不语。我把事情写在纸上，给父亲看，告诉他我的婚姻事同意了，给他看了L的照片。父亲没有说话。正式见面时，父亲精神好了，他看到L，看了看他。也没有说话。那天父亲吃了饭，还起来，站起来，走走，坐在板凳上。

我以为父亲好了。我的事情一解决，他的病好了。我很高兴，觉着很值。

村里人见了L，我姐我嫂都见了。这是符合所有人意愿的事情，这个时候，把这件事定下来，都了了心事。大家嘴上这样说。

各自回家，怎么想?

姑姑应该知道的。姑姑喜欢吃鸡蛋，一顿饭吃两个。L来时带来了食品，姑姑都能吃，蜂蜜，姑姑喝稀饭的时候倒一点。她说嘴里没有味，倒上一点好喝。我看看她，她的平静是恒定不变的。我觉着姑姑很智慧，也很坚强，某种意义上可以说伟大。在这个孤独的世上，一个寂寞的人，能够自己照顾好自己，是一件不容易的事。

我姐我嫂也应该知道的。我姐是会想想这件事的，她一句话没有说。她想她也做不了我的主。我嫂也应该想想的。她的脸上嘴边表现出来的意思是一回事，你根本看不到她心里想什么，她躲开一切扰乱、麻烦事，唯恐伤及她。她没有资本和别人搏斗，她明哲保身。

孙庄的女人都是要想的。我父亲的病情，我的终身大事。如此紧密地联系在一起，有人悲凉，有人怜悯，有人叹息，也有人讥笑……

正式见面时L到我家来，见完面，我们到丰邑去一趟。父亲在家，我牵挂父亲，什么都没有要求他。他主动给我买一个手表，还买一把伞。回来红告诉我，送礼不送钟，也不送伞。

我没有在意。晚上仔细一想，心里沉沉的，觉着有什么不吉利。这两件礼物，他是无意的，我也不懂。这是否预示了后来的变化?预示着我们道不同不相为谋?

L在家时间不多，五六天。他走之前要求去登记。我心意已决，登记就登记，一辈子也无所谓。

父亲却对人说：臭妮的事，不好。要好，等我过去那边，她才能好。人们不懂，觉着奇怪，父亲是会算的，他算出了什么？

有人告诉我此话，我心悲凉。可是无话可说。

这个事情，是有人促成。我不同意也不成，那边不同意也不成。那促成的人，为什么促成此事？我竟然毫不犹豫地同意了。还同意登记，见了两次面的人，说登记就去了。只有媒妁之言，什么都没有。

这是一个廉价婚姻的牺牲品。很多时候，很多人想到我，要把我早嫁出去。我不同意。这时候，一脸泪痕中我看到一根模糊的救命稻草，伸手抓住。

L没有给我彩礼。这是不公平的，如果按当时村庄里的习俗，见面礼不要，至少需要彩礼，彩礼是十身衣服，至少六身，或者八身。一辆自行车。两斤羊毛线，皮鞋，床单等。

那时候女孩心眼实，还不知道要礼金。村里女子从小没有衣服穿，这一次要把一辈子穿的衣服买出来，十件八件地要。还有要布的，要两身布料，一身鲜艳的，一身暗颜色的，留着以后年老了做衣服。我没有要这些。我不稀罕，也没有心情要。我只是把形式走完，把婚姻的程序走完。民间的没有，对我的关照也没有。那人基本就是回来定下一个媳妇，确定了，回来走一个法律程序，然后回去。最实质的恶，也是最不可原谅的婚姻绑架。我无从觉察到什么，我的手虚虚地伸向空中，我抓住空空的空气。这样的时候，我只会哭，我哭的时候没有人看见，没有人和我在一起。

父亲一直支撑着虚弱的身体，他要等什么？他一辈子都不服输的意志在逐渐衰退，自从姑姑来，他对姑姑说了那些话，姑姑心里早有了底，姑姑不让去检查，姑姑也不太关心她弟弟吃多少饭，精神状况怎么样，她看到他睁着眼，知道他活着，看到他睡了，当他死了，摇摇他，他看看她，她说：你活着！多活一会儿是一会儿，早一会儿走和晚一会儿走，都要走。你先走，我后走，咱也差不几天，到那边还见面。

姑姑说着，抹一下眼，她的眼是干涩的，泪水在眼睛里，湿润她的眼眶。她挪动她的小脚，走到院子里，坐到四方板凳上，默默地看榆树林那边莫名的地方。

七

5月5日，父亲病重。我一天没有离开床前。我知道L走，他走他的，孙庄的太阳像昨天一样升起，从榆树林照过来的光暗暗的，直到升到荣军家屋顶上，太阳光大亮，照到院子里来。我起来做饭。姑姑在我床上睡着，父亲的身子动了一下，他发出呻吟声。我似乎觉着我是被父亲的呻吟声惊醒的。他发出声音，疼的声音。父亲的呻吟不僵硬，他缓慢地舒着气，忍住疼，发出一点点微弱的声音，唯恐惊吓住我。我是从呻吟声里听到了恐惧，他极少呻吟，他控制住声音，在体内回荡着疼，他用手捂住疼的地方。他说过是穿孔，是一个洞，这个洞，会要了他的命。他还说要去做手术，能好。把烂的地方切去。父亲懂的，他知道，在书中看到过这个病。

我为什么没有给父亲去做手术？我为什么没有带他到丰邑看一次？我亏欠父亲生命一段时日。我只是顺应着苦，蹂躏我们，却没有强硬的力，推开命运搁在我们脖子上的剑。

把婚姻赌上也枉然。父亲5号开始出现疼痛的症状，他的呻吟声令我不安。

早饭姑姑自己吃了。我吃不下。我看着父亲的脸变得蜡黄，在他疼的时候更黄。我去喊后库，后库不来。他不来了。我哭着回来。我恨这个无能的医生，医不好病，竟吓得不敢上门来了。

中午，屋子里有一种紫绿色的苍蝇。苍蝇来回地飞，落在父亲床上。我拿蒲扇赶苍蝇。看到这种苍蝇，不是好征兆，我一刻不离地看着苍蝇，进屋便打。苍蝇却是打不走，而且多了，先是一只两只，后来四五只，到处乱飞，围着父亲的床飞，赶也赶不走。

姑姑看到了。姑姑一言不发。默默地走，默默地坐着，默默地看着。早上姑姑做饭，她自己在外面吃。她还是能吃鸡蛋，能喝蜂蜜。后来我总结出来姑姑是将生死置之度外，世上已经没有什么能动摇姑姑吃饭的信念。姑姑也不说父亲这里生了绿头苍蝇，也不说生这种苍蝇人将不行。她不说，她要我亲自体验生离死别的过程。我不停地赶，绑了一个纸的苍蝇拍子打。还是有，怎么都没有用。那时候没有喷苍蝇的药，只能赶。

父亲看到了苍蝇，他看到我不停地赶苍蝇。他对我说：别赶了，你赶不走。你去地里找些艾叶，放在床上。

我对姑姑说我去找艾叶。又嘱咐姑姑看着父亲，一刻不能离开。

姑姑说：去吧，我看着他。

我知道艾叶在什么地方。我直奔村外树林。树林有春天才长出的新鲜艾叶。很小的时候父亲教过我认识艾叶。艾叶是花叶子，两面不一样，正面深绿，背面粉绿。村东枣树林北边的地埂上有艾叶，郁郁葱葱。我跑过去，我直奔那地埂。看到那片艾草，连根拔起，抱起来，飞跑回来。父亲在床上，气息奄奄，疼的时候，他闭着眼，翻身朝里，不给我看他的脸。

姑姑坐着，拿蒲扇赶苍蝇。

苍蝇在父亲身上飞。这种不吉利的苍蝇像招魂的经幡，嘤嘤嗡嗡地飞。父亲已经无力抬眼去看苍蝇落在他面前，他只剩下喘气的力气。

我把艾草放在父亲身上，他脚上，手边，头顶，他被艾叶围住，大门两边也放上。艾草散发出一股独特的气息，驱逐苍蝇远离。屋子里的苍蝇少了，在父亲周围飞，不敢靠近。我心里略微松弛一下。

下午有村人经过门口，过来看父亲的情况。站在父亲床前，父亲认得是谁，他心里十分清楚。小坚在他眼前摆一下手，他对小坚说：我不行了，该走了。说完，扭过去脸。

姑姑的脸开始变得难看，她不笑，眼里含着泪花。她神情呆滞，瞬间迟钝。

中午我做了饭，姑姑说：这饭怎么吃下？没法吃，没法吃了。

姑姑不吃。

我看着饭碗，泪水哗哗地流下。

1988年已经有卖送老衣的。村里人也自己做送老衣，做好放着，以备后用。也有在病危时赶快做的，咽气之前穿上，手忙脚乱的。那一刻，没有人提出给父亲做送老衣。说是准备后事，我不明白，不知道应该把衣服做好，给病危的人穿上。这时候我父亲应该穿上。而我不懂，且忌讳着。我不知道人走时穿上衣服是吉利的，是最好的离开方式。我不知道。不懂，那时候，二十岁的时候。我只是在父亲床前，看着父亲。人不能穿阳间的衣服走的。可是没有人在这个时候告诉我。姑姑都不说。我姐我哥我嫂都不来说。我是一个傻妮子，都有绿头苍蝇乱飞了，我还觉着父亲能好，还不相信他会离开。

他们为什么不来说？为什么？他不是你们的叔？没有给你们做事么？给我姐做事，也给我哥做事，打麦的时候，爬到麦草垛上，站在上面垛麦草。给我姐挖地，累了就睡在地下。在东边地里，我去喊他回家吃饭，太阳照到他脸上，他一脸汗水。我说：我做好饭了，回家吃饭。他说：累了，睡一会儿，一觉都过吃饭时间了，走，真饿了，回家吃饭，臭妮做的饭好吃。他还给我姐家的孩子打芦花鞋，给我嫂家的孩子打。他疼过她们和他们，他为他们做过事，都是应该，到死的时候，她们都不在，都没有来提醒给他穿上那边的寿衣。

那时候我不知道事情怎么办。后来，我经历了人世的事情之后，才知道的。在这里我要写下，人穷的时候，在没有儿女尽孝的时候，会死得很凄凉。寿衣都没有。赤条条地走。

孤寂的屋子里，姑姑沉默不语。她的脸难看极了。我束手无策，我不知道我应该做什么。下午他开始剧痛，喊我，要水，我倒水递给他，他不喝，要蜂蜜，我拿给他，他看一眼，想喝，又闭上眼，扭过脸去。

他意识一直清醒。他反复难受，喊我，要我倒水给他。

我眼泪汪汪地看着他，他一脸的疼痛。他疼，他喊出来的力气都没有，他看着我，哀哀的脸，祈求我：让我走吧。我抓住他的手，他的手冰凉，他还能转身，他翻过去，又转过来，对我说：臭妮，别怕，我走了，你去跟姑姑住几天，住她家，时间长了，就好了，姑姑是个伴，是亲人……

我抓住他，他的眼无力地合上，气息在他身体里，他还在呼吸。

晚上我不睡，看着他。他要水，我端水给他，他还说：睡去吧，我没事。

姑姑睡了。我睡不着，看着他。

那一夜，世界不在我身边。我也不在世界上。我在一个虚无的空间里了，夜不是夜，我家的屋子也不是屋子。我无所畏惧。我守在父亲床前，艾叶散发着草叶的气息，围在父亲的身边。空无一音的夜晚已经升起，无际的天宇向上飞起，屋子飞起，床飞起，我的父亲也飞起，我跟着他飞。人间不在这里，苦难不再有。我姐我哥我嫂都不再去想他们，我和父亲一起走。我和父亲已经不需要她们的存在。此刻，夜深，父亲和我在一起，他是满足的，他无所求，我守着他，守着他每一时每一刻，今夜。看着他的眉头展开，看着他呼吸均匀，看着他睁大眼睛看着我，张大嘴，喊我。我在他眼睛里，在他嘴边，在他的手抓到的地方。一刻不离开。那一夜我不睡。我一动不动守在他身边。那些艾叶，那些气息浓郁的草叶铺满他的床前，没有苍蝇敢来，艾草在他身上，满屋子艾草的香气，身体内部已经腐烂的父亲，血液不再鲜红，嗜血的苍蝇闻风而来，知草性的父亲提前把这个事也安排好了，他要走得安宁，要让我伴得安宁。他一切都安排好，活着的每一件事都安排好了，死后，他不在乎穿没穿衣服。

深夜两点，父亲疼得大叫一声。姑姑起来了。我抓住他的手，对姑姑说：我去喊后库，应该有办法不疼。

姑姑拉住我：你不能走，你在这里看着他。

我说：你看他疼得受不了。

姑姑说：人都是这样，没有病，怎么会死人？

姑姑异常冷静。

他疼一阵，安静一阵。要水，他只要水。他已经不能喝水，湿一下嘴。他说肚子里跳，有什么在跳。

他不疼的时候，看着我，对我说：臭妮，我口袋里还有二十元钱，你拿出来。

我看着他，对他摇头，我说：你带着，你好了再花。

他问：今天几号？我说：20号。

他说：过不去了，到了。

我抱着他的脖子，不让他说：不会有事，不会。他慢慢闭上眼，安静一些。

姑姑看着他。他似乎睡着。我去了厕所。立刻回来，我觉着父亲要有大事，我预感到什么。我从厕所回来，我看到父亲在床下，头抵着地，身体弓起来，腿跪着。我把他抱到床上，轻轻地放下他，他的眼睛有了变化，嘴张开，想说什么，说不出来。

我看看姑姑，我想知道刚才发生了什么事。姑姑说：我看他打滚，被子压在身体底下，我拉被子给他盖上，他掉下了床。

听人说，人老的时候，最怕掉下床，借着这个因由，人会走的。

姑姑怎么看着父亲掉下来床呢？就这么一会儿，他不会翻身了，不疼了，不会呻吟了，不给我要水了，不喊我臭妮了。他在一个幻境里，他的手在我手里，他的灵魂已经到达另外的世界。一只脚在此世，另一只脚到了那世。姑姑说：去喊你哥，喊长份来。

我冲进黑夜里。我什么都看不到，我的脚在路上飞跑。我觉着慢一秒我都会看不到父亲。我去喊后库，后库是医生，医生还会有办法。

后库来了，后库给他打最后一小针，不能挂水了。

长份来了。我趴在父亲额头喊他：大，大大，你醒醒，你醒醒啊。

他睁开眼看我。我抱住他的头，揽他在身上。他看到我，眼睛定定地看着我。他的眼睁一下，嘴动一下，想说什么，我只能听到微弱的不清晰的：走—走—走—

他的手伸出来，张开，要抓什么。我的手伸过去，他要抓住我，要握住我的手。他已经抓不住我的手，永远握不住我的手了。我伸出手，抓住他的手，他的手在我手里不动了，一动不动了。他的嘴张着，在动，想说什么，说不出来。眼睁着，看着上空，看着，一直没有合上。

父亲是睁着眼，张着嘴走的。

我看着他的眼不动，嘴不动。他还有留恋，还有心事，他不咽气。

父亲在我怀里，我放声大哭。

我的整个世界都塌了，我面前是无际的黑暗。我的哭声中，父亲的眼睁着，嘴张着。

身边的人说“你别哭，你哭，他不能合眼。雪，你忍忍，忍一下，让他合上眼。”

我停下哭声，忍住泪，看着我的父亲眼合上，嘴合上，手从我手里滑落。

他的身体不动了，在变凉，变硬。

我的哭声里，父亲的眼又一次睁开，嘴又张开，手再也没有抬起来。

临终，他没有合上嘴，没有合上眼。

长份使劲给他合眼合嘴，他的眼合不上，嘴合不上。

我抱着父亲的头哭。

有人把我拉走。

他们把父亲从车架子改的床上抬下来，停放在当门的草席上。

东队后组八十二口人给我父亲出殡。后组执事的人出面操办这件事。买了棺材，寿衣，在院子里搭了灵棚，摆了供品。我头上戴一块白布，算是穿孝。我姐一遍遍唠叨：怎么不给雪一个孝褂子？就这一个女儿，应该给孝。

我穿早先那件玉白底色的浅蓝上衣，头戴白布。我一直哭。我只知道哭。从一开始到最后结束。

出殡那天全村人都来。有人用车子拉着我，我在棺材后面哭。我哥我嫂都跟去。父亲的两个侄女，三个外甥都去送殡。

父亲在棺材里，棺材放在丧棍上。前面和后面八个人，中间八个人，每人肩上放一根丧棍，手里握一根顶地的丧棍。静等在家门口。这时应该有人来行路垫礼。我不记得是不是有人给父亲行路垫礼。我在车子上哭。我听到有人喊：前后起——

他们抬起棺材，一路向西，送父亲走。

向西，沿那条村后的小路，走出孙庄。经过村外的小河，小河里芦苇葳蕤，静默致哀。

这是一条去张老家的路，张老家那边是大刘集，大刘集隶属山东省。

我的父亲埋在张老家和孙庄接壤的土地里。我送父亲到这里。父亲躺在了母亲的身边。

每年春天和秋天，我来祭祀他。我到孙庄和张老家接壤的这块地里来看他，我不去孙庄。我沿321省道一直往西，走张老家东边的那条南北小路，路边有一条小河，春天，小河里芦苇茂密，秋天芦花纷飞。

我从小河边走到父亲的坟前，父亲永远在这里等我。

后　记

在我少年的意识里，我父亲是一个让我蒙受羞辱的人，我的身世亦让我讳莫如深。我渴望一个有尊严的父亲，渴望我的家体面而受人尊重。

生命的孕育是相同的，穷富之差决定了生命的尊贵或卑贱。穷人在漫长的悲哀中无法自拔，富人在逍遥自在中为富不仁。命运的黑暗是等级的黑暗，罪恶的根源是贫穷。

很多年我没有正常的生活状态，在饥饿中颠沛流离无处栖身，屈辱生存。人性的幽黯，世态的丑陋，暴露得淋漓尽致。我不能回首往事，而往事如影随形，追魂而来。

一个流浪的小女孩，在不时降临的饥饿面前一念之差会沉沦，在随处可遇的虚荣面前往前走半步会堕落，在充满诱惑和欺骗的花花世界里，犯罪的概率比其他孩子要高出许多。邪恶像梦魇一样张开魔爪，阳光下举目无亲的孩子血泪纷飞。

我在布满荆棘的草层中挖掘到梦想的蒲公英，一粒文学的种子带着我飞翔。很多年我走不出如伞的记忆所牵系的那片阴翳天空，晴天丽日或长夜暗影，我清楚地听到往事雨点一样拍打在伞面上的声音，触到那沿着伞骨滑落的遥远的冰凉……

我和这个世界无法握手言和，我不会忘记那些冷酷的拒绝、无情的凌辱，和作为异类被排斥的无数个瞬间凝结成内心剧烈的反抗。然而我遇到的温情毕竟多于冷漠。温情如甘霖，滋养社会中几近泯灭的信任。滴水之恩当涌泉相报，我无以回报，唯用一支笔俯首感恩。

这是我的第一本书，必须是一部真正意义上属于我自己的书。人说出版界很势利，当我听到素昧平生的编辑老师答复给我出书时，我的内心五味杂陈。上善若水，厚德载物，我低微如草芥，有幸遇到老师成全了一个底层人的梦想。我谨以最庄重的敬意感谢老师，感谢花城出版社！

2017.5.20